太陽の帝国

J・G・バラード

第二次世界大戦の波が押し寄せつつある国際都市上海《シャンハイ》。共同租界に暮らす西洋人の日常は、本格的な日本軍の侵攻によって一変した。混乱する街中で両親と離ればなれになったイギリス人少年ジムは、西洋人が連れ去られた街で遺棄された屋敷やアパルトマンを転々として生き延びようとするが、やがて日本兵に捕らえられ、龍華《ロンホア》収容所へと送られる——〈破滅三部作〉などで知られるニュー・ウェーヴSFの旗手が、その創作活動の源《みなもと》となった少年期の実体験に基づき書き上げた本書は、ブッカー賞の候補となって一躍文芸界でバラードの名を高らしめた。瞠目の傑作長編を新訳決定版にて贈る。

登場人物

ジム（ジェイミー）……上海租界で育ったイギリス人少年
ベイシー……元客船の船室係。アメリカ人
フランク……ベイシーの仲間
ランサム……医師
マクステッド……ジムの友人の父親。実業家
フーク夫人……オランダ人女性
木村二等兵……龍華キャンプの衛兵
永田軍曹……龍華キャンプの衛兵隊長
ヴィンセント夫妻……龍華キャンプ収容者。イギリス人
タロック……龍華キャンプ収容者。イギリス人
プライス中尉……南京警察の元警察官。イギリス人
楊……ジムの家のお抱え運転手

太陽の帝国

J・G・バラード
山田和子訳

創元SF文庫

EMPIRE OF THE SUN

by

J. G. Ballard

目次

第一部

第三部

太陽の帝国

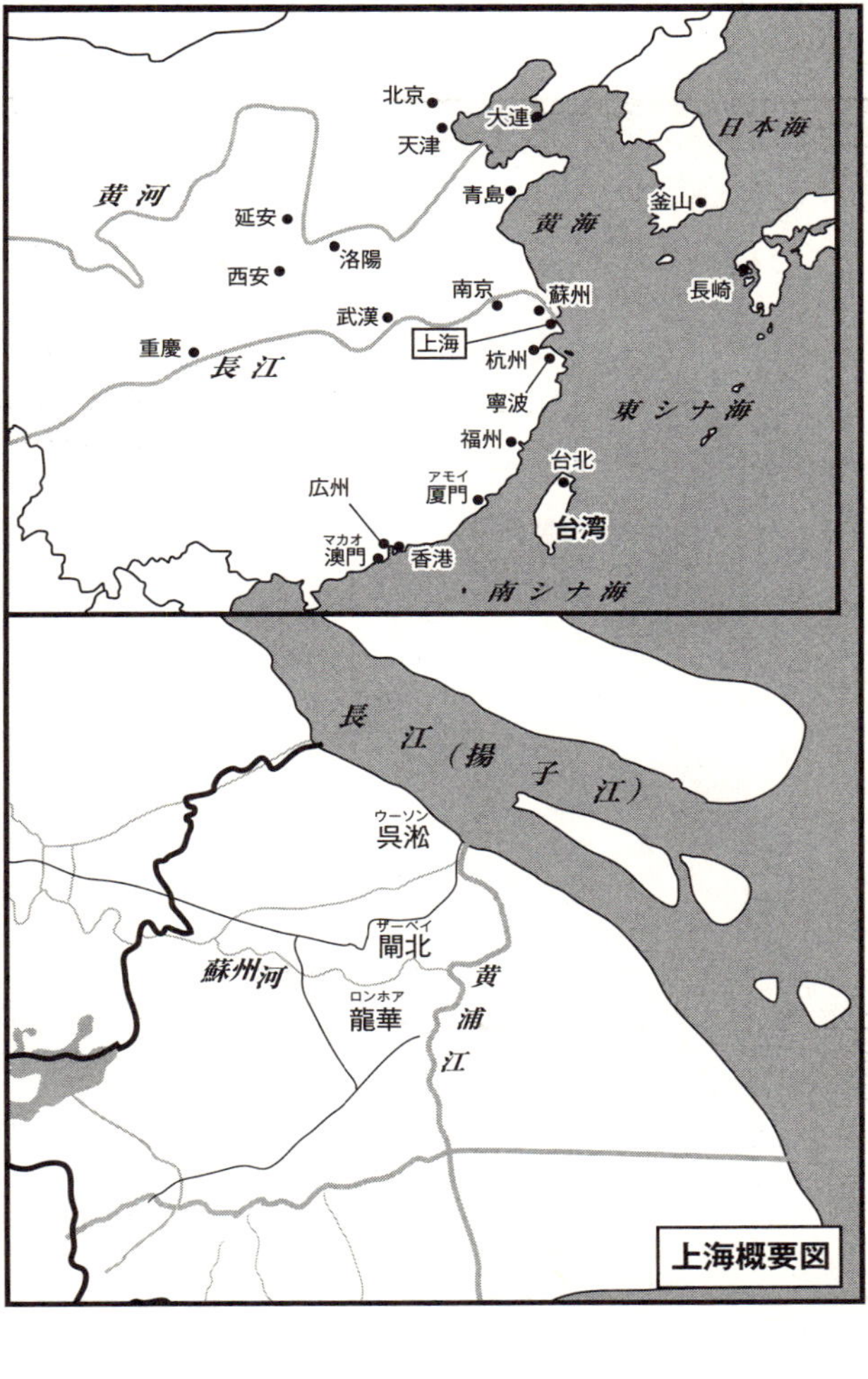
北京
大連
天津
日本海
黄河
青島
釜山
延安
黄海
洛陽
西安
長崎
南京
蘇州
武漢
上海
重慶
杭州
長江
寧波
東シナ海
福州
台北
広州
厦門《アモイ》
澳門《マカオ》
香港
台湾
南シナ海
長江（揚子江）
呉淞《ウーソン》
閘北《ザーベイ》
蘇州河
黄浦江
龍華《ロンホア》
上海概要図

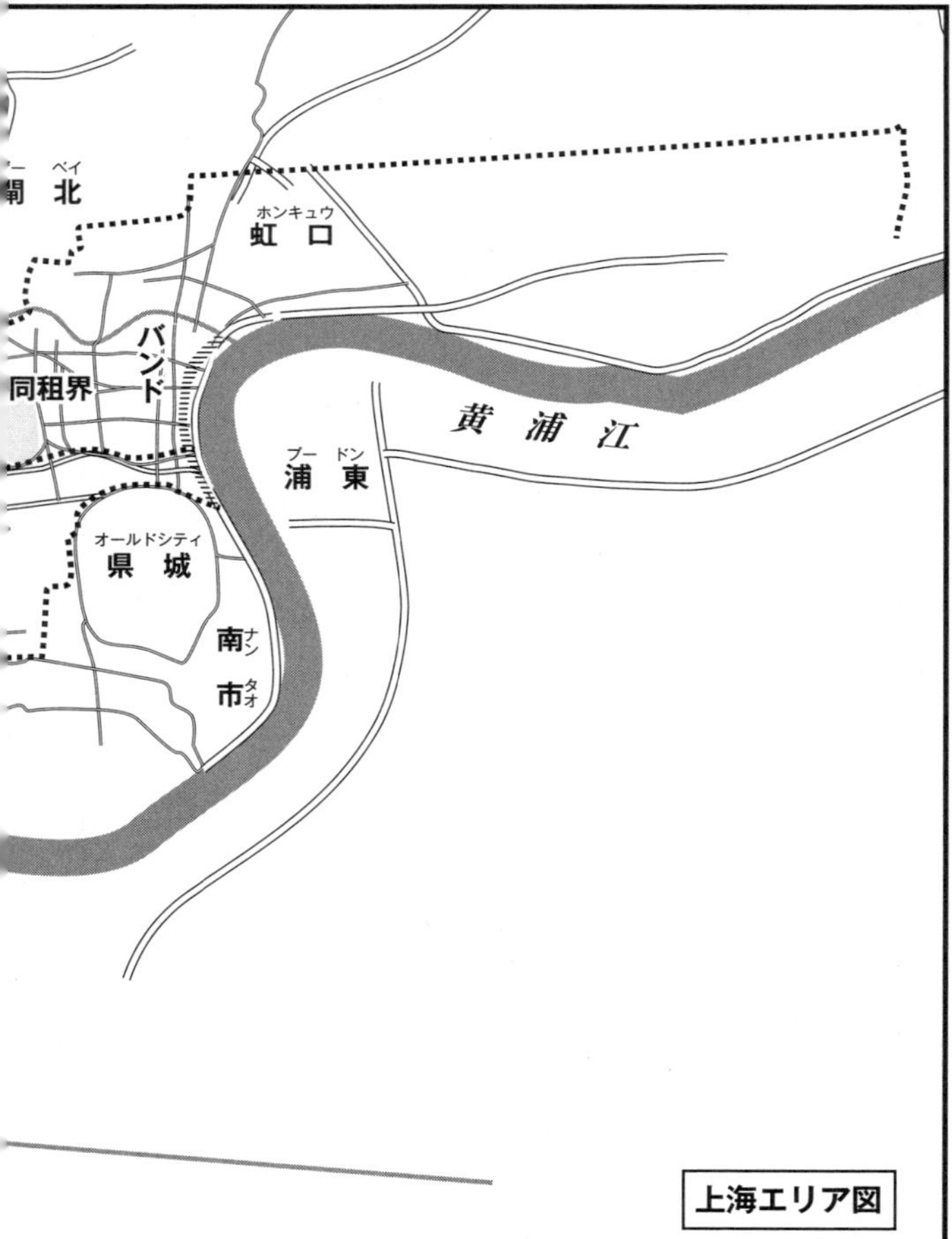

閘北《ペイ》
虹口《ホンキュウ》
バンド
同租界
黄浦江
浦《プー》東《ドン》
県城《オールドシティ》
南《ナン》市《タオ》
上海エリア図

虹　橋《ホンチャオ》
フランス租界
徐家匯《シュージアフイ》
オリンピックスタジアム？
龍華寺・パゴダ
龍華飛行場
龍華キャンプ

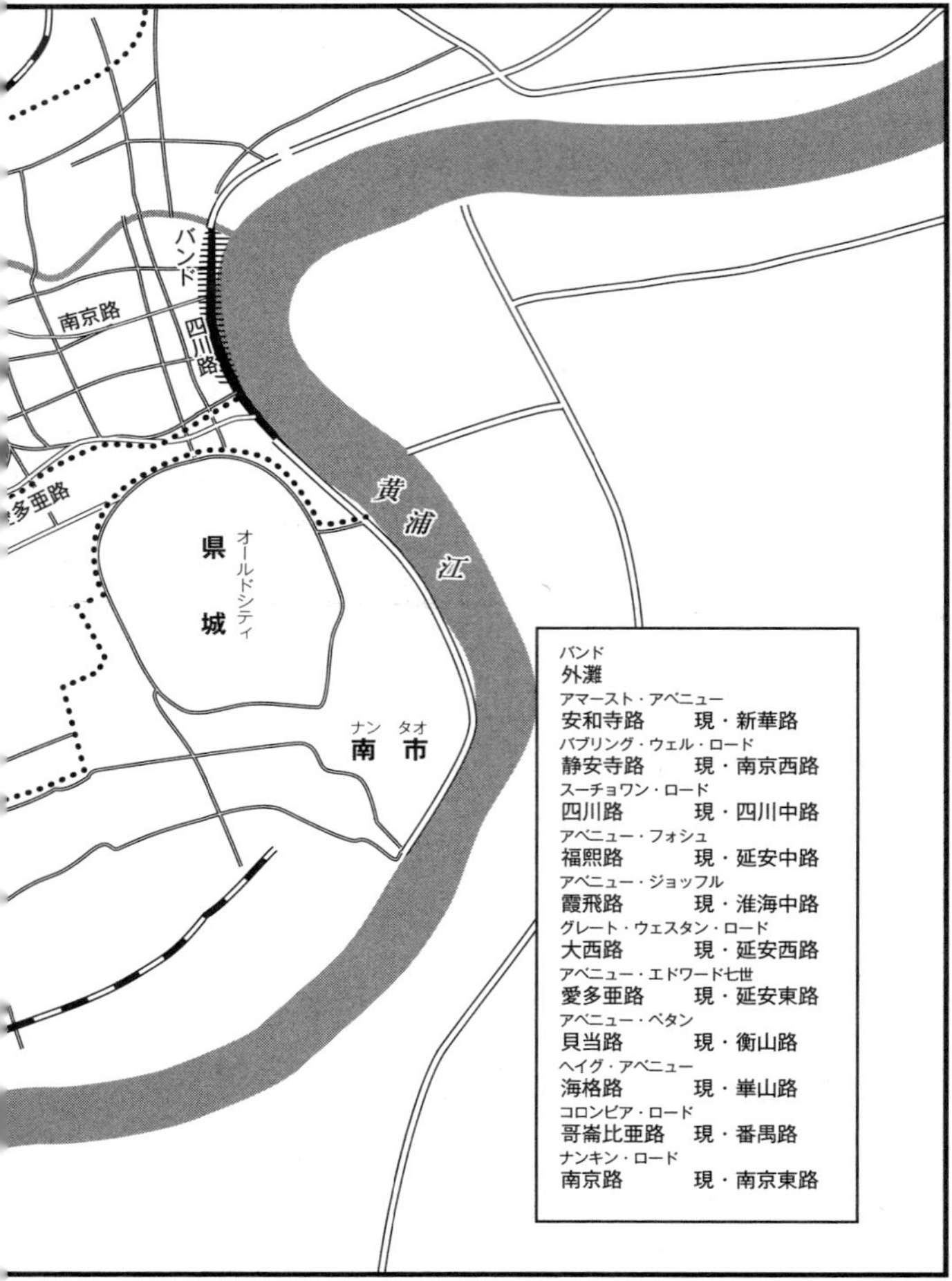
バンド
南京路
四川路
多亜路
黄浦江
県城《オールドシティ》
南市《ナンタオ》
外灘《バンド》
安和寺路《アマースト・アベニュー》　現・新華路
静安寺路《バブリング・ウェル・ロード》　現・南京西路
四川路《スーチョワン・ロード》　現・四川中路
福煕路《アベニュー・フォシュ》　現・延安中路
霞飛路《アベニュー・ジョッフル》　現・淮海中路
大西路《グレート・ウェスタン・ロード》　現・延安西路
愛多亜路《アベニュー・エドワード七世》　現・延安東路
貝当路《アベニュー・ペタン》　現・衡山路
海格路《ヘイグ・アベニュー》　現・華山路
哥崙比亜路《コロンビア・ロード》　現・番禺路
南京路《ナンキン・ロード》　現・南京東路

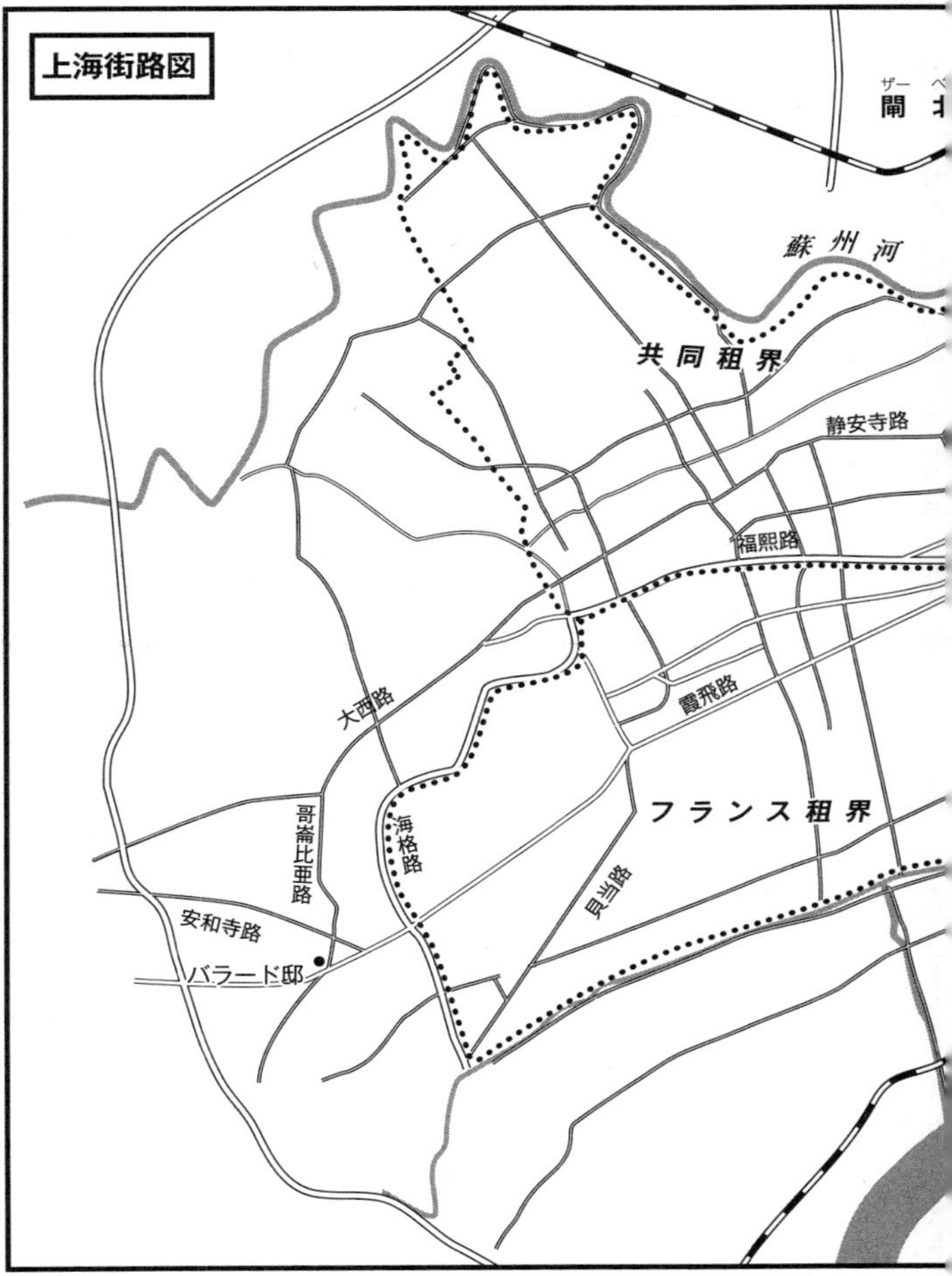
上海街路図
閘《ザー》
蘇州河
共同租界
静安寺路
福煕路
霞飛路
大西路
フランス租界
哥崙比亜路
海格路
貝当路
安和寺路
バラード邸

『太陽の帝国』は、第二次世界大戦時の上海《シャンハイ》と、一九四二年から四五年にかけて収容生活を送った龍華《ロンホア》CAC（Civilian Assembly Centre：民間人収容センター）での体験をもとにしており、本作の大部分が、日本軍が上海を占領していた期間中および龍《ロン》華《ホア》キャンプ内で私がまのあたりにした出来事に基づいている。

日本軍の真珠湾攻撃は一九四一年十二月七日（日曜）の朝に起こったが、日付変更線による時差の結果、その時、上海ではすでに十二月八日（月曜）の朝になっていた。

J・G・バラード

第一部

1　真珠湾前夜

戦争の波が早くも上海に押し寄せていた。揚子江《ようすこう》を勢いよく遡《さかのぼ》る上げ潮が、葬送桟橋から投じられた中国人たちの柩《ひつぎ》をすべて外灘《バンド》に再び押し戻してくるように、戦争の波は互いに競い合いながら次々とこのけばけばしい都市に到来した。

ジムは戦争の夢を見るようになった。夜になると、同じサイレントのフィルムが繰り返し、安和寺路《アマースト・アベニュー》の家の寝室の壁にちらついているように思え、眠りに落ちていくジムの頭の中を無人のニュース映画劇場に変えた。一九四一年の冬、上海では誰もが戦争映画を見ていた。夢の断片は街なかでもジムにつきまとい、デパートやホテルのロビーでは、戦争映画でいっぱいのジムの頭の中から解き放たれたかのように、ダンケルクやトブルクやバルバロッサや南京《ナンキン》虐殺の映像が流されていた。

驚いたのは、上海大聖堂の主席司祭までもが古い映写機を持っていたことだった。十二月七日、日本軍の真珠湾攻撃の前日、聖歌隊の少年たちは日曜の朝の礼拝が終わったあと、帰宅する前に、礼拝堂の地下の集会室に行くよう指示された。カソック姿のまま、一列に並べられたデッキチェア——上海ヨットクラブから徴用したものだ——に座った少年たちの前で、一年前のアメリカのニュース映画シリーズ『マーチ・オブ・タイム』が始まった。

心騒がせる夜ごとの夢のことを考え、夢の画面にサウンドトラックがついていないのはどうしてだろうと思いながら、ジムはカソックの襞襟《ひだえり》を引っ張った。セメントの天井を通して響いてくるオルガン演奏が頭痛に似たリズムで頭を叩きつける中、震えるスクリーンに映し出される戦車戦と空中戦のシーンは、ジムにはもうすっかりお馴染みのものばかりだった。それよりも、ジムは一刻も早くパーティに出かける準備にかかりたくてならなかった。午後に、在留英国人協会の副会長ドクター・ロックウェルの邸宅で仮装クリスマスパーティが開かれることになっているのだ。まずは、ロックウェル邸がある虹橋《ホンチャオ》まで日本軍の駐留地域を抜けていくドライブがある。そのあとは中国人の奇術師たちの見世物に花火、さらにたくさんのニュース映画が待ち構えている。だが、ジムがロックウェル邸のパーティに行くのを心待ちにしているのには、ほかにも自分だけの理由があった。

集会室の扉の外では、パッカードやビュイックのかたわらで待つ中国人のお抱え運転手たちが苛々と言葉を交わしていた。すでに十回以上見ているニュース映画に飽きたジムは、オーストラリア人の聖堂番にしつこく文句を言っている、父の運転手・楊《ヤン》の声に耳をすました。とはいえ、ニュース映画を見ることは、カントリークラブでの募金宝くじ大会と同様、今や海外に居住するイギリス人全員の愛国的な義務となっている。ダンス会やガーデンパーティで戦争活動支援の一環として消費される大量のスコッチは（すべての子供がそうであるように、ジムもアルコールに興味をそそられていたが、そこにはどことなく後ろめたい気持ちが伴っていた）、あっという間にスピットファイアを一機買えるだけの資金を生み出した。初飛行で撃墜されたスピットファイアのうちの一機はたぶん、パイロットがジョニー・ウォーカーの強烈な臭いで気絶してしまったからだ。ジムはそう思っていた。

普段、ジムはこのうえなく真剣にニュース映画を見ていた。これらの映画は、上海の民間映画館と枢軸国側のクラブで上映されているドイツとイタリアの戦争フィルムに対抗して英国大使館が実施しているプロパガンダ活動の一環だった。イギリスのパテ・ニュース製作の映画は時として、ジムに、果てしない敗北の連続にもかかわらず、イギリスの人たちはこの戦争を徹頭徹尾楽しんでいるのではないかという印象を与えたものだった。これに比べるとアメリカの『マーチ・オブ・タイム』はずっと陰鬱で、ある意味でジムに訴えかけるものがあった。ぴっちりしたカソックに息が詰まるのを感じながら、ジムは、炎上する戦闘機ハリケーンが、ドルニエ爆撃機でいっぱいの空から、子供向けの本でしか見たことのないイギリスの牧草地に墜落していくのを見つめた。黄浦江と同じくらいメランコリックなラプラタ川に沈んだドイツの装甲艦グラーフ・シュペー。煙の雲があちこちから立ち昇る東ヨーロッパの寒々とした街――今、ジムの養育係《ガヴァネス》となっている十七歳のヴェラ・フランケルは、六カ月前にこの暗いヨーロッパの戦場から脱出して難民輸送船に乗ったのだ。

『マーチ・オブ・タイム』が終わるとジムはほっとした。仲間の聖歌隊員たちと一緒に外に出て、まぶしい陽光に頭がくらくらするのを感じながら、おぼつかない足取りで運転手のもとに向かった。一番の親友であるパトリック・マクステッドはすでに、母親とともに上海から安全なイギリスの要塞であるシンガポールに行ってしまっている。パトリックのために、さらには大聖堂の階段で宝飾類を売っている白系ロシア人の女性たちと墓石の間で休んでいる中国人の乞食たちのためにも、ジムはニュース映画を見なければならないと感じていた。

頭の中に轟《とどろ》く解説者の声がやまないままパッカードに乗り込むと、車は混雑する上海の通りを家に向かって進みはじめた。弁舌巧みな運転手の楊《ヤン》は、以前、地元製作の映画——共産党の指導者・毛沢東と行動をともにするために女優としてのキャリアを捨てた江青の主演映画——にエキストラとして出演したことがあった。いつもなら、信じられないようなスタントや特殊効果の話を次々と繰り出して十一歳の乗客を驚嘆させるのを楽しんでいた楊《ヤン》だったが、今日ばかりはジムを無視して後部座席に追いやり、パッカードの大音量のクラクションを思いきり叩きながら、静安寺路《バブリング・ウェル・ロード》の外国車の間に割って入ろうと殺到する殺気立った人力車夫たちとの戦いを決然と遂行していった。楊《ヤン》はウィンドウを下げ、不注意な通行人や、アメリカ製のハンドバッグを手にぶらついている売春婦や、首のない鶏を吊り下げた竹の天秤棒をかつぐ腰の曲がった年寄りの下働き女《アマ》たちに向けて容赦なく革の乗馬鞭をふるった。

大勢のプロの死刑執行人たちを乗せて県城《オールドシティ》の公開絞首場に向かう無蓋トラックが急に進路を変えてパッカードの前に割り込んできた。この機をとらえて、裸足《はだし》の物乞いの少年がパッカードに駆け寄ってきた。拳でドアを叩き、ジムに向かって手のひらを突き出すと、上海じゅうの大通りに響いているお決まりの文句を叫んだ。

「ママない！　パパない！　ウィスキーソーダない！」

楊《ヤン》が鞭のひと振りをくれると少年は地べたに転がった。そして、続いてやってきたクライスラーの前輪の前で立ち上がり、急いでクライスラーの横に走った。

「ママない、パパない……」

乗馬鞭は嫌だったが、パッカードのクラクションを聞くのは嬉しかった。クラクションは少なくとも、八機関銃搭載戦闘機の轟音や、ロンドンとワルシャワに鳴りわたる空襲警報の叫びをかき消してくれた。ヨーロッパの戦争はもう充分だった。ジムは先施公司《シンシアデパート》のけばけばしいファサードを見つめた。そこには、抗日戦にさらなる血を注げと中国人民に呼びかける国民党軍大元帥・蔣介石の巨大な上半身が映し出されていた。そのやわらかそうな口の上で、切れかけたネオン管が投げかけるかすかな光がチカチカとちらついている。これまで夢で見てきたのと同じちらつき。上海の全域が、ジムの頭の中から溢れ出てきたニュース映画になりつつある。

戦争映画を見すぎたおかげで脳がダメージを受けてしまったんだろうか？　これまで何度も母に夢のことを話そうとしてみたものの、上海のすべての大人と同様、その冬の母はほかのことで頭がいっぱいになっていて、ジムの話に耳を傾ける余裕はなかった。きっと母さんも自分だけの悪夢を見ているんだ——ジムはそう思った。戦車や急降下爆撃の映像がごちゃまぜになったジムの夢は不気味なことに完全に無音だった。まるで、パテ・ニュースとブリティッシュ・ムーヴィトーンが作り出した見せかけの戦いと現実の戦争とを、睡眠中の意識が分別しようとしているかのようだった。

どちらが現実なのかという疑問はいっさい浮かばなかった。一九三七年の日本の中国侵攻以来、自分の目で見てきたすべてが現実の戦争だった。毎年春になると、虹橋《ホンチャオ》と龍華《ロンホア》の当時の戦場に埋められないままに放置された死者たちの骨が水田の表面に浮かび上がってくる。現実の戦争とは、浦東《プードン》の隔離された家畜置き場でコレラで死んでいく何千という中国人の難民であり、バンドぞいに杭に突き立てられて並ぶ共産党軍の兵士たちの血まみれの生首だった。現実の戦争では、自分がどちらの側にいるのかわかっている者は誰もおらず、旗も解説者も勝者もいない。現実の戦争では敵もいっさいいない。

一方で、まもなくやってくる戦争——上海にいる誰もが一九四二年の夏に勃発すると考えているイギリスと日本の戦いは、まだ噂の領域にあるものでしかなかった。ドイツの東シナ海侵攻艇に随行する補給船が今では大っぴらに上海に寄港し、黄浦江に停泊して十艘以上の艀《はしけ》から給油を受けていた。この艀の多くはアメリカの石油企業が所有していると父は苦々しげに言ったものだ。アメリカ国籍の女性と子供のほぼ全員がすでに上海を離れ、大聖堂学校の教室でもジムはからっぽの机に囲まれていた。友達のほとんどが母親とともに安全な香港やシンガポールに行ってしまい、父親たちは家を閉めてバンドぞいに並ぶホテルに移っていた。

十二月の初め、授業が終わったあとで、ジムは父のオフィスがある四川路《スーチョワン・ロード》のビルの屋上で、中国人の従業員たちがエレベーターで運び上げてきた木箱入りの書類を焼却する手伝いをした。燃えた紙の切れ端が黒い尾を引きながらバンドの上空を流れていき、上海を発《た》つ最後の数隻の蒸気船の煙突から慌ただしく立ち昇る煙と混ざり合った。船のタラップにひしめく乗客たちは、欧亜人（ヨーロッパの白人とアジア人の混血）も中国人もヨーロッパ人も、誰もが、丸めた荷物やスーツケースを手に、揚子江の河口でドイツの潜水艦が待ち受ける危険を覚悟で我先に乗船しようとしていた。金融街のいくつものオフィスビルの屋上に書類を燃やす火が見え、それを川をはさんだ対岸の浦東《プードン》のトーチカの上に立った日本軍の将校たちが双眼鏡で眺めていた。ジムを一番不安にさせていたのは、日本軍の怒りではなく、その辛抱強さだった。

アマースト・アベニューの家に着くや、ジムは二階に駆け上がって着替えにかかった。ペルシャの上履きと刺繍を施された絹のシャツと青いビロードのズボン――ジムはこの衣装が大いに気に入っていた。これを着ると『バグダッドの盗賊』のエキストラになったように見えた。一刻も早くロックウッド邸のパーティに出かけたくてならなかった。奇術とニュース映画を我慢すれば、そのあとで自分だけの秘密の〝ランデブー〟に出向くことができる。戦争の噂のおかげで、もう何カ月もの間、阻まれてきたランデブーに。

日曜の午後はヴェラの自由時間だという嬉しいおまけもあった。日曜の午後には、ヴェラはいつも虹口《ホンキュウ》のゲットーにいる両親のところを訪れることになっていた。自身まだ子供といってもいいこのうんざりする若い女性は、それ以外の時は、どこに行くにも番犬のようにジムについてきた。パーティが終わって楊《ヤン》が家に送り届けてくれたあとは――母と父はそのままロックウッド邸でディナーをとることになっていた――からっぽの家の中を好き勝手に歩きまわることができる。これはジムが一番楽しみにしていることだった。中国人の使用人が九人いることはいるが、あらゆるイギリス人の子供がそうであるように、ジムの意識の中では、使用人は家具と同じ、何も言わず目に見えない存在でしかなかった。バルサ材の模型飛行機に仕上げ塗料を塗ってから、学校の練習帳に書きつづけている『コントラクトブリッジのやり方』の新しい一章を完成させよう。ジムはもう何年も、母のブリッジパーティでの会話に熱心に耳を傾け、「ワン・ダイヤモンド」「パス」「スリー・ハート」「スリー・ノートランプ」「ダブル」「リダブル」といった〝コール〟から引き出せる限りの論理を引き出そうとしてきた。そして、その後、母にブリッジのルールを教えさせることに成功し、パートナー同士の取り決めである多彩な〝コンベンション〟も習得した。暗号内の暗号とも言うべきコンベンションはジムを魅了してやまなかった。エリー・カルバートソンの有名な手引書の助けを得て、ジムはいよいよ、最も難しい章、わざと偽ったビッドをして相手を混乱させる「サイキック・ビッディング」の章に取りかかろうとしていた。ただ、実のところ、ジムは、こうしたあれこれの手法を習得しているにもかかわらず、まだ一度も実際にブリッジをプレーしたことがなかった。

「サイキック・ビッディング」を書くのがあまりにたいへんだということがわかったら、フランス租界の自転車ツアーに出かけてもいい。福熙路《アベニュー・フォシュ》ギャングの構成員の十二歳のフランス人少年グループに遭遇するのに備えて、いつものようにエアガンを持って。家に戻る頃にはＸＭＨＡラジオの『フラッシュ・ゴードン』が始まる。そのあとはレコードのリクエスト番組。この番組にはジムも友達もみな最新のペンネームで電話リクエストを送っていた。「バットマン」「バック・ロジャーズ」「エース」（これがジムのペンネーム）。アナウンサーが「エース」の名を読み上げるのを聞くのは嬉しかったものの、同時にきまりの悪さにいつも身が縮む気分になった。

しかし——阿媽《アマ》にカソックを放り投げてパーティ用の衣装に着替えはじめた時、こうした楽しみがすべて台無しになりそうだということが判明した。戦争の噂で頭がいっぱいになったせいか、ヴェラが、今日は両親のところには行かないと言い出したのだ。

「あなたはパーティに行くのよ、ジェームズ」絹のシャツのボタンをとめながら、ヴェラは言った。「私は両親に電話して、あなたのことをすっかり話してきかせるわ」

「でも、ヴェラ——お父さんたちはヴェラに会いたがっているよ。間違いないよ。お父さんたちのことを考えてあげなくちゃ、ヴェラ……」困惑しながらも、ジムはヴェラに文句を言うのはためらった。母に、ヴェラにはやさしくするように、これまでの養育係たちのようにいじめたりからかったりしてはいけないと言われていたからだ。この陰気な白系ロシア人の養育係は、以前、ジムが麻疹《はしか》から回復した時に、私にはアマースト・アベニューで一家の行く末を警告する神の声が聞こえたと言って、ジムをぞっとさせた。そのすぐあとで、ジムは学校で、僕は無神論者だと宣言して友人たちを感服させた。ヴェラ・フランケルは決して笑顔を見せない女性で、彼女にとっては、ジムとジムの両親にかかわるありとあらゆることが異質と言うしかないものだった。上海という街そのもの、クラクフから遠く離れたこの暴力的で敵意に満ちた別世界が異質な存在であるのと同様に。ヴェラとその両親は、最後の避難船団の一隻に乗って、ヒトラーに蹂躙《じゅうりん》されたヨーロッパから逃げてきた。今、ヴェラの両親は何千というユダヤ難民とともに虹口《ホンキユウ》――上海の港の向こう側、色あせた安アパートとちっぽけな借家がひしめき合う陰鬱な地区のゲットーで暮らしている。

「ヴェラ、お父さんたちはどんなところに住んでるの?」答えはわかっていたが、ヴェラの気持ちを変えさせるために、あえて尋ねてみた。「家を借りているの?」

「ひと部屋で暮らしているわ、ジェームズ」

「ひと部屋⁉」ジムは仰天した。ひと部屋で暮らすなど考えられなかった。スーパーマンやバットマンのコミックよりもずっと異様な信じられない話だ。「その部屋はどのくらい広いの? 僕の寝室くらい? この家くらい広い部屋?」

「着替え室くらいね、ジェームズ。世の中にはあなたみたいに幸運ではない人もいるのよ」

畏怖の念に打たれたジムは着替え室のドアを閉め、ビロードのズボンにはきかえながら、小さな部屋のサイズを目で測ってみた。こんな狭い空間で、どうやったら二人の人間が生きていけるんだろう? それはコントラクトブリッジのコンベンションを全部マスターするのと同じくらい難しいこととしか思えなかった。この問題を解決するシンプルな鍵がきっとあるはずだ。それがわかれば、もう一冊、別の本が書ける。

幸いにも、ジムの差し出した餌にプライドをかき立てられて、ヴェラは両親の家に行くことにした。虹口《ホンキユウ》に行く路面電車の終点はフランス租界の霞飛路《アベニュー・ジョッフル》にあり、アマースト・

アベニューからはかなり歩かねばならない。ヴェラが家を出ていってからも、ジムはなお、この想像を絶した〝ひと部屋〟の謎についてあれこれと考えている自分に気づき、母と父の意見を聞いてみようと書斎に行った。だが、二人はいつもながら戦争のニュースに完全に気を取られていて、ジムが来たことにも気づかなかった。パーティ用の衣装を着た二人は、イギリスの短波放送に聞き入っていた。海賊のコスチュームに身を包んでラジオのかたわらに膝をついた父――革の眼帯を額に上げ、疲れた目に眼鏡をかけた父は、さながらカリブの学者海賊といったところだった。マホガニーのラジオの前面に埋め込まれた金歯のような黄色いダイヤルを見つめながら、父は絨毯の上に広げたロシアの地図に新たな防衛戦を書き込んだ。赤軍はそこまで撤退を余儀なくされたのだ。父は、その線を絶望的なまなざしで見つめた。ジムがフランケル一家の小さな部屋に当惑しているように、父はロシアの広大さをつかみかねているようだった。

「ヒトラーはクリスマスにはモスクワに入るだろう。ドイツ軍の進軍は止まる気配がない」

母はピエロの格好で窓辺に立ち、鋼《はがね》のような十二月の空を眺めていた。通りに沿って長い尾を引く中国の葬儀凧《だこ》がうねり、頭部を上下させながら、ヨーロッパ人の家々に猛々《たけだけ》しい笑みを投げかけていった。「モスクワは間違いなく雪よ。きっと雪がドイツ軍を止めてくれるわ……」

「一世紀に一度、同じことが起こるのか？　それだってないものねだりに等しいというものだ。チャーチルがアメリカを参戦させないことにはどうしようもない」

「父さん、泥将軍って誰のこと？」

父は目を上げて、入り口で待っているジムを見た。阿媽《アマ》が運搬人よろしくエアガンを運んできた。この青いビロードの服を着た義勇歩兵隊の一員はロシアの戦争活動を支援する用意ができていた。

「今日は空気銃《BB》はだめだ、ジェイミー。代わりに模型飛行機を持っていきなさい」

「阿媽《アマ》、それに触るなと言っただろう！　殺してやる！」

「ジェイミー！」

父がラジオから向き直り、ジムを殴ろうとした。ジムは静かに母の横に立った。母は何が起こるかを見届けようとしている。自転車で上海の街をあてもなく走りまわるのが好きなジムだったが、家にいる時にはいつも母の近くにいた。穏やかで賢い女性。人生における母の主たる目的は、ジムが判定したところでは、パーティに行くことと、ジムのラテン語の宿題を手伝うことだった。母が出かけている時、ジムは母の寝室で何時間も安らぎに満ちた時を過ごした。香水を何種類も混ぜてみたり、結婚する前の母のアルバムをぼんやりとめくってみたり……そこに貼られた写真は、母がジムの姉を演じる魅惑的な映画のスチルだった。

「ジェイミー！　そんなことは二度と言うな……阿媽《アマ》であれほかの誰であれ、殺してやるなんてことは、絶対に」父は固く握りしめていた両の拳を開き、ジムは父がどれほど疲れているかを理解した。父さんは過剰なまでに平静さを保ちつづけようと努力している――ジムにはそんなふうに思えることがしばしばだった。共産主義者たちの労働組合から会社に向けられる脅し、在留英国人協会のための仕事、ジムとその母親に対する不安——父の肩にはとてつもない重荷がのしかかっている。戦争のニュースに聞き入っている時の父は、今にも目まいを起こして倒れてしまいそうだった。母と父の間には、以前にはまったく見られなかった激しい感情の衝突が起きるようになっていた。父は、ジムに対しては、怒ることもある一方で、息子の生活のごくごく瑣末《さまつ》な事柄に強い関心を示すようになった。模型飛行機を作る手伝いをするほうが戦争よりずっと重要だと思っているかのようだった。さらに、ここに来て初めて、学校の勉強にはいっさい関心を向けなくなり、学業とは無関係の雑多な情報を一方的にジムに与えるようになった。近代の染料化学、自分の会社で働く中国人従業員のための福利厚生計画、戦争が終わってからジムが行くことになるイギリスの学校と大学、そして、ジムが望むならだが、医者になるにはどうすればいいか……。父は、ジムの青年期を形作ることになるはずのこうした事柄のどれひとつとして決して現実のものになることはないと考えているように思えた。

ジムは賢明に、父を刺激しないようにしようと決意した。虹口《ホンキュウ》のゲットーのフランケル家の謎の部屋にも、サイキック・ビッディングの問題にも、頭の中の戦争映画のサウンドトラックが欠けていることにも触れないようにしよう。二度と阿媽《アマ》を脅したりしないようにしよう。これから三人でパーティに行くのだ。父さんを元気づけ、ドイツ軍をモスクワに入る前に止める手立てはないか考えてみよう。

楊《ヤン》が話していた上海の映画スタジオでの人工雪のことを思い出しながら、ジムはパッカードの後部席に座った。アマースト・アベニューがクリスマスパーティに向かうヨーロッパ人の車でいっぱいなのを見て嬉しくなった。西部の郊外地域じゅうの人たちが突飛な格好をしている、上海が道化師の街になってしまったみたいに。

2　乞食と曲芸団

ピエロと海賊姿の母と父が無言で座席に着くと、パッカードは上海から西へ八キロほどの田園地域・虹橋《ホンチャオ》に向けて出発した。母は常々、車寄せの端で寝ている年寄りの乞食を轢《ひ》かないよう楊《ヤン》に注意していたが、楊《ヤン》は門を抜けると停止する気配も見せずにアクセルを踏み込み、重量のある車をぐいと左折させてアマースト・アベニューに出た。前輪が乞食の片足を踏みつぶしたのをジムは見た。この乞食がやってきたのは二カ月前のことだった。生きたボロの塊としか言いようのない年老いた乞食の所持品はすり切れた薄いゴザとクレイブンAのブリキ缶だけで、誰かが通りかかるたびに、乞食はこの煙草の空き缶を振ってみせた。ゴザの上に居座った乞食は、この異国の大班《タイパン》の屋敷の門前の場所を守ることにかけては猛然たる姿勢を示し、ボーイとナンバー1クーリー——召使《めしつかい》と筆頭下働き人——でさえ乞食を移動させることはできなかった。

しかし、この場所も乞食にとってほとんど利はなかった。その冬の上海は何度も寒波に見舞われた。一度、猛烈に寒い日が一週間ほど続いたあと、乞食はブリキ缶を持ち上げることもできないほどに衰弱してしまった。心配するジムに、クーリーが飯をひと椀持っていってやったと母が教えてくれた。十二月の初め、激しい降雪のあった夜が明けると、雪が分厚い刺子《さしこ》の布団のように老人をすっぽりと覆い、羽布団にくるまって眠る子供のように顔だけが覗いていた。ジムは、老人が動かないのは雪の下のほうが暖かいからだと自分に言い聞かせた。

上海には無数の乞食がいた。アマースト・アベニューでもすべての家の門の前にひとりずつ陣取って、改悛したスモーカーさながらにクレイブンAの缶を振っていた。その多くが凄惨な傷跡やなくなった手足をこれ見よがしに見せつけていたが、この午後、そんな乞食たちに目を向ける者は誰もいなかった。上海周辺の町や村から逃げてきた人々が大挙して市街地になだれ込んでおり、アマースト・アベニューには、全財産を積んだ木の荷車や人力車がひしめき合っていた。大人も子供も背中にくくりつけた梱《こり》の重みに体を二つ折りにして必死に車を引いている。膨れ上がったふくらはぎに手の指ほどもある血管を浮き上がらせて、かけ声を上げ唾を吐きながら梶棒を引いていく人力車夫たち。布団と炭火コンロと米袋を載せた自転車を押していく下っ端の勤め人たち。そんな車輪の迷路の間を、胸に大きな革靴の片方をくくりつけ、両手に木のダンベルを持った片脚のない乞食がひとり、全身を大きく揺らしながら歩いていた。楊《ヤン》が強引に車の進路からどかせようとすると、乞食はパッカードに唾を吐き、ダンベルを叩きつけて、みずからの唾と土の王国に自信満々の様子で輪タクと人力車の車輪の間に姿を消した。

共同租界から出る大西路《グレート・ウエスタン・ロード》の検問所に着くと、両側に多数の車が列をなしているのがわかった。上海警察は群衆をコントロールするのを完全に諦めていた。イギリスの警官が装甲車両の砲塔の上に立ち、煙草をふかしながら、かたわらを押し進んでいく何千という中国人を見つめていた。時々、体面を保つためか、カーキ色のターバンを巻いたこのインド人の下士官は腕を振り上げ、中国人たちの背中に竹製の警棒をお見舞いした。

ジムは警官たちを見上げた。汗だくになった肥満体の男たちの制服に輝くサム・ブラウン・ベルトに、さらには、用を足したくなったら所かまわず引っ張り出される特大の一物《いちもつ》と、彼らの男らしさを全面的に支えているピカピカのホルスターに、ジムは目を奪われた。いつか自分もホルスターを着けて、太腿に当たる巨大なウェブリー・レボルバーの感触を味わってみたいと思った。以前、父の衣装ダンスのシャツの間でブローニング式自動拳銃を見つけたことがあったが、それは、両親が持っているムービーカメラの内部とよく似た——一度、間違って蓋を開けてしまい、何百フィートものフィルムを感光させてしまった——宝飾品のようなピストルで、そのちっぽけな銃が人を、まして屈強な共産党員の労組《ろうそ》のオルガナイザーを殺せるなど、とうてい想像できなかった。

一方、検問所を統括している日本人の軍曹が装着しているモーゼルは、ウェブリーよりさらに印象的で、膝のあたりまで届く木製のホルスターはほとんど小銃ケースといってよかった。ジムは軍曹を観察した。小柄ながらがっしりした体躯の軍曹は拳で中国人たちを追い戻していたが、荷車や人力車を盾に抵抗する農民たちに圧倒されかかっていた。パッカードの前部座席の楊《ヤン》の隣に座ったジムはバルサ材の模型飛行機を握りしめ、軍曹がモーゼルを抜いて空に発射するのを待ち受けた。しかし、軍曹は弾薬の使用には慎重だった。二人の日本人兵士が農婦の荷車を引っくり返し、その周囲にスペースを作った。銃剣を手にした軍曹が農婦の足もとに転がった米袋を切り裂いた。農婦は、仮装パーティ姿のヨーロッパ人たちを乗せたピカピカのパッカードやクライスラーの車列の間に立ちつくし、抑揚のない声を上げて泣きながら震えているばかりだった。

もしかしたら、この女の人は武器を密輸しようとしたんだろうか？　中国人の間には国民党と共産党のスパイがいたるところにいる。ジムは、切り裂かれた米袋が唯一の所持品だったに違いないこの農婦をかわいそうに思ったが、それでも日本兵たちが崇敬の的であることに変わりはなかった。日本人の勇敢さとストイシズムがジムは好きだった。ジム自身は悲しさなど一度も感じたことはないのに、日本人の悲しさは不思議にジムの心に響いた。中国人――彼らのことならよく知っている――は冷酷で、しばしば残酷なことも平然とやってのけるが、彼ら独自の優れた形で常に集団として行動している。一方の日本人は誰もがひとりで、その全員が、どれもまったく同じにしか見えない家族写真を――まるで日本軍が町の写真館の客だけで構成されているかのような、小さなフォーマルな写真を――持ち歩いている。

上海市内を走りまわる自転車ツアー――両親は息子がそんなことをしているのに気づいていない――の際に、ジムはあちこちの日本軍の検問所で長い時間を過ごした。時々、退屈した兵士の気を引くのに成功したことはあったものの、誰ひとりとして武器を見せてくれる者はいなかった。一方、バンドぞいの土嚢《どのう》を積んだトーチカにいるイギリス陸軍の兵士は違った。自分たちの周囲で繰り広げられているウォーターフロントの生活に気づくこともなく、ハンモックに寝そべってごろごろしているイギリス兵たちは、ジムに、リー・エンフィールド銃のボルトを操作させてくれたり、専用の用具で銃身の内部を掃除させてくれたりした。ジムはこのイギリス兵たちが好きだった。ジムには想像もつかない不可思議なイギリスの話を次々と繰り出す彼らの異様な話し声も好きだった。

だが、この街に戦争がやってきたとして、はたしてこの兵士たちに日本軍を打ち負かすことができるのだろうか？　ジムには、とうてい無理だとしか思えなかったし、父もそう思っていることがわかっていた。一九三七年、対中戦争が始まった時に、二百人の日本の海軍陸戦隊員が黄浦江を遡《さかのぼ》ってきて、浦東《プードン》にある父の綿織物工場の真下の黒い泥の浜に壕《ごう》を掘り、そこに陣取った。対岸のパレスホテルのスイートからすべてが見て取れた。日本軍は、蔣介石夫人マダム・チャンの甥の指揮下にある中国軍の一師団の攻撃を受けた。兵士たちは五日間、満潮時には腰まで浸かる壕で応戦を続け、そののち銃剣を手に打って出て中国軍を壊滅させたのだった。

アメリカ人とヨーロッパ人を運ぶ車は一台ずつ検問所を通過していった。クリスマスパーティの時間にはすでに遅れていた。楊《ヤン》は心配げに口笛を吹いて、検問所のバリヤーに向けてじりじりとパッカードを進めていった。パッカードの前には、鮮やかな鉤十字のペナントがあちこちに描かれたメルセデスの大型オープンカーがいた。だが、苛立ちもあらわなドイツ人の若者でいっぱいのこの車の内部も、日本兵たちはほかの車と同様に徹底的に調べていった。

模型飛行機をかざしたジムの肩を母が押さえた。「今はだめ。日本兵が脅されたと思うかもしれないから」

「こんなものに脅されたりしないよ」

「ジェイミー、今はだめだ」父がそう繰り返し、めったに見せることのないユーモアの響きを込めて、こう付け加えた。「お前が戦争の引き金を引くことになるかもしれないからな」

「僕が?」この考えにジムは大いに興味をそそられた。そして、かざした飛行機をおろした。日本兵は、小銃の先端の銃剣を、まるで目に見えない蜘蛛の巣を払うかのようにフロントガラスの右から左へと走らせた。次の行動はわかっていた。助手席のウィンドウから上半身を突っ込み、パッカードの車内に、疲れた吐息と、日本兵の全員が発している威嚇の臭いを送り込んでくるのだ。車内の全員がじっとしていた。わずかな動きでも見せたなら、一瞬の間《ま》を置いて暴力的な報復行動を引き起こすことにもなりかねない。去年、まだ十歳だった時に、ジムは金属製のスピットファイアを日本軍の伍長の顔の真ん前に突きつけて声高く「ラタタタタ……」と言ってのけ、あやうく楊《ヤン》の心臓を止めてしまうところだった。伍長は一分近くひとりゆっくりと頷きながら、無表情で父を見つめていた。父は屈強な身体の持ち主だったが、その屈強さがテニスで培われたものでしかないことをジムは知っていた。

今日のジムは日本兵に模型飛行機を見てもらいたいと思っただけだった。称賛の目を向けてもらわなくてもいい、ただ、その存在に気づいてほしいと思っていた。去年より成長した今は、自分がパッカードの副操縦士だと考えるのが気に入っていた。飛行機は常にジムを引きつけてやまず、とりわけ、一九三七年に上海の南市《ナンタオ》と虹口《ホンキュウ》地区を壊滅させた日本軍の爆撃機は決定的な印象を残した。あの時の空爆では、中国人の家屋が連なる通りという通りが灰燼に帰し、愛多亜路《アベニュー・エドワード七世》ではたった一発の爆弾が千人もの住人を殺戮した。この死者数は、それまでの戦争の歴史におけるいかなる爆弾をもしのぐものだった。

実のところ、ジムにとって、ロックウッド邸のパーティの一番のアトラクションは、今は使われていない虹橋《ホンチャオ》の飛行場だった。日本軍は市街を取り巻く農業地帯をコントロール下に置いていたものの、部隊の多くは共同租界の境界周辺のパトロールに忙しく、田園地域に居を構えているアメリカ人とヨーロッパ人に関与しようとはしなかった。実際、ロックウッド邸周辺で日本兵の姿を見かけることはまずなかった。

ロックウッド医師の孤立した屋敷に着いた時、ほっとしたことに、パーティはまだ盛況とは言いかねる状態だった。車寄せには十台あまりの車が停まっているだけで、お抱え運転手たちは一刻も早くこの場を離れたがっているかのようにフェンダーの汚れをせっせと拭き取っていた。プールは水を抜かれ、中国人の庭師が静かに、深いほうの端に転がったコウライウグイスの死骸を取り除こうとしている。幼少の子供とその子守《アマ》たちがテラスに座って広東の曲芸団の芸を見物していた。曲芸師たちはおかしな格好の梯子《はしご》を登って天に消えていくふりをし、くしゃくしゃにたたんだ紙の翼を広げて鳥になった。そして、歓声を上げる子供たちの間を踊りまわったのち、全員がお互いの背中に跳び乗って一羽の巨大な赤い雄鶏に変身した。

ジムは模型飛行機をかざしてベランダのドアを次々と抜けていき、頭上で大人たちの会話が続く中、パーティを一巡した。客の多くが仮装をしていなかった。現実世界での役割にナーバスになりすぎて、仮装などする気になれないとでもいうようだった。この集まりは、夜を徹して翌日の午後まで続くアマースト・アベニューでのパーティを思い起こさせた。パーティが終わり近くになる頃には、しわくちゃのイブニング姿の夫人たちが夫を探しているふりをしながら、気もそぞろの態《てい》でプールの脇をさまよい歩いていたものだった。

ロックウッド医師が短波ラジオのスイッチを入れると、会話の声がすっと静まった。全員がラジオに集中したのを見届けて、ジムはサイドドアから屋敷の裏のテラスに出た。中国人の女たちが一列になって移動しながら芝を刈っていた。それぞれ小さな椅子に腰かけ、肩を並べて草刈り鎌を動かしつつ、とめどなくおしゃべりを続けている、黒い上着とズボン姿の二十人の女性。その背後には山東絹のような緑の芝地が広がっている。

「やあ、ジェイミー。また考えごとかね?」親友のパトリックの父親であるマクステッド氏がテラスに現われた。シャークスキンのスーツを着た人当たりのよい人物ながら、みなとあまり交わろうとせず、大量のウィスキーソーダを緩衝装置にして現実と向き合っている。マクステッド氏は葉巻の下から芝刈り女たちを見つめた。「中国人が全員一列に並んだら北極から南極までつながるだろうな。そう思ったことはないかい?」

「世界じゅうの草を刈れるってこと?」

「そう言いたければそう言ってもいい。カブスカウトをやめたそうだね」

「それは……」ジムがウルフカブをやめたのは、単にその結果がどうなるかを試してみたいという一種の反抗の行為でしかなかったが、そんなことをマクステッド氏に説明して意味があるとは思えなかった。実際、がっかりしたことに、両親は驚くほどに無反応だった。カブをやめて、僕は無神論者になっただけでなく、共産主義者になるかもしれない――そうマクステッド氏に話してみようかと思った。共産主義者はあらゆる人を不安にさせる興味深い能力を持っている。これはジムが尊敬してやまない才能だった。


でも、そんなことを聞いてもマクステッド氏はこれっぽっちも動じないだろう。大上海大戯院《シアター》をはじめ数えきれないほどの上海のナイトクラブを設計した元建築家で、今は実業家に転身しているマクステッド氏は、ジムの憧れの的だった。何度かマクステッド氏の自由奔放な振る舞いを真似てみようとしたものの、すぐに彼ほどにリラックスした態度を取りつづけるのは実に疲れる作業だということがわかった。自分の将来についてはほとんど何の考えも持っていなかったジムだが――上海での生活は、徹頭徹尾、厳然たる〝現在〟の内で進行していた――成長してマクステッド氏のようになった自分を想像してみることはあった。永遠に同じウィスキーソーダのグラス(少なくともジムはそう思っていた)をかたわらに置いたマクステッド氏は、上海という街に適応した完璧なイギリス人だった。その点で、ジムの父は、その意識の真摯さゆえに、本当の意味で上海に適応することは決してなかった。マクステッド氏に連れられてのドライブを、ジムはいつも大いに楽しんだ。パトリックとともにスチュードベイカーのフロントシートに座って出かける、昼間の無人のナイトクラブとカジノを巡る予測のつかないツアー。マクステッド氏は自分でスチュードベイカーを運転した。それはジムにとってエキサイティングで、どこかいかがわしくさえ思える行動のマジックだった。絹のストッキングをかがっている白系ロシア人の売春婦たちの寛容なまなざしのもと、ジムとパトリックがマクステッド氏の金を使って、ディーラーのいないルーレットで遊んでいる間、マクステッド氏はオフィスでオーナーを前に山と積んだ札束をあちらへまたこちらへと動かしていた。

今度は僕がお返しに、マクステッド氏を虹橋《ホンチャオ》飛行場の秘密の探索行に案内すべきなんじゃないだろうか？

「映画ショーを見逃すんじゃないぞ、ジェイミー。私は君を当てにしているんだから。軍事航空界の最新ニュースに遅れを取らずにいるために……」

ジムは、水の抜かれたプールのタイル貼りの縁《へり》をふらふらと歩くマクステッド氏を見つめた。プールに落ちるかどうかを確かめたかった。マクステッド氏がいつも誤ってプールに落ちるのであれば――それはまさしく事実だったのだが――どうして水が張ってある時にしか落ちないのだろう？

3　遺棄された飛行場

マクステッド氏のプール落下の問題について考えながら、テラスから芝地に歩み出ると、ジムは草刈り女たちの頭上に模型飛行機を飛ばし、その前を駆け抜けていった。女たちはジムには目もくれず鎌を動かしつづけたが、彼女たちとの距離が近くなりすぎると、ジムはいつもかすかな恐怖のおののきを感じた。女たちの進路で転んだらいったい何が起こるか、ジムにはそのシーンをありありと思い浮かべることができた。

ロックウッド邸の敷地の南西の角に電波アンテナがあり、木の柵の一部がワイヤ索に置き換えられていた。その隙間から、ジムは人の手の入っていない野原に踏み出した。野生のサトウキビが生い茂る野原の中央部に墳墓塚が盛り上がり、ゆるんだ地面から腐った柩《ひつぎ》がいくつもタンスの引き出しのように突き出ていた。

野原を進んでいったジムは、墳墓塚の横に来たところで足を止め、いくつかの蓋のない柩の中を覗き込んだ。雨に洗われた泥の中に黄ばんだ骸骨が埋まっていた。その様は、ここに葬られた貧しい農民たちが絹の布団に横たえられているかのようだった。改めて、ジムは、これらの骸骨と、上海の街で日々目にする死んだばかりの無個性な死体とのコントラストに強い衝撃を覚えた。ここにいる太陽にあたためられた骸骨はひとつひとつがひとりの個人なのだ。とりわけ頭蓋骨はジムを強く引きつけた。目を細めてこちらを見ているような眼窩奇妙によじれた歯。ここにある骸骨は、多くの点で、一時《いっとき》その骨を体の中に保持していた当の農民たち以上に生きていた。ジムは自分の頬と顎に触り、遺棄された飛行場が見わたせるこの平穏な野原で陽の光を浴びて横たわっている自分の骸骨を想像してみようとした。

墳墓塚とその住人である骨をあとにして、ジムは野原をさらに進んでいった。発育の悪いポプラが並ぶ生垣《いけがき》まで行くと、設置された木の踏み段を登って、向こう側の干上がった田圃へと降りた。生垣が落とす影の中に皮だけになった水牛の死体が転がっていたが、それ以外には何もない光景が広がっている。まるで、この黄浦江領域の田園地帯で暮らしていたすべての中国人が上海に避難してしまったとでもいうかのようだった。模型飛行機を頭上に掲げたジムは、田圃に沿って、百メートルほど西の一段高くなった地面の上に立つ鉄製の建物に向けて走っていった。その先の生い茂ったイラクサと野生のサトウキビに覆われて続く一本のコンクリートの道の残骸は、廃墟と化した門衛所を過ぎたところで一面の雑草の海に飲み込まれていた。

虹橋《ホンチャオ》飛行場。ジムにとって、無数の夢と興奮が駆けめぐる魔法の場所。一九三七年、上海に進軍する日本の歩兵部隊を攻撃すべく、中国軍の戦闘機がここから次々と飛び立っていった。だが今は、トタンの格納庫以外には、軍用飛行場だったことをうかがわせるものはほとんど残っていない。ジムは腰の高さまで伸びた草の中に踏み込んだ。あたたかな表面の草の下には、青島《チンタオ》の海のように謎めいた流れが幾重《いくえ》にも交錯する冷たい世界が広がっていた。キラキラと輝く十二月の風が草地を波立たせ、周囲に、目に見えない飛行機が残す後方流のような螺旋模様を作り出していった。注意深く耳をすませると、回転するエンジン音までが聞こえてきそうな気がした。

風の中に模型飛行機を放ち、戻ってきた機体を片手でキャッチした。すでに模型のグライダーへの熱意は失せていた。自分が今、模型で遊んでいるのは、かつて飛行服に身を包んだ中国軍と日本軍の攻撃機のパイロットが離陸を前にゴーグルを装着した、まさにその場所なのだ。さらに深く肩まで達する草の海を、ジムは泳ぐように進んでいった。無数の草の葉が、この小さな飛行家の身許を確認するかのように、ビロードのズボンと絹のシャツの周囲に渦巻いた。

飛行場の南端となっている浅い用水路のかたわらの深いイラクサの茂みの中に、日本の単発戦闘機の残骸が転がっている。撃墜されて草の滑走路に着陸を試みたのだろう。両翼とプロペラと尾部はなくなっているが、コクピットは無傷だった。操縦席と操作盤の錆びた金属は雨に洗われて色あせ、開いたラジエーターの遮蔽板の奥にエンジンのシリンダーが見えた。かつて、この飛行機とパイロットを空へと運んでいたエンジン——つややかに磨き上げられていたはずの金属は今では茶色の軽石のようになり、青島《チンタオ》のドイツの要塞下の入江で浜に乗り上げて錆びていくUボートの巨体を思わせた。しかし、そんな状態であるにもかかわらず、この戦闘機は今なお空に帰属していた。ジムはもう何カ月もの間、父を説得して、この戦闘機をアマースト・アベニューに運んでいくことはできないものかと考えつづけていた。そうすれば、夜にはベッドのかたわらで、ジムの頭の中のニュース映画の光が戦闘機を明々《あかあか》と照らし出せるはずだった。

ジムは模型飛行機をエンジンカバーの上に置き、風防ガラスを乗り越えて金属の操縦席にもぐり込んだ。パイロットのクッションになるパラシュートがなくなっているため、錆びた金属の凹《へこ》みに直接腰をおろして、日本の文字が記された各種の指針盤とトリムホイールと降着装置のレバーを見つめた。計器盤の下に、風防カウルに装着された機関砲の銃尾と、プロペラシャフトに向けて伸びる同期歯車が見えた。コクピットには強い情念が満ちていた。ジムが知っている唯一のノスタルジア――この操作盤の前に座っていたパイロットの記憶が無傷のままにコクピットを覆っていた。このパイロットは今どこにいるのだろう？　ジムは機器を操作する真似をした。すでに死んでしまって久しいパイロットと同じ動作をすることで、そのスピリットを呼び覚ますことができるような気がした。

密集したダイヤルのひとつの下、日本語が並ぶ金属のテープがダッシュボードに留めつけられていた。吸気圧かピッチの設定リストだ。摩耗したリベットからテープをはぎ取ると、ジムは立ち上がり、ビロードのズボンのポケットにテープを滑り込ませた。そして、コクピットから這い出し、エンジンカバーの上に降りた。混乱した無数の感情に腕と肩が震えていた。残骸でしかないこの飛行機もジムの心の中では必ず飛び立つのだ。ジムは興奮に身を任せ、模型飛行機を取り上げて空に放った。

風に乗った飛行機は鋭くバンクし、飛行場の端を越えて空高く舞い上がったかと思うと、古いコンクリートのトーチカの屋根に沿って横滑りし、その先の草の中に落下した。模型飛行機のこのスピードにびっくりしたジムは、エンジンカバーから跳び降り、トーチカに向けて走り出した。両腕を大きく広げ、跳びはねるバッタの群れに機銃掃射をお見舞いした。

「タタタタタ……ヴェラヴェラヴェラ……！」

雑草の生い茂る飛行場南端の用水路の向こうが一九三七年時の戦場だった。中国軍はここで日本軍の上海侵攻を食い止めようと虚しい抵抗を繰り広げた。ジグザグのラインを描く塹《ざん》壕《ごう》の名残り——一群の墳墓塚をつなぐようにして、使われていない運河の土手道に築かれた土の防壁は、いたるところが崩れ落ちていた。ジムは、一九三七年の激戦のあとに、両親と一緒に虹橋《ホンチャオ》に来た時のことを思い出した。ヨーロッパ人とアメリカ人のグループが何組も上海からやってきて、薬莢《やっきょう》で覆いつくされた田舎道に大型車を停めた。シルクのドレスを着たご婦人方とグレーのスーツ姿のご主人方は、通りかかった爆発物処理隊が一行のために並べてくれた残骸の間をのんびりと歩きまわった。ジムの目には、そこは戦場というより危険なゴミ捨て場としか見えなかった。道端に散乱する弾薬箱や柄つき手榴弾、マッチ棒のように積み上げられた放棄された小銃、馬の死骸にくくりつけられたままのいくつもの迫撃砲。草の中に転がった機関銃の弾薬帯は毒蛇の抜け殻を思わせた。そして、それらを取り囲んで、周辺のいたるところに中国兵の死体があった。道の縁《へり》に列をなし、運河に浮かび、あちこちの橋の橋脚に折り重なっているおびただしい死体。墳墓塚をつなぐ塹壕には、何百という死んだ兵士たちが肩を寄せ合い、倒壊した土壁に頭をもたせかけていた。全員がそろって深い眠りに落ち、戦争の夢を見ているかのようだった。

ジムはトーチカの前に着いた。銃を発射する狭間《はざま》から、わずかな光だけが内側の湿った空間に射し込むコンクリートの小堡塁だった。屋根によじ登り、平らな部分の端まで歩いていくと、イラクサの土手に目を凝らして模型飛行機を探した。模型は六メートル先の昔の塹壕の錆びた有刺鉄線に引っかかっていた。翼の紙は破れていたが、バルサ材の骨格は無事だった。

トーチカから跳び降りようとしたその時、ジムは塹壕の中からこちらを見上げている者がいるのに気づいた。完全武装した日本兵が崩れた土壁のそばにしゃがんで、小銃と装備とグラウンドシートを、これから点検しようとしているかのように、かたわらに並べている。まだ十八にもなっていないように見えるおとなしそうな丸顔の兵士は、青いビロードのズボンに絹のシャツという格好のヨーロッパ人の少年の出現に驚いた様子もなく、ジムをじっと見つめた。

ジムは塹壕に目を走らせた。小銃を膝の間に置き、地面から突き出た木の梁に腰かけている兵士が二人。さらに……塹壕の中は武装した兵士でいっぱいだった。五十メートル先には、塹壕の土壁の下にしゃがみ込んで煙草を吸ったり手紙を読んだりしている別の部隊がいる。その先にも、イラクサと野生のサトウキビの間に頭がわずかに見えるだけながら、いくつもの兵士の集団がいる。日本の歩兵中隊がまるまる、このかつての戦場で休息を取っていたのだ。その光景はあたかも、先の戦闘の死者たちが——墓から蘇り、新たな軍服と配給品を支給された亡霊たちが——改めて身支度を整えているかのようだった。煙草を吸い、慣れない陽光に目を瞬《しばたた》かせている彼らの顔は一様に、無人の田圃の彼方、ネオンサインが明滅している上海のダウンタウンの高層ビル群に向けられていた。

あの戦闘機の死んだパイロットもコクピット内で蘇っているかもしれない。そう思ったジムはくるりと振り返った。飛行機とトーチカの間の深い草の中を、こちらに向かって歩いてくる日本軍の軍曹の姿があった。その背後には、力強い足に踏みつけられた黄色く光る一本の筋が残されていた。軍曹は煙草を吸い終え、最後の煙を肺の奥に深々と吸い込んだ。ジムの存在は無視していたものの、軍曹がこの少年をどうするかすでに決めていることははっきりしていた。

「ジェイミー……！　みんな待っている……お前をびっくりさせることがあるぞ！」

大声で呼びかける父の声が聞こえた。眼鏡をかけ、海賊の眼帯と上着を取ってしまった父が、飛行場の真ん中に立っていた。塹壕の中にいる何百人もの日本兵の姿が見える位置だった。ロックウッド邸から走ってきて息を切らしていたとはいえ、日本兵たちに与える不安を最小限にしようと、父は自分を抑えつけ、それ以上動くことなく静かに立っていた。追い詰められた時には必ず泣き叫び、腕を振りまわす中国人には、父のこの姿勢は絶対に理解できないだろう。

それでも、攻撃の意図がないことを示す父のこのささやかな振る舞いが軍曹を満足させたらしいことに、ジムは驚いた。軍曹は、ジムには一瞥もくれず、吸い殻を投げ捨てると、境界の用水路を跳び越えた。そして、有刺鉄線に引っかかっていた模型飛行機をもぎ取り、イラクサの茂みに投げ捨てた。

「ジェイミー、花火の時間だ……」父は草の中に静かに歩を進めた。「そろそろ行かなくては」

ジムはトーチカの屋根から這い降りた。「飛行機があそこにある。取ってこられると思うんだけど」

父は塹壕の土壁ぞいに歩いていく軍曹を見つめていた。今の父には話をするのも難しそうだということがわかった。血の気が失せた顔には、以前、織物工場の労組《ろうそ》のオルガナイザーに殺してやると脅された時のような緊張の色が浮かんでいた。それでもなお父は何事かを考えつづけているようだった。「あれは、あの兵隊たちのために残しておこう――落とした物は拾った者の物だ」

「凧《たこ》みたいに？」

「そのとおり」

「あの人、そんなに怒ってなかったよ」

「何かが起こるのを待っているように見える」

「次の戦争？」

「そうじゃないと思う」

二人は手をつないで飛行場を横切っていった。動くものは何もなかった。ただ、休みなくそよぐ草だけが、来たるべき後方流に備えてリハーサルを繰り返していた。格納庫のところまで来ると、父は骨が折れてしまいそうなほどに強くジムを抱きしめた。まるで、ジムが永遠に失われてしまったとでもいうかのようだった。ジムのことを怒ってはおらず、むしろ、かつての飛行場を訪れざるをえない状況になったことを喜んでいるようにも見えた。

だが、ジムは漠然とした罪の意識とともに、自分に苛立ちを覚えていた。模型飛行機をなくした上に、父を日本兵との危険な遭遇の場に連れ込んでしまったのだ。日本軍の進路にひとりで迷い込んだヨーロッパ人は死体となって道端に放置されるのが常だった。

ロックウッド邸に戻った時、客たちはすでに帰途につこうとしているところだった。子供と阿媽《アマ》たちを呼び集めると、彼らはそそくさとそれぞれの車に乗り込み、隊列を組んで共同租界に向けて車を発進させていった。サンタクロース姿で医療用コットンの髭を着けたロックウッド医師が帰っていく一行に手を振る中、マクステッド氏は水を抜いたプールのかたわらでウィスキーを飲み、中国人の奇術師たちは梯子《はしご》を登って想像上の鳥に変身した。

なおも模型飛行機を失ったのを残念に思いながら、ジムはパッカードの後部席の母と父の間に座らされた。二人とも、僕が前の席の楊《ヤン》の隣に座ったら新たな問題を起こすかもしれないと心配しているんだろうか？　僕はドクター・ロックウッドのパーティを台無しにしたばかりか、自分で、二度と虹橋《ホンチャオ》飛行場に行くこともできないようにしてしまったのだ。ジムは、あの撃墜された飛行機のことを思った。これまで、ありったけの想像力を注ぎ込んできた飛行機と、錆びついたコクピット内でその実在を感じた死んだパイロットのことを思った。

すっかり落ち込んでいたジムだったが、母から、これから何日かアマースト・アベニューを離れてパレスホテルの会社が保有するスイートで過ごすことにしたと聞かされて、少し気分が回復した。大聖堂学校の期末試験が明日から始まることになっていて、明日は幾何と聖書の試験だった。大聖堂はパレスホテルからほんの数百メートルだから、明日の朝は復習の時間がたっぷり取れる。ジムは聖書に熱中していて（無神論者になった今はなおさらのこと）、いつも、マシューズ師のお決まりの褒め言葉（「第一位は、あまたある中で最大の不信心者たる……」）を聞くのが嬉しくてならなかった。

母と父が着替えをすませ、スーツケースを車に積み込むまで、ジムは前部座席で待っていた。パッカードが門を出る際に、ジムはすり切れたゴザの上に身じろぎひとつせず横たわっている乞食に目を向けた。老人の左足にファイアストーンのタイヤの模様がついているのが見て取れた。頭は木の葉と新聞の切れ端で覆われていて、老人はすでに、みずからがその内から出てきた形のないゴミの一部になりつつあった。

ジムは、老いた乞食をかわいそうに思いながら、どういうわけか、その足のタイヤの模様のことだけを考えている自分に気づいた。マクステッド氏のスチュードベイカーに乗っていたなら、模様は違っていたはずだ。老人の足にはグッドイヤーの模様がついていただろう……。

こんな考えを振り払おうと、カーラジオのスイッチを入れた。夜間に上海の市街を走るのを、ジムはいつも心待ちにしていた。電飾でギラギラと輝きわたる夜の上海は、世界のどの都市よりもエキサイティングだった。静安寺路《バブリング・ウエル・ロード》に入ると、ジムはフロントガラスに顔を押しつけて、ナイトクラブや賭博場が軒《のき》を連ね、ボディガードを従えた売春婦や犯罪組織のメンバーや裕福な乞食たちでごった返している歩道に目を凝らした。ここから一万キロの彼方、日付変更線の向こうのホノルルはまだ日曜の早朝で、アメリカ人たちは眠りの中にいる。だが、時間にして一日、そのほかの何もかもがアメリカに先んじているここ上海では、まもなく新しい週が始まろうとしていた。ハイアライ場（上海で人気のあった賭博スポーツ場）に殺到するギャンブラーの群れが車の行く手を妨害する。運転席の上の鋼鉄の砲塔に二機のトンプソン軽機関銃を装備した警察の武装バンが、パッカードのすぐ前を右に左にゆっくりと蛇行しながら路上の人々を押しのけていく。スパンコールをあしらったドレス姿の若い中国人女性のグループが造花で飾った子供の柩につまずき、腕を組んでいた女性たちがいっせいによろめいてパッカードのラジエーターにもたれかかると、小さな手でウィンドウを叩き、猥褻な言葉を投げかけながら、ジムの目の前をゆらゆらと通り過ぎていった。パークホテルの前に列をなす人力車には、踝《くるぶし》まである毛皮のコートを着た欧亜人の売春婦が乗っていて、ホテルの滞在者が回転ドアから出てくるたびに歯を見せて口笛を吹き、一方、ポン引きたちは、手持ちの最後の宝飾品を売ろうとしている、肘当てつきのこざっぱりした上着を着た中年のチェコ人とポーランド人の二人連れを相手に、交渉に余念がない。少し先、南京路《ナンキン・ロード》の新新公司《シンシンデパート》のシヨーウィンドウのあたりで、ヨーロッパのユダヤ人の若者グループが、あたりを行き交う群衆の間を出たり入ったりしながら、グラーフ・ツェッペリン・クラブの鉤十字の腕章を巻いた少し歳上のドイツ人の若者の一団と殴り合いの喧嘩をやっていた。パトカーのサイレンが近づいてくると、若者たちは追われるように国泰大戯院《キャセイシアター》のエントランスに駆け込んだ。世界最大の映画館のひとつ、キャセイシアターの前には、中国人の売り子やタイピストたちがひしめき合い、乞食やスリの集団が通りに溢れ出して、その日の上映を見にやってきた人たちを見つめていた。リムジンから降り立ったロングスカートのご婦人方は、中世の儀仗兵の格好をした五十人の傴僂《せむし》の間を身を縮めるようにしてエントランスに向かっていく。三カ月前、ジムが両親に連れられて『ノートルダムの傴僂男』の上映初日に来た時には、劇場側が上海じゅうのいかがわしい地区から駆り集めてきた二百人の傴僂が待ち構えていたものだった。いつもながら、劇場の外のスペクタクルは、スクリーンに登場する何ものをも上まわっていた。映画を見ている時も、ジムは早く街の歩道に戻りたい、ニュース映画と、ニュース映画が思い起こさせる果てしない戦争のイメージから逃れたいという思いに駆られてならなかった。

夕食ののち、パレスホテルの十階のスイートの寝室でベッドに横になったジムは、そのまま眠らずにいようとした。南市《ナンタオ》の海軍航空基地に着陸する日本の飛行艇の低い唸りに耳をすませながら、その日の午後に座った虹橋《ホンチャオ》飛行場の墜落した戦闘機のこと、操縦していた日本人のパイロットのことを考えた。もしかしたら、あの死んだパイロットのスピリットが僕の中に入り込んだんじゃないだろうか。そして、日本はイギリスと同じ側に立って参戦するんじゃないだろうか。ジムは、まもなくやってくる戦争の夢を見た。その夢のニュース映画では、ジムは飛行服に身を包み、無音の空母の甲板上に立って、東シナ海の向こうに浮かぶ島国の孤独な男たちとともに神風に乗って太平洋を越えていくために所定の位置につこうとしていた。

4　ペトレル撃沈

朝の上げ潮に載って漂う無数の紙の花が油で汚れた水辺に集まり、埠頭の桟橋を色とりどりの鮮やかな襞襟《ひだえり》で飾った。夜が明ける少し前、ジムは、朝食前の一時間を試験のための復習に当てようと、制服に着替えてホテルの寝室の窓辺に座ったが、いつものように、上海のウォーターフロントの光景に目を向けずにいるのは難しかった。ホテルの前からは早くも、揚げ物売りたちがピーナツオイルで魚の頭と豆腐を揚げるパチパチという音といい匂いが漂ってくる。樹脂で汚れた舳先の両側に目が描かれている帆かけ舟《ジャンク》が次々と、対岸の浦東《プードン》の浜に引き上げられた阿片船の前を通り過ぎていった。無数の平底舟《サンパン》や渡し舟が係留されたバンドぞいの水上小屋がひしめき合う一画はまだ闇の中に隠れていたものの、浦東《プードン》に建ち並ぶ工場群の煙突の間から射しそめる曙光が川へと伸びていき、米砲艦ウェークと英砲艦ペトレルの角張った輪郭を徐々に浮かび上がらせていった。

アメリカとイギリスの砲艦は、黄浦江の中央付近、バンドに並ぶ銀行やホテルと向かい合う位置に錨をおろしていた。ジムは、一艘のモーターボートが、街なかでのパーティを終えた二人のイギリス軍士官を乗せてペトレルに戻っていくのを見つめた。ペトレルのポルキンホーン艦長には以前、上海カントリークラブで会ったことがある。今、黄浦江にいる艦艇はすべて頭に入っていて、このほの暗い光の中でさえ、ジムは、イタリアのモニター艦エミリオ・カルロッタの姿をとらえることができた。カルロッタはそれまで、バンドのパブリックガーデンの前、英国領事館の真正面に挑発的に停泊していたのだが、夜の間に移動し、カルロッタがいた位置には代わって日本の砲艦が停泊していた。幾多の戦歴の跡を残す、ずんぐりしたその艦は、汚れた何門もの大砲を備え、煙突と上部構造にはとげとげしい迷彩が施されていて、舳先の両側の錨口《ターム》からは錆の筋が流れ落ちていた。ブリッジの窓にはまだスチールのシャッターが固くおろされ、前部と後部の砲座は土嚢《どのう》でがっちりと固められていた。このパワフルな砲艦を眺めながら、ジムは、揚子江の岩礁地帯をパトロールしている間に船体に損傷でも受けたのだろうかと思った。船橋楼のあたりで大勢の水兵と士官が動きまわり、信号灯が点滅して川の反対側にメッセージを送っていた。

三キロ上流、南市《ナンタオ》の海軍航空基地のそばに、水没した何隻もの貨物船が形作る一種の堰《せき》がある。一九三七年の第二次上海事変の際に中国軍が川をブロックしようとして故意に沈めた船群だ。川面に出ている何隻かの船の何本ものスチールマストや煙突にあいた穴に陽光が射し込み、満ち潮が甲板と船室を洗っていく。浦東《プードン》の父の織物工場を訪れたあと、会社のランチで戻る際に、ジムはいつも、これらの遺棄された貨物船のどれかに乗り移って、水没したキャビンを――錆の洞窟が連なる忘れられた航海の世界を探検してみたいという思いに包まれたものだった。

ジムは、パブリックガーデンの前の日本の砲艦に目を戻した。ブリッジでの信号灯の点滅がやむ気配はない。このくたびれた砲艦は、錨をおろしたこの場で沈みかかっているんじゃないだろうか。ジムは日本軍に深い敬意を抱いていたものの、日本の軍艦は上海のイギリス人たちからは大いに軽んじられていた。確かに、八百メートルほど下流の虹口《ホンキュウ》の日本領事館脇に係留されている巡洋艦出雲は、ウェークやペトレルに比べればはるかに印象が薄かった。だが、実のところ、日本の対中国艦隊の旗艦である出雲はイギリスで建造され、日露戦争のさなかの一九〇五年に日本軍に売却される前は英国海軍に所属していたのだ。

朝の光が川を渡ってきて、水兵を追いかける女性たちが捨てた花輪さながらに川面を覆う紙の花の群れを明るく浮かび上がらせていった。上海では夜ごと、親族の埋葬代も払えないほど貧しい中国人たちが南市《ナンタオ》の葬送桟橋から、紙の花で飾った柩《ひつぎ》を送り出す。引き潮に運ばれていった柩は次の潮に押し戻され、街じゅうの人が捨てたその他のありとあらゆるゴミとともに、上海のウォーターフロントに戻ってくる。勢いよく上がってくる潮に乗ってゆらゆらと漂う紙の花の絨毯――このミニチュアの浮遊庭園の中、紙の花が塊を作っているところには死体が浮かんでいる。老いた男と女、若い母親と幼い子供。膨れ上がった死体はまるで、夜の間に忍耐強い黄浦江からたっぷりと食べ物を与えられたように見える。

ジムはこの死体のレガッタが大嫌いだった。次第に明るさを増していく陽光のもとで、この無数の紙の花びらは、南京路《ナンキン・ロード》での爆弾テロの犠牲者のまわりに散乱していた、とぐろを巻いた内臓を思い起こさせた。ジムは日本の砲艦に注意を戻した。砲艦から川におろされたランチが米砲艦ウェークに向かって進みはじめたところだった。ランチには小銃をオールのように掲げた十人あまりの兵士が向かい合って座り、舳先には正式の軍服に身を包んだ海軍士官が二人立っていて、ひとりは手袋をはめた手にメガホンを持っていた。

こんな朝早くに公式の訪問などするものだろうか？　当惑したジムは窓台に乗り、板ガラスにぴったりと張りついた。一方、日本領事館の前の出雲からは、それぞれ五十人の兵士を乗せた監視艇が二艇、発進していた。砲艦からのランチと出雲からの監視艇は川の中央部で合流してエンジンを切った。漂う紙の花と古い荷箱の山にもまれる格好となった三艇の小型艇のかたわらを、モーター駆動のジャンクが突っ走っていった。虹口《ホンキユウ》の肉市場に向かうジャンクの甲板には、大声で吠える犬を詰め込んだ竹の檻が積まれていた。ビールを飲みながら舵をとっている裸のクーリーは進路を変える様子も見せず、ジャンクはすれ違いざま、砲艦のランチに大量の波を浴びせかけた。ランチの士官は意に介するふうもなく、メガホンでウェークに呼びかけた。

ジムは声を上げて笑い出し、両方の手のひらで窓ガラスをどんどんと叩いた。アメリカ軍の士官で船にいる者などいやしない。そんなことは上海じゅうの誰もが知っている。アメリカの士官たちは全員、パークホテルの部屋でぐっすりと眠っているはずだ。はたして、船首楼から姿を現わしたのは短パンとベスト姿の眠たげな中国人の乗員だった。中国人は、舷側にぴったりとついた監視艇に向けて首を振ると、真鍮の手すりを磨きはじめた。監視艇の日本兵たちがウェークのタラップを駆け上がり、甲板に出ると、銃剣つきの小銃を手に、アメリカ人乗員を探して船尾方向に走っていった。

ランチは、もう一艇の監視艇を従えて英砲艦ペトレルに近づいていった。ペトレルのブリッジにいる若いイギリス軍の将校との間に短いやり取りが交わされた。将校はぞんざいに日本兵たちを追い払う仕草を見せたが、それは、以前、両親がシンガポール港でクルーズ船の周囲に群がってジャワの干し首や木彫りの象を売りつけようとする丸太舟の現地人を追い払った時の仕草と同じだった。

日本人たちはイギリス人とアメリカ人に何かを売ろうとしているんだろうか？　そんなことは時間の無駄でしかないのはわかりきっている。ジムは窓に張りつくようにして両手を伸ばし、カブスカウトで嫌々ながら憶えさせられた手旗信号を思い出そうとした。ランチの士官がランプでパブリックガーデンの前にいる砲艦に信号を送りはじめていた。ランプの明かりが川面に踊る中、ジムは、何百人という中国人が英国領事館の横を駆け抜けていくのに気づいた。砲艦の煙突から煙と蒸気がもくもくと噴き出した。艦全体が今にも爆発しそうに思えた。

砲艦の前部砲塔で、ブリッジとデッキを焼き焦がさんばかりの強烈な砲火が一発閃いた。

六百メートル離れたところで、これに呼応する爆発が起こった。ペトレルの上部構造に砲弾が命中したのだ。爆発の圧力波がバンドぞいに並ぶホテル群を直撃し、窓の分厚い板ガラスがジムの鼻をしたたかに打った。砲艦の後部砲塔から二発目の砲弾が発射されると、ジムはベッドに跳び降りて叫びはじめ、何とか自分を抑えつけると、マホガニーの頭板の陰にしゃがみ込んだ。

日本領事館前に停泊している巡洋艦出雲も砲撃を開始していた。三本の煙突から黒い羽毛の襟巻のようにもくもくと立ち昇る煙の間に何度も砲火が閃いた。ペトレルの姿はすでに煙の幕の奥に隠され、その下方で次々に沸き上がる猛烈な炎が川面に躍っている。バンドに沿って二機の日本の戦闘機が飛んでくる。コクピットにいる操縦士の顔が見えるほどの超低空飛行だ。中国人の大群衆は路面電車の軌道上を逃げまどい、一部は埠頭のほうへ、一部は身を隠す場所を求めてホテルの階段のほうに走っていく。

「ジェイミー、何をしている?」パジャマ姿の父が裸足《はだし》でジムの寝室に跳び込んできた。そして、呆然とした様子でベッドや椅子を見つめた。ここが自分が宿泊しているスイートの一室であることがわからないかのようだった。「ジェイミー、窓から離れていろ! 服を着て、母さんの言うとおりにするんだ。三分後にホテルから出る」

父はジムが学校の制服とブレザーを着ていることにも気づいていないようだった。至近距離からの砲撃に二人が目を覆うと同時に、川の中央で大爆発が起こった。ロケット花火さながら、爆破されたペトレルの無数の断片が空中高く舞い上がり、次々に水飛沫《しぶき》を上げて川に落下していった。轟音と煙にジムは全身が麻痺するのを感じた。ホテルの廊下を大勢の人が走っていく。年配のイギリス人女性がエレベーターシャフトに向けて叫んでいる。ジムはベッドに腰をおろし、川の真ん中で燃え上がるプラットホームと化したペトレルの船体を見つめた。その中央部で数秒ごとに砲火が閃いた。ペトレルの水兵たちが応戦しているのだ。彼らは一門の大砲のまわりに集結して出雲に反撃を続けていた。そんなイギリス兵を見つめながら、しかし、ジムは重苦しい気分に包まれていた。僕が戦争を始めてしまったんだ。僕が窓から送ったうろ覚えの手旗信号を、日本軍のランチの将校が読み間違えたんだ。カブをやめるべきじゃなかった。マシューズ先生はきっと、全校生徒の前で僕を鞭で叩くだろう。こいつはスパイだと言って。

「ジェイミー！　床に伏せて！」母が自分たちの寝室に続くドア口に膝をついていた。一斉砲撃が続く一瞬の合間に、母は激しく震える窓の前からジムを引きおろし、カーペットに押しつけた。

「僕、これから学校に行くんだよね？」ジムは尋ねた。「今日は聖書の試験なんだ」

「いいえ、ジェイミー。今日は学校は休みになるわ。とりあえず、楊《ヤン》が家まで連れていってくれるかどうか確認しましょう」

ジムは母の落ち着きに感服した。自分が戦争を起こしたことは言わないことにした。母と父が着替えをすませるとすぐに三人は部屋を出た。エレベーターのまわりにはヨーロッパ人とアメリカ人の滞在客がひしめいていた。階段を使うのを拒否した彼らは金属格子を叩き、シャフトの下方に向かって怒鳴った。みなスーツケースを携え、帽子とコートを着けていて、まるで香港に向かう次の船に乗るつもりでいるかのようだった。母は彼らに加わろうとしたが、父は母の腕を引き、階段に向かって急がせた。

膝をガクガク言わせながらも、ジムは両親より早くエントランスのロビーに着いた。革張りのソファやそこここに置かれたシュロの植木鉢の陰に、中国人の厨房スタッフや低層階の宿泊客や白系ロシア人の従業員たちがうずくまっていたが、父は足を止めることなく、大股で回転ドアに向かった。

砲撃はすでにやんでいた。バンドぞい、停まった車や路面電車の車両の間を中国人の大群衆が走っていた。おぼつかない足取りの老いた使用人《アマ》、空《から》の人力車を引く車夫《クーリー》、乞食とサンパンの子供、あちこちのホテルから出てきた制服姿のウェイター。黄浦江に面した一帯をすっぽり覆ってしまうほどに巨大な灰色の煙の幕の中から、巡洋艦出雲と米砲艦ウェークのトップマストが姿を現わした。パブリックガーデンの前の日本の砲艦の煙突からは、依然として、朝陽に照らされた煤煙がもくもくと立ち昇っている。

英砲艦ペトレルは停泊したその場で沈みはじめていた。船体の中央部と船尾から黒い煙が上がる中、艦首部分に乗員たちが列を作ってカッターに乗り移るのを待っているのが見えた。バンドを一台の日本の戦車が進んできた。路面電車の軌道に火花を散らしながら前進する戦車は、乗り捨てられた電車の車両の前で急に進路を変えた。一台の人力車が電柱に押しつけられ、そのままぐしゃりと押しつぶされた。ねじ曲がった車輪が弾《はじ》き飛ばされ、左右に激しく揺れながら車道を転がっていく。車輪は、攻撃部隊を指揮している将官と同じペースを保ち、将官は自分のすぐ前を転がっていく車輪に一撃を加えようとでもいうように銃剣を突き上げた。二機の戦闘機がウォーターフロントに沿って飛翔し、そのプロペラが引き起こす波が、サンパンの竹の覆いを次々にはぎ取って、覆いの下で身を縮めていた中国人たちの姿をあらわにしていった。バンドを行進していく日本海軍の大隊――きれいに配置されたパブリックガーデンの樹々の間を抜けていく兵士たちは、舞台の上の軍隊のように見えた。銃剣を構えた一小隊が、モーゼルを手にした士官に率いられて、英国領事館の階段に向けて突進していった。

「車はあそこだ……走るんだぞ！」ジムと母の手を取ると、父は道路に向けて二人をせき立てた。通りに一歩踏み出した途端、ジムは、すごい勢いでやってきたクーリーに弾き飛ばされ、地面に叩きつけられた。足音も荒く行き交う無数の脚の間に呆然と転がったまま、ジムはしばし、上半身裸の中国人クーリーが戻ってきて謝るのではないかと思っていた。ややあって立ち上がると、帽子とブレザーの土を払い、上海クラブの正面に停まっているパッカードに急ぐ両親のあとを追った。上海クラブの階段には疲れきった様子の中国人の女性のグループが腰をおろし、転覆したペトレルから川を渡って流れてくるディーゼル油の臭いに喉を詰まらせながら、それぞれのハンドバッグの中身を確認していた。

パッカードがバンドを進みはじめた時には、日本軍の戦車はパレスホテルの前に到達しており、周囲では、逃げようとする大勢の人――ホテルの従業員、飾り紐つきのアメリカ製の制服を着たベルボーイ、白い上着のウェイター、帽子とスーツケースを握りしめたヨーロッパ人の宿泊客たち――が押し合いへし合いを繰り広げていた。迷彩を施したサイドカーに武装兵士を乗せたオートバイが二台、戦車の前に進み出た。オートバイの運転者はシートから腰を上げて、人力車や輪タクや馬車や、肩にかけた天秤棒から下がっている綿花の梱《こり》の重みによろめいているクーリーたちの集団の間を、強引に突っ切っていこうとした。

バンドはすでに大渋滞に陥っていた。いつもの上海の喧騒と衝突とが侵略者たちをも飲み込んでしまっていた。もしかしたら、もう戦争は終わってしまったんじゃないだろうか。そう思いながら、ジムは、立ち往生したパッカードのリアウィンドウから、周囲にひしめく中国人たちに向かって大声で怒鳴っている日本軍の下士官を見た。下士官の足もとには頭から血を噴き出しているクーリーの死体が転がっていた。戦車は押し寄せる車の波にとらえられて身動きが取れなくなった。戦車の行く手を遮っているのは白いリンカーン・ゼファーで、毛皮のコートを着た二人の若い中国人女性――ソコニービルの最上階にあるナイトクラブのダンサー――が、宝石で飾り立てた小さな手に向けてゲラゲラと笑いながら、ハンドルと格闘していた。

「ここで待っていろ！」父がパッカードのドアを開け、道路に降り立った。「ジェイミー、母さんを見てるんだぞ！」

ウェークを拿捕した日本軍の兵士たちがブリッジに立ち、岸に向けて泳いでいくペトレルの水兵たちに機銃掃射を始めていた。負傷者たちを乗せたペトレルのカッターが、フランス租界の埠頭の下の泥干潟《ひがた》を覆う浅瀬で沈みかけていた。腕から血を流している水兵たちがカッターから滑り落ち、そのまま黒い泥に太腿まで沈み込んだ。重傷を負った下士官がひとり、水中に落下し、バンドの暗い桟橋の列に向けてゆらゆらと漂いはじめた。泥の中でなすすべもなく互いにしがみついている水兵たちのまわりに、速度を増していく上げ潮がさざなみを立てて押し寄せてくる。葬送の紙の花の第一陣が早くも彼らを見つけ、肩の周囲に集まりはじめる。

ジムは、父が、埠頭に集まっているクーリーたちの間を押し分けていくのを見つめていた。上海クラブから駆け出してきていた一団のイギリス人がコートと上着を脱いだ。チョッキとシャツだけになった彼らは桟橋から次々と眼下の干潟に跳び降りていき、両腕を振りまわしながら太腿まで泥の中に沈んだ。ウェークに陣取った日本兵たちはカッターへの掃射を続けていたが、すでに救助に向かったイギリス人が二人、負傷して水上を漂っている水兵のもとに到達していた。二人は水兵の腋《わき》の下に腕を差し入れ、泥干潟に向けて引きずりはじめた。その横を、父が、眼鏡に水飛沫を浴びながら、行く手に絶え間なく滲《にじ》み出してくる黒い泥をすくい取るようにして進んでいく。父が埠頭と浮き桟橋の間で揺れている下士官のもとに到達した時、上げ潮はすでに胸もとまで達していた。下士官の体をつかみ、片手で引きずりながら浅いところまで運んでいくと、父は油まみれの泥の上の下士官の横にぐったりと膝をついた。沈んでいくカッターに到達したイギリス人たちは、抱え上げた最後の負傷兵と一緒に水中に落ち、それから浜に向けて泳ぎ出した。そして、待ち構えていた第二陣のイギリス人グループの手を借りて、這いずりながら泥干潟に上がった。

ペトレルから上がる燃える油の煙がバンドを横切り、立ち往生した車列と進軍する日本兵たちを包み込んだ。ジムが急いでウィンドウを巻き上げようとした時、パッカードがどんと前に押しやられ、次いで左右に激しく揺さぶられた。フロントガラスが砕けて、破片がシートに降りそそいだ。ジムは後部席の床に叩きつけられ、ドアピラーが母の頭を強打した。

「ジェイミー、車から出て……ジェイミー！」

半ば脳震盪《のうしんとう》を起こしていながらも、母はパッカードのドアを開けて道路に降り立ち、まだ揺れている座席からハンドバッグをつかみ上げた。すぐ後ろで、日本軍の戦車が、中国人のダンサーたちが乗り捨てたリンカーン・ゼファーの横を強引に押し進もうとしていた。戦車のキャタピラが片方のホイール側のリアフェンダーを押しつぶし、重いリンカーンが再度、パッカードの後部に激突した。

「立って、ジェイミー……家に戻るのよ……」

傷が走る顔に片手を当てて、母はゆがんだ後部ドアを引っ張った。戦車はリンカーンに三度目の突進をかける前にいったん停止した。海軍の兵士たちが銃剣を突き出して、身動きの取れなくなった車と人力車の間を進んでいく。ジムはシートの背を乗り越えて前に移動し、運転席のドアを開けて道路に跳び降りると同時に、米袋を積んだ人力車のシャフトの下に身をかがめた。戦車が排気口から煙を吐き出して前進を再開した。海軍兵たちがヨーロッパ人と中国人をバンドの向こうに押しやっていき、その大群衆の中に母が飲み込まれるのが見え

がやってきた。一台目の戦車のあとに二台目が続き、さらに大勢の日本兵を乗せた迷彩トラックの隊列

米砲艦ウェークから最後の銃声が響いた。負傷したイギリス兵の最後のひとりがバンド直下の泥干潟に引き上げられた。水没したペトレルから漏れ出した油が川面を横切り、なめらかな細長い帯となって、この戦闘の場を鎮めていった。水兵の救助を手伝ったイギリスの民間人たちは、油まみれのシャツ姿で、負傷した兵士らのかたわらに座り込んだ。父は最後の力を振り絞って重傷を負った下士官を泥干潟に引きずり上げているところだったが、そこで力つき、下士官をつかんでいた手を放した。そして、そのまま、桟橋の下の排水口から川に向けて油でべとつく泥の斜面を流れていく浅い下水の中に崩れ落ちてしまった。

バンドの日本兵たちが埠頭に集まった群衆を排除していく。車のヨーロッパ人も人力車夫たちも強制的にそれぞれの車から退去させられていく。母の姿はどこにもなかった。軍用トラックの隊列が母とジムの間に立ちはだかり、二人を切り離してしまっていた。怪我をしたイギリス人水兵のひとり――薄い茶色の髪の、まだ十八にもなっていないと思われる若者――が、血まみれの両手を卓球のラケットのように突き出し、必死の面持ちで、浮き桟橋からバンドに上がる階段を登ってきた。

ジムは帽子を深くかぶり直し、猛ダッシュした。若者と、状況を見つめているクーリーたちの横を駆け抜け、階段を駆け降り、浮き桟橋から水をたっぷり含んだ泥干潟に跳び降りると、膝まで沈む泥の中を懸命に父のほうに向かっていった。

「みんな川から引き上げた――もう大丈夫だ、ジェイミー」父は、下士官のかたわらの下水の流れの中に座り込んでいた。眼鏡と片方の靴がなくなり、ビジネススーツのズボンは油で真っ黒になっていたが、白いカラーとネクタイは残っていた。片方の手に黄色い絹の手袋が握られていた。以前、母が英国領事館のレセプションに行く時に着けていたのとよく似た手袋だ。だが、じっと見ているうちに、ジムは、それが下士官の手の皮膚であることに気づいた。機関室の火災で手の形をとどめたまますっぽりとはがれてしまった皮膚。

「ペトレルが沈む……」父は、手袋を、うるさくつきまとう乞食の手のように水中に放り投げた。転覆したペトレルの船体から絞り出された、しわがれた爆発音が川を渡ってきた。ぐいと持ち上げられたデッキから猛烈な煙が湧き上がったかと思うと、砲艦は滑るように波の下に消えた。見る見る広がっていく煙が川を沸き立たせ、水面が、消滅した船を探し求めているかのように激しく波打った。

父は背中を倒し、泥の上に横たわった。ジムはその横にしゃがみ込んだ。バンドの戦車のエンジン音も、日本軍の下士官たちが次々と命令を発する叫び声も、旋回する戦闘機の唸りも、遠くに行ってしまったように思えた。ペトレルの遺品が届きはじめた。ライフジャケット、いくつもの張り板の破片。沈んだ砲艦から解き放たれた、何本もの張り綱を引きずる帆布の日よけの残骸は巨大なクラゲを思わせた。

埠頭一帯に一閃の光が無音の銃撃のように走った。ジムは父のかたわらに体を横たえた。二人の頭上、バンドに整列する何百人もの日本軍兵士。その銃剣の列が陽光を反射する剣の柵を形作っていた。

5　病院からの脱出

「三菱……零戦《ゼロせん》……えーと……中島の……えーと」

ジムは小児病室のベッドに横になって、病院の上を飛ぶ飛行機の名前を叫ぶ若い日本兵の声に聞き入っていた。上海の空は飛行機でいっぱいだった。兵士が名前を知っている機種は二つだけだったが、それでも、延々と飛んでくる飛行機を追いつづける中で言い当てるのはなかなか難しいようだった。

ジムは三日間、フランス租界にある聖母病院の最上階の部屋で平穏な休息を取っていた。この平穏を妨げるのは、兵士が上官の目を盗んで吸う煙草と、素人としか言いようのない飛行機の機種当てだけだった。ひとりきりの病室で、ジムは母と父のことを考え、早く迎えにきてほしいと思った。そして、南市《ナンタオ》の海軍航空基地から飛び立つ飛行艇のエンジン音に耳をすませた。

「……えーと……えーと……」兵士はまたも言葉を詰まらせ、頭を振ると、煙草の吸いさしを探して、しみひとつない病室の床を眺めた。踊り場の下の廊下から、フランスの宣教団のシスターが、病院のこの翼《よく》を占拠している日本の憲兵と言い争っている声が聞こえてきた。

マットレスは固く、ひとつひとつのベッドの上の白い漆喰《しっくい》の壁には気持ちの悪い聖画《イコン》——中国人の十二使徒に囲まれ、十字架にかけられている赤ん坊のキリストの絵——がかけられ、不吉なものを感じさせる化学薬品の臭い（これも病院の強い宗教的な雰囲気と関係しているのだろうとジムは思った）が漂っている。こうしたものに囲まれていながら、しかし、ジムにはどうしても、本当に戦争が始まったのだとは思えずにいた。不思議な壁がいたるところに立ちはだかり、ありとあらゆるものを隔てていた。ジムを見るすべての人の顔が異様だった。

虹橋《ホンチャオ》のロックウッド邸でのパーティ、鳥に変身した奇術師たちのことははっきりと思い出せる。だが、ペトレルへの攻撃やパッカードを押しつぶした戦車や巡洋艦出雲の何門もの巨大な大砲はみな見せかけの領域にあった。今にも楊《ヤン》がぶらりと病室に入ってきて、どれもこれも上海の映画スタジオで製作されているテクニカラーの長編映画の一部なんだと言ってくれるのではないかという気がしてならなかった。

疑いの余地のない現実は、父がイギリス人たちと一緒に、あの泥の干潟《ひがた》に怪我をした水兵たちを引きずっていったこと、そして、その泥干潟で父と六時間、死んだ下士官の横にいたことだった。それは、みずからの侵攻のあまりのスピードに驚いた日本軍があらゆる局面での勝利を完全に確信するまで強制的に待たされたとでもいうかのようだった。真珠湾攻撃からわずか数時間で、上海を包囲していた日本陸軍は共同租界を制圧した。米砲艦ウェークを拿捕《だほ》した日本海軍はホテルや銀行の前で一大パレードを繰り広げ、勝利を祝った。

その間《かん》、生き残ったペトレルの乗員と、彼らを助けるのに手を貸した民間のイギリス人たちは、下水口の横の泥干潟にとどめられていた。武装した憲兵隊が浮き桟橋から降りてきて、イギリス人の間を歩きまわった。頭に怪我をしていたポルキンホーン艦長と副官が連行されていったが、そのほかの者は太陽に照らされた干潟に残されたままだった。手袋をはめた手に鞘《さや》入りの軍刀を持ち、すきのない正装の軍服に身を包んだ士官が、負傷したイギリス兵と困憊《こんぱい》した民間人のひとりひとりをじっくりと検分していった。疲れきった父のかたわらに座るブレザーと学帽姿のジムをじっと見ていた士官は、明らかに大聖堂学校の精巧なバッジに当惑していたが、まれな若さの英国海軍兵学校の生徒だと見なすことにしたようだった。

一時間後、ポルキンホーン艦長がモーターランチでペトレルが沈没した場所に連れていかれた。艦長は艦を退去する前に暗号リストを廃棄できたはずだということで、その後、日本軍は何日かにわたってダイバーを潜らせ、ペトレルの残骸から暗号ボックスを回収しようと無益な努力を続けた。

十時を過ぎてまもなく、日本軍はバンドの規制を解き、何千人もの不安げな中国人と中立国のヨーロッパ人たちを埠頭に集合させた。彼らが、負傷したペトレルの乗員たちを見おろし、無言で立っている間《かん》に、米砲艦ウェークのマストに旭日旗が麗々しく掲げられた。弱い十二月の陽光のもと、父の横で寒さに震えながら、ジムは、埠頭にびっしりと立っている中国人たちの表情のない目を見つめた。彼らが今のあたりにしているのは、連合国が日本帝国に完膚なきまでに辱《はずかし》められているシーンだった。大東亜共栄圏に入ろうとしない者たちすべてに対する〝実践教育〟。幸運にも、それから数時間後、ヴィシー政府のフランス軍士官とドイツ領事館の一行が群衆を押しのけるようにして現われ、有無を言わせない口調で、負傷したイギリス兵の扱いに対する抗議を一方的にまくし立てた。この同盟国の面々の突然の態度の変化に押される格好で、日本軍も寛容な対応を取ることにし、捕虜たちは聖母病院に送られることになったのだった。

病院に着いてからのジムの思いはただひとつ、一刻も早く病院を出てアマースト・アベニューの母のもとに戻ることだけだった。膝にマーキュロを塗ってくれたフランス人の医師と入浴をさせたシスターたちは即座にジムがイギリス人の学童であることを見て取り、そのまま帰らせるようにと進言した。だが、この棟を接収した日本軍は、中国人の患者を全員移動させ、各階に見張りの兵士を配置した。最上階の小児病室に配置されたのは若い兵士で、シスターたちに煙草を要求したり頭上を飛ぶ飛行機名を怒鳴ったりして時間をつぶした。

中国人のシスターが、お父さんはほかの民間人と一緒に下の階の病室にいる、心臓負荷の症状と低体温症は良くなりかけているが、退院までにはまだ数日かかるだろうと言った。一方、日本軍の最高司令部は、彼らなりの理由から、ポルキンホーン艦長と部下たちの勇敢さを称える姿勢を取りはじめていた。二日目には、出雲の艦長が制服姿の士官たちを病院に送ってよこした。士官たちは、武士道精神のもと、負傷したイギリス兵に最高度の敬意を表し、ひとりひとりにうやうやしく頭を下げてまわった。上海タイムズ英語版——経営者はイギリス人だが、以前からずっと日本軍に好意的な姿勢を示していた——は一面にペトレルの写真と乗員たちの勇気を激賞する記事を掲載した。ただ、もちろんトップ記事は日本軍の真珠湾攻撃とマニラのクラーク米空軍基地への爆撃で、そこには、中立の通信社が提供したスケッチ――撃沈された何隻ものアメリカの戦艦からもくもくと煙が立ち昇る黙示録的なシーンを描いた鉛筆画が添えられていた。

日本が戦争に勝ったんだから、上海の生活はすぐに元どおりになるだろう――ジムはそう思った。若い見張りの兵士が上海タイムズを見せてくれた時、ジムは日本の航空母艦から離陸していく戦闘爆撃機の写真を注意深くチェックした。そのシーンは、戦争前夜にジムがパレスホテルの寝室で見た夢から抜け出してきたように思われてならなかった。

ベッドのかたわらをぶらぶらと歩いていた兵士が、上空を飛ぶ戦闘機を指差した。その圧倒的な戦歴でジムを感嘆させたがっているのは間違いなかった。

「……えーと……えーと……」

「中島だよ」ジムは言った。「中島の隼《はやぶさ》だ」

「中島だって……?」兵士は、日本の軍用機のことなどこのイギリス人の少年にわかるわけがないとでも言いたげに深い溜息をついた。実のところ、ジムはほぼすべての日本軍の飛行機を識別することができた。日中戦争を伝えるイギリスのニュース映画はどれも、日本の飛行機とパイロットを公然と馬鹿にしていたが、父とマクステッド氏はいつも敬意を込めて話していたものだ。

どうすれば父さんに会えるだろうと考えていると、階段の吹き抜けの上から、警護部隊の伍長の怒鳴り声が響いてきた。若い兵士は、小柄で不快な伍長を恐れていた。ここに配備されている部隊の中で伍長が最高位にあることは間違いない。兵士は煙草をもみ消し、小銃をつかむと、ジムに向けて警告するように指を振りながら病室から駆け出していった。

ひとりになれたことを喜んで、ジムは即座にベッドから這い降りた。窓ごしに、隣の棟のバルコニーにいる回復期の中国人の孤児たちの姿が見えた。ヨーロッパ式のガウン――ジムが着ているのと同じ、地元のフランスの慈善団体から寄付されたものだ――を着た孤児たちは日がなジムを眺めて過ごしていた。両方の棟をつなぐ金属製の非常通路は、窓にぴったりと寄せて積まれた土嚢《どのう》の山でブロックされている。この土嚢は、一九三七年に、川を越えて届く迷走弾を防ぐために積まれたものだった。

ジムは裸足《はだし》で部屋を横切り、通路に出る非常口に行ってドアを開いた。土嚢の山の間には細い通路が続き、土嚢からこぼれ出た砂と、退屈したフランス人の医師たちが投げ捨てた無数の煙草の吸い殻が散らばっていた。割れたガラスの破片を踏まないよう注意深く歩を進めながら、ジムは非常通路を歩いていった。向かいの棟に向かう金属の階段には、真下の階に続く錆びたブリッジがあった。

ジムは素早く階段を降り、ブリッジを渡った。この階のどこかに、父さんとペトレルの生存者たちがいる。通路を見おろす病室の窓にはすべて灯火管制用のタールが塗られていた。中国人の孤児たちが目を丸くして見つめる中、ジムは棟の周囲を巡る非常通路を進んでいった。棟内に入る非常口には閂《かんぬき》がかかっていた。ジムが把手を引っ張った時、向かいのバルコニーの孤児たちがいっせいに頭を引っ込めた。屋上に立っていた兵士が棟と棟の間の空間の底に向けて大声で怒鳴った。銃剣を構えた兵士の集団が中庭を走り、サイドカーを備えた軍用オートバイが勢いよくエントランスに入ってくる。石の階段に長靴《ちようか》と小銃の銃身が当たる音が響きわたり、次いで、フランス人のシスターの抗議する声が聞こえてきた。

ジムは閂のおりた非常口の前の土嚢の間にしゃがみ込んだ。兵士たちは小児病室の前の非常通路を進んでくる。錆びた通路の格子から砂がこぼれ落ちてくる。福熙路《アベニュー・フォシュ》に響きわたるクラクション。ジムは、上海の日本の占領軍の全員が自分を探しているに違いないと確信した。

閂がガタガタと音を立て、暗い病室へのドアが開いた。射し込んだ外光のもとで、包帯でぐるぐる巻きにされた男たちでいっぱいの広い洞窟のような病室が見えた。ベッドとベッドの間の床に横たわっている者もいる。看護婦のシスターたちを押しのけるようにして、小銃を携えた日本軍兵士とキャンバス布の担架が行き交っている。若いイギリス人の水兵たちの青白い顔が陽光のほうに向けられると、重傷者たちの鼻をつく臭いが暗い部屋から溢れ出してきてジムを包んだ。

伍長が無数の吸い殻の間にしゃがんでいるパジャマ姿のジムをじっと見つめた。そして、バタンとドアを閉めた。怒声とともに、伍長が部下の兵士のひとりを拳で殴りつける音が聞こえてきた。

一時間後、慌ただしくやってきた日本兵たちは全員立ち去り、ジムは小児病室にひとりで残された。福熙路《アベニュー・フォシュ》からクラクションの音が聞こえ、窓から見ていると、軍用トラックが一台、バックで病院の敷地内に入ってきた。ペトレルの乗員と彼らの救助に手を貸した八人のイギリスの民間人が階段から地上へと追い立てられ、トラックに乗せられた。担架の重傷者たちは、何とか座ることのできる者たちの足もとに横たえられた。

父の姿は確認できなかったが、フランス人シスターが、お父さんはトラックまで歩いていったと教えてくれた。トラックは、イギリス人たちを虹口《ホンキュウ》の軍事刑務所に連れていくということだった。

「今朝、あなたたちの国の水兵がひとり、脱走したの。私たちには何とも迷惑な話よ」シスターは、日本軍の伍長と同じ非難のまなざしでジムを見つめた。彼女はジムに対して怒《いか》っていた。それは、ジム自身がこの何カ月かの間に気づいていた新しい形の怒りだった。ジムが何かをやったからというのではなく、彼が、自分のいる環境を変えることができないという、その無能さに対する怒りだった。

「あなたはアマースト・アベニューに住んでるのよね？　だったら、家に帰らなきゃ」彼女が合図すると、中国人のシスターのひとりが洗濯したての服をベッドに置いた。シスターたちが一刻も早くジムと手を切りたがっているのは明らかだった。「お母さんが面倒を見てくれるわ」

ジムはひとりで服を着た。ネクタイを締め、学帽をきっちりとかぶった。シスターに礼を言いたいと思ったが、シスターはすでに孤児たちの面倒を見に行ってしまっていた。

6　ナイフを持った若者

　戦争はいつも上海を活気づかせ、混雑する大通りの拍動を速くした。溝《どぶ》に転がっている死体ですら、いつもより生き生きしているように見えた。福熙路《アベニュー・フォシュ》の歩道は農婦たちの大集団でいっぱいで、フランスクラブの前では物売りたちがそれぞれの荷車を押しつけ合い、身動きの取れない状態になっていた。輪タクと人力車が十台も横並びになって交通を妨害し、車はみな絶え間なくクラクションを鳴らしながらじりじりと進んでいる。ピカピカのアメリカのスーツを着て、街角でハイアライのオッズを怒鳴り合っている若い中国人のギャング団員たち。リージェンシーホテルの前で、ボディガードを従え、ドライブに連れていってもらうのを待っているグラマーな人妻のように、毛皮のコートをまとって輪タクに陣取っている売春婦たち。上海の全住民が街に繰り出していた。今回の共同租界の引き継ぎを――アジアの強国がアメリカ人とヨーロッパ人の手から共同租界を奪取したのを、全員が祝っているかのようだった。

　それでも、貝当路《アベニュー・ペタン》と海格路《ヘイグ・アベニュー》の分岐点まで来てみると、そこでは依然として、イギリス人の憲兵隊の軍曹と二人のインド人の下士官が――背後でひとりの日本兵が監視してはいたが——群衆の頭上に張り出した片持ち橋の上で交通整理に当たっていた。武装した日本の歩兵部隊が観光客のように座っている迷彩トラックが続々と通りを走っていく。放射線研究所の前に立って手袋を整えている一団の将校。コカコーラとカルテックスの広告板には、国民党を裏切った傀儡政権のリーダー・汪精衛《おうせいえい》の真新しいポスターが貼られていた。貝当路《アベニュー・ペタン》で、騒々しい街なかに向けてスローガンを叫びながら足音高くジムを追い越していった中国人兵士の隊列が、デルモンテカジノのバロック様式のファサードの前で停滞し、ぎこちない足踏みを繰り返したのち、駆け足でグレイハウンドスタジアムの前を通り過ぎていった。薄い黄色の軍服とアメリカ式のズック靴をはいた労務者《クーリー》部隊だった。

海格路《ヘイグ・アベニュー》の路面電車の停留所の前で、何百人という通行人がしばし口を閉ざし、公開の首切り処刑を眺めていた。刺子《さしこ》の農民服を着た首のない男と女の死体——たぶんスリか国民党のスパイだ——が乗車ホームの脇に横たえられた。中国人の下士官たちが長靴《ちょうか》を拭いている間《かん》に、溢れ出る血が鉄のレールの溝に流れ込んでいった。乗客をぎっしり詰め込んだ電車が近づいてきて、警笛を鳴らし、処刑人たちを軌道から離れさせた。連結ロッドがシューシューと音を立て、頭上の送電線が火花を散らす中、電車はガタゴトと進みつづけた。その一番前の車輪が、毎年の労働組合のパレードのためにペイントしたとでもいうかのように、濡れた真紅に染まった。

これまでもよく、ジムは足を止めて群衆を観察したものだった。学校から戻る時、楊《ヤン》はしばしば県城《オールドシティ》の近くを通った。小さなスタジアムで公開の首吊り刑が行なわれていて、チーク材の絞首台のまわりに、洗いざらした木のフロアと円形に並べられたベンチの列があり、常に、思慮深い大勢の見物人を集めていた。中国人は死を楽しんでいる——ジムはそう結論づけた。生きているということがどれほど危ういものであるかを自分たちに思い起こさせるひとつの方法として。彼らが時として残虐になる理由も同じ、世界は今とは違う何か別のものなのだと考えることの虚しさを思い起こさせるためなのだ。

ジムは、首のない死体を見つめるクーリーや農婦たちを眺めつづけた。路面電車の乗客の群れが早くも農婦たちを脇に押しやり、この取るに足らない死を人波の奥に埋没させていった。彼らに背を向けて歩き出そうとしたジムは炭火コンロにつまずいた。露天商が衣をつけた蛇の切り身を揚げていた。はねた油が木の桶に跳び込み、桶に入っていた生きた蛇が一匹、シュッと音を立てる油に跳びかかって、のたうちまわった。露天商が熱い柄杓《ひしゃく》を突き出し、ジムの頭を叩こうとした。ジムはするりと、停まっていた人力車の間に逃げ、血に汚れた軌道ぞいに停車場の入口に走った。

停車場に入ると、電車を待っている乗客を押し分け、鶏の入った籠を抱えてコンクリートのベンチに座っている農婦のグループの間に体を押し入れた。女たちの体からは汗と疲労の臭いが滲《にじ》み出していた。だが、ジムは疲れきっていて、それ以上動くことができなかった。大群衆がひしめく通りを、もう四キロも歩いてきたのだ。ジムは途中から、中国人の若者がひとり、ついてきていることに気づいていた。輪タクの客引きか、上海にごまんとある格下ギャング団の使い走りだろう。表情のないのっぺりした顔の背の高い若者で、黒い髪にべったりとオイルを塗り、革ジャケットを着ていた。若者がジムに目をつけたのはグレイハウンドスタジアムの前だった。上海では誘拐は日常茶飯事で、母と父は、楊《ヤン》が間違いなく信頼できると判断するまでは必ず養育係《ガヴァネス》と一緒に学校に行くようにと強く言っていた。この若者が狙っているのは、僕のブレザーと革靴、飛行士用の腕時計と胸ポケットにはさんだアメリカの万年筆だ――ジムはそう判断した。

若者は人混みを抜けてジムに近づいてきた。フェレットのような黄色い手をしていた。

「アメリカ人か?」と若者は言った。

「イギリス人だよ。運転手を待っているんだ」

「イギリス……。運転手はすぐ来るのか?」

「ノー――あっちにいる」

若者はさらに近づき、中国語で悪態をつくと、ジムの手首をつかんだ。指で時計の金属バンドをまさぐり、留め金をはずそうとした。農婦たちは目もくれず、鶏も女たちの膝で眠っている。ジムは若者の手を叩き払ったが、今度は指が前腕をつかむのを感じた。若者は革ジャケットの内側からナイフを取り出してジムの手首を切ろうとしていた。

ジムは腕をもぎ離し、再度つかまれる前に、右側にいた農婦の膝の籠を投げつけた。若者は跳びのき、キーキー鳴きわめく鶏を踵で蹴りつけた。農婦たちがすごい剣幕で立ち上がり、若者に向かって怒鳴りはじめた。若者は意に介するふうもなく、ナイフをしまい込んだ。ジムは、列を作った乗客たちに手首の青あざを見せながら、間を縫ってダッシュしていった。

若者もあとを追ってきた。

停車場から百メートル走ったところで霞飛路《アベニュー・ジョッフル》に出ると、ジムは施錠された南京大戯院《ナンキンシアター》のエントランスの陰で息をついた。ナンキンシアターではこの一年、『風と共に去りぬ』の海賊版が上映されていて、炎上するアトランタを再現したほぼ実物大の模型の上の足場から、半ば解体されたクラーク・ゲーブルとヴィヴィアン・リーの顔が覗いていた。中国人の作業員たちが、燃え上がる煙を描いたパネルを次々と切り外しているところだったが、上海の空に向けて上がる大看板の煙は、今も県城《オールドシティ》の家々から立ち昇っている本物の煙とほとんど見分けがつかなかった。県城《オールドシティ》では日本軍の侵攻に対して国民党の非正規軍が抵抗を続けていた。

ナイフを持った若者はなおもジムを追ってきた。安物のズックをはいた足をスキップさせ、サイドステップを踏みながら、群衆の間を抜けて近づいてくる。霞飛路《アベニュー・ジョッフル》の中央に警察の検問所があった。土嚢《どのう》が積まれたそこはフランス租界の西の境界だった。ヴィシー政府の警官も日本兵も助けてくれないことはわかっていた。警官たちは競馬場の上空を低空飛行する単発の爆撃機を眺めていた。

爆撃機の影が道路を横切った時、若者が帽子を引ったくり、肩をぐいとつかんだ。ジムはその手を振りほどき、人混みを突っ切って検問所に走った。「中島……！　中島……！」と叫びながら、輪タクの群れを次々とかわしていった。

ヴィシー政府の制服を着た中国人の補助要員が警棒で殴ろうとした。だが、日本の哨兵のひとりが足を止めてジムをちらりと見やった。ジムは、虹橋《ホンチャオ》飛行場の遺棄された戦闘機からはがした金属テープを掲げていて、そこに刻印された漢字が哨兵の目に止まったのだった。とりあえずは大目に見てやろうと、哨兵はパトロールを続けながら、小銃の銃身を振って、行けという仕草をした。

「中島……！」

ジムは検問所を通過していく歩行者の集団に加わった。あとを追ってきた若者は予想どおり、有刺鉄線のフランス側をぶらついている人力車夫と乞食の群れにまぎれて姿を消していた。公式には自分の敵である日本軍が、上海で唯一、自分を守ってくれる存在なのだ。ジムは改めてこの事実を強く嚙みしめた。

ズキズキと痛む腕をさすり、帽子をなくした自分に腹を立てながら、ジムはようやくアマースト・アベニューにたどりついた。シャツの袖を引っ張って手首の黒ずんだあざを隠した。母はいつも上海の街での暴力と危険を心配していた。もちろん、ジムが街じゅうを長時間、自転車で走りまわっていたことなどこれっぽっちも知らない。

アマースト・アベニューは打ち捨てられていた。あれだけ大勢いた乞食と避難民たちが完全に消え失せていた。家の前でクレイブンAの缶を振っていた老人さえもいなくなっている。ジムは車寄せを走った。一刻も早く母に会いたかった。自室のベッドに座ってクリスマスの話をする母に――ジムはすでに、二人とも絶対に戦争の話はしないはずだと確信していた。

玄関の扉に細長い紙が留めつけられていた。漢字が並び、いくつかの判と登録番号が押印された白い紙。ジムは呼び鈴を押し、ナンバー2ボーイが玄関を開けてくれるのを待った。はきつぶした靴になってしまったかのように恐ろしく疲れていた。その時になって初めて、ジムはブレザーの片袖の肘のところがすっぱりと切られているのに気づいた。

「ボーイ、急げったら……！」続けて「でないと殺してやる……」と言いかけ、寸前で押しとどめた。

家は静まり返っていた。女たちの作業場で洗濯桶を囲んでやかましくしゃべり合う召使《アマ》たちの声も、花壇まわりの芝を整える庭師の剪定鋏のチョキチョキという音も、いっさい聞こえてこない。父が、冬の間もずっとフィルターを稼働させておくよう言っていたにもかかわらず、誰かがプールのモーターを切ってしまっていた。三階の寝室の窓を見上げると、エアコンのシャッターも閉ざされているのがわかった。

ジムは、無人の家を刺し貫くように響きわたる呼び鈴の音に耳をすませた。あまりにも疲れていて、それ以上ボタンに手を伸ばす気になれず、磨き上げられた階段にぐったりと座り込んで、すり傷の残る両膝に息を吹きかけた。母と父、ヴェラ、九人の使用人、運転手と庭師——この全員が一時《いちどき》に出かけてしまうなど、とうてい想像できなかった。

車寄せの先で、大型エンジンの排気ボックスが咳き込んでいるくぐもった爆裂音がした。日本軍の半軌道車（前輪がタイヤ、後部が戦車のような無限軌道になっている車両。ハーフトラック）がアマースト・アベニューに入ってきていた。何本もの無線アンテナの間に乗員が立っている。車両は道路の真ん中を進んできて、ドイツ人の居住地区の前にあったメルセデスのリムジンを歩道に押し上げた。

ジムはポーチから跳び降りて柱の陰に隠れた。家の周囲には、天辺にガラス片を並べたテラコッタのタイル貼りの高い壁が巡らされていた。指をタイルに引っかけてトイレの格子窓の下まで登ると、コンクリートの張り出し部に体を引き上げ、四つん這いの格好で慎重にガラス片の間をすり抜けた。夜警も庭師も知らないことながら、ジムはこの一年の間に何度となく壁に登り、そのたびに鋭いガラス片を少しずつ取り除いておいたのだった。反対側の端からそろそろと体をおろしていったジムは、四阿《あずまや》の裏手に立つヒマラヤスギの暗い枝の間に跳び降りた。

目の前にあるのは周囲を囲われた静かな庭だった。そこはジムにとって、屋敷以上に〝本当の家〟と言える場所だった。ジムはひとり、この庭で想像の遊びを続けてきた。ある時は、バラを這わせた四阿の屋根に落ちたパイロットになり、ある時は、テニスコートの奥のポプラの樹々高くに陣取るスナイパーになり、またある時は、エアガンを手に、芝生を駆け抜ける小隊の一員になって、花壇に身を投げ出しては再び起き上がり、旗の掲揚ポールが立つ築山に猛攻をかけた。

四阿の裏手の深い影の中から、ジムはベランダの窓を見上げた。頭上を飛ぶ一機の飛行機が、唐突に飛び出して芝生を走っていくのは危険だと告げていた。庭は元のままだったが、以前より暗く、荒れた感じが強まっているように思えた。刈り込まれていない芝が波打ちはじめ、シャクナゲの茂みはジムの記憶にあるよりも陰鬱さを増していて、庭師が放置したままの自転車がテラスの階段に転がっていた。ジムは、丈を増しつつある芝生をゆっくりと歩いてプールのところまで行った。普段より一メートルくらい水位の下がったプールは木の葉と死んだ虫で覆われ、側面には浮きかすがべっとりとついていた。白いタイルの上には押しつぶされた煙草の吸い殻が散らばり、飛び込み台の下に中国煙草の箱が一個浮いていた。

ジムは細道をたどって家の裏手の使用人区画に行った。中庭に炭火コンロがひとつ置かれてあったが、キッチンのドアには鍵がかかっていた。家の中で何か物音がしないかと、ジムは耳をすました。キッチンの階段の横に、壁の内側に組み込まれた生ゴミ圧縮機のフードがある。圧縮機から伸びるダストシュートはキッチンのシンク脇の壁につながっていて、ジムは二年前、今よりもずっと子供だった頃に、母がキッチンでハウスボーイとディナーパーティのメニューを決めている時にシュートを這い上がっていって母を震え上がらせたことがあった。

今は、登っていく途中でモーターのスイッチが入れられる恐れはまったくなかった。ジムは金属のフードを上げ、鎌状の刃の間から中にもぐり込むと、油でギトギトしたシュートを慎重に登っていった。反対側の金属のフラップを押し開けると、見慣れた白いタイル貼りのキッチンが現われた。

「ヴェラ！　僕だよ！　帰ってきたよ！　ボーイ！」

ジムは足からそろそろとキッチンに降り立った。こんなに暗い家はこれまで一度も見たことがなかった。冷蔵庫のまわりに溜まった水の中を一歩一歩進んで、人けのない廊下に出た。嗅ぎ慣れない汗の臭いがこもる、むっとする空気の中を、階段を登って母の寝室に行った。

整えられていないベッドに母の衣類が散乱し、床には開いたスーツケースがいくつも転がっていた。何者かがドレッシングテーブルに並んでいたヘアブラシと香水の瓶を払い落とし、きれいに磨き上げられていた床は一面、タルカムパウダーで覆われていた。そこに残された何十もの足跡——くっきりとした重い長靴《ちょうか》に囲まれてくるくると旋回している母の裸足の足跡。それは、母と父が持っていた「フォックストロットとタンゴの踊り方」に描かれていた複雑なダンスの足の運びを思わせた。

ジムはベッドに腰かけ、割れた鏡の中心から四方に広がる星のような自分の鏡像に向かい合った。全身を映すその鏡に何か重いものが投げつけられたのだ。そこに映った自分の無数の断片が室内を飛んでいき、からっぽの家の隅々まで散らばっていくように思えた。

この割れたガラスで飾られた炸裂する小さな少年の聖画《イコン》の下、ジムは、母のベッドの足もとで、シルクの夜着の香りに包まれて眠りに落ちた。

7 干上がったプール

アマースト・アベニューでは時間が止まっていた。すべての部屋に下がる埃のカーテンと同様、まったく動きを見せなかった。埃の帳《とばり》が、そこを通り抜ける時だけ、体のまわりに小さく広がるのを感じながら、ジムは打ち捨てられた家の中を歩きまわった。ほとんど忘れていた匂いと絨毯のかすかな触感が戦争前の時期を思い起こさせた。三日間、ジムは、母と父が戻ってくるのを待った。毎朝、寝室の窓の上の傾斜屋根に登って、上海西郊の住宅地域の道路を見わたし、田園地帯から市街地に入ってくる日本の戦車の隊列を眺め、ナイフで切られたブレザーの袖を繕《つくろ》おうとしながら、ひたすら、母と父を乗せて戻ってくる楊《ヤン》のパッカードの姿が見えるのを待った。

上空にはおびただしい数の飛行機が飛んでいた。ジムは一機一機、機種を確認しながら時間をつぶした。庭師が生垣の手入れと草刈りをしなくなって、眼下に広がる静かな芝地は日一日と少しずつ暗さを増していった。午後になると庭に降りていってひとり遊びをした。築山の間を匍匐《ほふく》前進し、砲艦ウェークに突入した日本海軍の一員になってみた。だが、庭での遊びはすでにその魔力を失っていた。ジムは大半の時間を母の寝室のソファで過ごした。寝室には、匂いと同様に母の〝名残り〟が漂っていて、割れた鏡に映るゆがんだ像が迫ってくるのを押しとどめてくれた。母と一緒にラテン語の宿題をしながら長い時間を過ごしたこと、母が語ってくれたイギリスでの少女時代の話が思い出された。イギリスは——戦争が終わったら、ジムはイギリスの学校に行くことになっている——中国よりもはるかに異様な国としか思えなかった。

周囲の床を覆うタルカムパウダーに印《しる》された母の足跡。熱の入りすぎたパートナーに振りまわされて右に左にと動いている、その跡。母さんはきっと日本の将校の誰かにタンゴを教えていたんだ。ジムはそう思い、足跡が示しているステップを踏んでみようとした。だが、それは、これまでに見たことのあるどんなタンゴも及ばないほどの荒々しい動きとしか思えなかった。ジムは不覚にも途中で転倒し、割れた鏡で手を切ってしまった。

傷口を吸っていると、以前、母から麻雀を教わったことを――引いたり捨てたりするたびに、マホガニーのテーブル上でカチャカチャと音を立てる、色のついた謎めいた牌《パイ》のことを――思い出した。麻雀の本を書いてみようかと思ったが、ルールはほとんど忘れてしまっていた。応接間に行って、温室から持ってきた竹の棒を絨毯の上に積み上げ、以前、父が教えてくれた精密な科学原理に基づいた人間凧《だこ》を作りはじめた。だが、ほどなく、庭で凧を上げたらアマースト・アベニューをパトロールしている日本兵に気づかれてしまうと思い、凧を脇に押しやると、あとは無人の屋敷内を当てもなく歩きまわり、ほとんどそれとはわからないほどに少しずつ水位が下がっていくプールを眺めて過ごした。

冷蔵庫の食べ物は悪い臭いがしはじめていたが、保管室の棚には、缶詰の果物やオードブル用のクラッカーやプレス加工したハムや、憧れの的だった食品がいっぱいに詰まっていた。ジムは、ダイニングテーブルのいつもの席について食事をとった。夜になり、その日にはもう両親は帰ってきそうにないと判断したところで、最上階の自分の寝室に行き、模型飛行機のひとつを横に置いて――ヴェラはこれをずっと許可しなかった――ベッドに入った。次いで、戦争の夢が訪れた。黄浦江を遡《さかのぼ》ってくる日本海軍の全戦艦、沈んでいくペトレルに浴びせられる砲火、負傷した乗員を救助するジムと父……。

四日目の朝、朝食に降りていったジムは、前夜、キッチンの蛇口を閉め忘れて貯水槽の水がすっかり流れ出してしまっていることに気づいた。保管室には炭酸水のサイフォン瓶が大量にストックされていたものの、この時点ですでに、ジムは母と父が戻ってこないことを受け入れていた。ジムはベランダの窓ごしに芝の伸びた庭を見つめた。戦争があらゆることを変えたというのではなく――実際、ジムは変化を糧《かて》に成長してきた――、逆に、戦争は、すべてを心騒がせる不思議な形で元のままにとどめていた。家さえもが鬱々と、ちょっとした悪意ある行為を次々に重ねていって、ジムからどんどん離れていこうとしているような気がしてならなかった。

気持ちが沈んでいくのを押しとどめようと、ジムは一番の親友だったパトリック・マクステッドとレイモンド家の双子の家に行ってみることにした。炭酸水で体を洗ってから、自転車を取りに庭に出た。夜の間にプールの水はすっかりなくなってしまっていた。これまでプールの給水タンクがからになったのを見たことは一度もなかった。ジムは、傾斜をなすプールの底を興味深く見つめた。以前は、途切れのない泡の滝を通して垣間見えるだけだったプールの底の波打つ青いラインが形作る神秘的な世界が、今は朝の陽光のもとにその全容をさらけ出していた。木の葉と泥で見るからに滑りやすそうな底面のタイル。深いほうの端に取りつけられたクロムの梯子《はしご》。以前は深淵の奥に消えていた梯子は途中で断ち切られたように終わり、その脇に薄汚いゴムサンダルが一足残されていた。

ジムは浅いほうの底に跳び降りた。濡れたタイルに足を滑らせ、膝の傷口から滲《し》み出た血がタイルに染みを残した。即座に、染みの上に一匹のハエが止まった。足もとに気をつけながら、ジムは傾斜した底面を歩いていった。深いほうの端の真鍮の排水口のまわりは過ぎ去った夏の落とし物の小さな展示場だった。母のサングラスにヴェラのヘアクリップにワイングラス、そして、父がお前にやろうと言ってプールに投げ込んだ半クラウン銀貨。水底に牡《か》蠣《き》のようにきらめく銀貨があるのを何度となく確認しながら、ジムはこれまで一度もそこに到達することができずにいた。

　銀貨をポケットに入れると、ジムは濡れた側壁を見つめた。水のなくなったプールにはどこか不吉なものがあった。水が張られていない時のプールはいったいどんなことに使えるだろう？　真っ先に浮かんだのは、青島《チンタオ》要塞のコンクリートの掩蔽壕《えんぺいごう》だった。あの壕の側壁にいくつもついていたドイツ軍の逆上した砲手たちの血の手形。もしかしたら、上海じゅうのプールでまもなく殺人が起きるんじゃないだろうか？　プールがみんなタイル貼りだったら、血もきれいに洗い流せる。

　ジムは庭をあとにし、自転車を押して、ベランダの扉から家の中に戻った。そして、これまでずっとやりたくてたまらなかったことを実行に移した。自転車に乗って、このよそよそしい無人の家の中を巡りはじめたのだ。ヴェラと召使たちが見たらすごいショックを受けるぞ。ジムは嬉々として巧みに自転車を操り、父の書斎の中を一周して、厚い絨毯に残るタイヤの模様に目を見張った。デスクに衝突し、テーブルライトを叩き落とすと、ぐいと向きを変えて応接間に入り、腰を上げて、いくつものアームチェアとテーブルの間をジグザグに進んでいく。バランスを失ってソファに倒れ込んだが、床には足をつかずに再度サドルにまたがると、ダイニングルームに続く両開き扉に突っ込み、改めて扉を開いて通過してから、磨き上げられた長いダイニングテーブルのまわりを猛烈な勢いで周回しはじめる。食品保管室に寄り、素速い前後運動を何度か繰り返して冷蔵庫の下に溜まった水の中を通過し、キッチンの棚の鍋を床に撒き散らし、最後はまっしぐらに一階の洗面所の鏡に向かう。薄汚れた鏡に激突して前輪がぶるぶる震える中、ジムは、興奮しきった自分の鏡像に向けて大声で叫んだ。戦争はジムに、少なくとも、ささやかなボーナスをもたらしてくれた。

うきうきと玄関の扉を閉め、日本軍の貼り紙をきれいに撫でつけて、ジムは、隣接する哥《コロ》崙比亜路《ンビア・ロード》にあるレイモンドの双子の家に向けて出発した。上海じゅうの通りという通りがひとつの巨大な家の部屋のような気がした。哥崙比亜路《コロンビア・ロード》を行進していく中国の傀儡軍の小隊に追いつくと、ペダルを踏む足を速めて隊列を追い越していき、大声で次々と指令を発している下士官の横では、これ見よがしに鮮やかな回避操作をやってのけた。電柱が現われるたびにさっとよけてはまた元に戻り、消え失せた乞食たちの残したクレイブンAの缶を次々に弾《はじ》き飛ばしながら、ジムは邸宅の建ち並ぶ通りの歩道ぞいを疾走していった。

ドイツ人の居住地区である哥崙比亜路《コロンビア・ロード》の端にあるレイモンド家に着く頃には息が上がっていた。ペダルを踏むのをやめて、駐車しているオペルやメルセデス——どこか異様で陰気なドイツ車は、それだけで、ヨーロッパというものがどのようなものであるか、充分すぎるほどのイメージを与えてくれた——の横を流していくと、ジムはレイモンド家の玄関の前で自転車を停めた。

オーク材の玄関パネルに日本軍の貼り紙が留めつけられていた。扉が開いて二人の使用人《アマ》が現われた。アマたちはレイモンド夫人のドレッシングテーブルを引きずりながら階段を降りてきた。

「クリフォードはいる？　デレクは？　アマ……！」

　二人ともよく知っているジムは、片言の英語での答えが返ってくるのを待っていた。だが、二人はジムを無視してドレッシングテーブルを力いっぱい引っ張りつづけた。握り拳のように変形した小さな足が段上で滑った。

「ジェイミーだよ。ミセス・レイモンドは……」

　アマたちの横を抜けて階段を上がろうとした時、ひとりが腕を伸ばし、ジムの顔を思いっきり引っぱたいた。

　この一撃に愕然としたジムは自転車の前に戻った。学校のボクシングの試合でも福熙《アベニュー・フ》路《オシュ》のチンピラたちとの喧嘩でも、こんなにひどく打《ぶ》たれたことは一度もなかった。顔の正面が骨からはがれてしまったような気がした。目がズキズキしていたが、泣き出すのは何とか押しとどめた。アマたちは力が強い。今日までずっと、ゴシゴシと洗濯物を洗いつづけてきたおかげで、恐ろしく腕力が鍛えられている。ドレッシングテーブルを運ぶ二人を見ながら、ジムは悟った。二人は、僕やレイモンドの双子がこれまで彼女たちにやってきたことへの仕返しをしようとしているのだ。

　ジムは二人が階段を降りきるまで待った。ひとりが歩み寄ってきた。もう一度平手打ちをくわせようとしているのは明らかだった。ジムはあわてて自転車にまたがって逃げ出した。レイモンド家の車寄せの前で、ジムと同じ歳頃のドイツ人の少年が二人、オペルのドアロックを開けた母親の横でボール遊びをしていた。二人はいつも、母親がやめなさいと言うまでドイツ語のスローガンを怒鳴ったり石を投げつけてきたりしたものだが、今日は三人とも無言で立っているだけだった。ジムは平手打ちの跡が残る顔を向けないようにしながら、三人の脇を通りすぎた。母親は息子たちの肩を抱き、まもなくこの少年の身に降りかかるであろう事態を懸念しているかのように、じっとジムを見つめた。

アマの顔の怒りの色に受けたショックが消えぬまま、ジムはフランス租界のマクステッド家のアパルトマンに向かった。頭全体が腫れ上がっているような気がし、下顎の歯も一本ぐらついていた。母さんと父さんに会いたいとジムは思った。戦争も早く終わってほしい。できれば今日の午後にでも。

土埃にまみれ、不意に襲ってきた疲労感にぐったりして、ジムは有刺鉄線を巡らせた福《アベニ》熙路《ユー・フォシュ》の検問所に着いた。あたりの混雑は少しましになっていたが、それでも検問所の前には数百人の中国人とヨーロッパ人が列を作っていた。スイス人が乗っているビュイックとヴィシー政府のガソリン運搬車に、日本兵は、そのまま通過していいと手を振った。いつもなら、ヨーロッパ人の通行者は必ず列の先頭に行っていたものだが、今は、人力車夫と荷車を押す農夫たちの間でじっと順番を待っていた。自転車のハンドルを握りしめたジムは自分の位置を確保するのもやっとだった。両方のふくらはぎがただれた裸足のクーリーが、薪《たきぎ》の梱《こり》を下げた竹の天秤棒をかつぎ、荒い息をつきながら、ジムを押しのけていった。周囲にひしめく群衆からは、汗と疲労に加え、安物の油と米の酒の臭いが発散されていた。それは、ジムにとって、新しい上海の臭いだった。フロントシートに二人のドイツ人の若者が乗ったクライスラーのオープンカーがクラクションをけたたましく鳴らし、スピードを上げてかたわらを通りすぎていった。そのリアフェンダーがジムの手をこすった。

長い時間ののちにようやく検問所を抜けると、ジムは自転車の前輪を真っ直ぐにし、必死にペダルを漕いで、霞飛路《アベニュー・ジョッフル》のマクステッド家のアパルトマンにたどりついた。左右対称のフランス式庭園は、以前と同様、塵ひとつ落ちておらず、古き良き上海の心安らぐ記憶をそのままにとどめていた。七階までエレベーターで上がっていく間、ジムは半ば、マクステッド夫人がシンガポールから戻っているのではないかと期待しながら、涙で手と顔を拭いた。

アパルトマンのドアは開いていた。ホールに足を踏み入れたジムは、床にマクステッド氏の革のコートが落ちているのに気づいた。アマースト・アベニューの家の母の寝室を襲ったのと同じ旋風が、マクステッド家ではすべての部屋を吹き抜けたようだった。どの部屋でも、衣類の詰まったタンスの引き出しがベッドに放り出され、扉が開いたままのクローゼットの中は徹底的にかきまわされて靴の山が覗き、いたるところにスーツケースが転がっていた。まるで、十人以上の家族がいて、五分しか余裕のない中で何を詰めたらいいのか判断できなかったとでもいうかのようだった。

「パトリック……」ジムはノックはせず、ためらいがちにパトリックの部屋に入った。マットレスが床に投げ出され、開いた窓の前でカーテンがそよいでいた。だが、パトリックの模型飛行機——ジムのよりずっと丁寧に作られた飛行機——は今も天井から下がったままだった。

ジムはマットレスをベッドの上に引っ張り上げ、その上に寝転んで、無人のアパルトマンを吹き抜ける冷たい風にくるくると回る模型飛行機を見つめた。パトリックと二人して、霞飛路《アベニュー・ジョッフル》を見おろすこの寝室で想像の空中戦を戦わせながら、いったい何時間過ごしたことだろう。今も頭上で旋回するスピットファイアとハリケーン。その動きはジムの気持ちを鎮め、顎の痛みをやわらげてくれた。このままここにいたい、戦争が終わるまで離れ離れの親友の寝室で静かに眠りたい——ジムはそう思った。

だが、今は母と父を見つけ出す時だということが、ジムにはすでにわかっていた。母と父を見つけられなかったら、それは、ほかのイギリス人も誰ひとりとして見つけられないということなのだ。

霞飛路《アベニュー・ジョッフル》を隔ててアパルトマンと向かい合っているのはシェル石油の所有地で、敷地内のほぼすべての家にイギリス人の従業員が住んでいた。ジムとパトリックはよく、ここの子供たちと遊び、シェル少年団の名誉メンバーになっていた。アパルトマンの車寄せから自転車を押し出した時、イギリス人たちはすでにいなくなっているのがわかった。シェルの敷地の入口、有刺鉄線に囲われた詰所の向こうに日本の哨兵たちが立ち、ひとりの下士官の指示のもとで、クーリーの一団が家々から家具を運び出して軍用トラックに積み込んでいた。

有刺鉄線の詰所のすぐ近く、プラタナスの木陰に、みすぼらしい上着を着た年配の男性が立って日本兵たちを眺めていた。スーツはすり切れているが、今も白いカフスと固く糊づけしたシャツフロントを着けている。

「ミスター・ゲレヴィッチ！　ここです、ミスター・ゲレヴィッチ！」

白系ロシア人のゲレヴィッチ氏はシェルの敷地の管理人で、高齢の母親と一緒にゲート脇の小さなバンガローに住んでいた。バンガローの一番手前の居間には今、日本の将校が立って、煙草を吸いながら爪の掃除をしていた。ゲレヴィッチ氏のほうはこれまでこのイギリス人の少年にさしたる関心を示すことはなかったものの、ジムは以前からこの年配のロシア人が好きだった。アマチュアの画家で、気が向くと、ジムのサイン帳に精密な帆船の絵を描いてくれた。バンガローの台所の灰色の棚には糊で固めたカラーとミニチュアのシャツフロントがぎっしり詰まっていて、ジムは、ゲレヴィッチ氏がちゃんとしたシャツを買うだけの余裕がないのを気の毒に思っていた。ジムの頭にこんな考えが浮かんだ——ミスター・ゲレヴィッチにアマースト・アベニューに来てもらって、一緒に暮らしてもらえないものだろうか？

ジムがこの考えを検討していると、ゲレヴィッチ氏が通りの向こうから、手にしていた新聞を振った。母さんはゲレヴィッチ氏を好きになるかもしれないけれど、ヴェラは絶対にだめだ。東欧人と白系ロシア人は、イギリス人以上に、自分たちのほうが上だと考える傾向が強いから。

「こんにちは、ミスター・ゲレヴィッチ。僕、母さんと父さんを探しているんです」

「お母さんとお父さんがここにいるわけがないだろう?」ロシア人はそう言って、平手打ちの赤い跡が残るジムの顔を指差し、頭を振った。「全世界が戦争の真っただ中にあるというのに、今も自転車で走りまわっているとは……」日本軍の下士官がクーリーのひとりに罵声を浴びせはじめた。ゲレヴィッチ氏はジムをプラタナスの木陰に引っ張り込み、新聞を広げて、降りそそぐ爆弾の嵐の中で沈んでいく二隻の巨大な戦艦の絢爛たるスケッチを見せた。横にあった写真から、それが戦艦レパルスとプリンス・オブ・ウェールズであることがわかった。イギリスのニュース映画が常々、どちらも単独で日本海軍を壊滅させられると豪語していた〝不沈の要塞〟だ。

「見習うべき手本ではあるまい」ゲレヴィッチ氏はしばし考え込んだ。「これが大英帝国のマジノ線だ。君の顔が赤くなっているのも当然だと言うべきだな」

「自転車から落ちたんです、ミスター・ゲレヴィッチ」愛国心のもとにそう言ったジムだったが、イギリス海軍を擁護するために嘘をつかなければならないのは嫌だった。「ずっと母さんと父さんを探すのに一生懸命だったんです。簡単なことじゃなくて――」

「よくわかる」ゲレヴィッチ氏は、走り過ぎていくトラックの隊列に目を向けた。後尾板のところに銃剣を持った警備兵が座り、その後ろに大勢のイギリス人女性と子供たちがしゃがみ込んでいた。みな、安物のスーツケースと丸めたカーキ色の毛布に覆いかぶさるようにして、お互いの肩に頭をもたせかけていた。捕虜になったイギリス軍人の家族だとジムは思った。

「若いの！　自転車に乗れ！」ゲレヴィッチ氏がジムの肩を押した。「あのトラックを追いかけるんだ！」

「でも……」トラックの女性たちのみすぼらしい荷物がジムを落ち着かなくさせた。この人たちは見も知らぬイギリス軍の二等兵の家族なのだ。「一緒に行くわけにはいきません――あの人たちは捕虜だから」

「行くんだ！　街なかでは生き延びられん！」

ジムはハンドルを握って背筋を伸ばした。ゲレヴィッチ氏は重々しくジムの頭を叩き、新聞の陰から敷地を見守る作業を再開した。家々を丸裸にしていく日本兵たちを見つめるゲレヴィッチ氏の様子は、シェルのために、みずからの失われた世界の詳細なリストを作っているかのようだった。

「また会いにきます、ミスター・ゲレヴィッチ」ジムは老いた管理人をかわいそうに思った。ただ、アマースト・アベニューに戻る間、それ以上に気がかりだったのは撃沈された二隻の戦艦のことだった。イギリスのニュース映画は嘘だらけだった。僕は日本海軍がペトレルを沈めるのをこの目で見た。日本軍が何でも撃沈できるのはもはや明白だ。アメリカの太平洋艦隊の半分が今は真珠湾の海底に沈んでいる。ジムは思った。ミスター・ゲレヴィッチの言ったとおりだ。僕はトラックを追いかけるべきだったんだ。母さんと父さんも、あの隊列が向かっていた捕虜収容所にもう着いているかもしれない。

こう考えて、ジムは嫌々ながらも日本軍に投降することにした。そして、福熙路《アベニュー・フォシュ》の検問所に来ると、警護に当たっている兵士たちに話しかけようとした。兵士たちは、そのまま行けというふうに手を振ったが、ジムは警護部隊の指揮官である伍長の姿を探しつづけた。

どういうわけか、その日の上海では伍長が不足しているようだった。福熙路《アベニュー・フォシュ》で投降できなかったジムは、疲れた体に鞭打って、大西路《グレート・ウエスタン・ロード》と哥崙比亜路《コロンビア・ロード》をたどる長いルートをとって家に向かったが、このルートには日本兵の姿はまったくなかった。だが、アマースト・アベニューの家にたどりついた時、エントランスにクライスラーのリムジンが停まっているのが見えた。日本軍の将校が二人、車から降り立って、軍服を整えながら、家を検分しはじめた。

ジムがそのまま自転車で近づいて、自分はこの家の住人で投降する用意があると告げようとした時、石の門柱の陰から武装した兵士が姿を現わした。兵士は左手で自転車の前輪をつかみ、スポークの間に指を差し入れてタイヤをがっちりとつかんだ。激しい怒声とともに、ジムは後ろ向きに突き飛ばされ、埃っぽい道路に腰から倒れ込んだ。

8　ピクニックタイム

日本軍に投降できなかったジムは、壊れた自転車とともに、フランス租界のマクステッド家のアパルトマンに戻った。ここで一週間過ごし、そのあとは、租界の西の遺棄された屋敷やアパルトマンをひとり転々として暮らすことになった。郊外地域の住宅の大半は、イギリスとアメリカ、ないしオランダやベルギーや自由フランス国籍の人々が所有していたもので、居住者はみな、真珠湾攻撃から数日とたたないうちに日本軍に連行され、収容施設に送られていた。

マクステッド家のアパルトマンの所有者は中国人の富豪だった。富豪は戦争が勃発するよりもずっと前に香港に逃げ出していて、アパルトマンのほとんどはもう何カ月も空き家状態が続いていた。中国人の管理人たちは家族ともども今も地下のエレベーターシャフト脇の二つの部屋で暮らしていたが、マクステッド氏を連行した日本の憲兵隊に完全に恐れをなした彼らは、刈られることのなくなった芝が丈を増しフランス式庭園が荒廃していく中で、装飾池の底のセメント像の脇に置いた炭火コンロで日がな、つましい料理を作って過ごしていた。衣を脱いだ何体ものニンフ像の間にはいつも豆腐と香辛料がたっぷり入った麺の匂いが漂っていた。

アパルトマンにいる間は自由に出入りすることができた。自転車を押してエレベーターに乗り、七階に上がって、使用人部屋のバルコニーのラッチがかかっていない網戸から、マクステッド家のアパルトマンに入り込む。玄関のドアには覗き穴と何重もの複雑な電気錠が設置されていた。マクステッド氏は地元のビジネスマンたちによる親国民党中国友好協会の筆頭メンバーで、かつて暗殺計画のターゲットになったことがあった。いったん閉めたドアは内側からも開けられなかったが、訪ねてくる者はいなかったので問題はなかった。ただ、一度だけ、屋上のペントハウスに住む高齢のイラク人の女性が呼び鈴を鳴らしたことがあった。ジムは黙って、覗き穴に向かって顔をしかめる老女を見つめていた。しなびた顔の造作《ぞうさく》のひとつひとつが謎めいたメッセージを伝える手旗信号のように思えた。誰もいなくなった建物の中で染みひとつないドレスをまとい、宝石で飾り立てた老女は、その後十分間、停まったままのエレベーターの中で考え込んでいた。

ジムはひとりでいられるのが嬉しかった。日本兵に自転車から突き押とされたのち、何とかマクステッド家のアパルトマンまでたどりつくと、そのままパトリックのベッドで眠り込み、翌朝、霞飛路《アベニュー・ジョッフル》をガタゴトと走っていく路面電車の音で目を覚ました。路面電車の音と、市街に続々と入ってくる軍用車の隊列の警笛と、やむことなく響きつづける何千もの車のクラクションは、上海の祝歌だった。

頬の平手打ちの跡は薄れはじめていたが、顔は記憶にあるよりも細く、口の形も引きしまった大人のものになっていた。パトリックの部屋の洗面所の鏡で自分の姿を——土埃にまみれたブレザーと汚れたシャツを見ながら、母さんと父さんは今でも僕だとわかるだろうかと思い、濡らしたタオルで服を拭いた。街なかですれ違う中国人の多くがジムに、ゲレヴィッチ氏と同じような詮索のまなざしを向けた。それでも、貧乏であることには確かな利点がある――ジムは思った。少なくとも、僕の手を切り落としてやろうなどと思う者は絶対にいない。

マクステッド家の食料保管室にはウィスキーとジンのケースがぎっしり詰まっていた。金とルビーのボトルでいっぱいのアラジンの洞窟――だが、それ以外には瓶詰のオリーブが数個とクラッカーがひと缶あるだけだった。ジムはダイニングルームのテーブルでささやかな朝食をとり、それから自転車の修理にかかった。母と父を見つけるにも日本軍に投降するにも上海じゅうを巡らなければならず、そのためには自転車は絶対に欠かせなかった。

ダイニングルームの床に座り込んで、ジムは、曲がってしまった前輪のフォークを真っ直ぐに直そうとしたが、土で汚れた金属をつかむ手がぶるぶると震え、しっかり握ることができなかった。前日の出来事はジムを心底怯えさせた。自分のまわりに特異な空間が口を開き、戦争の前に知っていた安全な世界と自分とを隔てつつあった。それまでの数日間は、ペトレルの沈没にも、両親と離れ離れになってしまった事態にも立ち向かうことができたのに、今のジムはひたすらナーバスになっていた。しかも、それほど厳しくはない十二月だというのに、かすかな寒気《さむけ》がつきまとっていて、いっこうに消える気配がなかった。フォークを直すのに使っていた陶器の皿が手から落ちて割れた。これまで一度もなかったことだった。そして、ジムは、自分が何にも集中できなくなっていることに気づいた。

そんな状態にもかかわらず、ジムは何とか自転車を元どおりにすることに成功した。前輪をはずして曲がったフォークをバルコニーの金属の手すりに押し当て、渾身の力を振りしぼって真っ直ぐにした。客間で試し乗りをして、ちゃんと動くことを確認すると、ジムはエレベーターでロビーに降りていった。

福熙路《アベニュー・フォシュ》を走っていったジムは、上海が一変していることを知った。何千という日本兵が街じゅうをパトロールしていた。主要な大通りには、視野に入る範囲内に必ず土嚢《どのう》を積んだ監視所が設置されている。街路には輪タクと人力車が溢れ、傀儡政府の民兵に徴発されたトラックが何台も走っていたが、しかし、人の数は減っていた。南京路《ナンキン・ロード》に建ち並ぶデパートの前の歩道の中国人たちはみな頭を垂れて、車の行き交う中をのんびりと歩いている日本の兵士たちと目を合わせないようにしていた。

ジムは猛烈な勢いでペダルを踏み、満員の乗客を乗せて愛多亜路《アベニュー・エドワード七世》を走っていく路面電車についていった。車両の外側にもむっつりした中国人たちが鈴なりになっていて、そのうちのひとり――頭を短く刈り込んだ黒い中国服の若者――がジムに向かって唾を吐いたが、直後に電車から跳び降り、人混みの中に駆け込んでいった。唾を吐くという何でもない行為が報復行為の連鎖を引き起こすかもしれないと心配になったようだった。いたるところに中国人の死体があった。両手を後ろで縛られて道路の真ん中に転がっている者、土嚢を積んだ監視所の陰に放り出された者、半ば切断された首を互いの肩に載せ合っている者たち。

アメリカのスーツを着た何千という若いチンピラは姿を消していたが、静安寺路《バブリング・ウエル・ロード》の検問所では、青いシルクのスーツの若者が二人の日本兵に棍棒で殴られているのを見た。頭に殴打を浴びせられる中、若者はスーツの襟元から滴り落ちる血だまりに膝をついた。

　競馬場の奥の路地にひしめく賭博場と阿片窟はみな閉まっていて、質屋と両替屋の入口はどこも金属格子で固く閉ざされていた。国泰大戯院《キャセイシアター》の前にいた儀仗兵姿の傴僂《せむし》たちさえもが、そのポストを放棄しており、彼らの不在はジムを落ち着かなくさせた。乞食たちがいなくなって、街はいっそう貧しくなったように見えた。新しい上海の陰鬱なリズムを生み出しているのは日本軍の軍用車の果てしないクラクションだった。どこの道路も、戦争前の日々に自転車ツアーをしていた時よりも固く感じられた。ジムはすでに疲れきっていた。両手はハンドルよりも冷たくなっていたが、それでも何とか気力を保っておくために、両親が知られているはずの上海じゅうのすべての場所に行ってみることにした。最初は父のオフィス——中国人の上級社員は、ジムが行くといつも大騒ぎして、何やかやと熱心に手を貸そうとしたものだ。

　しかし、父のオフィスがある四川路《スーチョワン・ロード》は日本軍に封鎖されていた。通りの両端に有刺鉄線のバリケードが設置され、何百人もの日本の民間人がタイプライターやファイルの箱を抱えて、外国の銀行やオフィスビルを忙しく出入りしていた。

　ジムはバンドに出た。バンドを睥睨《へいげい》していたのは巡洋艦出雲の灰色の巨軀だった。埠頭から百メートルあまりのところに投錨した出雲の年季の入った煙突は新たに塗り直され、砲塔の上にキャンバス地の日よけがはためいていた。そのわずか上流に、旭日旗を掲げ、艦首の両側に鮮やかな色の漢字を記した米砲艦ウェークの姿があり、上海クラブの正面で命名式の華やかなセレモニーが行なわれていた。日本海軍の士官と兵士の行進を見つめるフロックコート姿の大勢の日本の上級文官と、きらびやかなファシストの軍服に身を包んだドイツとイタリアの軍人たち。路面電車の終点の臨時のパレード場をぐるりと囲む二台の戦車と数門の大砲と海軍陸戦隊員による規制線。行進する兵士たちの長靴《ちょうか》が鋼鉄の軌道に高々と鳴り響く。この路面電車の終点の軌道が描く大きな円が、イギリスとアメリカの砲艦に対する彼らの勝利の図形を形作っていた。

ジムはハンドルに顎を載せて、銃剣を手にパレスホテルのエントランスを守っている兵士らを眺めた。この兵士たちは英語をしゃべらないだろう。ひとりとして、このゆがんだ自転車に乗ったヨーロッパ人の少年が敵国人だなどとは思ってもいないだろう。今、強制動員された中国人の大観衆が見つめる中で近づいていったりしたら、即座に地面に叩きつけられるに決まっている。

ジムはバンドをあとにして、マクステッド家のアパルトマンに戻る長い行程をたどりはじめた。霞飛路《アベニュー・ジョッフル》の検問所を通過する頃には困憊《こんぱい》のあまりペダルを踏む力もなくなって、ちっぽけな自転車を押しながら、物乞いをする農婦たちや、うたたねをしている人力車夫たちの間を通り抜けていった。アパルトマンに着き、何とか室内にもぐり込むと、ダイニングテーブルの前にぐったりと座って、クラッカーを何枚かサイフォン瓶の炭酸水で流し込んだ。

そして、頭上で果てしない旋回を続ける模型飛行機——天空から抜け出す道を探して天井の下の空間を泳いでいる魚のような飛行機——を眺めながら、親友のベッドで眠りについた。

それからの数日間、ジムは何度も日本軍に投降しようと試みた。学校の友達がみなそうであるように、これまでずっと、降伏するような者は誰であれ軽蔑してきたジムだったが——彼は『チャムズ年鑑』の厳格な道義精神を絶対的に受け入れていた——、敵に投降するのは思っていたほど簡単ではなかった。今では、ほとんどの時間、疲労に包まれて、どこともよくわからない道を走りつづけた。カントリークラブと大聖堂の前庭を警護している日本兵に近づくのはあまりに危険だった。静安寺路《バブリング・ウエル・ロード》で、スイス人の夫婦が乗っていたプリマスを追いかけていくと、彼らはついてくるなと怒鳴り、まるでジムが中国人の乞食であるかのように地べたに硬貨を放り投げた。

ジムはゲレヴィッチ氏を探しにいった。だが、老いた管理人はもうシェルの敷地を見張ってはいなかった。きっとミスター・ゲレヴィッチも投降しようとしているんだ——ジムは思った。レイモンド兄弟の家から出てきた時に心配そうなまなざしを向けたドイツ人の母親のことを思い出して、哥崙比亜路《コロンビア・ロード》まで自転車を走らせたが、ドイツ人の居住地区のゲートは閉ざされていた。ほかの人々と変わらず、ドイツ人もまた日本軍を恐れて引きこもっているようだった。南京路《ナンキン・ロード》では、急に進路を変えて道路を横切ってきた二台の日本の幕僚車にあやうくはね飛ばされそうになった。幕僚車に乗っていた下士官たちが、グラーフ・ツェッペリン・クラブから虹口《ホンキュウ》のゲットーのユダヤ人を襲撃しにいこうとしているドイツ人でいっぱいのトラックを停止させ、全員にトラックから降りるよう命じた。そして、棍棒や散弾銃を没収し、鉤十字のついた腕章をはぎ取ってから追い払った。

マクステッド家のアパルトマンで暮らすようになって一週間後、電気と水道が止まった。自転車を運びながら階段を降りていくと、ロビーでイラク人の老女と中国人の管理人が声高に言い争っていた。二人は同時に振り向いて、出ていけと怒鳴った。二人とも、この一週間、ジムがここにいたことは承知していた。

ジムは喜んで出ていった。クラッカーはすでに食べつくし、昨日食べたのは、サイドボードで見つけた黴臭《かび》いひと袋のブラジルナッツだけだった。体がだるく、洗面所の蛇口から出てきた最後の一滴の水に酔っ払ってしまったかのように、頭が妙にくらくらしていた。戦争の前、これからパーティに行くという時にも同じような感覚になったことがあった。母と父のことを思い出そうとしてみたが、記憶の中の二人の顔は早くも薄れはじめていた。このところ、ジムの頭には食べ物のことしかなかった。答えはすでに出ていた。上海の西の郊外地域には、占拠されていない家がいくらでもある。クラッカーと炭酸水は無限にある、戦争が終わるまで充分に持ちこたえさせてくれるだけの量が。

自転車にまたがると、ジムはフランス租界を出て哥崙比亜路《コロンビア・ロード》に入った。両側に並木の続く広い道が縦横に走り、雑草の伸びた庭に無人の家々が建ち並んでいる。玄関の扉に留めつけられた日本の貼り紙の赤いインクを雨が洗い流し、オークのドアパネルには真紅の条《すじ》が何本も垂れ落ちていた。その様はまるで、ここに住んでいたアメリカ人とヨーロッパ人の全員が自宅の玄関扉の前に立たされて殺されたとでもいうかのようだった。

　日本の占領軍は上海の引き継ぎに忙殺され、この郊外地域の遺棄された家々にまで気を配る余裕はなさそうだった。ジムは、表通りからは見えない半円形を描く袋小路の突き当たりにある、高い壁に囲まれたハーフティンバー造りの家を選んだ。真鍮の玄関灯の間に、薄れた日本軍の貼り紙があった。ジムは屋敷内の静寂に耳をすまし、それから階段の脇に降り積もった落ち葉の中に自転車を隠した。三回目のトライでチューダー様式の車庫の壁の上に這い上がるのに成功し、切妻屋根を登っていって、目覚めさせられるのを拒む暗い夢のように家にまとわりついている樹々の深い群葉の間から庭に降り立った。

　外れていた屋根瓦を手に、ジムは深い草の中をテラスに向かった。一機の飛行機が飛び去るまで待ってから、エアコンのユニットがはめ込まれた窓のガラスを割った。家の中に入ると、通風口のシャッターを開いてガラスの割れた部分を隠した。

　ジムは素早く、影に包まれた部屋を次々に抜けていった。忘れられた美術館の壁にかけられた一連の絵を思わせる部屋部屋。いたるところに、映画スターのようなポーズを取った美しい女性の写真が飾られていた。だが、グランドピアノに置かれた枠入りのポートレートも、本棚の横にあった巨大な地球儀も、ジムは無視した。以前なら、絶対に地球儀の前で足を止めてじっくりと眺めていたはずだが――何年もの間、ジムは地球儀がほしいと言いつづけて父を困らせていた――、今はあまりの空腹に時間を無駄にしている余裕はなかった。

家はベルギー人の歯科医のものだった。書斎の壁には認定証や学位証の額が並び、その下の白いキャビネットには、十あまりの完全な歯列が納められていた。薄闇の奥から歯の群れが貪欲な口のようにジムをにらみつけた。

ダイニングルームを通り抜けてキッチンに行き、冷蔵庫の下の水たまりをよけて食料保管室に入ると、棚にエキスパートの目を走らせた。がっかりしたことに、ベルギー人の歯科医とその美人妻は、ジムの両親が手を出すことはまずなかった中国の食品を愛好するようになっていたらしく、保管室には、買弁（外国商館や領事館に雇われて取引の交渉に当たる現地人）の倉庫さながら、カチカチの腸詰と干からびた果物を通した紐が下がっているだけだった。

しかし、一個だけ、コンデンスミルクの缶があった。記憶のどこにも、これほど濃厚でこれほど甘いコンデンスミルクはなかった。歯列の群れが笑いかける書斎のデスクでコンデンスミルクを飲み干したのち、ジムは二階の寝室に行き、映画スターの顔を持つ女性の体の匂いが残る絹のシーツに包まれて眠りに落ちた。

9　一時《いっとき》の思いやり

翌朝、ジムは食べ物を求めて歯科医の家を出た。新たな仮の宿としたのは歯科医の家の近くのアメリカ人の未亡人が所有していた邸宅で、この未亡人はサンフランシスコに出立するまでは両親とも交流のあった間柄だった。このようにして、ジムは一軒ごとに二、三日ずつ滞在しながら、高い壁と深くなっていく芝とで彼方の醜悪な市街地から隔離された家を転々としていった。

どの家も、ラジオとカメラはすべて持ち去られていたが、それ以外は手をつけられていなかった。大半の家がジムの家よりもはるかに豪華で——父は裕福ではあったが、常々、質実剛健をモットーとしていた——映画室や舞踏室が備えられており、車庫には、所有者に見捨てられ、空気が抜けていくタイヤの上に重い車体を沈めたビュイックやキャデラックが並んでいた。

だが、これらの家の食料保管室の棚はほとんど空《から》で、ジムは、クラッカーや瓶詰のオリーブなど、五十年の長きにわたって続いてきたパーティ——それが上海だった——の残り物で空腹を満たすしかなかった。時々、ドレッサーの引き出しに開けていないチョコレートの箱を見つけると、日曜のランチの前にラジオグラモフォン（ラジオに付属したレコードプレイヤー）の音楽に合わせてダンスをする両親の姿や、今は日本の将校たちに占拠されているアマースト・アベニューの家の自分の寝室がまざまざと脳裏に浮かび上がってきた。暗い娯楽室でビリヤードをしたり、ひとりでブリッジをしたりして過ごし、ブリッジをやる時には、カードテーブルに全員の持ち札を並べ、順繰りにひとりひとりのプレーヤーになって、できる限りフェアにゲームを進めていった。馴染みのない匂いのするベッドに寝転がってライフやエスクァイヤを読み、あるアメリカ人の医師の家では『鏡の国のアリス』を読み通した。〝鏡の中〟は、自分が今いる世界よりもずっと違和感のない心安らぐ世界だった。

一方で、子供部屋の玩具《おもちゃ》用の戸棚には、かつてないほどの空虚さを感じさせられた。仮装パーティや馬術大会といった消え去った世界の写真でいっぱいのアルバムを、ジムはぼんやりとめくった。両親に会いたいという思いが消えることはなく、寝室の窓辺に座って外を見つめつづけたが、そうするうちにも、この西部の郊外地域のプールは干上がっていき、白い側壁は浮きかすのベールで覆われていった。未来のことを考えるには疲れすぎていた。ただ、ささやかな備蓄食糧はすぐにつきてしまうであろうこと、日本軍がまもなくこれらの空き家に関心を向けはじめるであろうことはわかっていた。実際、アマースト・アベニューのかつての連合国の所有地にはすでに日本軍の家族が移り住みはじめていた。

奇妙な鏡に映る見知らぬ顔——長く伸びた髪と血色の悪い頬は、自分のものだとは思えなかった。哥崙比亜路《コロンビア・ロード》の家々のどの鏡に向き合っても現われるみすぼらしい姿——体は以前の半分しかなく、一方で以前の二倍の歳になってしまった浮浪児——を、ジムはじっと見つめた。体の具合が悪いことを意識せざるをえない状態が続いた。一日じゅう横になっていなければならないこともしばしばだった。哥崙比亜路《コロンビア・ロード》の電気と水道はとうに止められていて、屋根の上に設置された給水タンクから滴り落ちる水は舌を刺す不快な味がした。一度、大西路《グレート・ウエスタン・ロード》の家の屋根裏部屋で横になっていた時に、日本の民間人の一行が一時間あまり、階下の部屋を歩きまわっていたことがあったが、熱で朦朧《もうろう》としていたジムには声をかけることさえできなかった。

ある日の午後、ジムは、アメリカン・カントリークラブの裏の家の壁をよじ登った。雑草の生い茂った広い庭に跳び降りて、ベランダ目指して走っていった時、水のないプールの横で、何人かの日本兵が食事の支度をしているのに気づいた。飛び込み台の脇にしゃがみ込んで、小さな焚き火に小枝をくべている者が三人。もうひとり、プールの底に降りて、シャワーキャップやサングラスの残骸をつついている兵士がいる。

　兵士たちは、深い草の中でためらっているジムを見つめ、湯の中で煮えている米をかきまわした。魚の切り身がいくつか浮いていた。小銃を取り上げる気配はなかったものの、逃げ出したりしないほうがいいと思ったジムはゆっくりとプールの端まで歩いていき、落ち葉の散ったタイルに腰をおろした。兵士たちは低い声で話をしながら食事を始めた。みな、がっちりとした体軀で頭を剃り上げており、上海市内の哨兵たちよりもいい装備を身に着けていた。ベテランの戦闘部隊だろうとジムは思った。

　ジムは食事をする四人を見つめた。彼らの口に入っていくひと口ひと口から目を離せなかった。食事を終えた最年長の兵士が、鍋に残っていた焦げた米と魚の皮をすくい取って飯盒《はんごう》に入れた。四十歳くらいのその上等兵は、注意深くゆっくりと手を動かして、ジムにこちらに来るようにと促し、飯盒を手渡した。四人は煙草を吸い笑みを交わしながら、脂っこい魚の切れ端と米をむさぼり食べるジムを見つめていた。病院を出て以来、初めて口にする温かい食べ物だった。温かさと脂の味が歯茎に突き立った。涙が溢れてきた。最初にこの少年が飢えていることに気づき、哀れに思った兵士が気さくな笑い声を上げ、自分の金属の水筒のゴム栓を引き抜いた。ジムは、かすかに塩素の臭いがする清潔な水を飲んだ。哥崙比亜路《コロンビア・ロード》の家々の蛇口から出てくる淀んだ水とは似ても似つかないものだった。激しく咳き込んだジムは、胃から逆流してきたものを慎重に飲み込み、口に手をあてて小さく笑うと、兵士たちににっこりと笑いかけた。すぐに全員が声を上げて笑い出し、干上がったプールの脇の深い草の中にゆったりと座り直した。

それからの一週間、ジムは遺棄された地区をパトロールするこの日本兵たちについてまわった。毎朝、兵士たちが大西路《グレート・ウエスタン・ロード》の検問所の宿泊所から現われると、ジムは前夜を過ごした家の階段を駆け降りて一行に付き従った。兵士たちが外国人の邸宅に足を踏み入れることはめったになく、彼らの関心事はもっぱら、この住宅地域に侵入する可能性のある中国人の乞食や泥棒を近づけないようにするところにあった。兵士らは、時に、壁を乗り越えて、雑草の生い茂った庭を見てまわることもあったが、彼らにとっては、贅沢な設備を備えた邸宅よりも、装飾的に配置された樹々や灌木《かんぼく》のほうに興味があるようだった。ジムは兵士らの雑用をこなし、彼らが集めているシャワーキャップを探したり、薪《まき》を割ったり、火を起こしたりした。彼らが昼食をとっている時は何も言わずに見つめていた。たいていの場合、彼らはジムのために米と魚を少しだけ残しておいてくれたし、一度、上等兵がポケットに入っていた飴の棒を折って切れ端をくれたこともあったが、それ以外の時は、誰もジムに関心を示さなかった。ジムが浮浪児であることを、彼らは知っていたのだろうか。ジムの傷《いた》んではいるものの上等な靴やウール地のブレザーをじっと見ていることがあったから、金持ちではあるが子供たちに食事を与えるのに手間をかける気がなくなった無責任なヨーロッパ人の家族のもとにいるのだとでも考えていたのかもしれない。

数日のうちに、食べ物に関して、ジムはこのパトロール隊に全面的に依存するようになった。哥崙比亜路《コロンビア・ロード》では、さらに多くの家が日本の軍人と民間人たちに占拠されていき、無人と思われる家に近づいていって、中国人の警備員に追いかけられて逃げ出すことも何度かあった。

そして、ある日の朝——日本兵たちは姿を現わさなかった。ジムは、アメリカン・カントリークラブの裏の家の庭で辛抱強く待った。空腹感を鎮めようとしながら、シャクナゲの茂みの枝を折り取って、干上がったプールの脇で火をおこす準備を整えた。二月の冷え冷えとした陽光をついて飛ぶ飛行機を見つめ、ブレザーのポケットの中にある三個のリキュールチョコレートを指先で確認した。緊急時のために取っておいたチョコレートだが、その時期がまもなく来ることがわかった。

背後でベランダのドアが開く音がした。ジムが立ち上がると、日本兵たちがテラスに出てきた。彼らはジムに向けて手を振った。ジムの頭に、こんな混乱した考えが浮かんだ——彼らは母さんと父さんを連れてきたんだ、だから、壁を乗り越えるんじゃなくて、玄関から家に入ってきたんだ。

テラスに向かって駆け出したジムに、兵士たちは驚くほど荒っぽい怒鳴り声を投げてきた。そして、テラスに着いた時、ジムは、それが新しいパトロール隊の要員であることを知った。

指揮官の伍長がジムに平手打ちをくらわし、花壇の反対側に押しやって、プール脇に積んでおいた小枝を片づけさせた。そして、ドイツ語で短く何事かを叫びながらジムを抱え上げ、車寄せに放り出すと、錬鉄の門を踵で蹴りつけて閉じた。

陽光に照らされてジムを取り囲む無言の家々。つかの間、ジムを子供時代に帰らせてくれた、隔離された世界。自転車を回収し、バンドへの長い道をたどりはじめたジムは、自分たちの鍋から食べ物を分けてくれた兵士たちのことを考えた。両親も教師たちも常々、人を思いやることの重要さを説いてきた。だが、思いやりなど何の役にも立ちはしない。ジムは今、そのことをはっきりと理解した。

10　座礁した貨物船

冷たい陽光が川の上で震え、川面を切り刻まれたガラスに変えるとともに、彼方のバンドに並ぶ銀行とホテル群をウェディングケーキの列に変容させた。南市《ナンタオ》の遺棄された造船所地域の下にある葬送桟橋の狭い通路に座ったジムには、巡洋艦出雲の煙突とマストが粉砂糖の彫刻のように見えた。ジムは、両手を双眼鏡の形にして目に当て、出雲のデッキとブリッジをシラミさながらに忙しく動きまわる白い服の水兵たちを観察した。巡洋艦の砲塔は、クリスマスケーキに飾りつけられた砂糖漬けの果物を思い起こさせた。あのねっとりした砂糖漬

け は大嫌いだった。

それでも、この船なら食べてみたい。ジムはそう思った。そして、マストをかじるところを想像した。マストをかじり、エドワード時代の煙突から溢れ出すクリームをすすり、マジパンの艦首に歯を立てて、巨艦の前部をそっくり平らげる。そのあとはパレスホテルを食べ、シェルのビルディングを食べ、そうして上海をすべて食べつくす……。

出雲の煙突から煙が噴き出し、勢いが収まったところで繊細なベールとなって川面を流れていった。船尾の錨はすでに巻き上げられ、船体が潮に乗って揺らいでいる。船首は下流に向いていた。上海を日本軍の規律下に置く支援活動を終えて、出雲は今、新たな戦場に向けて出立しようとしていた。潮が引きはじめたら、それを祝う死体のレガッタが始まるだろう。一体一体が紙の花の筏《いかだ》に乗った数え切れない中国人の死体が出雲を取り巻き、黄浦江の河口まで巡洋艦をエスコートする態勢を整えていた。

ジムは海軍のパトロール隊はいないかと注意深くあたりを観察した。川を隔てた対岸、浦《プー》東《ドン》の河岸には、トタン屋根が連なり近代的な煙突が林立する父の綿織物工場がある。以前、何度も工場を訪れた時のこと――中国人の幹部たちに、何千人もの女工たちの無表情なまなざしが注がれる中をパレードさせられるという何とも居心地の悪い経験をしたことが、ぼんやりと思い出された。工場は静まり返っていた。今、ジムの心をとらえているのは、敵艦の通行を妨げるために沈められた貨物船群だった。残骸のうち最も近いところにあるのは一本煙突の沿岸航行船で、川底の深い水路部分を堰《せ》き止める格好で座礁しており、その位置は葬送桟橋からわずか百メートルしか離れていなかった。ぼろぼろになった黒パンのように錆びついたブリッジは、ジムにとって、今もなお、その神秘的な力を失ってはいなかった。戦争――ジムの世界のすべてを根底から変えてしまった戦争――は、とうに、この忘れられた貨物船の残骸のもとを離れてしまっている。あの船に行こう。ジムは決意した。母さんと父さんに会うことも、日本軍に投降することも、食べ物を見つけることさえも、もうどうでもいい。あの船がとうとう手の届くところに来たのだから。

これまで二日間、ジムは上海のウォーターフロントをさまよっていた。日本のパトロール隊に大西路《グレート・ウエスタン・ロード》の家を追い出されてから、ジムはバンドに向かった。母と父に再会する唯一の希望は、両親の友人のうち、スイス人かスウェーデン人の誰かを見つけ出すことだった。ヨーロッパの中立国の人々の車は今も上海の街なかを走っていたが、イギリス人とアメリカ人の姿はまったく見かけなかった。もしかしたら、イギリス人とアメリカ人はもう全員が日本軍のキャンプに収容されてしまったのかもしれない。

だが、その後、南京路《ナンキン・ロード》を走っている時に、一台の軍用トラックがジムの自転車を追い越していった。荷台の衛兵の後ろに座っていたのはイギリスの軍服を着た金髪の男たちだった。

「頑張れ、坊や！　元気なところを見せてくれ！」

「もっと速く！　それじゃ追いつかないぞ！」

ジムはハンドルに覆いかぶさるようにして必死にペダルを踏んだ。男たちは歓声を上げ、腕を振り、手を叩いた。この馬鹿げたイギリス流ゲームに、日本兵が眉をしかめた。距離を開いていくトラックに向けてジムが叫ぶと、どっと笑い声が上がった。自転車の前輪が路面電車の軌道に引っかかった。ジムが輪タクの運転者たちの足もとに勢いよく投げ出されると、トラックの男たちは、いいぞ！　と言わんばかりにいっせいに親指を立て、そのまま走り去った。

その直後、ジムは自転車を失った。前輪のフォークを真っ直ぐにしようとしていたジムに、ひとりの中国人の商店主と下働きの男が近づいてきた。商店主が自転車のハンドルをつかんだ。手を貸そうとしているのではないのは明らかだった。彼らのまなざしはどこまでも平然としていた。疲れきっていたし、平手打ちはもうたくさんだった。

二人が自転車を押して群衆の間を抜け、入り組んだ無数の路地のひとつに姿を消すのを、ジムはじっと見つめていた。一時間後、徒歩で四川路《スーチョワン・ロード》に着いた。だが、上海のこの金融地区は全域が封鎖され、何百人もの日本兵と装甲車で囲まれていた。

ジムはバンドに出て出雲を眺めた。そして、午後いっぱい、ウォーターフロントを歩きまわった。怪我をしたペトレルの乗員たちが泳ぎ着き、民間人たちに引き上げられた泥の干潟《ひがた》——ジムが父の姿を最後に見た場所を過ぎ、サンパンの桟橋と、路面電車の軌道と軌道の間に青白いボラをいっぱいに並べた魚市場を過ぎ、フランス租界の波止場に着いた。そこからバンドは名前を変えて、さらに南市《ナンタオ》の造船所地区と葬送桟橋へと続いていた。ここではジムにかまう者は誰もいなかった。何本ものクリークとゴミ捨て場が連なるこの一帯は、阿片運搬船の残骸と犬の死骸と、川を漂い戻ってきて黒い泥の浜に打ち上げられた柩《ひつぎ》とで覆いつくされていた。その日の午後、ジムは、海軍航空基地のブイに係留されている何機もの飛行艇を眺めて過ごした。飛行用のゴーグルを着けたパイロットたちが船台を降りてくるのを待ちつづけたが、ジム以外、飛行艇に関心を持っている者はいないようで、長いフロートで水上に浮かぶ飛行艇のプロペラが風に苛々と震えているばかりだった。

夜になると、泥干潟に遺棄された何台もの古いタクシーのひとつの後部座席で寝た。日本軍の装甲車の警笛がバンドぞいに長く尾を引き、水上には巡視艇のサーチライトが明々《あかあか》と輝いていたが、冷たい夜気の中でジムはすぐに眠りに落ちた。細い体が夜の上に漂い、暗い水の上に浮かんでいくように思えて、ジムはタクシーのシートから立ち昇るかすかな人間の匂いにしがみついた。

潮が上がってきて、飛行艇がブイのまわりを回りはじめていた。川はもう貨物船群の堰《せき》を圧してはいなかった。油の浮いた水面が一瞬動きを止め、鏡となって、その奥に、錆びついた何隻かの汽船の姿が自身の鏡像から抜け出してきたかのようにくっきりと浮かび上がった。水が寄せてくるとともに、葬送桟橋のかたわらのサンパンが次々と揺らぎ出し、一艘また一艘と、埋まっていた干潟の泥から解き放たれていった。

ジムは桟橋の脇の狭い通路にしゃがみ込んで、足の間の金属格子を打つ水を眺めた。そして、ブレザーのポケットから、残った二個のリキュールチョコレートを取り出した。銀紙の黄道十二宮の星座図にも似た謎めいた渦巻模様をじっくりと眺め、手のひらの上で重さを確かめた。大きいほうをポケットに戻すと、小さいほうの紙をむいて口に入れ、そっと噛んだ。強烈なアルコールが舌を刺したが、黒く甘いチョコレートとともにゆっくりとすすった。桟橋の周囲に重たくうねる茶色い水。以前、父が、太陽の光がどうしてバクテリアを殺すのかを教えてくれたことを思い出した。五十メートルほど離れたサンパンの間に若い中国人の女性の死体が浮いていて、まるで、その日はどの方向に行ったらいいのか決めかねているとでもいうように、頭を中心にゆっくりと回転していた。ジムは慎重に片方の手で水をすくい、もう一方の手のひらに移してから、ごくりと飲み込んだ。これだけ素早く飲めば、バクテリアには感染する暇もないはずだ。

リキュールチョコレートと押し寄せてくる波のリズムに、またも目まいが襲ってきた。ジムは桟橋にぶつかった水浸しのサンパンにもたれかかった。朽ちていく貨物船に目をやると、何も考えずにサンパンに乗り込み、ゼリーのような流れに押し出した。

腐りかけたサンパンに溜まった水が靴とズボンを濡らした。舷側から引きちぎった湿った板をオールにして、ジムは座礁した貨物船に向かっていった。船に着いた時にはサンパンは沈没寸前だった。ジムは貨物船のブリッジ下の右舷の手すりをつかみ、デッキによじ登った。水に浸かったサンパンは隣の貨物船に向かってゆらゆらと漂っていった。

離れていくサンパンを見送ってから、ジムは、金属のデッキを覆う踵までの深さの水の中を歩いていった。川がわずかに動きはじめていた。ワックスを塗ったような表面はそのままに、水がブリッジ下部の窓のなくなった船室に入り込み、左舷の手すりから流れ出ていく。ジムは船室に入った。その錆びついた洞窟は青島《チンタオ》のドイツ軍の要塞よりも古いもののように見えた。今、ジムは川の表面に立っていた。この少年を川面に載せて運んでいくために、中国のすべてのクリークと水田と運河から押し寄せてくる水。ジムは思った。今、左舷の手すりから波の上に踏み出せば、出雲までずっと歩いていける……。

巡洋艦の煙突からは何本も煙の柱が立ち昇っていた。まもなく出航するのだ。もしかしたら、母さんと父さんが出雲に乗っているかもしれない。僕は今、上海に――以前からずっと来たいと思っていた、この貨物船の上に、ひとりきりで取り残されたのかもしれない。ジムはブリッジに上がり、岸壁を見つめた。潮が引きはじめ、紙の花で飾られた死体の群れが列をなして海に向かい出した。流れに押されて貨物船が傾き、錆びついた船体がギシギシと鳴った。金属板同士がこすれ合い、何本もの太い曳航索が上部甲板で激しく揺動した。目に見えない帆の揚げ綱は今も、この年古《としふ》りた船体を、上海から遠く離れたあたたかい別世界の安全な海へと送り出したがっている。

足裏にブリッジの振動を感じながら、幸福感に包まれて手すりを握り、ひとり、声を上げて笑い出した、その時――ジムは、葬送桟橋の向こうの造船所からこちらを見つめている者がいるのに気づいた。建造途中の三隻の石炭船の一隻の操舵室に、アメリカの船員帽をかぶったコート姿の男が立っていた。おずおずと、だが、同じキャプテンの立場にある者として、ジムは手を振った。男はジムを無視し、手の内に隠れていて見えない煙草を吹かした。男が見ていたのはジムだけではなかった。ジムがいる船の隣の汽船から、若い船乗りが、もやい綱を解いて金属製の小型艇《ディンギー》に乗り込んだところだった。

自船の最初の乗客にして乗員たるこの船乗りを一刻も早く迎えようと、ジムはブリッジからデッキに降りていった。船乗りは水面を乱さないよう注意を払い、短い力強いストロークでオールを動かしながら近づいてきた。数ストロークごとに肩ごしに振り返り、まるで、この貨物船が子供たちの集団でいっぱいなのではないかと思っているかのように、舷窓の奥に目を凝らしていた。そのがっしりした体の重みに、ディンギーはかなり低くなっていた。ディンギーが真横まで来ると、男の長靴《ちょうか》の間にバールとスパナと金ノコがあるのが見えた。ベンチシートには、あちこちの船から取ってきたものらしい丸い舷窓の真鍮の枠が積まれている。

「やあ、坊や——岸までひとっ走りしないか？　ほかに誰がいる？」

「誰も」この若いアメリカ人が提供してくれるであろう安全への期待は大きかったが、この船を去りたくはなかった。「母さんと父さんを待っているんだ。来るのが……遅れてて」

「遅れてる？　まあ、そのうちに来るだろうさ。どっちにしても、助けが要《い》るように見える」

船乗りはデッキに登ろうと手を伸ばした。だが、ジムがその手をつかもうとした時、彼は乱暴にジムをディンギーに引っ張り込んだ。両膝が真鍮の窓枠に叩きつけられた。男はジムの体を起こして座らせると、ブレザーの襟とバッジに指を走らせた。ぼさぼさの金髪が縁取っているのはあけっぴろげなアメリカ人の顔だったが、彼はどこかこそこそした様子で川を一瞥した。フル装備の日本海軍のダイバーがいきなりディンギーの真横の水面に飛び出してくるのではないかと思っているかのようだった。

「さあて、どうして俺たちの邪魔をしようとしている？　いったい誰がお前をここに連れてきた？」

「ひとりで来た」ジムはブレザーの裾を引っ張って整えた。「これはもう僕の船だ」

「トチ狂ったイギリスのガキだな。この二日間、ずっとあの桟橋に座ってただろう。お前、いったい誰だ？」

「ジェイミー……」ジムは男を感心させるようなことを何か考え出そうとした。この若い船乗りと一緒にいるべきだということはすでにわかっていた。「僕は人間を揚げる凧《たこ》を作ってる……コントラクトブリッジの本も書いた」

「待て。ベイシーがどう判断するかだな」

貨物船からゆらゆらゆらと離れると、アメリカ人はオールを漕ぎはじめた。力強い数回のストロークでディンギーは泥干潟に達し、葬送桟橋の間の浅いクリークに入った。造船所地区の脇を流れる黒く汚れた油まみれの細い水路だ。アメリカ人は、中身のなくなった空《から》の柩を不快げに見つめ、グッドラックとばかりに柩の中に唾を吐いて、オールで押しのけた。そして、岸に引き上げられている艀《はしけ》にくくりつけられたマストのないヨットの白い船体の陰に巧みにディンギーを導いていった。ヨットの船尾、白鳥のような形の突出部の下に、木の足場が隠されていた。その足場にディンギーを係留すると、アメリカ人は丸い窓枠を腕に通し、工具類をひとまとめに抱えると、ジムにディンギーから降りるよう促した。

二人は造船所の一階を横切り、積み上げられた鋼板やとぐろを巻くチェーンや錆びたワイヤの山のかたわらを過ぎて、三隻のみすぼらしい石炭船のほうに向かった。喧嘩にでも向かうようなアメリカ人の足取りを真似て小走りについていきながら、ジムはこんなふうに考えていた。やっと母さんと父さんを見つける助けをしてくれる者に会えた。このアメリカ人と操舵室にいたもうひとりも、これまで投降しようとしてきたんじゃないだろうか？　三人一緒なら日本軍も無視するわけにはいかないはずだ。

三隻の石炭船のうち一番大きな船のスクリューの下に、古びたシボレーのトラックが停まっていた。二人は金属板が一枚はずされているところから船内に入った。アメリカ人がジムを抱え上げ、竜骨の上に渡された竹製の台に押し上げた。昇降階段から上のデッキに登り、操舵室を抜け、頭を下げて狭いハッチをくぐったところが、ブリッジ奥の金属製の船室だった。

空腹のあまり体が揺らいで、ジムはドア枠にもたれかかった。船室にはジムのよく知っている匂いが漂っていた。アマースト・アベニューの家の母の寝室を思い起こさせる匂い、フエイスパウダーとコロンとクレイブンA煙草の匂いだった。この暗い居心地のよさそうな部屋の奥から母さんがクリスマスの妖精みたいに現われて、戦争は終わったわと言ってくれるに違いない――そんな思いがジムの脳裏をよぎった。

11　フランクとベイシー

船室の中央で炭火コンロが静かに燃え、いい匂いのする煙が開いた天窓からやさしく外に向けて立ち昇っている。床は、油じみた敷物とエンジン部品、真鍮の窓枠と階段の手すりで覆いつくされていた。コンロの両側に、〝インペリアル・エアウェイズ〟とステッチされた色あせたキャンバス地のデッキチェアと、中国の刺子《さしこ》布団がかかったキャンプ用ベッドがあった。

アメリカ人は手にしていた工具を金属部品の山の上に放り投げた。その大きな頭と肩だけで船室がほとんど占拠されてしまったように思えた。若者は苛々した様子でデッキチェアにどさっと座り込み、コンロにかけられた鍋の中をじっと見つめたのち、陰鬱なまなざしをジムに向けた。

「ベイシー、もういい加減癇《かん》に障ってるんだよ、このガキは。このままだと、もっと腹をすかせるか、もっとイカレてしまうか……」

「こっちに来い、坊や。横になったほうがよさそうだ」

布団の下から、ジムを連れてきた若者より年長で小柄な男が現われ、白い手に持っていた煙草をジムのほうに動かした。それまでの人生の数々の経験のいっさいが見事に消し去られた、特徴のない無感情な顔、刺子布団の下でせわしなくタルカムをはたいているやわらかそうな両手。男の目は事細かにジムの様子を――泥に汚れた服、口もとを絶え間なくピクピクさせているチック、こけた頰、ふらついている脚を――とらえていた。

ベッドのタルカムをはたくと、男は若者が回収してきた真鍮の窓枠を数えた。「これで全部か、フランク？　マーケットに持っていくには足らないな。虹口《ホンキュウ》の商人どもは米ひと袋に十ドルの値をつけている」

「ベイシー！」若者は重い長靴《ちょうか》で金属の山に蹴りを入れた。年長の男にではなく、自分に腹を立てているようだった。「このガキが二日間も桟橋に居座っていたんだ！　ジャップどもに、ここに踏み込んでもらいたいってのか？」

「フランク、ジャップは我々を探しにはこない。南市《ナンタオ》のクリークにはコレラが蔓延している。だから、ここに来たというわけだ」

「看板を立ててるも同然じゃないか。きっと連中に探しにきてもらいたいんだ。当たりだろう？　ベイシー」フランクは洗剤の入った缶にボロ布を浸し、窓枠の固定部にこびりついた汚れをゴシゴシと拭き落としにかかった。「そんなに頑張って働きたいってのなら、自分で外に出てやってみろよ――そのガキが一日じゅう見張ってるところで」

「フランク、俺は肺に問題がある。それはお前も承知してるだろう？」ベイシーはクレイブンAをひと口、軽く吸って、デリケートな肺をなだめた。「それに、この子はお前に気づいてもいなかった。ほかのことで頭がいっぱいになっていた。子供時代のことなど、お前はすっかり忘れてるだろうが、フランク、俺はまだちゃんと憶えている」そう言って男は体をずらし、ジムのために温かいスペースを作った。

「ここに来い、坊や。戦争が始まる前は何と呼ばれていた？」

「ジェイミー……」

フランクがボロ布を放り投げた。「このスクラップ全部でも、重慶《チョンチン》に行くサンパンは買えやしない！　重慶に行くにはクイーン・メアリー号が必要だ」彼は暗い目でジムをにらみつけた。「しかも、お前に食べさせてやれるだけの米はないときてる。いったい何様なんだよ、お前？　ジェイミー――？」

「ジム……だな」ベイシーが言った。「新しい人生には新しい名前が要《い》る」ジムが横に座ると、ベイシーはタルカムをはたいた手を伸ばし、空腹のせいでピクピクと引きつっているジムの口の左端に親指をそっと押し当てた。ジムがなされるままにしていると、ベイシーは、歯茎が見えるほどに唇を押し上げて歯に抜け目のない視線を走らせた。

「実にちゃんとした歯並びだ。この小さな口をここまできちんとしておくには、誰かが結構な金を使っている。フランク、自分の子供たちの歯をほったらかしにしている親がどれだけいるかを知ったら、絶対に驚くぞ」ベイシーはジムの肩を軽く叩き、ブレザーの青いウールの触感を確かめた。スクールバッジの泥をかき落としながら、ベイシーは言った。「いい学校のようだな、ジム。大聖堂学校か？」

フランクが窓枠の山の向こうから険しい視線を投げた。この少年が自分からベイシーを奪い取るかもしれない――そんな警戒心を抱いたかのようだった。「大聖堂？　このガキが司祭か何かだってのか？」

「フランク、大聖堂学校だよ」ベイシーは、これは面白そうだという様子をあらわにしてジムをじっと見つめた。「大金持ちの家の子が行く学校さ。ジム、お前、誰か重要人物を知っているな？」

「ええと……」この点に関しては自信がなかった。今のジムは、炭火コンロの上でふつふつと煮えている米以外に何も考えられない状態だったからだが、ややあって、英国領事館で開かれたガーデンパーティのことを思い出した。「一度、マダム孫文（宋慶齢。蒋介石夫人・宋美齢の姉）に紹介されたことがある」

「マダム孫に？　紹介されたって……？」

「三歳半の時だけど」ジムが依然としてじっと座っていると、ベイシーの白い手がポケットを探っていった。手首から腕時計がするりとはずされ、布団の下のコロンとタルカムの靄《もや》の奥に消えた。それでも、ベイシーの丁寧な物腰は、ジムに服を着せたり脱がせたりする時の召使と同様、不思議に心安らぐものだった。ベイシーは、ジムの体内の骨をひとつひとつ、何か値打ちのあるものを探しているかのようにくまなく触っていった。開いたハッチを通して、海軍航空基地から離陸しようとしている飛行艇が見えた。潮流の影響が及ばないよう巡視艇が水路を閉ざしていて、座礁した貨物船群の堰《せき》の周りに巨大な渦がいくつもできていた。ジムは鍋に視線を戻した。焦げた脂のうっとりするような匂い。不意に、こんな思いが浮かんだ。この二人のアメリカ人の船乗りは僕を食べたいと思っているんじゃないだろうか。

だが、ベイシーはすでに鍋の蓋を取っていた。米と魚の濃いシチューから風味たっぷりの湯気が立ち昇った。ベイシーはベッドの下の革袋からブリキの皿とスプーンを二組取り出し、なおもクレイブンAをふかしながら、パレスホテルのウェイターさながらの手つきで、自分とジムのために料理をよそった。ジムが熱い魚をむさぼり食べるのを、ベイシーは、大《グレート・》西路《ウエスタン・ロード》のパトロール隊の日本兵が見せたのと同じ、どこか皮肉っぽい承認のまなざしで見つめていた。

ベイシーは自分の分を腹に詰め込みながら言った。「お前はあとで食べろ、フランク」

フランクは鍋に目を向けたまま、窓枠を拭きつづけた。「ベイシー、俺はいつだって、あんたのあとに食べてる」

「俺は我々二人のことを考える必要がある、フランク。しかも、この若い友人の面倒を見なくちゃならん」ベイシーはジムの顎についた米粒を拭き取った。「ジム、ほかの大物に会ったことはないか？　たとえば蔣介石《チャン・カイシエック》とか……？」

「ううん……でも、チャン・カイシェックっていうのは本当の中国語じゃないんだよね」温かい食べ物に頭がくらくらしていた。以前、母が使ったある言葉が浮かんできた。ずっと大人との会話で使ってみようとしてきた言葉だ。「シャンハイ・チェック（字義どおりにとると「上海のチェコ人」）の転訛なんだ」

「転訛……？」自分のシチューを食べ終えたベイシーは手にタルカムをはたきはじめた。

「お前は言葉に興味があるのか、ジム？」

「うん、ちょっとね。あとはコントラクトブリッジ。僕、ブリッジの本を書いたんだ」

ベイシーは信じていないように見えた。「言葉のほうが重要だ、ジム。毎日、新しい言葉をひとつ蓄えろ。いつかはわからんが、いずれ役に立つ時が来る」

シチューを食べ終えて満ち足りたジムは金属の壁に寄りかかった。戦争の前の食事はいっさい憶えていない一方で、戦争が始まってからはひとつひとつを鮮明に思い出すことができた。すでに背を向けた人生での食べ物のことなど考えたくもなかったし、プディングを全部食べさせようとヴェラと母が考え出したあれこれの入り組んだ策略は考えるだけでうんざりした。フランクが、スプーンに残った米粒をじっと見つめているのに気づいて、急いできれいに舐めると、鍋にちらりと目をやり、フランクの分が残っているのを見てほっとした。もう、この二人の商船員が自分を食べようとしているのでないことははっきりしていたが、ただ、その恐怖は根拠のないものではなかった。以前、カントリークラブで、大西洋で魚雷攻撃を受けたイギリスの水兵たちが仲間を食べたという噂が広まったことがあったのだ。

ベイシーが新たに鍋の米をひとすくいした。だが、この二杯目を食べようとはせず、フランクのぎらぎらしたまなざしのもとで皿をいじくりつづけた。ジムにはすでに、ベイシーがこの歳下の船乗りをコントロールしようとしていること、そして、彼を不安にさせるためにジムを使っているということがわかっていた。これまでずっと、ベイシーのような人間に会わせないようにするという教育方針のもとに育てられてきたジムだったが、戦争はすべてを変えてしまった。

「父さんはどうしている、ジム？」ベイシーが言った。「どうして母さんと一緒に家にいないい？　二人は上海にいるのか？」

「うん……」と言って、ジムはためらった。これまで体験してきたことのすべてが、誰も信用してはならない――たぶん日本軍だけは別にして――と告げていた。「二人とも上海にいる――だけど、これから出雲で出発するんだ」

「出雲だって？」フランクがデッキチェアから跳び上がった。自分の雑嚢《ざつのう》から飯盒《はんごう》をつかみ出すと、鍋の米を猛烈な勢いですくった。そして、口いっぱいに米を頰張りながら、ジムに向かってスプーンを振った。「坊主、いったいお前、本当に何者なんだ？　ベイシー……」

「出雲には乗っていない、ジム」ベイシーは白い手でベッドの下の袋から炭を一本取り出した。「出雲は福州《フージョウ》からマニラ湾に向かう。フランク、ジムはお前をかついでいるんだよ」

「僕は出雲に乗っていると思う」ジムは、ベイシーの目になおも浮かんでいる小さな疑念を煽り立ててやろうと思った。「父さんはしょっちゅうマニラに行っているから」

「日本の巡洋艦で行くことはないだろう、ジム」

「ベイシー……！」

「フランク……」ベイシーは歳下の船乗りの口調を真似て言った。「いつかはお前も俺を信用したいと思うようになるさ。思うに、ジムの家族はほかのイギリス人と一緒に連行されて、で、ジムは今、二人を探しているというわけだ。どうだ……ジム？」

ジムはうなずいて、ブレザーのポケットから最後のリキュールチョコレートを取り出した。銀紙をはがし、チョコレートのミニチュアボトルを嚙んだところで、ヴェラに叩き込まれた「礼儀正しくしなきゃだめよ」の言葉を思い出し、チョコレートの半分をベイシーに手渡した。

「キュラソーか……さあて、状況は上向きになってきた、ジム、お前が来てからな。あれこれの新しい言葉に、この高級チョコレート——我々もちょっぴりパレスホテルのスタイルを身に着けつつあるぞ」鋭い歯を立ててリキュールをするベイシーは、ハツカネズミ並みの頭脳をあれこれ働かせている白い顔のドブネズミを思わせた。「ということは、ずっと家にいたということだな、ジム、お前ひとりで。家はフランス租界か?」

「アマースト・アベニュー」

「フランク……上海を出る前にアマースト・アベニューに行ってみるべきだな。誰もいない家がいっぱいあるんだろう、ジム?」

ジムは目を閉じた。恐ろしく疲れていたものの、眠り込みはせず、食べたばかりの米のシチューのことを考えながら、魚の切れ端の混ざった米のひと粒ひと粒を改めて味わった。話しつづけるベイシーの声が、近くなったり遠くなったりしながら、タルカムとコロンとクレイブンAの香りでいっぱいの空気の中をぐるぐると回っていた。ジムは、アマースト・アベニューの家の客間で煙草を吸う母のことを思った。この二人のアメリカ人の船乗りに会ったからには、母さんにもきっと会える。このままベイシーとフランクと一緒にいよう。三人で貨物船のところにも行ける。そうすれば、遅かれ早かれ日本の巡視艇の目にとまるはずだ。

魚臭い熱い息が顔面に広がり、ジムは大きく喘いで目を覚ました。フランクの巨体が覆いかぶさり、重い腕をジムの太腿に置いて、両手でブレザーのポケットをまさぐっていた。ジムが思いきり押しのけると、フランクはおとなしくデッキチェアに戻って窓枠磨きを続けた。

船室には二人しかいなかった。ベイシーが下方の竹の通路を歩いている音が聞こえてきた。ややあって、トラックのドアがバタンと閉まり、老いぼれエンジンが轟音を響かせはじめたかと思うと、次の瞬間、唐突にやんだ。出雲の遠い汽笛が届いた。フランクは、くすんだ真鍮を革で磨きながら、ジムに意味ありげな視線を投げた。

「坊主、わかってるだろうが、お前は本当に人を苛つかせる才能を持ってるよ。ジャップは何でお前を連れていかなかったんだ？　よっぽどすばしっこいってことか」

「何度も投降しようとしたんだ」ジムは説明した。「でも、簡単じゃなかった。フランクとベイシーは投降したいって思ってない？」

「したいもんか――ただ、ベイシーがどう思っているかはわからん。俺は、ベイシーにサンパンを一艘買わせようとしている。サンパンがあれば、川を遡《さかのぼ》って重慶《チョンチン》に行ける。でも、ベイシーはしょっちゅう気を変えるんだ。今は上海にとどまりたがっている。ジャップがいるからな。収容所に行けば大儲けできるって思ってるんだ」

「窓枠はたくさん売れるの、フランク？」

フランクはジムをじっと見つめた。この少年をどう考えていいのか、まだ確信が持てないというふうだった。「これまで一個も売れたことはない。これはベイシーのゲームなんだ。ドラッグみたいなもので、ベイシーは自分のために他人を働かせつづけなければ気がすまないのさ。下の造船所のどこかに金歯を入れた袋がある。ベイシーはな、金歯を虹口《ホンキュウ》で売るんだ」わかってるだろうと言いたげな笑みを浮かべて、フランクは油で汚れたスパナを上げ、ジムの顎に触った。「よかったな、金歯が一本もなくて。でなかったら――」フランクはジムの手首を軽く叩いた。

ジムは体を起こし、ベイシーが歯茎を調べた時のことを思い出した。金属の壁を通してトラックのエンジンの震える音が伝わってくる。この二人の商船員に強い警戒心が湧き上がってきた。二人はこれまで、どのようにしてか、上海じゅうに張り巡らされている日本軍の網をかいくぐってきたのだ。ジムは思った。これから恐ろしい目に遭わされるかもしれない、この二人に――上海の街のすべての人と同じように。金歯が入っているというベイシーの秘密の袋。南市《ナンタオ》のクリークと運河は死体でいっぱいで、死体の口には歯がいっぱいある。中国人はみんな、見栄を張りたいがために、最低でも一本、金歯を入れている。戦争が始まってからは、どの親族も葬儀の前に金歯を抜く気力もないほどに疲れきっているだろう。真夜中、二人の船乗りがスパナを手に泥干潟を探しまわっている姿がまざまざと浮かんできた。暗いクリークにディンギーを漕いでいくフランク。ランタンを持って舳先に立ち、かたわらを漂っていく死体を次々につついて歯茎をあらわにしていくベイシー……。

12　ダンスミュージック

アメリカ人の二人の船員とともに過ごすようになって三日間、ジムの頭は完全に、死体から金歯を回収してまわるというおぞましいイメージに支配されていた。夜、ベイシーとフランクが刺子《さしこ》布団の下で眠っている間も、炭火コンロの脇に積まれた米袋の上に横になったまま、なかなか寝つくことができなかった。窓枠と真鍮の手すりに映る熾火《おきび》が金歯のように輝いていた。朝になって目覚めると、必ず顎を触り、フランクが臼歯を抜いていないことを確認せずにはいられなかった。

午前中、フランクが座礁した貨物船群の間で作業をしている間、ジムは葬送桟橋に座って見張り役を務めた。震えが襲ってくると、船室に戻って布団の下に横になった。そんなジムの横で、インペリアル・エアウェイズのデッキチェアに座ったベイシーは古いパイプ掃除具の針金で玩具《おもちゃ》をいくつも作った。以前、キャセイ－アメリカ・ラインの客室係だったベイシーは、乗客の子供たちを楽しませていたのと同じおしゃべりと隠し芸でジムに対応した。ジムに朝晩の食事をきちんと食べさせる努力も怠らず、母と父に関して果てしなく質問を続けた。多くの面で、ベイシーは、客室係として応対していた女性客たち――暑いさなか、煙草に火をつけては永遠に白粉《おしろい》をはたきつづける女性たちの習慣を手本にしていた。

午後になると、三人はトラックに乗り、虹口《ホンキユウ》の中国人マーケットに出かけた。ベイシーはいつも袋入りの米と魚の切り身の値段をめぐって押し問答を繰り返し、ベッドの下に備蓄してあるフランス煙草のカートンと交換した。何度か、フランクに、ジムを商人の露店に連れていくようにと言った。中国人の店主はジムを上から下までじっくり検分し、頭を横に振るのが常だった。

ジムにはすぐに、ベイシーが自分を商人に売ろうとしているのがわかった。抵抗する気力もないほどに疲れきっていたジムは、路面電車の座席で中国人の農婦たちが横に置いている鶏のように、トラックの二人の間にじっと座っているしかなかった。具合が悪くない時間はほとんどなくなっていたが、中国人に売るという潜在的な価値がある限り、米と魚の食事は保証されていた。中国人の商人たちも最終的には、日本軍に報告すればいくばくかの報酬を手にできることに気づくだろう。

フランクの重い手に触られるまいとする一方で、ジムは、ベイシーが喜びそうな珍しい言葉を使おうと頭の中を探りながら、アマースト・アベニューに建ち並ぶ豪邸の話をして元客室係を楽しませた。一から十まで想像上の贅沢な暮らしの話を作り出し、両親はそういう生活を送っていたと語った。こうした上海の上流社会の話に、ベイシーは飽くことなく聞き入った。

「プールパーティのことを聞かせてくれ」三日目の午後、虹口《ホンキユウ》マーケットに出かけるためにフランクがトラックのエンジンをかけるのを待っている間に、ベイシーが言った。「思うに……祭りみたいだったんだろうな」

「うん、本当にお祭りみたいだった」ジムは、プールの底でベイシーの歯のようにきらめいていた半クラウン銀貨を拾おうと何時間もひとりで過ごしたことを思い出した。「リキュールチョコレートに白いピアノにウィスキーソーダ。それと奇術師」

「〝奇術師〟？」

「奇術師だったと思うんだけど……」

「疲れているようだな、ジム」トラックに乗り込むと、ベイシーはジムの肩に腕をまわした。

「頭を使いすぎたんだ、新しい言葉を考えるのに」

「僕が知ってる新しい言葉は全部使ってしまった、ベイシー。戦争はじきに終わる？」

「心配しなくていい、ジム。ジャップどもを好きにさせておくのは、あとせいぜい三カ月だ」

「そんなに早く？」

「もう少しかもしれん。戦争を始めるには長い時間がかかる。みんな、戦争を終わらせないためにたいへんな投資をしている。フランクと俺とこのトラックみたいにな」

戦争を続けたいと思っている者がいるなど、考えてもみなかったことだった。ジムがこの異様な論理に頭をひねっているうちに、トラックは虹口《ホンキュウ》に向けて出発した。造船所の脇から、からっぽの倉庫とゴミ捨て場と墳墓塚が連なる荒廃した地域を抜けて、トラックはガタゴトと走っていった。運河ぞいのトラックのタイヤと木箱で作られた掘っ建て小屋では乞食たちが暮らしていて、老婆がひとり、悪臭を放つ水際にしゃがみ込んで木の便器をゴシゴシと洗っていた。その様子を安全なトラックの運転席から見おろしながら、ジムはこの困窮した人たちをかわいそうに思った。とはいえ、ほんの何日か前までのジムの状況は、これよりもさらに絶望的だったのだ。現実が二重に重なっているような不思議な感覚が続いていた。戦争が始まって以来、自分の身に降りかかったことは何もかも鏡の中の出来事であるかのような……。力が失せ、空腹で、一日じゅう食べ物のことばかり考えているのは、鏡の中の自分だった。この鏡の中の自分をかわいそうに思う気持ちはもうなくなっている。きっと、これが、この中国人たちが何とか生き延びていくための方法なんだろう。それでも――とジムは思った――この中国人たちもいつか鏡の中から抜け出してくるかもしれない。

南市《ナンタオ》クリークを渡り、フランス租界に入ろうという時になって初めて日本兵の姿が見えた。パトロール隊が鉄の橋の北詰の検問所をガードしていた。だが、ベイシーとフランクに武装兵士を恐れる様子はなかった。すでに気づいていたことだが、アメリカ人たちは、相手が誰であれ、簡単にひるんだりはしなかった。フランクは道路につかつかと歩み出てきた兵士に向かってクラクションを鳴らしさえした。ダッシュボードの下にうずくまったジムは二人が撃たれるのではないかと思ったが、兵士は無愛想な一瞥を投げただけで、トラックに通過していいと手を振った。たぶん、フランクとベイシーを白系ロシア人の労働者だと思ったのだろう。

それから一時間、三人は虹口《ホンキユウ》マーケットをあちこち巡っていった。竹籠の中で何百匹もの犬が吠えていた。食用の雑種の中国犬だけでなく、スパニエルやダックスフント、アイリッシュセッターやエアデールもいた。飢えた上海の市街には連合国側の飼い主が放置した犬が溢れていたのだ。トラックは何度か停まり、そのつどベイシーが降りて、中国人の露天商に歩み寄っては流暢な広東語《カントン》で話をした。だが、窓枠も金歯も所有者を変えることはなかった。

「フランク、ベイシーは何を買おうとしているの？」

「買うよりも売るほうに興味があるように見えるな」

「どうして僕は売れないんだろう？」

「お前をほしがるやつなんかいやしないさ」フランクはジムのポケットから奪った半クラウン銀貨を指先ではね上げ、大きな手でつかんだ。「何の価値もないからな。お前、自分にどんな価値があると思ってるんだ？」

「何もない」

「骨と皮だけだしな。じきに一日じゅう寝ていなけりゃならなくなる」

「あの人たち、僕を買ったらどうするんだろう？　食べるわけにはいかないよね、骨と皮だけなんだから」

だが、フランクはこの問いには答えるのを差し控えた。ベイシーが頭を振りながらトラックに乗り込んできた。一行は虹口《ホンキユウ》を離れ、蘇州《スージヨウ》河を渡って再び共同租界に入った。メインストリートを走り、福熙路《アベニユー・フオシユ》の車列にもぐり込むと、車輪と車輪をぶつけ合うように行き交う輪タクと人力車の波間にゴトンゴトンと音を立てながらゆっくり進んでいく路面電車のあとについていった。

二人を上海西郊の住宅地に連れていこうと、ビリヤード台やウィスキーやリキュールチョコレートでいっぱいの豪邸の話を続けていたジムは、フランクとベイシーが夕暮れ時まで時間をつぶそうとしているのだと思った。午後六時を過ぎてまもなく、フランス租界に建ち並ぶアパルトマンのファサードから陽光が徐々に引いていくと、二人は運転席の両側のウィンドウを巻き上げた。フランクは静安寺路《バブリング・ウエル・ロード》を離れ、明かりのついていない北部の中国人の居住地域へと入っていった。

「フランク、そっちじゃないよ——」正しい方向を指し示そうとしたが、ベイシーがタルカムをはたいた手の甲をジムの口に押し当てた。

「黙ってろ、ジム。子供には沈黙が一番いい友達だ」

ジムは揺れる頭をベイシーの肩に預けた。狭い道を抜けていく時間のかかるドライブが始まった。何百という中国人の顔がウィンドウに押しつけられる中、トラックは人力車と水牛の引く荷車の間をじりじりと進んでいった。ジムは再び空腹感に襲われ、使われなくなった路面電車の軌道を越えるたびに繰り返される果てしのない揺れに頭がぐらぐらしはじめた。南市《ナンタオ》に、米を炊く鍋の載った炭火コンロのもとに戻りたくてならなくなった。

一時間後、はっと目を覚ましたジムは、いつのまにか上海西部の住宅地域に来ているのに気づいた。哥崙比亜路《コロンビア・ロード》の家々の屋根を最後の陽光が染めていた。ドイツ人地区に停まっているオペルやビュイックの横をゆっくりと走るトラックの中から、ベイシーは占拠されていない家々を次々と指差していった。

ジムは元気を取り戻し、両手に息を吹きかけてあたためた。当てのない街なかの巡回はすでに終わっていた。ジムのこれまでの上流社会の暮らしを巡るおしゃべりが、ひと儲けを狙うこの男たちを、その気にさせたのだ。ジムは何でも信じ込む観光客のグループを案内するガイドのように、これまでの二カ月間転々としてきた家々の説明を始めた。

「あの家にはウィスキーとジンがある、ベイシー。あっちの家にはウィスキーとジンと白いピアノと――あ、違った、ウィスキーだけだ」

「酒はどうでもいい。フランクと俺はバーを開く気はない。お前、聖歌隊員だったのか？　だったら、白いピアノの上に立たせてやるから、ヤンキー・ドゥードゥル・ダンディを歌ってもいいぞ」

「あそこの家には映画室がある」ジムは続けた。「それと、あっちの家には歯がいっぱい」

「歯？」

「歯医者さんの家なんだ。きっと金歯もあるよ、ベイシー」

トラックはアマースト・アベニューに入り、打ち捨てられた邸宅の間を進んでいった。この通りは依然として電気の供給が絶たれたままで、雑草の生い茂った庭が黄昏の中でいっそう陰鬱に見えた。あの水没した貨物船群のように、その場に座礁した家々。しかし、キャセイ－アメリカ・ラインの客室係としての歳月が、これら〝陸《おか》に打ち上げられた廃船〟の真の価値を教えてくれたとでもいうかのように、ベイシーは歴然たる崇敬のまなざしでこの家々を眺めていた。ジムが横にいることをベイシーが喜んでいるのは明らかだった。

「お前はいいセンスを持っていたよ、ジム、何と言ってもここで生まれたんだからな。俺はいい家庭の価値がわかる子供を尊敬する。誰だって自分の親は選べるが、しかし、その先まで見通せるセンスを持つというのは……」

「ベイシー……」フランクがベイシーの幻想に割って入った。トラックは、ジムの家の車寄せの入口から二百メートル離れた並木の陰で停まっていた。

「よし、フランク」ベイシーはドアを開けて道路に降り立った。日本のパトロール隊の姿はなく、中国人の警備員たちも夜になってそれぞれの家の壁の内側に引っ込んでしまっている。ベイシーは、一軒の家に続く、刈り込まれていないイボタノキの生垣の間の狭い袋小路を指差した。

「ジム、そろそろ脚のストレッチをする頃合いだ。あそこまで散歩していって、白いピアノを弾いている者がいないか確かめてこい」

ジムは、低いけれども間違いなく圧力のかかっているエンジン音に耳をすました。フランクはくつろいだ様子でシートに背を預けているが、その大きな足はアクセルの上に置かれている。並木に吊り下げられた提灯《ちょうちん》のように見えるベイシーの白い顔。ジムは思った。二人は僕をここに置き去りにするつもりなんだ。中国の商人に売れなかったから、上海の夜の道路に僕を捨てていくつもりなんだ。

「ベイシー、僕……」肩に置かれていたフランクの手が、ジムを道路に放り出そうとしている。「僕の家に行かない？　あの家よりもっと豪勢だよ」

「豪勢？」薄闇の中、ベイシーはこの言葉をごくりと飲み込み、あたりの家々を見まわした。チューダー様式の切妻屋根、白い近代的なファサード、シャトーのレプリカ、緑の瓦屋根のスペイン風邸宅。

ベイシーはトラックに乗り込み、ロックをせずにドア枠をつかんだ。「よし、フランク、ジムの家を見にいこう」

トラックは並木の影をゆっくりと進み、護衛のいない車寄せに入った。静まり返った屋敷に近づいていくとともに、ベイシーの顔に落胆の色が浮かぶのがわかった。ベイシーはドアをそっと開け、ジムを抱えて自分の側のステップの上に投げ出そうとした。

ジムがダッシュボードにしがみついた時、エントランスのポーチに二人の人影が現われた。二人は白いガウンを着ていた。たっぷりした長い袖が腕のまわりに翻《ひるがえ》っている。母さんが帰ってきて、お客さんのひとりに挨拶しているんだ――ジムはそう確信した。

「ベイシー！　ジャップだ……」

フランクが叫ぶのが聞こえた。二人の人影は一日の任務を終えた日本兵で、ガウンと見えたのは軍の支給品の着物だった。トラックを目にした二人は開いたドアに向かって大声で怒鳴った。ホールに灯油ランプの光が溢れ、軍服姿の軍曹が出てきた。階段の一番上に立った軍曹のがっしりした腿には《かん》モーゼルのホルスターがあった。フランクがあわててトラックをバックさせようとしている間に、着物姿の二人の兵士がトラックのステップに跳び乗り、拳でウィンドウを激しく叩いた。さらに二人、竹の棍棒を持った兵士がポーチの階段を駆け降りてくる。

エンジンがストールし、ジムはトラックから引き離されて地面に投げ出されるのを感じた。さらに大勢の着物姿の日本人が、まるで風呂から上がったばかりの怒り狂った女性の集団のように家から駆け出してきた。ゴツゴツした砂利の上で体を起こしたジムは軍曹のピカピカの長靴《ちょうか》の間にいて、目の前には怒りもあらわな軍曹の太腿を叩いているホルスターがあった。兵士たちが運転席の中でフランクを押さえつけていた。フランクが両脚を蹴り出すと、彼らは棍棒で殴りかかり、血が噴き出すのもかまわず顔と胸をめった打ちにした。ベイシーは、階段上で様子を見ていた二人の兵士に代わる代わる強烈なパンチを浴びせられ、車寄せで二人の足もとにがっくりと膝をついた。

ジムは日本兵に会えて嬉しかった。激しい殴打とフランクの叫び声をついて、開いた家のドアの向こうから、引っかくような音が聞こえてきた。母の小型蓄音機でかけられている日本のダンスバンドのレコードだった。

13　野外映画館

春の陽射しに両腕をあたたかく包まれ、ゆったりとした気分で野外映画館の最前列の席に座ったジムは、ひとり、笑みを浮かべながら、五メートル離れたスクリーンを見つめていた。

この時間帯にはいつも、パークホテルのぼやけた影が白いキャンバス地のスクリーンに映し出される。影は、長い時間をかけて、倉庫と安アパートが密集する閘北《ザーベイ》地区を抜けていったのち、午後になってようやくスクリーンに到達し、白い画面上をゆっくりと横切っていく。スクリーンを見つめるジムの前で、ホテルの天辺のネオンサインの巨大な文字――そのひとつひとつが、ステージ上をパトロールしている若い日本兵の背丈の二倍はある――が着実なペースで左から右へと移動していき、ほっそりとした兵士と小銃のシルエットを、太陽が作り出すこのドラマチックな映像のうちに取り込んでいった。

これはなかなかの展開だった。嬉しくなったジムは、チークの薄板のベンチの上に足を上げ、抱え込んだ膝の陰でくすくすと笑った。太陽とパークホテルのコラボレーションが生み出す午後のジオラマは、これまで三週間、この野外映画館で過ごしてきた中で一番のエンタテインメントだった。戦争が勃発する前、ここでは、夜になると、上海の映画会社製作のアニメや冒険映画のシリーズが大勢の中国人の女工や港湾労働者たちの前で上映されていた。ひょっとしたら、楊《ヤン》がこのスクリーンに登場したことがあったかもしれない――ジムの頭にはしばしばそんな思いが浮かんだ。バラード家のお抱え運転手・楊《ヤン》は上海映画のエキストラもやっていた。ジムはすでに、この勾留所を隅から隅まで偵察していて、今は使われていない映写室の上の事務所に埃をかぶった大量のフィルムのリールがあるのを確認していた。今、映写機を取り外す作業にかかっている日本の通信部隊の伍長が、楊《ヤン》の出演している映画を上映してくれる可能性はないだろうか？

ジムのくすくす笑いに、ステージ上の兵士が険しい一瞥を投げた。この兵士は明らかにジムに不信感を抱いていて、できるだけかかわらないようしていた。兵士は目の上に手をかざし、木のベンチの列を眺めわたした。午後の陽光のもとには数人の収容者がいた。ジムの三列後ろにいるのは、灰色の髪の宣教師パートリッジ氏――同じく宣教師である妻は死にかけていて、この座席の下の地下にあるコンクリートの共同寝室で寝たきりの状態にある。夫人は、ここに到着した時から、かつての倉庫である共同寝室から一度も出ていないが、パートリッジ氏は忍耐強く妻の世話をし、便所の水道の水を持ってきたり、二人の欧亜人の女性が日に一度、チケット売場の裏の中庭で作る薄い粥を食べさせたりしていた。

ジムは、この高齢のイギリス人宣教師のまばらな髪と青白い皮膚が心配だった。時々、妻が認知できなくなることもあるようだった。夫人はまったく言葉を発せず、嫌な臭いがした。ジムは、パートリッジ氏が妻のマットのまわりに目隠しを作るのを手伝い、パートリッジ氏のイギリス製のオーバーと夫人の黄ばんだ寝間着を、ジムが壁から引き抜いてきた電気コードで吊り下げた。退屈した時には、この女性用の共同寝室に降りていって、ここで遊ぼうと駆け込んでくる欧亜人の子供たちを追い払った。

市中にあるこの勾留所には三十人ほどが収容されていて、ジムは、上海中央刑務所で一週間過ごしたのちにここに送られてきた。百人以上の欧亜人とイギリス人の収容者と一緒に押し込まれていた中央刑務所のじめじめした雑居房に比べれば、陽がいっぱいに射すこの野外映画館の勾留所は青島《チンタオ》のリゾートビーチのように思えた。アマースト・アベニューの家で日本兵に捕まって以降、ベイシーの姿を見かけたことはなく、ジムはあの元客室係のもとから離れられたのが嬉しかった。中央刑務所に収容されていたのは、ほとんどが中国の沿岸貿易船の請負現場監督と商船員で、両親の消息を知っている者はひとりもいなかった。この勾留所に移されたのは、母と父に一歩近づいたことを意味していた。

日本兵に捕まった直後から体調が一気に悪化し、激しい痛みを伴う高熱が出て何度も血を吐いた。ここに送られたのは体を治すためだろうとジムは思っていた。今、この勾留所にいるのは、何組かの高齢のイギリス人夫婦、歳を取ったオランダ人とその娘、寡黙なベルギー人の女性——ベルギー人女性の夫は重傷を負っており、男性用の部屋のジムの隣で寝ていた。それ以外はイギリス軍人の夫に上海に置き去りにされた欧亜人の女性たちだった。

一緒にいて楽しい者はひとりもいなかった。ひどく歳を取っているか、でなければマラリアや赤痢にかかった病人のどちらかで、欧亜人の子供たちのほとんどは英語を話さなかった。ジムは野外映画館の木の座席のまわりをぶらぶらしながら時間を過ごすようになり、頭痛を我慢しながら、日本兵と仲良くなろうと無益な努力をした。そして、午後になるといつも上海のスカイラインを映し出す影のショーに見入った。

パークホテルのネオンサインの文字がぼやけ、薄れていく。一時《いっとき》として空腹感が消えることはなかったものの、この勾留所にいて、ジムは幸せだった。何カ月も上海の街をさまよったのちに、曲がりなりにとはいえ、ついに日本軍に投降することができたのだ。降伏という問題について、ジムはじっくりと考えてみた。降伏するには、勇気と、それなりの狡猾さが要《い》る。いったいどうやれば、全軍隊にそんなことができるというのだろう？

日本兵がジムを捕まえたのは、単にベイシーとフランクと一緒にいたからだということはわかっていた。着物を着た兵士たちが棍棒でフランクをめった打ちにしていた時のことを考えると、心底恐怖を覚えずにはいられなかったが、それでも、少なくとも、まもなく両親に再会できるのは間違いないと思われた。この勾留所では絶えず収容者が入れ替わっていた。ついこの間も二人のイギリス人――ジムが見るのを許されなかった、包帯でぐるぐる巻きにされていた女性と、退職した上海警察の元警視でマラリアにかかっていた老人――が死んだ。

上海周辺には十以上のキャンプがある。母さんと父さんがどのキャンプに送られたのかがわかりさえすれば……。ジムは席を立ち、パートリッジ氏のところに行って話しかけようとしたが、老いた宣教師は自分だけの世界に沈み込んでいた。ジムはさらに二、三列後ろにいる二人の欧亜人の女性に近づいていった。だが、二人はいつものように頭を振って、ぞんざいに近寄るなという仕草をした。

「嫌らしい……！」

「汚い子……！」

「あっち行って……！」

女たちはいつもひどい言葉を浴びせかけ、自分の子供たちをジムに近づけないようにしていた。高熱に苦しんでいた時のジムのうわ言を真似てみせることもあった。ジムは二人に笑いかけて、前の席に戻った。疲れていた。疲れを感じるのはしょっちゅうだった。共同寝室に降りていって一時間くらいマットに横になっていようかとも思った。だが、午後には米の粥が出る。先日、熱が高くて寝ていた時に、ジムは割り当ての粥を食べそこなった。驚かされるのは、年寄りも具合の悪い者も、食事の時間になると何とか起き上がって割り当てをもらいにいくことだった。ジムを起こそうなどとは誰も考えず、遅れて行った時には、真鍮の大鍋には何も残っていなかった。抗議すると、朝鮮人の兵士はジムの頭を殴った。チケット売場の米袋を守っている欧亜人の女たちが、ジムには正当な量より少ない食事しか与えないつもりでいることははっきりしていた。ジムは、欧亜人の女性たちは全員、そしてその異様な——顔はイギリス人にしか見えないのに、中国語しかしゃべれない子供たちも、信用していなかった。

ジムは正当な量の割り当てを要求することにした。戦争の前よりもずっと痩せてしまっていることはわかっていた。母さんにも父さんにももう僕だとわかってもらえないかもしれない。食事の配給時、チケット売場のひびの入ったガラス窓に映った姿を見ても、その長い顔と深く落ちくぼんだ目と骨ばった額は記憶の中にある自分とはほとんど重ならなかった。ジムは鏡に近寄らないようにした。欧亜人の女たちはいつもコンパクトを使ってジムを監視していた。

何か役に立つことを考えようと、ジムはチークのベンチに寝そべって、川を渡っていく川西製の飛行艇を見つめた。飛行艇のエンジンの低い唸りは心地よく、これまでに見た飛行の夢のすべてを思い出させてくれた。空腹が耐えがたいほどにつのった時、両親に会いたくてたまらなくなった時、ジムはよく飛行機の夢を見た。高熱にうなされていた時には、勾留所の上空を飛んでいくアメリカ軍の爆撃機の一隊さえ目撃した。

チケット売場の横の中庭からホイッスルの音が聞こえてきた。勾留所を統括している日本の軍曹が新たな点呼簿を手にしていた。ジムが気づいたところでは、この軍曹は収容者の名前を三十分以上憶えていられないようだった。パートリッジ氏の手を取ったジムは、欧亜人の女性たちのあとに続いた。映画館のエントランスの前に軍用トラックが一台停まっていた。映画館の敷地は高い壁で囲まれ、近隣の居住地区に住む中国人たちが映画を覗き見ることはできないようになっている。軍曹のホイッスルの合間に、イギリス人の子供の泣き声が聞こえた。

新たな収容者のグループが到着したのだ。ということは、現在の収容者の何人かが出ていくということだ。ジムの頭に、別の収容所に――たぶん虹橋《ホンチャオ》か龍華《ロンホア》のキャンプに――向かっている自分の姿が浮かんだ。数分以内にそうなる。絶対に間違いない。そう思いながら、ジムは倉庫の中で、今も立つことのできる老人たちとともに、飯盒《はんごう》を手に、それぞれのマットの横で待機した。トラックから新しい収容者たちが続々と降りてくる音が聞こえた。うんざりしたことに、幼い子供たちも何人かいた。子供たちはひっきりなしに泣き叫んで、軍曹の意識を、ジムがどこに送られるべきかを決定するという本来の任務からそらしてしまう。

二人の武装兵士を従えた軍曹が倉庫の入口に現われた。三人とも木綿のマスクをつけていたが――床で眠っている若いベルギー人から強烈な悪臭が放たれていた――軍曹の目はひとりひとりを順番にチェックし、飯盒の数を正確に確認していった。一日の米とサツマイモは飯盒に割り当てられるのであって、それに付随している人間にではないのだ。パートリッジ氏が妻に粥を食べさせる作業で疲れきっている時には、ジムは自分の分と一緒に老人の割り当てをもらってくることがよくあった。そんなある時、まったく意識しないままに老人の飯盒の水っぽい粥を食べている自分に気づいたことがあった。ジムは落ち着かない気持ちになり、自分の罪ある手をじっと見つめた。意識と体の部分部分が分断してしまうという事態が頻繁に起こるようになっていた。

ジムは頰のチックを隠し、体力も健康状態も良好に見えるようにと、軍曹ににっこりと笑いかけた。勾留所を出ていけるのは、基本的に、ほかの者より健康状態がいい者だった。だが、軍曹は、いつものようにジムのにこやかなまなざしに憂鬱そうな様子を見せた。軍曹が脇によけ、新しく到着した収容者たちが倉庫に入ってきた。二人の中国人の雑務係が運ぶ担架の上に、汚れた木綿のワンピースを着たイギリス人女性が横たわっていた。意識がなく、濡れた髪の毛が口の中に入りこんでいて、息子とおぼしい、ジムと同じ歳頃の男の子が二人、担架の両側をつかんでいた。続いて、この場所の臭いと薄暗い光に不安げな表情を浮かべた年配の女性の三人連れが足を引きずりながら進んできた。そのあとから入ってきたのは、凹《でこ》凸《ぼこ》の長靴《ちょうか》とイギリス軍の半ズボン姿の背の高い兵士――上半身は裸で、ガリガリに痩せた胸には肋骨《ろっこつ》が鳥籠のように浮き出ており、ジムには、その中で羽ばたいている心臓が見えるような気がした。

「ご苦労さん、坊や……」兵士は口を開いて笑みらしきものを浮かべ、ジムの頭を軽く叩いたが、すぐに座り込んで壁に寄りかかった。青ざめた顔が湿気たセメントの壁に向けられた。続いてやってきた二番手の雑務係チームが兵士の横に担架をおろし、ロープでくった藁《わら》の架台から、血で汚れた船員ジャケットを着た小柄な中年の男を抱え上げて床に置いた。男の腫れ上がった手と顔と額の無数の傷には薄い日本製の紙絆創膏がベタベタに貼りつけられていた。

ジムは、そのまま放置された男を見つめ、片腕を口の前に持っていって不快な臭いを締め出そうとした。何人かの欧亜人の女性が子供たちとともに勾留所を出ていった。倉庫の中の病人と死にかけている男たちを見まわし、木綿のマスクをしている雑務係と日本兵たちを見まわしたジムは、ここに来てようやく、この勾留所の本当の目的を理解しはじめた。

マットの横に立っていたパートリッジ氏とそのほかの老人たちが夕飯を求めてそれぞれの飯盒を振り、カラカラと鳴らしはじめた。床に横たわっていた傷だらけの男が絆創膏だらけの手でジムを差し招き、アマースト・アベニューの家の門の前で死にかけた乞食がクレイブンAの缶を振っていたのと同じリズムで空《から》の飯盒を叩いた。痩せ衰えた兵士までもが飯盒を見つけ、顔を壁に押しつけたまま、蓋を激しく床に叩きつけた。

ジムも、白いマスクの奥から見つめている日本兵に向けて飯盒を鳴らしはじめた。しかし——もう二度と母と父を見つけることはできないと諦めかけたその瞬間、大きな希望の波が湧き上がるのを感じた。床に膝をついて、大怪我をした船乗りの飯盒を取り上げた時、かすかなコロンの匂いがするのに気づいたのだ。ジムは確信した。二人一緒なら、この勾留所を出て安全なキャンプに行くことができる。

「ベイシー!」ジムは叫んだ。「これでもう何もかもうまくいくよ!」

14 アメリカの飛行機

「戦争はもうすぐ終わるよ、ベイシー。僕、アメリカの飛行機を見たんだ。カーチスの爆撃機とボーイング……」

「ボーイング……? ジム、お前——」

「しゃべらないで。これからは僕がベイシーのために働いてあげる。フランクみたいに」

アメリカ人の元船員の脇にしゃがみ込んだジムは、自分が小さかった頃に面倒を見てくれた阿媽《アマ》たちのことを思い出そうとした。これまで何かの世話をしたことは一度もなかった。唯一の例外だったアンゴラウサギは悲劇的なことに、わずか数日で死んでしまった。ジムは飯《はん》盒《ごう》を傾けてベイシーの口に水をそそぎ込もうと試みたのち、濁った液体に指を浸して、その指をベイシーに吸わせた。

三週間の間、ジムは献身的に元客室係の面倒を見た。食事時には割り当ての米の粥と茹でたサツマイモを運び、廊下の水道口から水を汲んできた。何時間もかたわらに座って、採光窓の下のマットに寝ているベイシーを団扇《うちわ》であおぎつづけた。新鮮な空気の流れにベイシーはすぐに生気を取り戻し、顔と手首にはためいていた紙絆創膏を一枚また一枚とはがしていった。ジムの手を借りて、彼は壁にもたれて死にかけているイギリス人兵士――ブレイク二等兵――の横から自分のマットを移動させた。一週間とたたないうちに、彼は、日本の衛兵と、収容者の食事を作るために行き来する欧亜人の女性たちの動きから目を離さないでいられるまでに回復した。

ベイシーの飯盒を洗いながら、この元船員は本当に僕がジムだとわかっているのだろうかと考えた。僕が作り話でベイシーをだましたことに気づいているのだろうか。もしかしたら、ベイシーは僕のしたことをほかの収容者たちにも話すかもしれない。でも、だとしても大丈夫、彼らにできることは何もない。欧亜人の女たちとの闘いの中でついに同盟者を得たことに安堵したジムは、膝に頭を置いて眠り込んだ。

ベイシーが飯盒でジムをつついた。

「飯の時間だ、ジム。列に並べ」寝言を言ってなかったらいいのだがと思いつつ体を起こすと、ベイシーが彼の頬についていた土を拭った。元客室係の周到な目は、ボロボロの状態のジムのどんな細かい点も見逃さなかった。「ミセス・ブラックバーンに、自分が役に立つというところを見せろ。気に入られるようにするんだ、ちょっぴりな。女はいつだって火を起こすのに助けが要《い》る」

便所に行き来する間に聞き出したのか、誰かが呼ぶのを聞いたのか、ベイシーは調理をする欧亜人女性の名前を知っていた。ジムは二個の飯盒を手に倉庫から駆け出した。ほかの収容者たちもこれに続き、老人たちがよろよろとマットから起き上がった。パートリッジ氏が、壁際の小便のプールに座っているブレイク二等兵の手から飯盒を取った。

チケット売場の奥の中庭から煙が立ち昇っていた。調理担当の欧亜人女性、ブラックバーン夫人がコンロの練炭をあおいでいるが、米とサツマイモの大鍋はもう沸騰していなかった。生煮えのごった煮をむっつりと眺めていた日本兵が首を横に振った。腹をすかせた収容者たちは足を引きずってステージのほうに移動し、チークのベンチに腰をおろして、コンロの煙が何も映っていないスクリーンの前を漂っていくのを見つめた。

飯盒を持ったまま、ジムはブラックバーン夫人のまわりをゆっくりと歩きながら最大限の熱意を込めて笑いかけた。ブラックバーン夫人はジムを嫌っていたが、ジムが籠に入った薪《まき》を割るのを止めはしなかった。ジムは付け火をコンロに押し込み、強く息を吹き込んで燃え上がらせた。そして練炭が再び元の火勢を取り戻すまで熾火《おきび》をあおぎつづけた。三十分後、ジムは日本兵の承認のもとに、初めて正当な分量の割り当てを手にした。

ベイシーは満足したものの、感心した様子はなかった。食事を終えると、肘で体を支えて収容者たち——中には食べることもできないほど憔悴しきっている者もいる——を見わたし、目の上の切り傷を覆っていた紙絆創膏の最後の一枚を引きはがした。上海中央刑務所でどんな目に遭わされたにせよ——ジムはあえてフランクのことを尋ねようとはしなかった

――ベイシーはいま一度、キャセイ－アメリカ・ラインの元客室係に戻り、自分を取り巻く崩壊寸前の世界のささやかな一部を再構築しようとしていた。彼は改めてジムをじっくりと観察した。ボロボロの服を着たカカシのような姿、落ちくぼんだ目と黄色味がかった目。何も言わずに、ベイシーはサツマイモの皮をひと切れ、ジムに渡した。

「わあ、ありがとう、ベイシー」

「これからは俺がお前の面倒を見てやる」

ジムはイモの皮をがつがつと飲み込んだ。「これからはベイシーが僕の面倒を見てくれるんだ」

「ミセス・ブラックバーンの手伝いはしたか？」

「気に入られるようにしたよ。僕がとても役に立つってことを、ミセス・ブラックバーンに見せた」

「それだ。みんなの手助けをする方法を見つけられれば、そのお返しで生きていける」

「このサツマイモみたいにってことだね……。ベイシー、中央刑務所にいた時、誰か僕の母さんと父さんの話をしていなかった？」

「ああ、あることを聞いた」ベイシーはいわくありげに片手を丸めた。「いいニュースだ。お前の両親はどこかのキャンプにいて、お前に会いたがっている。どのキャンプにいるのか、俺が見つけ出してやろう」

「ありがとう、ベイシー！」

それ以後、ジムは定期的にブラックバーン夫人の手伝いをするようになった。毎朝、夜明け時に起きると、コンロの灰をかき出し、薪を割って練炭を用意した。大鍋の湯がたぎりはじめるよりずっと前に、自分とベイシー用に傷《いた》みも黴《かび》も一番少ないサツマイモを選び出して目印をつけた。ブラックバーン夫人が二人の飯盒に粥を濃い目によそってくれるよう計らい、ベイシーの忠言に従って、その粥に最小限度の湯を入れて注意深くかき混ぜた。食事を終えて、ほかの収容者たちが便所の水道で飯盒をすすいでいる間に、ベイシーはジムをコンロのところまでやり、鍋に残ったどろっとした汁を飯盒に入れて持ってこさせた。俺たちが飲むのはこの灰色の汁だけだ——ベイシーはそう主張した。

ほかのみんなと同様、ベイシーも、ジムが近づきすぎるのを喜ぶことはなかったが、ジムの努力を認めていることは確かだった。勾留所に来てから二週間がたった時、ベイシーはジムが自分の横にマットを持ってくるのを許した。ベイシーの足もとに寝転がっていると、食事の支度をしにチケット売場に向かうブラックバーン夫人を捕まえることができた。

「いつでも状況をよく見て待ち構えておけ」ごろりと寝そべったベイシーをジムは団扇であおいだ。「何があろうと、中庭《コート》でフットワークよく動きまわりつづけるんだ。父さんも俺の意見にきっと賛同してくれるだろう」

「間違いなく賛同するよ。戦争が終わったら、ベイシーは父さんとテニスができるね。父さんはテニスがとてもうまいんだ」

「うーむ……ジム、俺が言いたかったのは、要するに、俺はお前の教育レベルを落とさないようにしようとしてるってことだ。父さんは絶対に感謝する」

「お礼をくれるんじゃないかな」この〝お礼〟という言葉に刺激されて、父を探す意欲が高まるのではないかとジムは考えた。「一度、僕を虹口《ホンキュウ》から家まで連れてきてくれたタクシーの運転手に五ドルあげたことがあった」

「本当か、ジム?」時々、ベイシーは、ジムが自分をだまそうとしているのかそうでないのか確信が持てなくなるように見えた。「今日、飛行機は見たか?」

「中島の鍾馗《しょうき》と零戦《ゼロせん》」

「アメリカの飛行機は?」

「ベイシーがここに来てからは一度も見ていない。前に見た時には、三日間飛んでいて、そのまま行ってしまった」

「そうだと思っていた。特別な偵察飛行をしていたに違いないな」

「僕たちみんながどうしてるかを確認するために? あの飛行機はどこから飛んできたの? ウェーク島?」

「たいへんな距離だ、ジム。きっと航続距離ギリギリだったろう」ベイシーがジムの手から団扇を取った。年配のオーストラリア人がベイシーと話をするためにやってきた。「ミセス・ブラックバーンの手伝いをしにいけ。あと、内田軍曹にお辞儀をするのを忘れるんじゃないぞ」

「いつもしてるよ、ベイシー」

ジムは、最新のニュースが聞けないものかと、話を始めたオーストラリア人とベイシーの横をうろうろしていたが、二人は手を振ってジムを追い払った。戦争の進捗状況に関して、ベイシーは驚くほどに詳しい情報を持っていた。香港、マニラ、オランダ領東インド諸島の陥落、シンガポールの降伏、破竹の勢いで太平洋を突き進む日本軍。そんな中で唯一の朗報は、ジムが見た上海上空を飛ぶアメリカ軍の飛行機部隊だったが、なぜか、ほかの人たちとの話の中で、ベイシーがこのアメリカ軍の飛行隊について言及することはなかった。ベイシーは好んで口の端でぼそぼそと話し、年寄りのイギリス人相手には、上海中央刑務所の収監者の話——誰それは死んだとか、誰それはスイスの赤十字に引き渡されたとかいった話をした。食べ物の切れ端と交換に情報を売ることもあった。パートリッジ氏は南京にいる義理の弟のニュースを得るためにベイシーにサツマイモを渡した。これに触発されたジムはブラックバーン夫人にアメリカの飛行機の話をしようとしたのだが、夫人は練炭のところに追い返しただけだった。

以前より体力が戻ってきたのを感じるようになった今、ジムは食べ物に執着することがいかに重要かをはっきりと認識した。収容者の間で平等に分け合えば、一日の割り当て量は生きていくのに充分ではない。すでに大勢の収容者が死んでいて、他人のために自分を犠牲にする者はみな、すぐに死んでいく。この勾留所を出る唯一の道は生きつづけることなのだ。ベイシーの使い走りをし、ブラックバーン夫人のためにせっせと働き、内田軍曹にお辞儀をしている限り、すべてはうまくいくだろう。

それでも、ベイシーが弄《ろう》している策略の中にはジムを心落ち着かなくさせるものもあった。パートリッジ夫人が死んだ朝、ベイシーはパートリッジ氏の義弟に関する有望な情報を入手し、結果、そのすぐあとに、亡くなった夫人のヘアブラシをブラックバーン夫人に売ることができた。誰かが死んだ時にはいつもベイシーが近くに居合わせて、用意してあるニュースと慰めの言葉を差し出す。この元客室係にとっては、死は伸縮自在の言葉であって、どんな形で解釈してもかまわないものだった。一方、ジムは、ブレイク二等兵が倉庫の床に横たわったままま まったく動かなくなったあとも二日間、彼の食事を取りにいった。皮膚が貼りつき、肋骨《あばらぼね》の浮き出た二等兵の胸は、和紙の提灯《ちょうちん》を思わせた。彼が、自分を含めて大勢の収容者がかかった熱病で死んだことはわかっていた。そして、二等兵が死んだ直後から、ジムの期待のまなざしは早くも高齢の宣教師たちに向けられ、今ではこの同じ熱病が老人たちを取り込むのをじっと待ち受けていた。ジムとベイシーは、この〝食糧補給計画〟でのそれぞれの役割を確認し合った。いったん合意がなされると、罪の意識は完全になくなった。

この点で、ジムは、ベイシーと父がどれほど違っているかに気づかされることになった。家にいた時、ジムが何か間違ったことをすると、その結果は何日もあらゆるものの上に薄く覆いかぶさっているように思えたものだ。だが、ベイシーのもとでは、それは即座に消え去ってしまう。生まれて初めて、ジムは何でもやりたいことをやっていいのだという感覚を覚えた。ありとあらゆる勝手気ままな考えが頭の中を駆け巡り、空腹と、高齢の収容者たちから食糧をかすめ取るという興奮に煽《あお》られてエスカレートしていった。使い走りの合間、空《から》っぽのスクリーンの正面に座ってひと息ついている時に、ジムは、以前目にした、上海上空の雲の中を飛ぶアメリカの飛行機のことを思った。はるか彼方の空を飛んでいく銀色の飛行隊——ジムには、その映像を呼び覚ますこともできた。映像が見えるのは、たいてい、空腹がつのっている時だった。ブレイク二等兵もずっと空腹だったに違いない。ジムは、彼もまたあの飛行隊を見ていたことを願った。

15 キャンプへの道

意識のない状態だったイギリス人女性が死んだ日、勾留所に新たな収容者のグループが到着した。ジムは女性用倉庫の入口の前をうろうろしながら、ブラックバーン夫人とオランダ人の老人の娘が、死んだ女性の子供二人を慰めようとしているのを眺めていた。母親の遺体は、川から引き上げられた溺死者さながらに、ぐっしょりと濡れたワンピース姿で石の床に横たわっていた。兄弟は、まるで最後の指示を与えてくれるのを期待しているかのように、死んだ母親から目を離そうとしなかった。この子供たち——ポールとデイヴィッド——のことはほとんど知らなかったものの、ジムは二人をかわいそうに思った。自分よりずっと歳下に見えたが、実際には二人ともジムよりも一歳以上年長だった。

ジムの目は母親の飯盒《はんごう》とテニスシューズに向けられた。連合国の収容者たちは日本兵よりもずっといい靴をはいており、ジムは前々から、勾留所から運び出される死体がすべて裸足《はだし》であることに気づいていた。だが、ジムがこっそりと女性用の共同寝室の中に入り込んだ時、中庭で鋭いホイッスルの音が響き、立て続けに激しい怒鳴り声が上がった。カッとなった内田軍曹の怒声――どんなに些細な指示を出す時にも、軍曹はこの度合いまで怒りのレベルを上げないと気がすまなかった。マスクをした兵士たちが、歩ける者を全員、倉庫から外へと出しはじめた。映画館の前にトラックが一台停まっていて、新しい収容者たちがふらつきながら路上に立っていた。

死んだ女性のテニスシューズについて思い描いていたあれこれがすっぱりと消え去った。とうとう上海近郊のキャンプに向けて出立する時が来たのだ。ジムは二人の兄弟を押しのけ、衛兵の間に跳び込んで、倉庫から出る階段を駆け上がった。倉庫の前に、これまでともに過ごしてきた収容者たちが列を作った。長い旅路に妻の思い出を携えていくとでもいうかのように夫人のスーツケースを手にしたパートリッジ氏、ポールとデイヴィッド、オランダ人女性とその父親、そして何人かの宣教団の老人たち。ベイシーは一同の後ろに立ち、白い頬を船員ジャケットのカラーの奥に隠して、できるだけ目立たないようにしていた。ほとんど透明人間になってしまったかのように――ベイシーは、この数週間みずからが操作してきた勾留所の小世界から、すでに完全に自身を消し去っていた。抑留キャンプという、もっと汁気の多い場に行けば、ヤドカリさながらに再び殻から姿を現わすのだろう。

新着者たちの姿が見えた。二人の安南人女性、年配のイギリス人とベルギー人のグループ、中国人の雑務係が運ぶ担架に乗せられた病人と高齢者たち。その黄色味がかった目から、ジムはすぐに余剰の飯盒が出ることになるのを知った。

木綿のマスクを着けた内田軍曹が、別のキャンプに移送する者を選びにかかった。パートリッジ氏を見て首を横に振ると、憤激した様子でスーツケースを蹴飛ばした。軍曹はオランダ人女性とその父親、ポールとデイヴィッド、二組の高齢の宣教師夫婦を指差した。

ジムは指を舐めて頬についた煤《すす》を拭《ぬぐ》った。軍曹はベイシーにもトラックに行くよう身振りで示した。元客室係はジムに一瞥もくれず、二人の少年の肩を抱くようにして衛兵の間に進み出た。

内田軍曹がジムの汚れた額に指を押しつけた。常にかかさずお辞儀をし、にっこりと笑いかけ、熱心に使い走りを務めていた少年は、軍曹にとって永遠の厄介者になっており、ジムと手を切れるのを軍曹が喜んでいるのは明らかだった。次いで、軍曹は新着者の一団に目をやった。彼らは冷えきったコンロと大鍋の縁《ふち》に貼りついた粥のかすを力なく見つめていた。

突然、軍曹の手がジムの首にまわされた。マスクの奥からくぐもった怒声を発すると、軍曹はジムをコンロのほうに思いきり押しやった。地べたに転がったジムが膝をついて立ち上がると、軍曹は炭袋を蹴飛ばした。あたりに練炭が散乱した。

ジムは火格子に残った練炭の燃えかすをふるい落としはじめた。新着者たちがベンチの間をふらふらと歩き、それぞれに腰をおろして、何も映っていないスクリーンに向き合った。まるでこれから映画上映が始まるとでも思っているかのようだった。ベイシーとオランダ人の父娘、ポールとデイヴィッド、高齢の宣教師夫婦は、無蓋トラックの向こう、人力車夫と農婦たちが行き交う道路に立って遠くを眺めている。

「ベイシー……！」ジムは大声を上げた。「僕、これからもベイシーのために働くよ……！」しかし、元客室係はすでにジムには興味を失い、早くもポールとデイヴィッド相手に親しげに振る舞いながら、二人が側近になるよう巧みに誘導していた。二人の手を借りたベイシーは、怪我をした膝をついてトラックの後尾板を乗り越えた。

「ベイシー……！」ジムは火格子を猛烈に揺すりながら、スクリーンを横切りはじめた上海のホテル群の最初の影をにらみつけた。マスクをした兵士が、積み上げた飯盒の数を声に出して数えていく。担架に乗せられた重傷者たちがかたわらを通りすぎていく。収容者の大半は、きわめて高齢であるか、いずれ死ぬと見なされているからこそ、この勾留所に送られてきたのだ。不潔な水が原因の赤痢やチフス、ジムやブレイク二等兵がかかった熱病。大勢の収容者がまもなく死ぬ。ここにとどまっていれば、僕も間違いなく死ぬ。二人の安南人の女性はすでに兵士から飯盒を受け取って、コンロと練炭の袋を指差している。米とイモの煮炊きを引き継いだこの二人が、僕に正当な割り当てをくれるわけがない。僕はまたアメリカの飛行機を見て、そして死ぬんだ。

「ベイシー……？」ジムは火格子を投げ捨てた。出立する者は全員、トラックの座席に着いていた。後尾板のそばにいた兵士が、オランダ人女性を木の床に抱えおろした。ベイシーはイギリス人兄弟の間に座り、手にした針金で玩具《おもちゃ》を作っている。エンジンがかかった。だが、トラックはほんの少し前進したところで停まった。日本人の運転手がウィンドウから大声を上げ、キャンバス布の地図ホルダーを振りながら、ドアを拳で叩いた。道路脇にいた衛兵が叫び返した。一刻も早くゲートを閉めて、事務室で休みたがっている様子だった。エンジンがストールし、同時に喧嘩腰の怒鳴り声が交錯した。兵士たちと運転手はトラックの行き先に関して言い争っていた。

「呉淞《ウーソン》だ……」内田軍曹がマスクを引きおろした。顔がみるみる赤くなり、口もとに唾の泡が傷口から押し出される膿《うみ》のように溢れ出してきた。運転手に激怒した軍曹は開いたゲートから大股に歩み出た。運転手はトラックから降りていたが、激烈な怒りの嵐に飲み込まれようとしていることには気づいておらず、地図の土埃を払ってフェンダーの上に広げると、近隣の迷路のような道にどうしようもないというふうに肩をすくめた。

ジムは内田軍曹のあとを追ってゲートの前まで行った。呉淞《ウーソン》は上海北部の郊外地域の先にある黄浦江河口の農業地帯だが、軍曹も運転手も呉淞《ウーソン》がどのあたりなのかまるでわかっていないことは明らかだった。運転手はバンドと南市《ナンタオ》のほうに漠然と手を向けて運転席に乗り込んだ。運転手が指示を待って座っていると、軍曹は、うんざりした表情の衛兵たちを押しのけてトラックに歩み寄り、運転手に向かって激しく怒鳴りはじめた。

衛兵の横に立ったジムは、怒り狂った軍曹の延々と続く罵声が頂点に達するのを待った。そこまで行けば、軍曹も否応なしに判断を下さざるをえなくなる。案の定、軍曹は密集する安アパートと倉庫の連なりをざっと見わたしたのち、適当に、今では使われていない路面電車の軌道がある玉石舗装の道を指し示した。納得していない運転手は咳払いし、疲れた様子でエンジンを再スタートさせると、痰の塊を道路に吐き出した。痰はジムの足もとにべたりとついた。

「真っ直ぐだよ……！」ジムは運転手に向かって叫んだ。「呉淞《ウーソン》は……あっちだ！」と言って、錆びついた軌道が何本か走る通りを指し示した。

内田軍曹がジムの頭を殴った。両方の耳がガンガンと鳴った。もう一発が飛んできて、今度は口が切れて血が流れ出した。その時、ゲートから煙がもうもうと溢れ出してきた。安南人の女性たちが雨に濡れた付け木でようやくコンロに火を起こすのに成功し、その煙が野外映画館に充満して、スクリーンが燃えているのではないかと思わせるほどの勢いでベンチの間に渦巻いていた。

これでジムと手が切れるのを喜んで、内田軍曹は両手でジムをつかみ上げ、トラックの後尾板ごしに放り投げた。そして、収容者たちとともに座っていた護衛兵に向かって何事か怒鳴った。ジムは護衛兵に、床に座っていたオランダ人の父娘の膝の上を引きずられていった。勾留所から遠ざかりはじめたトラックは早くも軌道にタイヤを取られ、大きく揺れながら走行していった。ジムは迷彩を施した運転席の後ろまで這っていき、激しく上下するルーフに寄りかかって体を安定させた。運転手から浴びせられる罵声の嵐は無視し、顔を上げて血まみれの口を風に向かって開くと、悪臭溢れる上海の街の空気を肺の奥深くまで送り込んだ。ようやく両親のもとに向かいつつあるのだと思うと、それだけで幸せだった。

16　水の配給

この方角で本当にいいんだろうか？　一時間の間、トラックが上海北部の工業地帯をのろのろと進んでいく間、ジムは頭の中をコンパスの十二方位でいっぱいにして、運転席の後ろの木のバーを握りしめていた。体調がひどいことも野外映画館で過ごした悲惨な日々のことも忘れて、ジムはひとり、にっこりと笑った。絶え間ない揺れで膝がガクガクし、横にいる護衛兵の革ベルトにつかまって体を支えなければならないこともしばしばだったが、それでも、昂揚感が消えることはなかった。今、彼はついに、広々とした田園地帯に向けて――あたたかく迎えてくれるキャンプの世界に向けて、進んでいるのだ。

延々と続く閘北《ザーベイ》の道々。安アパートと放棄された織物工場、警察の営舎と貧民街が黒い運河の河岸に建ち並ぶエリア。トラックは、龍神祭の広告板で飾られた製鉄所の高所を走るコンベアの下をくぐり抜けた。静まり返った製鉄所の高炉から呪文によって呼び起こされる魔法の火の夢の数々。遺棄されたラジオ工場と煙草工場の前にはシャッターをおろした質屋が軒《のき》を連ね、デルモンテの醸造所とダッジのトラック発着場を何隊もの傀儡軍の小隊がパトロールしていた。ジムはこれまで閘北《ザーベイ》には一度も来たことがなかった。戦争前の閘北《ザーベイ》は、イギリス人の少年がひとりで来ようものなら、靴を狙われて数分とたたないうちに殺されてしまう、そんな場所だった。でも、今は大丈夫、日本兵に守られているんだから――そう考えるとおかしくてたまらなくなり、ジムは声を上げて笑い出した。いつまでたっても笑いが止まらないので、オランダ人女性が手を伸ばしてジムを落ち着かせた。

ジムはあたりに漂う悪臭を深々と味わった。そこここにある野天の肥溜めから立ち昇る糞《ふん》尿《にょう》の臭い――農業地帯が近づいたことを知らせるシグナルだ。トラックが軍の検問所で停止するたびに、運転手は運転席から首を突き出して、この馬鹿ばかしい遠征の全責任が十一歳の少年にあるとでもいうかのようにジムに警告の指を突きつけたが、そんな運転手の敵意もまったく気にならなかった。

ジムは、野外映画館の勾留所でずっとやってきたように太陽の高度を観察し、自分たちが間違いなく北に向かっていることを確認した。トラックは、林立する焼成炉が青島《チンタオ》の軍事要塞を思わせる、廃墟と化した陶器工場のかたわらを通り過ぎた。ゲート脇には、この工場のトレードマークである、三階もの高さがある中国式のティーポットがそびえていた。全体が緑の煉瓦でできたこのティーポットは、日中戦争のさなかの一九三七年に猛烈な砲撃を受け、今では穴だらけの地球儀としか見えなかった。砲火で破壊された何千何万もの煉瓦は周辺の農地を経由して運河ぞいの村々へと運ばれ、掘っ建て小屋や粗末な住居に組み込まれて、魔法のような田園中国の景観を作り上げていた。

こうした不思議な配置転換はジムに大きくアピールした。ジムは初めて戦争を楽しむことができると感じた。そして、わくわくする思いに包まれて、焼けただれた路面電車の車両と安アパートのひしめく街区を、雲に向けて大きく口を開けた何千もの家々の扉を、空に侵略され打ち捨てられた街を見つめた。ただひとつ残念なのは、一緒に移送されている仲間たちがこの興奮を共有できずにいることだった。誰もがふさぎ込み、ベンチに座って足もとを見つめていた。宣教師の老婦人のひとりが床に横になって、見知らぬ男性収容者――頬にひどい傷のある赤茶色の髪のイギリス人――の手当てを受けていた。男は片手で老婦人の脈を取り、もう一方の手を横隔膜に押し当てた。二人の兄弟は、まだ母親の死がはっきりとわかっていないままに、ベイシーとオランダ人父娘の間に座っていた。

ジムはベイシーが目を上げるのを待っていたが、元客室係はジムに気づいてさえいないように見えた。ベイシーの関心は完全に二人の男の子に向けられ、兄弟の人生の真空に巧みに入り込んでしまっていた。中国語の新聞で紙の動物を次々と折り、少年たちが小さな歓声を上げると満足げにくすくすと笑い、たちの悪い手品師さながら、兄弟の制服のズボンに両手を滑り込ませて何か有用なものはないかと探った。

ジムは腹立ちを感じることもなくベイシーを見つめた。勾留所では生き延びるために協力し合った二人だが、しかし、キャンプに向けて出立できることになった今、ベイシーは、当然のことながら、ジムを切り捨てることにしたのだ。

トラックが舗装の玉石の間の深い隙間に前輪を取られて激しく横滑りし、そのまま道路を横切って草の土手の前で急停止した。上海外辺の市街地区はすでに通過し、耕作されていない水田がどこまでも続く農業地帯に入りつつあった。墳墓塚が連なる先、二百メートルほど離れたところに、遺棄された村に向けて走る運河があった。運転席から跳び降りた運転手は上体をかがめてトラックの前輪を調べた。湯気を上げているエンジンに向かって何事か言いはじめ、そのつぶやきの合間に何度もジムにも怒鳴り声を投げた。まだ二十歳そこそこだったが、その人生のほとんどを怒りのうちに過ごしてきたのは明らかだった。ジムはずっと頭を下げたままでいたが、ほどなくステップに足を乗せた運転手はジムに指を突きつけ、宣戦布告のように聞こえる長広舌をふるった。

運転席に戻り、地図に覆いかぶさって、なおもぶつぶつつぶやいている運転手を見ながら、ベイシーがこんなコメントを発した。「お前ひとりが納得しているとしても、俺たちはまだ迷ってるってわけだ」ベイシーの関心は早くも少年たちを離れ、自分たちが今置かれている状況からどんな利点を引き出せるかという点に移っていた。「ジム、お前、自分が俺たちをどこに連れていこうとしているのかわかってるのか?」

「呉淞《ウーソン》だよ。僕、呉淞のカントリークラブに行ったことがある」

ベイシーは折紙の動物をいじくりながら、「俺たちはカントリークラブに行くんだ」と男の子たちに告げた。「ジムが見つけられればってことだがな」

「川に出れば大丈夫。そのあとは東か西か……」

「たいした道案内だ。東か西ときた……」

宣教師の老婦人の横に膝をついていた赤毛のイギリス人が上体を起こした。額から左の頬にかけて、つい最近、小銃の銃身で顔面を殴られたかのような、漿液《しょうえき》が滲《にじ》み出ている大きな傷があった。男は痛みを我慢しながらベンチに腰を落ち着けた。雀斑《そばかす》の散った長い脚がカーキ色の半ズボンから突き出し、革サンダルまで伸びている。二十代後半で鞄も所持品も持っていなかったが、英国海軍士官――上海でのガーデンパーティではいつも、その抜群のスマートさでジムの友人の母親たちをゾクゾクさせていたものだ――の自信溢れる物腰を備えていた。男は護衛兵の存在を無視し、護衛兵は任務が終わればすぐに営舎に戻される雑用係にすぎないと思っているかのように、彼を通り越してほかの人たちに直接話しかけていた。この人物は自分たちが負けたのだという事実を受け入れようとしない困ったイギリス人の一員なのだとジムは思った。

男は頬の傷に触り、ジムのほうに向き直って、コメントなしに、ボロボロの状態のジムをチェックした。「日本軍はあれだけたくさんの領土を奪い取った結果、手持ちの地図を使いはたしてしまった」男は打ち解けた口調で言った。「だから、道に迷ってしまった――そういうことかな、ジム？」

ジムはこの点について考えてみた。「そうじゃない。どんな地図を見たってわからないというだけのことだよ」

「なるほど――地図と領土をごっちゃにしてはいけないな。いずれにしても、君が我々を呉淞《ウーソン》に連れていってくれるというわけだ」

「勾留所に戻るわけにはいかないんですか、ドクター・ランサム？」宣教師のひとりが言った。「みんな、もう疲れきっています」

医師は遺棄された水田の広がりを見つめ、それから、足もとにぐったりと横たわっている高齢の女性に目を向けた。「それが一番いいかもしれないな。この人はそんなに長くは耐えられそうにない」

トラックは再び前進しはじめ、気の入らないペースで無人の道路をガタゴトと走っていった。ジムは運転席のすぐ後ろの偵察位置に戻り、何かわずかでも呉淞《ウーソン》だと思わせてくれるものはないかと田圃の広がりに目を凝らした。医師の言葉はジムを落ち着かなくさせた。たとえ本当に道に迷ったのだとしても、あの勾留所に戻りたいなんて思えるわけがない。

出立する時の内田軍曹のあの猛烈な怒り方からして、運転手も勾留所に戻る気にはならないだろう。そうは思ったものの、ジムはランサム医師を注意深く観察しつづけ、医師が運転手にこれ以上進みつづけるのをやめさせられるだけの日本語能力を持っているかどうか確かめようとした。医師は視力に問題があるようで、特にジムを見る時には妙な具合に目を細めた。ランサム医師はきっと、僕やベイシーよりもあとになって戦争の現場にやってきたんだ——ジムはそう判断した。内陸にある宣教団の居住区のどれかにいて、あの勾留所でどんなことが起こっていたか、まるっきり想像もつかないんだ。

それにしても、僕たちは本当に迷ってしまったのか、それとも正しいコースを進んでいるのか。道路脇に続く電柱の影の方向はほとんど変わっていない。ジムは以前から——父が影を使って建物の高さを測る方法を教えてくれた時から——ずっと、影に関心を持ちつづけてきた。どんなに高い建物であっても、地面に落とす影の長さを歩測すれば、その建物の実際の高さを計算できる。トラックは今も確かに北西に向かっており、まもなく上海と呉淞《ウーソン》を結ぶ鉄道に行き着くはずだ。そう思った時、ラジエーターから蒸気が噴き上がった。飛沫《しぶき》はジムの顔を冷やしてくれたが、運転手は警戒の色もあらわに運転席のドアを拳で叩いた。運転手が、いつ方向転換して上海に戻ろうかと考えているのは明らかだった。

ここまでのドライブは無駄だったのだ。勾留所に戻るのを受け入れなければならないのだ。ジムは、どうにも諦めきれない思いで、護衛兵のボルトアクション式の小銃と、そこに刻された日本帝国の菊の紋章を見つめた。その時、オランダ人女性がジムの泥まみれのブレザーを引っ張った。

「ほら、あそこ、ジェームズ。あれは……何?」

使われていない運河の土手に、焼け焦げた飛行機の残骸が転がっていた。両翼の間に生い茂った雑草とイラクサはコクピットまで侵入しそうな勢いだったが、それでも所属飛行中隊の標識はまだはっきりと見て取れた。

「中島の 隼《はやぶさ》 だよ」ジムはオランダ人女性――フーク夫人という名前だった――が飛行機への関心を共有してくれたのが嬉しかった。「機関銃を二挺しか備えていないんだ」

「たった二挺? それなのに、ものすごくたくさんの相手を……」

フーク夫人は感銘を受けた様子だったが、ジムの関心はすでに飛行機を離れていた。田圃の広がりの向こう、イラクサの茂みに隠れて、線路の築堤があった。道路脇の駅のコンクリートのプラットホームで日本軍の一部隊が休憩し、焚き火で昼食の準備をしている。線路の横には迷彩を施した幕僚車が停まっていて、それにはワイヤのコイルがいくつも積まれていた。電柱間の電信線の張り直し作業をしている通信工兵部隊だ。

「ミセス・フーク……呉淞《ウーソン》に行く鉄道だよ！」

蒸気が運転席に降りそそぎ、すでに停まっていたトラックがバックしはじめた。ジムの横で護衛兵が煙草に火をつけた。早くも上海に戻る気分になっていた。ジムは護衛兵のベルトを引っ張り、田圃の向こうを指差した。真っ直ぐに伸ばされたジムの腕の先に目をやった護衛兵はジムを床に突き飛ばし、運転手に怒鳴った。運転手が地図ホルダーを助手席に放り投げた。エンジンが湯気を上げ、トラックは道路の傾斜に奮闘しながら半円を描いて方向を変えたのち、土の道を駅に向かって走り出した。

二人の少年が、ベイシーがつかもうとした手からするりと抜け落ち、大きく揺らいで宣教師の女性にぶつかった。ランサム医師が二人を支えて安定させ、床から立ち上がるジムに手を貸した。

「よくやった、ジム。水を分けてもらえる――君もきっと喉が渇いているはずだ」

「ちょっとだけ。勾留所で飲んでおいたから」

「それは賢明だった。あの勾留所にどれくらいいたんだ？」

憶えていなかった。「かなり長い間」

「そのようだね」ランサム医師はジムのブレザーの土を払った。「あそこは映画館だったのか？」

「そうだけど、上映はしていなかった」

「だろうな」

ジムは背筋を伸ばし、膝をぱたぱた叩きながら、フーク夫人ににっこりと笑いかけた。収容者たちは向かい合ったベンチに力なく座り、詰物を失った実物大の人形のように前に後ろに揺れている。みな、元気を取り戻すどころか、上海市街からの長旅で顔は土気色になり、気持ちもナーバスになっているようだった。しかし、ジムは、運河の土手の錆びついた飛行機を見て笑みを浮かべた。もう勾留所に戻る可能性はなくなったのだ。護衛兵は煙草を投げ捨て、軍人らしい物腰で小銃を構えていた。通信工兵部隊の指揮官である伍長がプラットホームから跳び降り、線路を横切って、こちらに向かってきた。

「ミセス・フーク、僕たち、上海には戻らないみたいだよ」

「ええ、ジェームズ——あなた、目がとてもいいのね。大きくなったらパイロットになるべきよ」

「たぶんそうする。僕、飛行機に乗ったことがあるんだ。虹橋《ホンチャオ》の飛行場で」

「その飛行機、飛んだの?」

「うん、ある意味でね」いったん信頼が確立されると、大人はジムが意図した以上の対応を示すようになる場合が多かった。ランサム医師が自分を見つめているのがわかった。医師はフーク夫人の父親の横に座り、老人の苦しそうな呼吸を楽にしてやろうとしていたが、目はジムに据えられ、棒きれのような脚とボロボロの服と興奮した小さな顔をじっと見つづけていた。トラックが線路に到着すると、ランサム医師はジムに激励するような笑みを送った。その笑みに、ジムは絶対に戻るものかという決意を新たにした。医師が、何らかの理由でジムの考えに同意していないことがわかった。だが、ランサム医師はもともとあの勾留所に入るつもりはなかったのだ。

トラックは線路脇に停まった。運転手が敬礼し、伍長のあとに続いて駅に行くと、野戦電話のキャビネットの上に地図を広げた。収容者たちはあたたかい陽射しを浴びて座っていた。伍長が干上がった田圃のほうを指し示した。耕作されていない田圃一面に土埃が巻き上がり、彼方の上海市街の高層ビル群を白いベールで覆った。軍用トラックの隊列が道路を進んでいった。その短いクラクションの音が彼方を飛ぶ貨物輸送機の低い唸りと混ざり合った。

ジムは席を移ってフーク夫人の隣に座った。夫人は老いた父親を胸もとに寄りかからせていた。宣教師の二人の老婦人は床に横たわり、あとの者はうとうとしたり、落ち着きのない様子を見せたりしている。ベイシーはもうイギリス人の兄弟に関心を向けることはなく、血で汚れた船員服のカラーの奥からジムを見つめていた。

何千というハエの群れが、収容者たちの汗と木の床を流れる尿に引き寄せられてトラックのまわりに集まってきた。ジムは運転手が地図を持って戻ってくるのを待っていたが、運転手は電信線のコイルに腰をおろして、昼食の用意をしている二人の兵士と話を始めた。その話し声と薪《たきぎ》のパチパチとはぜる音が、彼らを包む光のドームで増幅され、線路を渡って届いてきた。

太陽が皮膚を刺し、ジムはベンチの上でもぞもぞと体を動かした。周囲のあらゆるものが、これ以上はないほどに細かいところまでくっきりと見えた。線路の錆の断片、トラックの横のイラクサのぎざぎざの葉、白い土に残るタイヤの跡。ジムは、収容者たちをガードしている護衛兵の唇のまわりに伸びた青みがかった剛毛を一本一本、この退屈しきった兵士の鼻から垂れ落ちそうになってはまたすすり上げられて鼻の奥に消える鼻汁の丸い雫《しずく》をひとつひとつ数えた。床に横たわっている老婦人のひとりの尻のまわりに濡れた染みが広がっていくのを見つめ、プラットホームで煮えている鍋のまわりをチロチロとなめている炎を——かたわらに突き立てられた小銃のピカピカの銃身に映っているその映像を見つめた。

世界がこれほどまでに鮮明に見えたことが過去にも一度だけあった。アメリカの飛行機がまた飛んでこようとしているんだろうか？　ランサム医師を苛立たせてやろうと、ジムはわざと思いきり目を細くして空をサーチした。あらゆるものが見たかった。閘北《ザーベイ》の街路の玉石のひとつひとつを、アマースト・アベニューの雑草の生い茂った家々の庭を、母と父を——そのすべてを、あのアメリカの飛行機の銀色の輝きのもとで見たかった。

無意識のうちに立ち上がってジムは叫んだ。だが、護衛兵に荒っぽくベンチに押し戻された。駅のプラットホームでは、兵士たちが散乱する通信機器の間に座って魚の入った米の粥を一心に頬張っていた。伍長がトラックに向けて大声で呼びかけた。護衛兵が宣教師の婦人たちをまたぎ越して後尾板から跳び降り、小銃を線路上に置くと銃剣を持って乾燥した野生のサトウキビの茂みに分け入った。充分な量の焚きつけを集めたところで、護衛兵はプラットホームの兵士たちのもとに行った。

一時間の間、陽光の中に煙が立ち昇っていた。ベンチに座ったジムは顔に集まってくるハエを払いつづけた。駅と、運河の近くに墜落した戦闘機の探検に行きたくてたまらなかったが、誰かが少しでも動くと、兵士がホーム上から怒鳴り、警告するように煙草を持った指を突きつけた。収容者たちには食糧も水も与えられなかった。幕僚車には石油缶が二缶積まれていて、兵士らはその缶から水筒に水を満たしていた。

フーク夫人の父親を何とか床に横にさせると、ランサム医師は兵士たちに抗議した。後尾板の前にふらつきながら立ち、兵士らの罵声は無視して、足もとの疲れきった収容者たちを指し示した。陽光とハエのおかげで頬の傷の炎症が悪化し、今では目がほとんどふさがれてしまっていた。ストイックに立ちつづけるランサム医師の姿は、手足のなくなった体をこれ見よがしに示しながら上海の路上を行進する乞食たちを思い起こさせた。伍長は、心動かされた様子はなかったものの、トラックのまわりをのんびりと一巡したのちに、収容者たちが降りるのを許可した。ベイシーとランサム医師は、宣教師の老人たちの手を借りて二人の老婦人をそっと地面におろした。婦人たちはトラックの後輪の間の日陰に横になった。

ジムは白い地面にうずくまり、棒きれでタイヤの跡をなぞった。タイヤの一本一本が完全にすり切れて内側のキャンバスの部分が現われるまで、いったい何回転するか？――これはジムをずっと悩ませてきた問題のひとつだったが、少し考えてみると、解くのはかなり簡単そうだった。ジムは白い地面を平らに撫でつけて計算を始めた。最初の分数がきれいに約分できた時に思わず歓声を上げたが、その時、トラックと線路の築堤の間の陽に照らされた場所にいるのは自分だけだということに気づいた。

収容者たちは、みずからも疲れきっているランサム医師の介護を受けながら、トラックの後尾板が落とす狭い影の内側に肩を寄せ合って座っていた。ベイシーは船員ジャケットの内側にはまり込んだ格好でじっとしており、彼も老人たちも、先施公司《シンシアデパート》の裏の路地で何度も見かけたことのある捨てられたマネキン同様、死んでいるようにしか見えなかった。

水が要《い》る。でないと、誰かが死んで、みんな上海に戻らなければならなくなる。ジムはプラットホームの日本兵たちを見つめた。食事を終えた二人の兵士が電信線のコイルを伸ばしはじめていた。目の前にあった石をぽんと蹴ると、ジムは線路の築堤のほうにゆっくりと歩いていった。線路を踏み越え、ためらうことなくコンクリートのプラットホームに這い上がった。

満ち足りた気分で残り火のまわりに座っていた兵士たちがいっせいにジムを見た。ジムはお辞儀をし、ボロボロの姿に注目が集まるよう、じっと立ちつくした。誰ひとり、追い払う仕草をする者はいなかったが、今は最大級の笑みを向けるべき時でないことはわかった。ランサム医師なら、食事を終えた直後の兵士たちにこんなふうに近づくことはできないはずだ。殴り倒されるか、場合によっては殺される可能性だってある。

トラックの運転手が伍長に話を始めた。ジムはじっと待っていた。運転手は繰り返しジムを指差しながら長々と話しつづけた。このちっぽけなひとりの少年が日本軍に対して引き起こした厄介事の数々について延々と説明しているというふうに見えた。運転手の話を聞いていた伍長が笑い出した。米と魚を食べ終えた伍長は上機嫌だった。背嚢《はいのう》からコカコーラの空き瓶を取り出して、石油缶の水を半分ほど入れた。そして、その瓶を掲げて、ジムに、こっちに来いと促した。

瓶を受け取り、深々とお辞儀をすると、ジムは三歩下がった。兵士たちは笑いを押し殺しながら無言でジムを見つめている。トラックの横で、ベイシーとランサム医師が影の中から身を乗り出した。二人の目は陽光を受けてキラキラと輝く瓶の水に釘づけになっていた。ジムが瓶を持ち帰り、この思いがけない配給の水をみんなで分け合うと思っているのは明らかだった。

ジムはブレザーの袖で瓶を丁寧に拭った。それから瓶を口もとに持っていき、ゆっくりと飲みはじめた。喉を詰まらせないよう、ひと口飲んでは休み、またひと口というふうにしながら、最後の一滴まで飲み干した。

兵士たちがどっと笑い出した。何とも楽しそうに互いの顔を見交わしながら、声高に笑いつづけた。ジムもその笑いに加わった。イギリス人の収容者の中で、このジョークの意味がわかるのは自分だけだということを、ジムははっきり認識していた。ベイシーはおずおずとした笑みを浮かべたものの、ランサム医師は困惑しているように見えた。伍長はジムの手からコカコーラの瓶を取り上げ、今度は口もとまでいっぱいに水を詰めた。兵士らはなおもくすくすと笑いながら、さてというふうに立ち上がり、電信線を引く作業に戻っていった。

運転手と銃を持った護衛兵を従え、水の瓶を抱えて線路を渡ると、ジムはランサム医師に瓶を渡した。医師は何も言わずにジムを見つめ、生ぬるい水を少しだけ飲んでから、ほかの者にまわした。瓶が空《から》になると、運転手が再度水を詰めるのを手伝った。老婦人のひとりが気持ちが悪くなったらしく、医師の足もとの土の上に水を吐いた。

ジムは運転席の後ろの定位置に戻った。最初の水を自分ひとりで飲んだのは正しかったと思っていた。ベイシーとランサム医師を含めて全員、喉が渇いていたのは確かだが、わずかな水のためにあらゆる危険を冒す覚悟ができていたのはジムだけだった。兵士たちはジムをプラットホームから投げ落とし、線路上で脚の骨を折っていたかもしれないのだ——徐家《シュージア》匯《フィ》駅で、殺した中国兵たちにやったのと同じように。ジムはすでに、自分がみんなと切り離されてしまったのを感じていた。ほかのみんなは中国人の農民たちと同様、なされるがままに行動してきた。僕は日本軍にさらに近づいた——ジムはそう思った。上海を掌握し、真珠湾のアメリカ艦隊を海底に沈めた日本軍。ジムは、白い土埃の靄《もや》の向こうを飛ぶ輸送機の音に耳をすました。そして、再び、太平洋上の航空母艦の甲板に思いを馳せた。だぶだぶの飛行服に身を包み、武装していない飛行機の横に立つ小柄な男たち——自分自身の意志とわずかな運にすべてを賭ける覚悟のできた飛行士たちに。

17 飛行場の風景

運転手がラジエーターに水を補給している間に、ランサム医師はフーク夫人を男の子たちの横の席に座らせた。床に横たわった二人の宣教師の老婦人は、ジムの目には、ほとんど生きていないように見えた。真っ白な唇、ネコイラズを食べたネズミのような目――顔にはハエがたかり、勢いよく鼻の穴から出たり入ったりしている。二人をトラックに運び上げたあと、ランサム医師はそれ以上介護する力も失せて、強張った膝にぐったりと腕を預けた。婦人の夫たちはベンチに隣り合って座り、風変わりながらも床に横になるのが老婦人二人に共通するささやかな趣味なのだとでも思っているかのような、半ば諦めた風情で妻たちを見つめていた。

ジムは運転席のルーフにもたれかかった。ランサム医師が、ジムと仲間の収容者たちを隔てている溝に気づいて前部にやってくると、ジムの隣に腰をおろした。埃っぽい陽光と上海からの長い行程のせいで色素が分解され、雀斑《そばかす》の色が薄くなっていた。医師は、その頑強な胸と脚にもかかわらず、ジムが思っていたよりもはるかに困憊《こんぱい》しているようだった。炎症を起こした顔の傷から血が滲《し》み出し、目のまわりに膿疱ができはじめていた。

護衛兵が前にやってきたので、医師は頭を下げて道をあけた。護衛兵もジムの横に陣取った。

「さあて、水のおかげで全員少し持ちなおしたようだ。勇敢だったな、ジム。君はどこの生まれなんだ？」

「上海」

「上海で生まれたことを誇りに思っている？」

「もちろんさ……」ジムは馬鹿げた質問だと思い、辺境の田舎医者を相手にしているかのように首を振った。「上海は世界一大きな都市なんだよ。父さんの話ではロンドンよりも大きいって」

「さらに大きくなることを期待しよう――これから一、二年は食糧の乏しい冬が続くだろうが。ご両親はどこにいるんだね？」

「先に行ったんだ」この先をどう続けるか考えて、ランサム医師向けの作り話をでっち上げることにした。この若い医師には自信満々といったところがあって――イギリスから来たばかりの人間が見せるのと同じ態度だ――ジムはそこが信用できなかった。イギリスのニュース映画がシンガポールの降伏にどんな言い逃れを使ったかを考えてみればいい。ランサム医師が衛兵たちと口論になって全員を厄介な事態に巻き込む場面が、ジムには容易に想像できた。公共心を第一にという姿勢を示しているにもかかわらず、ランサム医師は正当な量以上の水を飲んだし、医師が実際には、死にかけている老婦人たちに対して表向き示しているほどの関心を抱いていないことにも、ジムは気づいていた。「今は呉淞《ウーソン》キャンプにいる」ジムは言った。「二人とも元気だよ」

「そう聞いて安心した。呉淞《ウーソン》キャンプだって？　それなら、まもなく会えるわけだな？」

「もうすぐさ……」ジムは静まり返った田圃の広がりを見つめた。母に会えるという考えに笑みが浮かんだが、その動きに顔の筋肉が引きつった。僕がこの四カ月間にどんな冒険をしてきたか、母さんには想像もつかないだろう。たとえ最初から最後まで全部話して聞かせても、戦争の前に上海じゅうを自転車で走りまわっていた時の秘密の午後のひとつくらいにしか思えないはずだ。実際、自転車ツアーの時に持ち帰ってきた身の毛のよだつような話も、母さんには絶対に話せないことばかりだった。「うん、もうすぐ母さんと父さんに会える。ベイシーにも二人に会ってもらいたいな」

　ベイシーの土気色の顔が上着のカラーの奥に引っ込んだ。彼は線路脇にいる日本兵たちに油断のない視線を送った。この裸の大地に、いったい彼らのための何が用意されているのかと怪しんでいるかのようだった。「俺もお前の家族に会いたいよ、ジム」と言って、ランサム医師に目を向けると、何の熱意も見せずにこう付け加えた。「俺はずっとこの坊やの面倒を見てきたんだ」

「ベイシーはずっと僕の面倒を見てきてくれた。上海で僕を売ろうとしたんだよ」

「彼が？　いいアイデアのように聞こえるが」

「虹口《ホンキュウ》の商人にね。でも、僕は何の値打ちもなかったんだ。それなのに、ベイシーは僕の世話をしてくれた」

「充分な世話をしてくれたようだ」ランサム医師はジムの肩を叩き、片手を腰のまわりに滑らせて腫れた肝臓を触った。それから上唇をまくり上げて歯の状態を見た。

「問題なしだ、ジム。これまでいったい何を食べていたんだろうと考えていたんだよ。呉淞《ウーソン》に行ったら、何はさておき菜園作りを始める必要がありそうだな。たぶん日本兵がヤギを売ってくれるだろう」

「ヤギ?」ジムはヤギを見たことがなかった。恐ろしく怒りっぽくて自立心の強い――ジムが尊敬してやまない性格の――エキゾチックな動物。

「動物に興味はあるかい?」

「うん……それほどでもないけど。本当に興味があるのは飛行なんだ」

「飛行? 飛行機ってこと?」

「正確にはそうじゃない」さりげなく、ジムはこう付け加えた。「僕、日本の戦闘機のコクピットに座ったんだ」

「日本のパイロットを尊敬している?」

「彼らは勇敢で……」

「それが重要なのか?」

「戦争に勝ちたいのなら、いいアイデアだよ」ジムは遠い飛行機の音に耳をすました。とにかく、この医者は信用できない。長い脚も、イギリス人特有の物腰も、歯への関心も。ベイシーと組んで死体泥棒でもやるつもりなんだろうか? ジムは、ランサム医師が日本兵から買いたいというヤギのことを考えた。これまでに読んだヤギに関する文章はどれも、ヤギは気難しくて強情な生き物だと断定していた。このことからしても、ランサム医師には実際的な面が欠けているとしか思えない。ヨーロッパ人で金歯を入れている者はほとんどいないし、これからずっと、ランサム医師が出会う可能性のある死人はヨーロッパ人しかいないのだから。

ランサム医師は無視することにして、ジムは護衛兵の隣に立った。運転席の迷彩色のルーフに置いた手があたたかかった。トラックは高速道路に向けて走り出した。工兵部隊の兵士たちが線路に沿って電信線を伸ばしながら進んでいた。あの兵士たちは人間凧《だこ》を揚げようとしているんじゃないだろうか――ジムは思った。先頭の兵士はすでに白い土埃の靄《もや》の奥に消え、ぼんやりとした影が地面から浮き上がっているように見える。兵士が突然空に舞い上がるかもしれないと思うと嬉しくなって、ジムは笑い出した。以前、父に手伝ってもらって、アマースト・アベニューの家の庭で十以上の凧を揚げたことがあった。中国人の冠婚葬祭の行列の後ろに翻《ひるがえ》る竜神凧は本当に素敵だった。それと浦東《プードン》の埠頭で揚げられた喧嘩凧――粉ガラスでくるんだ鋭いカミソリのような紐で互いに襲いかかり、戦い合う凧。でも、何と言っても最高なのは、父さんが中国の北部地方で見たという人間凧だ。十本以上の綱を何百人もが引っ張る、人間を乗せた凧。いつか、僕も人間凧で空高く舞い上がり、風の肩に乗れるかもしれない……。

涙の溢れた目に風が吹きつけてきた。トラックは広々とした道路を猛スピードで走っていた。方角がはっきりとした今、運転手は一刻も早く収容者たちを呉淞《ウーソン》に届け、夜になる前に上海に戻ろうとやっきになっていた。ジムは運転席のルーフをしっかりとつかんでいたが、ほかの収容者たちは後ろの席で縮こまっていた。宣教師の老人二人はすでに床に移動しようとしており、フーク夫人もランサム医師に手伝ってもらって、ベンチの下に横になった。

だが、彼らのことはもうどうでもよかった。トラックは、軍用飛行場が連なる地域に入りつつあった。中国軍の基地だった場所——揚子江の河口を守っていたかつての航空基地は今、日本の陸軍と海軍の航空隊に占領され、整備が進められているところだった。トラックは爆撃を受けた戦闘機基地の横を通り過ぎた。日本の工兵部隊が鉄の格納庫の外殻に新しい屋根を溶接していた。草地には追撃機零戦《ゼロせん》が一列に並び、フル装備のパイロットがひとり、翼の間を歩いていた。ジムは思わず手を振ったが、パイロットはそのままプロペラの列の間に姿を消した。

そこから三キロ先の無人の村と焼け落ちた仏塔《パゴダ》の横を通り過ぎたところで、一行は、双発爆撃機の機体と翼を運ぶトラック隊のおかげでスピードを落とさざるをえなかった。午後の陽光をいっぱいに受けた飛行中隊が離陸準備を終え、西方の中国軍の攻撃に向かおうとしていた。ジムは、こうした活動のすべてに興奮を抑えきれず、蘇州路《スージョウ・ロード》の軍事検問所で停止した時も、早く先に進みたくてならなかった。ベイシーの隣に腰をおろして苛々と待っている間《かん》に、憲兵隊の軍曹が収容者のリストをチェックし、ランサム医師が宣教師の老婦人たちの状態をめぐって抗議をした。

検問所を通過してまもなく、トラックは高速道路を降り、工場用の運河ぞいを走る舗装されていない道に入った。地響きを立てて通り過ぎていく戦車隊の振動が、運河を進むモーター駆動の艀《はしけ》の甲板に次々と波を浴びせていく一方で、戦車の砲手たちはのんびりとキャンバスのハッチの上で眠っていた。いつもなら、こうした戦闘車両の挙動のひとつひとつに想像力をかき立てられ、夢中で眺めているところだったが、今は飛行機にしか関心が向かなかった。真珠湾を攻撃し、アメリカ太平洋艦隊を壊滅に陥《おとしい》れたあの日本のパイロットたちと一緒に出撃できていたら、レパルスとプリンス・オブ・ウェールズを撃沈した雷撃機に搭乗することができていたら……。この戦争が終わったら、日本の空軍に入って、両肩に旭日章が縫いつけられた飛行服を着ることができるかもしれない。飛虎《フライング・タイガース》の標章のもと、革ジャケットに中国国民党の旗をつけて飛んだアメリカのパイロットたちみたいに。

脚は棒のようになっていたが、ジムはなおも運転席の後ろに立ちつづけていた。トラックは呉淞《ウーソン》の抑留キャンプに向けて疾走していった。ジムは頭の中で、この揚子江河口の平原に配備された日本の飛行機と、まもなく両親に再会できるという確信とを重ね合わせていた。トラックの単発の戦闘機が一機、トラックを追い越し、両翼の下面に塗られたつややかな金色の塗装を輝かせながら、遅い午後の空に向けて上昇していった。ジムは両腕を大きく広げ、運転席の迷彩塗料がついた手と手首に陽光を受けて、自分も飛行機なのだと考えた。ふと気づくと、後ろにいたフーク夫人が床に崩れ落ちていた。高齢の父親の足もとに転がった彼女を、ランサム医師と護衛兵が二人がかりでベンチに抱え上げようとした。

トラックは人工湖の入江部分にかけられた木の橋を渡り、チューダー様式を模したティンバー部分だけを残して焼け落ちたカントリークラブの前を通過した。人工湖の浅瀬にプレジャーボートの残骸が転がり、そのデッキを突き抜けて生い茂る葦の群落はビーチからカントリークラブの焼け焦げた柱にまで到達していた。

前方で、一台の軍用トラックが方向を変え、今は使われていない家畜飼育場のゲートの中に入っていった。ゲートの先には、つい最近、カントリークラブよりさらに激しい炎にさらされたとおぼしい光景が広がっていた。退屈した様子の日本兵たちが衛兵所の前をぶらつきながら、中国人の作業者の一団が一定の距離を置いて並ぶ松材の杭に有刺鉄線を留めつけていくのを眺めていた。衛兵所の奥には建設業者の資材倉庫があり、あたりには板材や柵用の角材が山と積まれていて、別の中国人労働者たちが竹の小さな差しかけ小屋の炭火コンロの脇のマットの上で居眠りをしていた。

ジムたちを乗せたトラックは衛兵所の前で停まった。運転手と収容者たちはともに、この荒涼とした場所を見つめた。民間人キャンプに作り替えられつつある、かつての家畜飼育場。ここに、長期間収容されている者がいるわけがない。ベイシーとランサム医師の間に座ったジムは、最初に到着したキャンプに母と父がいるはずだと考えていた自分にうんざりしていた。

運転手とキャンプ建設の指揮を取っている軍曹の間で長々としたやり取りが始まった。軍曹がすでに、このトラックと、トラックに委ねられた連合国の収容者たちは存在していないものと判定しているのは明らかだった。軍曹は、運転手の抗議は無視し、何事か考え込んでいる風情で煙草を振りながら衛兵所の木のポーチを行きつ戻りつした。そして、最終的に、ゲートの内側のイラクサに覆われた一画を指し示した。どうやら、そこならキャンプと外の世界との中間地帯と見なしてよいと判断したようだった。

ランサム医師が、完全に焼け落ちた多数の畜舎と、かつて牛の群れが誘導されていた迷路の跡を見つめて言った。「ここがキャンプであるわけがない。我々に建設させたいというのでない限りは」

船員服のカラーの奥から青白い耳が現われた。ベイシーは背中を伸ばすこともできない状態だったが、それでも、チャンスの気配はどんなかすかなものでもまだキャッチできるようだった。「俺たちが呉淞《ウーソン》キャンプを建設するというのか、ドクター？　でも、それなら有利になるかもしれないな……ここに入る最初の収容者になるわけだから……」

ランサム医師が改めてフーク夫人を床から立ち上がらせようとしたが、兵士が小銃の台尻を上げて、自分の席に戻るよう促した。軍曹はイラクサの中に立ち、トラックの後尾板ごしに困憊しきっている収容者たちを眺めた。夫の足もとで尿のプールに横たわった老婦人たち。男の子二人はベイシーの両脇に身を寄せ合い、フーク夫人は父親の膝にもたれかかっている。

ジムは意識して、母のことを――母の寝室でブリッジをやって過ごした幸せな時間のことを考えた。鼻に入った涙をすすって、ヒリヒリする喉に送り込んだ。ランサム医師なら自分に泣き方を教えられるのかもしれないけれど……。黄昏の中、ジムは、軍曹の煙草の先端の赤い輝きに、炭火コンロのあたたかそうな火に目を向けた。フェンスの作業をしていた男たちが竹の掘っ立て小屋に戻っていく。

「ジム、君はみんなを疲れさせている」ランサム医師が注意した。「静かに座っていたまえ。でないと、ベイシーに、君を売りとばしてくれと頼むぞ」

「僕なんか誰もほしがるもんか」ジムは医師の手からするりと抜けて、運転席の後ろのベンチに膝を載せ、前に後ろに体を揺らしながら、軍曹がトラックの運転手と護衛兵を衛兵所に案内していくのを見つめた。衛兵所では兵士たちが夕飯を食べており、木のテーブルに並んだビールと酒の瓶が灯油ランプの光の中で輝いていた。中国人の労務者がひとり、コンロの前にしゃがんで、炭の温度を上げようと団扇《うちわ》であおいでいる。あたりに漂う、あたためられた脂の匂い。

何とかして衛兵所にいる兵士たちの注意を引かなければ。このままだと、日本兵たちが望まれざる収容者たちのことを気にかけたりするわけがない。僕たちはひと晩じゅう、ここに放っておかれることになる。朝になったら、次のキャンプに移動する体力が残っている者はいなくなって、みんな上海の勾留所に戻らなければならなくなってしまう。

焼け落ちた飼育場を夜の空気が包んでいった。食事を終えた中国人の労務者たちは差しかけ小屋で酒を飲みながらカード遊びをし、日本兵たちは衛兵所でビールを飲んでいる。揚子江の上に何百もの星がまたたきはじめ、それとともに軍用機の航空灯が輝き出した。北方三キロほどのところ、墳墓塚の連なりの向こうに、外洋に向かう日本の貨物船の航海灯が見えた。城を思わせるその白い上部構造が、幽霊のようにぼんやりとした大地の上をゆるやかに進んでいった。

老婦人のひとりから不快な臭いが立ち昇った。そのかたわらに座り込んだ夫はランサム医師の脚に寄りかかっている。ジムは、このまま貨物船を見つづけていたいと、運転席のルーフによじ登った。ルーフに座って貨物船が夜の奥に消えていくのを見届け、それから頭上の星々に目を移した。去年の夏、ジムは主要な星座を独習していた。

「ベイシー……」目まいがした。夜の空がジムに向かって滑り落ちてきた。バランスを失ってルーフ上で体が転がった。改めて上体を起こした時、衛兵所からトラックの運転手と護衛兵が大股にこちらに向かってくるのが見えた。二人とも木の棍棒を手にしていた。ルーフに座っていたから、僕を叩きにくるんだ。そう思ったジムは素早くルーフから滑り降り、フーク夫人のかたわらに横になった。

運転手が後尾板の止め金をはずした。大きな音を立てて板がさがると、運転手は揺れているチェーンを棍棒で叩きながら、収容者たちに向けて怒鳴り、トラックから降りるようにと促した。フーク夫人と老人たちがランサム医師の手を借りてイラクサの中に降り立った。ベイシーと兄弟もそのあとに続き、一行は護衛兵のあとについて資材倉庫に向かった。老婦人二人は汚れた床の上に残された。二人はまだ生きていたが、運転手がランサム医師に向けて棍棒を振り、婦人たちは置いたままで来るようにと合図した。

ジムは濡れた床を横切って地面に跳び降りた。ランサム医師のあとを追って駆け出そうとした時、運転手が肩をつかんで、衛兵所のポーチに立っている軍曹を指し示した。灯油ランプの明かりに照らされた軍曹の手には、先端に重みをつけた短い棍棒のような小さな袋があった。

ジムが用心深く近づいていくと、軍曹は足もとの地面に袋を投げた。ジムはトラックのタイヤが残した轍《わだち》に膝をつき、軍曹に最大級の笑顔を見せた。袋の中にはサツマイモが九個入っていた。

それから一時間、ジムは中庭で忙しく立ち働いた。ほかの収容者たちが資材倉庫で休んでいる間に、炭火コンロに改めて火を起こした。中国人労務者たちの退屈そうなまなざしのもと、風を送って熾《おき》を再び燃え上がらせ、その火に廃材の削り屑をくべた。ランサム医師と二人の兄弟が衛兵所の裏の大桶の水をバケツで運んできた。フーク夫人はバケツの水を飲んだが、ジムはイモを茹でた湯が冷めるまで待つことにした。ランサム医師がイモ煮作業も手伝おうとしたが、ジムは医師を追い払った。ジムは、勾留所の欧亜人の女性たちから、イモは蓋をきっちり閉めて少ない水で炊くのが一番早く煮えることを教わっていた。

イモが煮えると、自分用に一番大きなイモを確保してから、資材倉庫に運び、松材の板の上のランサム医師の隣に腰をおろした。宣教師の老人たちは食べることができず、そのままオガ屑の上に横になった。老人たちに渡したのは一番小さなイモだったが、これなら最初からあげなければよかった――そう思ったものの、次のキャンプに向かうには、この老人たちにも生き延びてもらう必要があった。フーク夫人は自分のイモをイギリス人兄弟にあげてしまっていたが、それでもまだ大丈夫そうに見えた。だが、その一方で、ベイシーは早くも倉庫の中をチェックし、今後、ここでどんなチャンスがあるか、頭の中で一覧表を作りはじめていた。もし、ここにとどまるようなことになったら、もう二度と母さんと父さんを見つけることはできない……。

「ほら、ジム」ランサム医師が言って、自分のイモを差し出した。ひと口小さくかじってあったが、中のやわらかくて甘い部分はほとんど手つかずのままだった。「なかなかいいイモだ。食べたまえ」

「わあ、ありがとう……」あっという間に二個目のイモを食べ終えたジムだったが、このランサム医師の振る舞いには当惑させられた。日本兵は子供には親切で、二人のアメリカ人の元船員も曲がりなりにもジムを助けてくれた。だが、イギリス人は本質的に子供に関心を持っていないものなのだ。

ジムは、ベイシーと自分用に温かい茹で汁をバケツに入れて運んできて、ほかの者たちにもどろどろした液体を提供した。宣教師の老人たちの横に膝をついて歯をカチカチと鳴らし、ブレザーの大聖堂学校のバッジが老人たちの心に宗教的なスパークを起こして気力と体力を回復させてくれるのを期待した。

「具合がいいようには見えないね」ジムはランサム医師に正直に言った。「でも、朝になったらたぶんイモを食べてくれるよね」

「ああ、きっと食べるさ。もう休みたまえ、ジム――このままだと、みんなの面倒を見るだけでへとへとになってしまう。明日になったらまた全員で出発だ」

「うん……でも、また長い道のりになるかもしれない」二個目のサツマイモで落ち着いたジムは初めて、炎症を起こした医師の顔の傷がかわいそうになった。イモのお返しにという気持ちで、医師に重要な情報を教えてあげることにした。「南市《ナンタオ》の葬送桟橋に行くことがあっても、あそこの水は飲んじゃいけないよ」

ジムはやわらかなオガ屑の上に横たわった。松の香りが気分を鎮めてくれた。資材倉庫の開いた扉を通して、日本の飛行機の航空灯が次々と夜の闇の中を横切っていくのを見つめた。数分後、ジムは星座がどれひとつとして認知できないことに気づいて愕然とした。戦争が始まって以来、あらゆることが変化したが、天空もまたその様相を変えていた。日本の飛行機を唯一の不動点として天空を巡っていく星々――破壊された大地の上に出現した第二の黄道十二宮。

18 放浪者たち

「そう《ライト》……そう《ライト》……違う！……左《レフト》ってことだよ！」

ジムは助手席のウィンドウから上半身を突き出して運転手に怒鳴った。トラックは、小型船を横に並べて板を張った舟橋《しゅうきょう》に踏み出すべく、方向を定めようとやっきになっていた。蘇州《スージョウ》河に架かるこの仮橋は、日本の建設工兵部隊が真珠湾攻撃から数週間後に設置したものだったが、重量車が行き交う中で、橋はすでに崩壊寸前の状態に至っていた。トラックがそろそろと最初の土台舟に向けて進んでいくと、摩耗したロープでつながれた濡れた敷板の間が広がりはじめた。

運転手に誘導を任されたジムは、トラックの前輪が敷板を次々と水中に押し込んでいくのを見つめていた。これまでも、黄浦江の突堤脇の通路の鉄格子の間から水が上がってきて桟橋の階段をじりじり登っていくのを見るのは大好きだった。茶色い川の流れがくたびれたタイヤの土を洗い流し、サイドにエンボス刻印された製造メーカーの名前をあらわにした。両親の探索行に似つかわしいイギリスのメーカー、ダンロップだった。片側のスプリングが弱くなっているトラックは斜めに傾いた。背後で誰かが床を転がっていくのがわかったが、ジムは、へこんだハブキャップに水が襲いかかり、秘密の噴水のようにホイールの間を流れていく様に目を奪われた。

「左……左だってば！」ジムは叫んだが、後尾板の前にいる護衛兵がすでに大声で危ないと怒鳴っていた。運転手は疲れた吐息をもらしてハンドブレーキを引くと、ジムに運転席から出ろと命じ、川の水に洗われている敷板の上に降り立った。

ジムは運転席の後部ウィンドウからトラックの荷台に這い出し、ランサム医師の伸ばした脚をまたいでベンチに膝をつくと、運転手と護衛兵の間で高まっていく言い争いに注意を集中しようとした。

二百メートル下流で工兵隊の一チームが古い鉄道橋の中央部分を強化する作業に当たっていた。作業中の工兵たちを見ているのは楽しかった。このところずっと、朝になると目まいがした。舟橋を洗いながら一定の速さで流れていく水を見ていると目まいは治まったが、脈を測りながら、もしかしたら脚気《かっけ》かマラリアか、でなければランサム医師がフーク夫人相手に話していた病気のどれかにかかったのではないかと考えた。新しい病気を体験してみるのは面白いかもしれない——一瞬、そう思ったものの、すぐに、勾留所と、上海の上空を飛ぶアメリカの飛行隊を見た時のことが頭に浮かんだ。昨日の夜、憲兵隊が管理している養豚場の隣で野営した時に、ジムは、ランサム医師でさえあの飛行隊を見たことがあるかもしれないと思った。

どう見てもランサム医師の具合がいいとは言えなかった。呉淞《ウーソン》を発《た》ってから顔の炎症は顎全体と鼻にまで広がっていた。床に横たわっている医師の雀斑《そばかす》が散った脚は、まぶしい陽光のもとで不吉なまでに白く、眠ってはいたが、頭の半分で必死に何かを考えているように見えた。今日はひと言も口をきいていない。最後に言葉を交わしたのは昨晩の夕食前——医師はジムが衛兵から全員の食糧を受け取ったかどうか確認したのち、声を振り絞るようにして、ジムに、服を全部脱いでフーク夫人から借りた香料石鹸を使って豚用の桶で体を洗うようにと言った。

ベイシーは医師の横の床の上に座り込み、男の子二人は膝に頭を乗せて眠りこけていた。

元客室係は目は覚ましていたが、自分の中に閉じこもり、やわらかな顔は萎《しな》びていく果物のようになっていた。ベイシーはしょっちゅう吐いた。そして、ジムに、嘔吐物と尿で覆われた床をきれいにしろと口やかましく言った。

フーク夫人と父親も床に横になり、言葉はほとんど交わさずに、路上でトラックが跳ね上がるたびに転がされないようにするのに集中していた。幸いなことに、二組の宣教師夫婦は呉淞《ウーソン》にとどまり、彼らの場所は今では南京《ナンキン》の英国領事館の中年男性とそのとりすました妻が占めていた。トラック後部の護衛兵の隣に座った二人の顔には、何らかの悲劇に見舞われたらしい表情がにじみ出ていた。二人の間には衣類がぎっしり詰まった籐のスーツケースが置かれていて、運転手と護衛兵は毎晩スーツケースを探っては靴やスリッパを勝手に持ち出して使っていた。夫妻はまったく口を開かず、田圃と運河の続く光景を見つめつづけていた。二人とも戦争には興味をなくしてしまったんだとジムは思った。

一日に二度、運転手たちは道端にトラックを停めて自分たちだけで食事をとり、護衛兵が水を入れた壺をジムに渡して、みなにまわすように命じた。それ以外には何を言われることもなく、ジムは、この年代物のトラックを母と父がいるキャンプに向けて案内するタスクに思う存分専念することができた。

この数日間、トラックは上海の北西十五キロあたりの田園地帯を不規則な円を描くように走りつづけていた。正確に何日たったのか、ジムにはわからなくなっていたが、それでも、少なくとも前進しつづけてはいた。ありがたいことに、運転手たちが、収容者たちの状態が悪くなっていくのを気にする様子はなかった。

呉淞《ウーソン》を出た最初の日、どこまでも続く田園地帯を三時間走ったのちに、一行は蘇州路《スージョウ・ロード》にある、かつての聖フランシスコ・ザビエル神学校――真珠湾攻撃の数週間後に設置された最初のキャンプのひとつ――に着いた。そこはすでにイギリス兵でいっぱいだった。一行は、その日の夕方まで、延々と連なるバスの列の後ろで待たされた。バスは上海交通から徴発されたもので、数百人のオランダとベルギーの民間人が乗っていた。ジムは、二重のワイヤフェンスで囲まれたキャンプを熱心に見つめた。大勢のイギリス兵が営舎小屋のかたわらをぶらついていた。くつろいだ様子で、集会広場に並ぶつやつやした会衆用ベンチ――神学校の礼拝堂から運んできたものだ――に座っている者も多く、その様子は野外聖堂での礼拝集会を思わせた。だが、そこには、民間人の男性と女性と子供はひとりもいなかった。衛兵たちは果てしない点呼作業に追われ、入所を願う新着者たちに割《さ》く時間はいっさいなかった。ジムはベンチの上に立ち、キャンプ内の全員に見えるよう、フェンスごしに手を振った。

しかし、数百人の退屈したイギリス兵たちは、待機している民間人と上海交通のバスにはまったく関心を向けなかった。トラックがついに神学校キャンプを離れた時、ジムはほっと安堵の吐息をついた。蘇州《スージョウ》に向かいはじめると、運転手はジムが運転席に座るのを許した。これまでずっと悩まされつづけてきた、このどうにも落ち着きのないイギリス人の少年が、今ではささやかな安心感を与える存在になっていた。ジムには日本語で記された地図を読むことはできなかったし、虫の死骸が貼りついたフロントガラスに向けて発せられる運転手の独り言はひと言も理解できなかったが、助手席に膝をついて横座りになり、ウィンドウから身を乗り出して、歯をカチカチ鳴らしながら、次々に飛んでいく飛行機をじっと見つめつづけた。日本軍は西方の中国軍に総攻撃をかけるべく全機を送り出しているように思えた。

上海－蘇州道路ぞいに広がる平坦な田園地帯はかつての激戦地だった。朽ちかけた塹壕《ざんごう》と錆に覆われたトーチカが何キロにもわたって続く光景は、百科事典の挿絵で見たイーペル（第一次世界大戦時の激戦地。ベルギー西部）とソンム（同前。フランス北部）を思い起こさせた。もう何年もの間、誰も訪れたことのない巨大な戦闘博物館。この戦争の残骸と、今空を飛んでいる爆撃機と戦闘機の一大飛行隊の姿に、ジムは昂揚した。うねうねと続く胸墻《きょうしょう》の上空に喧嘩凧《だこ》のように舞い上がって、墳墓塚の間に何千という土嚢《どのう》で築かれた強大な要塞のどれかに着地してみたい――ジムはそう思った。残念なことに、同行者は誰ひとりとして戦争に関心を持っていなかった。戦争に関心を持てば、頑張ろうという気にもなれるのに。みんなの気持ちが完全に萎《な》えてしまわないようにするのがジムのタスクのひとつだったが、それは難しくなる一方だった。

多くの点で、僕はこの旅の収容者一座の本当のリーダーなのだ――ジムは努めてそんなふうに考えた。夜、重い水の壺を運び、コンロに火を起こすたびに、自分はナンバー2クーリーにすぎないのだという思いに包まれたものの、それでも、薪《たきぎ》を集めサツマイモを茹でるジムがいなければ、ランサム医師もベイシーも結局は宣教師の老婦人たちと同じ道をたどることになっていただろう。しかし、憲兵隊が駐留する養豚場を発ったあとで、ジムは収容者たちが全員、体調を悪化させているのに気づいた。夜じゅう、日本兵たちが中国人の泥棒を殴打しつづけて、水浸しになった田圃に男の叫びが響きわたり、暗い大地を震わせた。そして、翌日には収容者の全員がトラックの床で横になっていた。ベイシーは肺の状態がひどくなり、ランサム医師は炎症で腫れ上がったほうの目が使えなくなった。

ジムは熱が出てきたのを感じたが、頭上を飛んでいく日本の飛行機から目を離さなかった。飛行機のエンジン音は意識を鮮明にしてくれた。心が萎えそうになったり自分が哀れに思えたりした時にはいつも、勾留所で見た銀色の飛行機のことを考えた。

トラックは工兵部隊の隊員たちに押されて舟橋を渡っていった。ジムは体がふらつくのを抑えられず、ベンチから滑り落ちそうになった。ランサム医師が弱々しく腕を伸ばしてジムを支えた。

「頑張れ、ジム。運転手のそばにいろ——ちゃんと進みつづけているかどうか確認するんだ……」

医師の顔にはハエが何十匹も群がって目のまわりの膿《うみ》をすすっていた。その隣にベイシー、ポールとデイヴィッド、フーク夫人とその父親が横たわり、靴でいっぱいのスーツケースを携えたイギリス人夫婦だけがトラック後部の護衛兵の隣に座っている。

工兵部隊の指揮官の伍長が後尾板からトラックに上がってきた。ジムはよれよれのブレザーを伸ばした。濡れた長靴《ちょうか》をはいた伍長は怒った様子で、トラックを押して橋を渡っていく部下たちに次々に指示を出した。対岸に着くと、隊員たちは川縁《べり》を歩いて鉄道橋の作業に戻っていった。伍長が運転手に怒鳴りはじめた。収容者たちの状態を不快に思っているのは明らかだった。伍長はモーゼルを引き抜き、川の反対側の土手の対戦車壕に向けて振ってみせた。

伍長はそのまま鉄道橋に戻っていったので、ジムはほっとした。どんなに具合が悪くても、みんなを対戦車壕で休ませたくはなかった。ベンチに座っているのもつらく、ランサム医師の隣で横になりたかった。横になれば真っ直ぐに空を見ていることができる……。土埃の靄《もや》の中から田圃とクリークと打ち捨てられた村々の光景が次々と立ち現われ、後方に去っていく。中国のすべての死者の骨を挽《ひ》いて粉にしたかのような白い靄。土埃は運転席とボンネットを包み込み、これから入っていく領域に向けてトラックをカモフラージュした。これまでいったいどれくらい走ってきたんだろう？　墳墓塚の列がジムの目を欺こうとしている。のろのろと進むトラックに向けて波打ちながら迫ってくる。死者の海。蓋の開いた空《から》の柩《ひつぎ》が連なり、まもなく空から落ちてくるアメリカ軍のパイロットたちを待ち受けている。柩は何千もある。まだいくらでも受け入れることができる。ランサム医師もベイシーも、母さんと父さんとヴェラも、ナンバー2クーリーと僕自身も……。

トラックが停まり、頭が運転席にぶつかった。道路の脇、少し引っ込んだところにタール紙の屋根の小屋が建ち並び、運河の土手と小屋の列とを有刺鉄線のフェンスが隔てていた。それは、陶器工場の敷地内に設営された小規模の抑留キャンプだった。ジムはキャンプをじっと見つめた。係留されたままで転覆した二艘の金属製の艀《はしけ》、焼成炉の横の広場に置き去りにされた、タイルを積んだミニチュアサイズの貨車。煉瓦造りの二つの倉庫がキャンプに組み入れられ、それ以外の工場の敷地とは有刺鉄線のフェンスで仕切られていた。何人もの男女が木造の営舎小屋のポーチの階段で陽を浴び、窓と窓の間に張られた物干し綱に洗濯物が陽気な春の手旗信号さながらに翻《ひるがえ》っている。

ジムはトラックの横板に顎を乗せた。足もとでランサム医師が起き上がろうとしていた。護衛兵が後尾板から跳び降りてキャンプの入口に歩いていった。そこには、日本兵に取り囲まれた上海大学のバスが停まっていた。乗客たちは土埃で汚れたバスの窓から外を見ていた。黒いベールを着けた修道女が二人、ジムと同じ歳頃の子供が何人か、そして二十人ほどのイギリス人の男女。キャンプの住人たちが早くもフェンスの前に集まってきた。ボロボロの半ズボンに両手を突っ込んだ男たちは無言で、軍曹がバスに乗り込み、収容者たちを検分するのを見つめた。

ランサム医師が起き上がり、顔の傷を手で隠して、トラックの後部に膝をついた。ジムは、すり切れた木綿のワンピース姿のイギリス人女性を見つめた。女性は両手でフェンスをつかみ、以前哥崙比亜路《コロンビア・ロード》で見たドイツ人の母親と同じ表情を浮かべてジムを見ていた。

バスが開いたゲートからキャンプ内に入っていった。乗降口に立った軍曹がピストルを手に、集まった住人たちに下がるようにと合図した。一同のむっつりした顔つきから、彼らが新着者たちを歓迎していないことは明らかだった。乏しい食糧を分かち合わねばならない口がさらに増えたのだから、それも当然なのかもしれない。トラックがゆっくりと進みはじめ、ジムは頭を上げた。ランサム医師が床に崩れ落ち、イギリス人夫婦に助けられてベンチに座った。

ジムを見ていた女性がフェンスに沿って歩いてきた。ジムはにっこりと笑いかけた。女性がジムに向けて片手を伸ばした時、ジムは、この人は母さんの友達なんだろうかと思った。このキャンプは家族連れがいっぱいだ。もしかしたら、のんびりと散歩をしているカップルたちのどこかに母さんと父さんがいるかもしれない。ジムは、行き交うイギリス人たちの顔に、哨兵たちの後ろで笑い声を上げている一団の子供たちに、じっと目を凝らした。その時不意に、自分でも驚いたことに、母と父を探す旅がまもなく終わるのが悲しい、残念でならないという思いがこみ上げてきた。母と父を探している限りは空腹にも病気に立ち向かう覚悟ができていたジムだったが、探索の旅が終わったと思った瞬間、これまでくぐり抜けてきたことすべての記憶が、自分がどれだけ変わってしまったかという思いが、一挙に悲しみとなって襲いかかってきたのだった。今のジムにとっては、廃墟と化したかつての戦場とハエが群がるこのトラックのほうがずっと身近な存在だった。運転席の下の袋に入った九個のサツマイモのほうが、ある意味では、あの勾留所さえもが、アマースト・アベニューの家に再び戻ることよりも、ずっと近しいものになっていた。

トラックがゲートの前で停まった。軍曹が後尾板ごしに、床に横たわった収容者たちに目を走らせた。ランサム医師は、軍曹がモーゼルで押し戻そうとしたにもかかわらず、トラックから降り、軍曹の足もとにがっくりと膝をついて息を整えた。キャンプの住人たちはすでにゲートの前から離れていた。男たちはポケットに手を突っ込んだままそれぞれの小屋に戻り、妻たちとともにポーチの階段に座った。

　無数のハエがトラックじゅうを飛び交い、床を覆う尿のプールに群がっていた。ジムの口もとにとどまって、炎症を起こした歯茎を狙うものもあった。キャンプの兵士たちは十分あまり議論を交わし、その間、運転手とランサム医師はじっと待っていた。年配のイギリス人収容者が二人、ゲートから歩み出てきて、話に加わった。

「呉淞《ウーソン》キャンプからだって？」

「ノー、ノー、ノー……」

「誰が送ってよこしたんだ？　こんな状態で」

　二人はランサム医師をよけてトラックに歩み寄り、ハエの雲のただ中にいる収容者たちを見つめた。ジムがじりじりして口笛を吹くと、二人は無表情にジムを見た。哨兵たちが有刺鉄線のゲートを開いたが、イギリス人たちは即座にゲートを閉じ、軍曹に怒鳴りはじめた。ランサム医師が進み出て抗議したが、二人は離れろというふうに手を振った。

「戻るんだ……」

「君たちを入れるわけにはいかん、ドクター。ここには子供たちもいる」

　ランサム医師はトラックに這い登り、ジムの横にぐったりと座り込んだ。しばらく立っていたことで力を使いはたした医師はそのまま横になり、片手で顔の傷を覆った。その指の間でハエたちが争奪戦を再開した。

議論が続いている間、フーク夫人とイギリス人夫婦は何も言わずに待っていたが、兵士たちがキャンプ内に戻り、ゲートの錠をおろしたところで、夫人がこうつぶやいた。「入れてくれるつもりはなさそうね。あのイギリス人のリーダーたちが……」

ジムはキャンプの敷地内を行き交う住人たちを見つめた。陶器工場の煉瓦置き場でサッカーをやっている少年たちのグループ。母さんと父さんは、あの焼成炉の間のどこかに隠れているんだろうか。きっと、二人とも、さっきのリーダーたちと同じように、僕に、どこかよそに行ってほしいと思ってるんだ。僕が上海から持ってきたハエと病気を怖がって。

ジムは、ベイシーとランサム医師が水を飲むのを手伝い、それから反対側のベンチに腰をおろして、キャンプにもイギリス人の収容者とその子供たちにも背を向けた。ジムの希望のすべては、自分を取り巻く風景に、過去と未来の戦争の内にあった。頭の中が不思議に軽くなったような気がした。両親が彼を拒絶したからではなく、ジム自身が、それを期待していたからだった。そして、それはもうどうでもいいことだった。

19 滑走路

黄昏が訪れる少し前、トラックは上海南部の遺棄された戦場が連なる地域に入った。遅い午後の陽光が、その日一日、無関心な田圃の広がりに投じてきたエネルギーをほんの少し太陽に返そうとでもいうかのように溢れ返り、一帯をまばゆい光の中に浮かび上がらせた。眼前に、いきなりジムの頭の中から完全武装して跳び出してきたように、塹壕《ざんごう》とトーチカの連なる光景が広がった。上海から杭州《ハンジョウ》への道路が分岐する地点に、車輪をつけた小屋のような戦車の残骸が鎮座し、その開いたハッチから太陽のスポットライトが射し込んでキラキラと輝いた。無数の塹壕が、点々と連なる墳墓塚の間をくまなく捜しまわり、自身が形作る迷路の内に消えていった。

分岐点のすぐ先に、運河に架けられた木の橋があった。雨に樹脂が跡形もなく洗い流されて白くなった橋脚は軽石のように脆《もろ》そうに見えた。トラックを停めた運転手は地図をたたみ、キャンバスのケースで顔をあおいだ。すり減った木橋の敷板にトラックを乗り入れる危険を冒したくないようだった。後部に座るフーク夫人とイギリス人夫妻の影が干上がった水田の白い土の上まで伸びていた。ジムはランサム医師の顔のハエを払い、医師の頭を軽く叩いた。自分も疲弊した大地に黒い絨毯のように広がる影のひとつになってしまったように感じた。暗南方二キロ足らずの墳墓塚の間に、列をなして駐機している飛行機の水平尾翼が見えた。暗くなっていく空のもとで、羽毛を残した骨のように白く浮かび上がっている飛行機群。一機を注意深く観察したジムは、そのずんぐりした丸い胴体と星型エンジンに、ブルースターのバッファローだと判定した。アメリカ海軍の艦上戦闘機で、日本の戦闘機にはまったく歯が立たなかったものだ。

アメリカの飛行機がある、無数の墳墓塚に囲まれて——ということは、この飛行隊は僕の頭の中に向けて離陸しようと待機しているんだろうか？　だが、これらバッファローの姿を見たのはジムだけではなかった。運転手が煙草を投げ捨てて護衛兵に怒鳴った。護衛兵はすでにトラックから跳び降りて木橋の腐りかけた敷板をチェックしているところだった。

「龍華《ロンホア》だ……龍華《ロンホア》だ……！」

エンジンが始動し、トラックは分岐点を東に曲がって、一路、彼方の飛行場を目指した。

「僕たち、龍華《ロンホア》飛行場に行くんだ、ドクター・ランサム」ジムは広げた脚の間から大声で言った。ベイシーとフーク夫人の父親の隣に横たわっていた医師は片目でジムを見た。「ブルースターのバッファローがある——アメリカが戦争に勝ったに違いないよ」

ジムは吹きつけるあたたかな風を顔いっぱいに受けた。トラックは軍用飛行場に近づいていった。これまで上海近郊で見た中で最大の草地の飛行場。金属製の格納庫が三つあり、七層の仏塔《パゴダ》を備えた龍華寺《ロンホアスー》のかつての駐車場に木造の整備工場が建てられている。格納庫の前の舗装されたスペースに先進的なデザインの高性能戦闘機が何十機も引き出され、三機のブルースター・バッファローは、アメリカ軍のマークを塗りつぶされて飛行場の端に並んでいた。工兵部隊のチームが巨大クレーンを操って、石のパゴダの上層部に高射砲を吊り上げていた。

運転手は検問所でトラックを停めた。検問所の強化された砲台には大勢の兵士が配備されていた。黄昏の薄闇の中を哨兵たちが行き来する中、指揮官の伍長が野戦電話で連絡を取った。トラックは検問所を通過してそのまま飛行場の外周道路を進むよう指示された。轍《わだち》だらけの外周道路の表面は菰《こも》で固められていたが、建設用の石材を満載した大型車両の隊列のおかげで路面は大きく波打っていた。県城《オールドシティ》の家々からはぎ取った屋根瓦を積んだ一台のトラックが激しく揺れながら、ジムたちの乗ったトラックを追い越していった。

二人ひと組になって外周道路をパトロールする武装衛兵の銃剣が、暗くなっていく空気を切り裂くように白く浮かび上がった。単発の輸送機が二機、飛行場の縁《へり》に停まっていて、整備員を従えたパイロットが軍服姿の二人の同僚と話をしていた。パイロットが、ガタゴトとやってくるトラックを指差したのを見て、ジムの頭にこんな思いが浮かんだ——僕とベイシーとドクター・ランサムは上海から飛び立つことになっているんだ。そして、香港か日本にいる母さんたちと合流するんだ。

ジムはトラックが輸送機の横で停まるのを待っていたが、運転手はそのまま飛行場の南端に向かって走りつづけた。平坦な草地が急に落ち込み、一帯は野生のサトウキビが生い茂る起伏の激しい荒れた領域になった。一行は、干上がった灌漑用水路の川床を渡り、前を行く屋根瓦を積んだトラックのあとについて、深いイラクサの壁に隠された狭い谷に入っていった。夕暮れの大気に灰のような白い土埃がもうもうと立ち昇った。行く手で、労務者たちが何台かの軍用車両の荷台に積まれた石と瓦礫を地面に投げおろしていた。小銃を手に谷を警護する武装兵士と憲兵たちの制服も土埃で白くなっていた。

そして、そこには、ボロボロの軍服を着た何百人という中国人兵士の捕虜がいた。哨兵たちが監視する中、彼らは瓦礫置き場の石や屋根瓦を建設中の滑走路へと運んでいた。薄闇の中とはいえ、そして、この数カ月の窮乏生活で視力もすっかり落ちていたとはいえ、ジムには、この中国人捕虜たちの悲惨な状況がはっきりと見て取れた。大半が極度に痩せ衰え、ほとんど死の寸前にある。イラクサの踏み跡に裸で座り込み、両手に持った一枚の屋根瓦を物乞いの托鉢碗のように掲げている者。石を詰めた籐の籠を胸にくくりつけ、空港の端に向けてゆるい斜面を登っていく者。

　トラックは瓦礫置き場の横で停まった。ジャラジャラと音を建ててチェーンが伸び、後尾板がおりた。護衛兵に続いてフーク夫人とイギリス人夫妻が地面に降り立った。ランサム医師はベンチの脇に膝を突き、思いどおりにならない体を何とかコントロールしようとしていた。

「よし——みんなを宿舎に連れていこう。ミセス・フークに手を貸してあげてくれ、ジム。ベイシーと男の子たちにも……」

　ジムは体がふらつくのを感じながらも、どうにかベイシーを立たせることができた。元客室係の顔はすでにタルカムの層で覆われていた。南市《ナンタオ》の葬送桟橋の近くで初めて目にした時の、デリケートな女性の肌。ベイシーはジムの肩につかまり、脚を引きずりながら、じっとりと濡れたトラックの床を後尾板まで歩いていった。

　全員がトラックから降り、瓦礫置き場の横の白い土埃の中に集まった。フーク夫人は父親とともに積み上げられた石の上に腰をおろし、両手で兄弟を抱き寄せた。中国人の捕虜たちが籐籠に瓦礫を詰め、あたりの石に唾を吐いていく。崩れかけた斜面を滑走路に向かって登っていく彼らの白い姿が、夕暮れの大気を照らしているように見えた。

周囲では、哨兵たちが身じろぎひとつせず監視に当たっていた。十五メートルほど離れた谷の南の斜面の上のイラクサの間に掘られたばかりの穴があり、その縁《ふち》に竹の椅子に座った二人の軍曹がいた。二人の長靴《ちょうか》と足もとの地面は石灰で真っ白になっていた。

ジムは灰色の瓦をひとつ拾い上げた。ジムたちが滑走路の作業に参加するのかどうかに関しては、哨兵たちは誰も気にかけていないようだったが、ベイシーもまた玉石を一個手にしていた。ジムは裸の中国兵のあとについて斜面を登り、掘り起こされた土の上を歩いていった。中国兵たちが次々と籠の中身を空け、瓦礫置き場に戻っていく。ジムは、すでに石と割れた煉瓦でいっぱいの広大な浅い溝に瓦を置いた。溝は飛行場の反対側に向けて伸び、夜の奥に消えていた。ベイシーがジムを押しのけるようにして前に出ると、玉石を足もとに落とした。両手についた白い粉を払い落とそうとしたベイシーの体が土埃の中で揺らいだ。

ランサム医師はフーク夫人とイギリス人夫妻と一緒に瓦礫置き場にとどまって、日本兵のひとりと言い争っていた。兵士は医師に滑走路に行けと促した。片手に小銃を持った兵士はもう一方の手で屋根瓦を一枚拾い上げ、ランサム医師に渡した。

ジムは割れた石でいっぱいの広大な溝の横で待ちながら、薄闇の中に伸びる滑走路の白い路面を見つめた。虹橋《ホンチャオ》飛行場の渦巻く草を思い出し、ブルースター・バッファローが生み出す後方流を想像しようとしてみた。そして、外周道路のそばに停まっている輸送機に目を向けた。日本人パイロットと軍服姿の二人の同僚が草の中を滑走路に向かって歩いていた。三人は泥だらけの滑走路の縁《へり》で足を止め、作業の進捗状態を検分しながら楽しげに笑い合った。彼らのバックルとピカピカのバッジが、この戦争の四年前に虹橋《ホンチャオ》の近くの戦場を訪れた時のヨーロッパ人たちの装身具のように輝いた。

ジムは土埃と中国兵たちの列を離れて草の中に足を踏み入れた。最後にもう一度、駐機している輸送機を間近で眺め、黒い翼の下に立ってみたかった。中国兵たちが死ぬまで働かされることはわかっていた。この飢えた男たちは、自身の骨を並べて日本の爆撃機を——自分たちの上に着陸する爆撃機を迎えるカーペットを敷いているところなのだ。死んだあとは、石灰まみれの長靴《ちょうか》をはいた軍曹たちがモーゼルを手に待機している、あの穴に投げ込まれる。そして、僕もベイシーもランサム医師も同じように、石の絨毯を敷き終わったあとで、あの穴に行くことになる。

輸送機の機体から最後の陽光が消えていった。だが、夜の闇に漂うエンジンの臭いは嗅ぎ取れた。ジムはオイルと冷却剤の臭いを胸いっぱいに吸い込んだ。周囲の物音はすでに意識から切り離されつつあった。中国兵の白い体も、骨の滑走路も、そして、ジムを指差し、穴の横の軍曹たちに向けて叫んでいる飛行服姿の若いパイロットの姿も、もはや視界の中にはなかった。母と父が無事でいること、死んでいることを願い、ブレザーの土埃を払うと、ジムは輸送機に向けて走り出した。あの翼のシェルターに包み込んでもらいたい——ジムの頭の中にはただ、その思いだけしかなかった。

第二部

20　龍華《ロンホア》キャンプ

低い音を立てるワイヤフェンスに沿って移動する何人かの声がハープの強調音のように響いてきた。ジムは境界フェンスから十五メートル離れた深い草の中のキジ罠の横に這いつくばり、一時間ごとにキャンプ内をパトロールする衛兵たちの苛立った話し声に耳をすませた。アメリカ軍の空襲が毎日のことになってからというもの、日本兵が小銃を肩にかけたままで歩くことはなくなった。両手で長い銃身を握りしめ、神経を尖らせつづけている衛兵たちが、フェンスの外にいるジムを目にしたなら、何も考えず即座に発砲してくるのはまず間違いなかった。

ジムはキジ罠の網ごしに衛兵たちの動きを追った。キャンプに忍び込もうとした中国人のクーリーが撃たれたのはつい昨日のことだ。ジムは衛兵たちの中に木村二等兵がいるのを確認した。骨太な木村二等兵は農家出身の若者で、その体はキャンプで過ごしてきたこの年月の間にジムと同じように成長し、盛り上がった背中は色あせた上着に収まりきらなくなって、今ではあちこちが破れた軍服を弾薬帯がかろうじてつなぎとめているという状態になっていた。

戦局は刻々と変化し、日本軍はついに不利な状況へと追い込まれるに至ったが、それ以前には、木村二等兵はよく、ほかの三人の衛兵も一緒に暮らしているバンガロー小屋にジムを誘い、剣道の武具を着けさせてくれたものだった。彼らが金属と革でできた装具を着せてくれる際の一連の込み入った儀式的な手順は今でもまだよく憶えている。面と肩当てにこもった熟しすぎた果物のような臭いと、木村二等兵が両手で竹刀《しない》を構えて襲いかかってくる際の驚異的な瞬発力がまざまざと蘇ってきた。旋風さながらに繰り出される連打はジムに反撃する余地も与えずに面に打ち込まれた。この凄まじい打撃をくらったあとは、数日間、文字どおり頭がガンガンと鳴っていた。男子専用宿舎のE棟で寝込んでしまった時、いつものように指示を出そうとしたベイシーはジムが目を覚ますまで大声で怒鳴りつづけなければならず、ランサム医師はキャンプの病院にジムを呼び出して耳を細かく検査した。

あの時の木村二等兵の強烈な腕力と目の速さを思い出し、ジムは罠の影の丈高い草の中に腹這いになったまま、じっと動かずにいた。今日ばかりは鳥が網にかかっていなくてよかったと思った。二人の衛兵が足を止め、キャンプの北東部の境界フェンスの外にある遺棄された一群のビルに目を凝らしていた。ビル群のすぐそばのキャンプの敷地内にはかつての集会ホールの廃墟があり、屋根がなくなった結果、カーブを描く最上階のバルコニー席がその破壊された姿を空の下にさらけ出していた。キャンプが設置されているのは、一九三七年に龍《ロン》華《ホア》飛行場一帯で繰り広げられた戦闘の際に徹底的な爆撃を受け、その後、日本軍に接収された寄宿制の師範学校の敷地だった。飛行場に最も近い損傷の激しかったいくつかの建物はキャンプには組み入れられなかった。ジムが今いるのはそこ――破壊された複数の宿舎棟の間の雑草の生い茂った四角い中庭で、ジムはここにキジ罠を仕かけていた。その日、朝の点呼が終わったあとで、ジムはフェンスをすり抜けて、敷地の外、飛行場の外縁部にある忘れられたトーチカを囲むイラクサの土手に出た。トーチカの階段に靴を置き、裸足《はだし》で浅い用水路を渡ると、這いつくばって破壊された建物の間の深い草の中を進み、罠のところまでやってきた。

最初の罠を設置したのは境界フェンスからわずか一メートルのところだった。それでも、初めて有刺鉄線の間から這い出した時には、この一メートルがとんでもない距離に思え、振り返って安全なキャンプの世界を眺めた時――粗末な小屋の群れと給水塔を、衛兵所と宿舎棟を眺めた時、そのすべてから永遠に追放されてしまったような不安感に包まれたものだった。いつもキャンプじゅうをうろつきまわり、頭の中に浮かんだ新しいアイデアを追いかけつづけているジムを、ランサム医師はよく〝フリースピリット〟と呼んでいたが、この瓦礫と化した建物の間の深い草の中にいる時には常に、馴染みのない重力の重みを感じずにはいられなかった。

それでも、今回ばかりはその重力を最大限に活用して、ジムは罠の陰にべったりと這いつくばったままでいた。飛行場から飛行機が一機離陸し、フランス租界のアパルトマン群の黄色いファサードにそのシルエットをくっきりと映し出したが、その姿を追うことはしなかった。木村二等兵の横にいる衛兵が集会ホールのバルコニーで遊んでいる子供たちに向けて大声で怒鳴った。木村二等兵はフェンスのそばに戻ってきて、用水路の水面と野生のサトウキビの茂みに目を走らせた。この一年、食糧配給は極度に減っていて、衛兵たちもイギリスやアメリカの収容者たちとほとんど変わらない量しか口にできなかった。木村二等兵の腕からは青年期の脂肪がすべて失われ、最近、結核にかかったこともあって、逞しかった顔も今はむくんだクーリーのようになっていた。ランサム医師は繰り返し、ジムに、木村二等兵の剣道着は絶対に着ないようにと忠告した。ジムはまだ十四歳だったが、今なら、木村二等兵との打ち合いも一方的なものにはならないはずだった。小銃さえなければ、いつでも挑戦したいところなのだが……。

草の陰に潜んでいる脅威を察知したかのように、木村二等兵は仲間に向かって声をかけ、小銃を松材の杭に立てかけると、ワイヤの間をすり抜けて深いイラクサの茂みに踏み込んだ。浅い水路からハエの群れが飛び立って口に止まったが、二等兵は振り払おうともせずに、キジ罠の横のジムと自分とを隔てる細い水の流れをじっと見つめた。

泥の上に残った足跡が見つかるんじゃないだろうか？　ジムは四つん這いのままそろそろと罠から離れていった。体は密集した草の下にあるから、目に止まることはない。木村二等兵は獲物と組み合う準備をしているかのようにボロボロの上着に包まれた腕をぐるぐると回し、大股にイラクサの中を進んできた。走って逃げるだけなら二等兵を振りきれる自信はある。だが、もうひとりの衛兵の小銃の銃弾はそういうわけはいかない。キジ罠はベイシーのアイデアだと説明したら納得してもらえないだろうか？　事実、木の葉や小枝で入念にカモフラージュした罠を作ろうと提案したのはベイシーだったし、一日に二回、ジムにワイヤフエンスをくぐり抜けて罠のところに行くようにさせたのもベイシーだった。実のところ、これまでにキジを捕まえたことはおろか、鳥の姿を見かけたこともなかったが、ベイシーにはそんなことは関係ないらしかった。いや、ベイシーのことは言わないほうがいい。ベイシーはジムにとって、ささやかながら配給以外の食べ物をもらえる確かな供給源になっていた。ベイシーがキャンプ内の秘密のラジオについて何か知っていると木村二等兵に教えることもできるけれど、そんなことをしたら余分の食べ物はいっさいもらえなくなる。

ジムが一番心配しているのは、木村二等兵に殴られたら絶対に殴り返すだろうということだった。同じ歳頃の少年はジムに触ろうともしなかったし、去年、配給食糧が極端に少なくなってからは、大人でも手を出す者はほとんどいなくなった。でも、今、木村二等兵を殴り返したら、僕は絶対に死ぬ。

ジムは自分を落ち着かせ、立ち上がって降伏するのに一番いいタイミングを測った。木村二等兵にお辞儀をして、感情はいっさい表に出さず、あとは、これまで何百時間も衛兵所の近くをぶらつきながら過ごしてきたこと――これはベイシーがそうするように言ったからだったが――が、自分に有利に働くことを願うしかない。以前、ジムは木村二等兵に英語を教えたことがあった。だが、戦争に負けつつあるのがはっきりしてからは、木村二等兵は英語を学ぶことに興味を示さなくなった。

ジムは、木村二等兵が土手を登ってこちらに向かってくるのを待っていた。だが、二等兵は水路の真ん中で立ち止まった。その手にキラキラと輝く黒い物があった。キャンプ内のクリークや池や使われなくなった井戸は、一九三七年の激戦の際に遺棄された錆びついた武器や不発弾の一大武器庫になっている。ジムは草の間から、木村二等兵の手にある尖った円筒形の物体を見つめ、潮の満ち引きに応じて上下する水路の流れが、泥の中から昔の大砲か迫撃砲の砲弾を洗い出したのだろうと思った。

木村二等兵がフェンスの前にいる衛兵に何事か叫んだ。顔にたかるハエを払いのけ、手にした物に向かって赤ん坊をあやしているかのように話しかけると、手を頭の後ろに振りかぶって手榴弾を投げる態勢を取った。ジムは爆発の瞬間を待ち受けた。が、その時、木村二等兵がつかんでいるのが、甲羅から首を突き出した大きな亀だということに気づいた。二等兵が嬉しそうに大声で笑い出した。肺病を病んだ顔が少年のように見え、ジムに、戦争前の自分がそうであったように、木村二等兵もかつては子供だったのだということを思い起こさせた。

衛兵たちは練兵場を横切って、営舎小屋の間に干されたボロボロの洗濯物の奥に消えていった。ジムは湿った洞窟のようなトーチカからそっと踏み出した。ランサム医師にもらった革のゴルフシューズをはいて、ワイヤフェンスをすり抜け、キャンプ内に戻った。その手には、木村二等兵が放り投げた亀があった。この年寄り亀の肉は少なくとも五百グラムはある。ベイシーが亀の特別なレシピを知っているのはほぼ間違いない。ベイシーが生きたイモムシを使って甲羅の奥から亀を誘い出し、頭の天辺からジャックナイフを突き通す場面がまざまざと浮かんだ。

目の前に広がる龍華《ロンホア》キャンプ——この三年間のジムの家にして全宇宙、二千人近い連合国籍の人間たちで窒息しそうな収容所。みすぼらしい営舎小屋とセメント造りの宿舎棟、くたびれた練兵場と傾きかけた監視塔を備えた衛兵所が六月の陽を浴びて建ち並び、黄浦江ぞいに生息するすべてのハエと蚊が集結する場所だ。だが、いったんワイヤフェンスの内側に足を踏み入れると、まわりの空気がすっと落ち着くのが感じられた。ジムは、骨の突き出した肩から、あちこちが破けたシャツを小屋の間に干されたボロボロの洗濯物のように翻《ひるがえ》しながら、簡易舗装された細道を駆けていった。

この長い年月、キャンプ内を休むことなく歩きまわっていたおかげで、今では石のひとつひとつ、雑草の一本一本までが頭に入っていた。細道の脇にある竹の棒に留めつけられた色あせた看板——ペンキで〝リージェント・ストリート〟と雑に書かれている——は無視した。キャンプ内の主要な通路には、ほかにも〝ピカデリー〟だの〝ナイツブリッジ〟だの〝ペチコート・レーン〟だのと記された同じような看板があるが、ジムはそれらもすべて無視していた。これら想像の中のロンドンの遺物——上海生まれのイギリス人の多くはロンドンを見たこともない——は、ジムの興味をそそりはしたものの、同時にどこかうんざりさせられるものでもあった。キャンプにいる年配のイギリス人の家族たちは、暇さえあれば戦争前のロンドンの話をし、特別な排他意識を露骨に見せつけていた。以前、ランサム医師に暗記させられた詩にこんな一節があった。「永遠にイングランドなる異国の大地……」だけど、ここは龍華《ロンホア》だ。イギリスじゃない。あちこちが腐りかけた営舎小屋の間の下水で汚れたキャンプの通路に、ぼんやりとしか憶えていないロンドンの通りの名をつけることで、大多数のイギリス人収容者がキャンプの現実を意識から閉め出し、本来なら、ランサム医師がやっているトイレの浄化槽の掃除に加わるべきところを、どっかり座り込んだままで手伝おうともしない口実に使うようになってしまった。念のために言っておけば、ジムの見る限り、キャンプにいるアメリカ人やオランダ人やベルギー人には、ノスタルジーにふけって時間を無駄にするような者はひとりもいない。龍華《ロンホア》での三年間で、ジムがイギリス人を高く評価するようになることはいっさいなかった。

それでもなお、看板に記されたロンドンの通りの名前はジムの心を強くとらえた。ジムがキャンプで発見したもののひとつが名前の魔法だった。〝ローズ〟って、〝サーペンタイン〟って、〝トロカデロ〟って、いったい何なんだろう? キャンプには本や雑誌はほとんどなく、聞いたことのない商品名はどれも遠い星々からのメッセージのようなミステリーに満ちていた。ベイシーによれば――ベイシーの言うことはいつだって正しい――龍華《ロンホア》飛行場に機銃掃射をかけている、腹面にラジエーターを備えたアメリカの戦闘機はマスタングと呼ばれているらしい。マスタングとは北米の野生の小型馬の名前だそうだ。ジムはこの名前をじっくりと味わった。あの飛行機がマスタングだと知ることは、ジムにとって、ベイシーが秘密のラジオを持っているという噂が本当かどうかを確認することよりもはるかに重要だった。ジムは名前に飢えていた。

ジムはすり減った細道でつまずいて転んだ。もらったばかりのゴルフシューズはまだうまくコントロールできなかった。このところ、四六時中、目まいがするようになっていて、ランサム医師からは走らないようにと注意されていたのだが、アメリカ軍の空襲と間近に迫った終戦への期待に、悠長に歩いている気にはとうていなれなかった。亀を逃さないように注意して左の膝をさすり、片足でぴょんぴょん跳ねながら簡易舗装の道を横切ると、放棄された水飲み場の階段に座り込んだ。以前にはここで収容者たちがキャンプの池から汲んできた黒ずんだ水を沸かしていた。倉庫には今も少量の炭が保管されているが、火起こし作業を担当していた六人のイギリス人はとうに関心を失っていた。ランサム医師が警告したにもかかわらず、彼らは、湯を沸かす手間よりも慢性の赤痢にかかるほうを選んだのだ。

すりむいた膝をさすっていたジムは、この水沸かし担当グループのメンバーが間近の営舎小屋の前に座り、まるで十分以内に戦争が終わるとでも思っているかのようにじっと空を見つめているのに気づいた。マルヴァニー氏がいた。上海電力公司の元会計士で、以前にはよくアマースト・アベニューの家に来てプールで泳いでいたものだ。マルヴァニー氏の隣にいるのはメソジスト派の宣教師のピアス牧師――日本語を話すピアス夫人は公然と日本軍に協力していて、収容者たちのその日その日の行動を衛兵に報告している。

このことでピアス夫人を非難する者は誰もいない。実のところ、キャンプの収容者の大半が、日本軍に協力することに異常なまでの熱意を示している。これにはどこか賛同できないものを感じていたジムだったが、生き延びるためなら何でもやるという姿勢が賢明なのは認めていた。キャンプで三年間過ごしてきた今、愛国心という考えはまったく意味をなさなかった。最も勇気ある収容者とは——敵への協力はリスクをはらんだ行為だ——日本軍の歓心を買うことでささやかな余剰食糧と絆創膏を手に入れ、それを供給することによって仲間の収容者を助ける者たちなのだ。加えて、ここでは、道義心に反するような裏切り行為というものはなきに等しかった。龍華《ロンホア》には、逃亡しようなどと考える者はひとりもいない。ワイヤフェンスから忍び出そうとする愚か者がいれば、誰もが正々堂々と——自分たちに報復が来るのを恐れて——日本軍に報告する。

水沸かし担当の男たちは、木のサンダルを階段にこすりつけながら、太陽のほうを見つめていた。手を動かすのは肋骨《ろっこつ》の間からダニをつつき出す時だけだった。痩せ衰えているとはいえ、彼らの飢餓のプロセスはなぜか骨格から皮膚一枚のところで止まっていた。ジムはマルヴァニー氏とピアス牧師が羨ましかった。ジムの体は今も成長しつづけている。ランサム医師が教えてくれた計算をしてみたところ、キャンプに供給される食糧が少なくなっていく度合いは収容者が死んでいくペースよりもはるかに速いことが、これ以上はないほどにはっきりとわかった。

練兵場の真ん中の焼けついた地面で十二歳の少年たちのグループがビー玉で遊んでいた。亀を見た少年たちはいっせいにジムに駆け寄ってきた。みんな、綿を細く引き伸ばした紐の先にトンボをくくりつけて操っていた。彼らの頭の上で前に後ろに飛ぶトンボの胴体が陽光を受けて青い炎となってきらめいた。

「ジム！　触っていい？」

「それ、何？」

「木村二等兵がくれたの？」

　ジムは穏やかな笑みを浮かべた。「爆弾さ」と言って亀を差し出し、鷹揚に全員がじっくりと亀を見るのを許した。二歳の歳の差があるとはいえ、この少年たちの何人かは、龍華《ロンホア》に来た当初は仲のいい友達だった。当時のジムには見つけられる限りの盟友が必要だったからだが、やがてジムは彼らより成長し、新たな友人を作った。ランサム医師、ベイシー、そしてE棟のアメリカ人の船乗りたち――彼らが持っていた戦前のリーダーズダイジェストやポピュラーメカニックスを、ジムはむさぼり読んだ。時々は、自分の失われた少年時代を取り戻すかのように子供らしい遊びの世界に加わり、ビー玉や石蹴りをやった。

「死んでるの？　うわ、動いてる！」

「血が出てるよ！」

　ジムは膝の血を亀の頭になすりつけて派手な状況を作り出していた。

「ジムが殺したんだ！」

　少年たちの中で一番大柄なリチャード・ピアスが亀に触ろうと手を伸ばした。ジムはその手の下からさっと亀を引き戻した。ジムはリチャード・ピアスが嫌いで、ほんの少し恐れてもいた。リチャードの身長はジムとほとんど変わらなかった。母親がリチャードに日本軍からせしめた余分の食糧を食べさせているのが羨ましかった。食べ物に加えて、ピアス一家は没収本のささやかな蔵書も持っている。一家は警戒心もあらわに、それらの本を厳重にガードしていて、決して誰にも読ませようとしない。

「血の絆《きずな》だ」ジムは重々しく言った。亀は本来、海に帰属する生き物だ。キャンプの東一キロあまりのところに見える、あの広々とした川に。かつてジムは、戦争のない安全な世界に向けて揚子江の支流であるその川を両親とともに下っていくことを夢見ていた。

「気をつけろ……」ジムはリチャードによけろと手を振った。「こいつには、襲いかかるように訓練してあるんだ！」

少年たちがいっせいに後ずさった。ジムのユーモアが少年たちを不安にさせることが何度もあった。自分を抑えようとはしていたものの、ジムは少年たちの服に腹立ちを覚えていた。母親が繕《つくろ》った古着だとはいえ、どれもジムのボロボロの服よりずっといいものばかりだった。それ以上に、彼らに母親と父親がいることがどうしようもなく腹立たしくてならなかった。この一年の間に、ジムは、両親がどんな顔をしていたかもはや思い出せなくなっていることに少しずつ気づかされていった。今でも、ベールをかぶったような母と父の姿は夢に出てくるが、二人の顔は完全に忘れてしまっていた。

21 自分だけの空間

「ジム……！」

木のサンダルとボロボロの半ズボンをはいただけで、ほとんど裸といっていい男性がG棟の入口の階段から呼びかけてきた。男性は、鉄の車輪のついた木のカートの把手を両手で握りしめていた。カートには何も載っていなかったが、その両腕は、握りしめた把手に、今にも付け根の関節からもぎ取られてしまいそうで、コンクリートの階段に座っている色あせたフロック姿のイギリス人女性たちのほうに体を向けて話しかけた時には、肩甲骨が背中から外れてそのまま有刺鉄線の向こうに飛んでいってしまうのではないかと思えたほどだった。

「ここだよ、ミスター・マクステッド！」ジムはリチャード・ピアスを押しのけ、簡易舗装の通路を宿舎棟に向かって走っていった。配給食を運ぶカートが空《から》っぽなのを見て、マクステッド氏が今日の配給をもらいそこなったのかもしれないという思いが浮かんだ。たった一日でも食べ物なしで過ごすことへの恐怖はあまりに強く、もし本当にそうだったらマクステッド氏を徹底的にやっつけてやると決めた。

「どこに行ってたんだ、ジム。君がいないと、食べるものの味も変わってしまう」マクステッド氏はジムのゴルフシューズにちらりと目をやった。穴飾りの施された頑丈な靴は、自立した意思を持っているかのように、カカシさながらのジムを駆り立て、キャンプ内を休みなく走りまわらせていた。マクステッド氏は女性たちにこう言った。「われらがジムは日がな十九番ホールで過ごしているんだよ」

「僕、約束したよ、ミスター・マクステッド。いつだってちゃんと時間どおりに来るって……」G棟の入口に着いたところで、いったん足を止めなければならなかった。深呼吸をし、目まいが治まると再び駆け出した。亀を手に階段を駆け上がってロビーに飛び込み、そこで方向を変えて、会話の途中で何を話しているかわからなくなって幽霊のように立ちつくしている二人の老人の間を走り抜けた。

廊下の両側には、それぞれ四つの寝台がある小部屋が並んでいた。キャンプ生活が始まって初めての冬、断熱されていない営舎小屋で大勢の子供が死に、子供がいる家族は、かつての寄宿制学校の宿舎棟に移った。暖房はなかったが、セメントの壁で仕切られた部屋の室温は氷点下になることはなかった。

ジムは、六歳の息子がいる若いイギリス人夫婦――ヴィンセント夫妻と部屋を共有することになった。それから二年半の間、ジムは、ヴィンセント一家とわずか数十センチしか離れていないところで過ごしてきたが、一家のスペースとジムの居住空間は、これ以上は考えられないほど徹底的に隔てられていた。ジムが移ってきた日、ヴィンセント夫人はジムに割り当てられた四分の一の空間を古いシーツで囲ってしまっていた。だが、ジムがこの部屋に来たことに対する夫人とその夫――上海証券取引所の元仲買人――の憤懣《ふんまん》が治まることはなく、夫妻は日を重ねるごとにジムの空間の囲いをどんどん強化していった。すり切れたショールやペチコートやダンボール箱の蓋が次々と吊り下げられていった結果、ジムの居住空間は、上海の乞食たちの間に自然発生的に生まれた住居のようなミニチュアの掘っ立て小屋の様相を呈するに至った。

ヴィンセント夫妻はジムをその狭い空間に追い込むだけでは満足せず、繰り返し侵略を試みて、シーツを下げている釘や吊り紐の位置を移動させていった。これに対して自身の空間を防衛する行動に出たジムは、まず釘を曲げていき、結果、ヴィンセント夫妻が震え上がったことに、ある夜、二人が服を脱いでいる最中に構造物の全体が倒壊した。次いで、物差しを使って正確に四分の一の位置を測り、壁に鉛筆で境界線を引いた。ヴィンセント夫妻は即座に、彼ら独自の計測方式によるマークを上書きしてジムが引いた線を無効にするという対抗措置を取った。

ジムはこのすべてに冷静に対処した。これほどまでのことをされても、なぜかヴィンセント夫人——ブロンドの髪はほつれていても、なお美しい女性——に対する好意が消えることはなかった。一方、夫人のほうはいつも神経を張り詰めていて、ジムを気遣うような態度はかけらも示さず、たとえジムが寝台に横になったまま餓死しかけても何かしら儀礼的な口実を見つけ出してジムに手を貸すことはいっさいしないと思われた。龍華《ロンホア》での最初の一年の間、親のいない子供は、誰かの召使として使われる覚悟を決めない限り、完全に無視された。ただひとり、ジムだけがその状況を拒否し、ヴィンセント氏のために働くことはいっさいしなかった。

ジムが部屋に走り込んでいった時、ヴィンセント夫人は藁《わら》のマットに座り、青白い両手を置き忘れられた手袋のように膝の上に折り重ねて、息子の寝台の上部の漆喰《しっくい》の壁をじっと見つめていた。あたかもスクリーンに投影された目に見えない映画を見ているかのようだった。

ジムは、夫人がこんなふうに幻影の映像を見て過ごしている時間があまりに長いことを心配し、囲いの隙間から覗き見ながら、いったい何を見ているのだろうと考えたものだった。たぶん、結婚前のイギリスでの自分を撮ったホームムービー、太陽に照らされた芝生に座っている自分の姿。イギリスでは国じゅうを芝生が覆っているみたいだ。バトル・オブ・ブリテンの時には、きっと、あの芝生が飛行機の緊急着陸場になったんだろう。上海で観察していて気づいたところでは、ドイツ人は太陽に照らされた芝生にはそんなに執着していない。もしかしたら、これが、ドイツ人がバトル・オブ・ブリテンで負けた原因なんじゃないだろうか？ ジムの頭の中では、ランサム医師でさえ途中でうんざりし、解きほぐすのを諦めるほどに、どうしようもなく絡まり合った無数の考えが渦巻いていた。

「遅いわよ、ジム」ヴィンセント夫人が非難の色を込めて言った。その目はジムのゴルフシューズに向けられていた。ほかの人たちもすべてそうだったが、夫人もまた、この威圧的な存在には抵抗できなかった。ジムは早くも、このゴルフシューズが自分に特別な権威を与えてくれていると感じていた。「G棟の全員があなたを待っているわ」

「ベイシーのところで最新の戦争のニュースを聞いてたんだ。ミセス・ヴィンセント、十九番ホールって何のこと？」

「ベイシーのために働いてはだめ。あのアメリカ人たちがあなたにやれということときたらどれもこれも……前から言ってるでしょう、私たちのことが最優先だって」

「G棟が最優先だよ、ミセス・ヴィンセント」ジムは本気でそう思っていた。頭を下げてフラップの下をくぐり、自分の空間に入ると、ほっと息をついて、亀をシャツの中に入れたまま寝台に寝転がった。亀はかまってやる必要はなさそうだったので、新しい靴に注意を向けた。つやつやした先革、輝く飾り鋲《びょう》――戦争以前の世界がそのままに残されたもの。これなら何時間でも眺めていられる。ヴィンセント夫人と夫人が見ている映像みたいに。ひとり楽しげに笑いながら、ジムはごろりと仰向けになった。仕切りの合間から射し込んでくる夏の陽光が古いシーツに点々と散った奇妙な形の染みをくっきりと浮かび上がらせた。それを眺めていると、空中戦と飛行隊のシーンが、砲艦ペトレルが沈んでいく光景が、さらにはアマースト・アベニューの家の庭までが浮かんできた。

「ジム、給食の時間だ……！」窓の下の階段から誰かが呼びかける声がした。だが、ジムは寝台に横になったまま動かなかった。調理場までは長い距離をカートを引っ張っていかなければならない。それに、早く行っても何の意味もない。五月のヨーロッパでの連合国戦勝記念日を日本軍は日本軍なりの形で祝い、すでに乏しくなっていた食糧の配給量を半分に減らした。調理場に最初に到着した者は、あとから来た者より少ない割り当てしかもらえないことが多い。調理人たちには、その時点では、何人の収容者が死んだのか、食事を受け取りに来られないほど具合が悪い者がどれくらいいるのか、わからないからだ。

さらに言えば、ジムには食事を運ぶ手伝いをする義務などまったくなかった。その点ではマクステッド氏も同じだった。だが、仲間の収容者たちの手助けをする気のある者は実際にそうするということ、そして、それが、やる気のない者たちが果てしない文句を言い立てるのをやめさせるのにはまったく役に立たないことに、ジムは気づいていた。文句を言うのはイギリス人が一番得意とするところだった。オランダ人やアメリカ人は、そんなことは絶対にしない。でも――と、ジムは、どこか残忍な喜びを覚えながら思った――みんなそのうち、文句も言えないほどに弱ってしまうに決まってる。

ジムはゴルフシューズを見つめ、木村二等兵の口に浮かんでいた子供っぽいを笑みを意識的に真似てみた。木の寝台だけでいっぱいのこのミニチュアの小宇宙にいる時が一番幸せだった。壁には、ベイシーがくれた古いライフから切り取った写真が何枚か留めつけてある。スピットファイアのかたわらでアームチェアに座ったバトル・オブ・ブリテンの時のパイロットたち、撃墜されたハインケル戦闘機、火の海に浮かぶ戦艦さながらのセントポール寺院。そして、その横にはパッカード社のカラーの全ページ広告――ジムの目には、それは龍華《ロンホア》飛行場を機銃掃射する戦闘機マスタングと同じくらい美しく見えた。アメリカ人は一年ごとにマスタングの新型モデルを出すんだろうか？　それとも一カ月ごと？　たぶん今日の午後も空襲があるだろうから、その時にマスタングとB-29スーパーフォートレスの最新のデザインチェンジを確認できる。ジムは今日の空襲が待ち遠しくてならなかった。

パッカードの広告の横にもう一枚、一九四〇年にバッキンガム宮殿の門の前に集まった大群衆の大きな写真の一部を切り取ったものがあった。そこに映っていた腕を組んで立っている男性と女性のぼやけた姿が母と父を思い起こさせたからだった。すでに空襲で死んでしまっているかもしれないこの見知らぬイギリス人カップルは、今ではジムにとって母と父に等しい存在になっていた。二人がまったくの他人であるのはわかっていたが、ジムは、彼らが母と父なのだという〝ふり〟を続けた。そうすることで、今度は、母と父の失われた記憶を保ちつづけることができた。失われた記憶――戦争前の世界、アマースト・アベニューでの子供時代、大聖堂学校のクラス……ヴィンセント夫人が寝台から見つめている、あの目に見えない映像と同じ領域に属するもの。

ジムは亀をマットの上に置き、好きなように這いまわらせた。亀を持って歩けば、木村二等兵か衛兵の誰かに、キャンプから抜け出したことに気づかれるかもしれない。戦争が終わりに近づいた今、日本兵たちは、イギリス人とアメリカ人の収容者が絶えず脱走しようとしていると思い込んでいた。だが、実際には、脱走などという考えは収容者には思い浮かびもしないことだった。一九四三年に、上海の中立国の友人たちに匿《かくま》ってもらうのを期待して何人かのイギリス人が脱走したことがあるが、すぐに情報提供者の大群に発見されてしまった。一九四四年の夏には、複数のアメリカ人グループが脱走し、千五百キロ西の国民政府の首都重慶《チョンチン》を目指したが、この時には報復を恐れた村人たちによって全員が日本軍に引き渡され、処刑された。以来、脱走の試みは完全に絶えている。一九四五年六月の現在、龍華《ロンホア》の周辺は追いはぎと飢えた村人と傀儡軍の脱走兵たちがうろつきまわる恐るべき危険地帯になっており、そんな中で唯一安全を提供してくれるのがキャンプであり日本の衛兵たちなのだった。

ジムは人差し指で年老いた亀の頭を撫でた。食べるのはかわいそうな気がした。その頑強な甲羅が――世界に対抗する自分だけの要塞が羨ましかった。ジムは寝台の下から木箱を引っ張り出した。ランサム医師に手伝ってもらい、板を釘で打ちつけて作ったものだ。中にはジムの全所持品が入っていた。木村二等兵がくれた日本の帽章、尖った鋲を打ち出した鉄の喧嘩独楽《ごま》が三つ、チェスのセットとランサム医師に無期限貸与されているケネディの『ラテン語入門』、大聖堂学校のブレザー――丁寧にたたまれた子供時代の自分のメモリー――、そして、この三年間ではきつぶした木のサンダルが一足。

ジムは亀を箱に入れ、ブレザーで覆った。仕切りのフラップを上げると、ヴィンセント夫人がジムの一挙一動を見つめた。夫人はジムをナンバー2クーリーのように扱った。自分がこれを許容していることを、ジムははっきりと意識していたが、理由はわからなかった。G棟の男性と年長の少年たちの全員がそうであるように、ジムもヴィンセント夫人に惹かれていた。とはいえ、ジムの心をとらえたのは、ほかの男性たちとは異なるところにあった。漆喰の壁をいつまでも見つめていること、自分の息子に対してさえ無関心であること――赤痢にかかった息子に食事を与えたり服を着替えさせたりする時も、彼女が息子に目を向けるのは数分程度でしかなかった――こうしたことは、ジムにとって、ヴィンセント夫人が永遠にキャンプとは隔絶した場にいることを、衛兵や空腹やジムが日々待ち焦がれているアメリカ軍の空襲を超えた世界にいることを示していた。ジムはヴィンセント夫人に触ってみたいと思った。思春期の欲望からではなく、純然たる好奇心ゆえに。

「僕の寝台を使ってもいいよ、ミセス・ヴィンセント、眠りたいのなら」

ジムは夫人の肩に手を伸ばした。夫人はその手を邪険に押しのけた。彼方を見つめているような目は、時に、驚くほど鋭く焦点を結ぶことがあった。

「マクステッドさんがまだ待っているわ。ジム、あなた、とっくに小屋に戻っていてもいいのに……」

「戻るもんか」ジムは唸り声を上げるふりをした。絶対に戻るもんか。部屋を出ていきながら、ジムは頭の中で猛々《たけだけ》しく繰り返した。営舎小屋は寒く、戦争が一九四五年の冬以降まで持ち越したなら、あの凍りつく小屋でさらにたくさんの人が死ぬだろう。でも、ミセス・ヴィンセントのためには、僕が小屋に戻ったほうがいいのかもしれない……。

22　人生の学校

キャンプじゅうにカートの鉄輪のきしむ音が響きわたった。営舎小屋の窓辺で、宿舎棟の階段で、収容者たちがいっせいに背筋を伸ばし、数分間、食べ物のことを思い出して気持ちを高ぶらせた。

G棟のロビーを出たジムは、マクステッド氏がなおもカートの把手を握りしめたままでいるのに気づいた。二十分早く把手を持ち上げたマクステッド氏は、そのまま判断力をすっかり使いはたしてしまったようだった。かつてジムにとって上海の一番素晴らしいと思える部分を体現していた元建築家・実業家は、悲しいことに、龍華《ロンホア》での歳月によってその輝きを完全に失ってしまっていた。ここに来た当初は、マクステッド氏がいることを知って喜んだジムだったが、今では、彼がどれほど変わってしまったかを否応なく認めざるをえなかった。マクステッド氏の目は永遠に日本兵が投げ捨てた煙草の吸い殻に向けられている。だが、それを素早く拾ってこられるのはジムしかいないのだ。この現実にジムは苛立ったが、それでも、いつかマクステッド氏のようになりたいと思っていた子供時代の夢へのノスタルジーから、彼をサポートしつづけた。

スチュードベイカーも午後のカジノの若い娘たちも、マクステッド氏にキャンプの世界に対する心構えを与えるには程遠いものだった。ジムはマクステッド氏に代わってカートの把手を握り、こんなふうに思った。僕が来なかったら、この人はいったいいつまで、この下水で汚れた細道に立っているだろう? たぶん一日じゅう——決して手伝いを申し出ることなく階段に座っているいつものイギリス人グループに見張られながら、疲れはてて倒れてしまうまで。階段に座り込んでいるボロボロの服を着た半裸の男たちは練兵場をじっと見つめていて、頭上を飛んでいく日本の戦闘機にさえ関心を向けることはない。何組かの夫婦が金属の皿を手に早くも列を作っていた。ジムが現われたらいつも反射的に示す行動だった。

「やっと来た……」

「……あの子ときたら……」

「……好き勝手に走りまわっていて……」

こんなつぶやきに、マクステッド氏の顔に優しげな笑みが浮かんだ。「ジム、カントリークラブには入れてもらえそうにないな。まあ気にするな」

「気になんかしてないよ」マクステッド氏がよろめき、ジムは氏の腕をつかんだ。「大丈夫？　ミスター・マクステッド」

ジムは階段に座っている男たちに向けて手を振ったが、誰も動かなかった。マクステッド氏はどうにか真っ直ぐに立った。「行こう、ジム。働く者がいれば、見ているだけの者もいる。それだけのことだ」

昨年までは三人目の運び手がいた。南京路《ナンキン・ロード》のビュイック代理店のオーナーだったケアリー氏だ。だが、ケアリー氏は六週間前にマラリアで死に、その時から、配給はカートを運ぶのに必要な人間が二人しかいない場合の規定量に減らされた。

ジムは新しい靴に駆り立てられるままに勢いよく簡易舗装の道を進んでいった。石炭殻の路面にこすれるカートの鉄輪から火花が散った。マクステッド氏はジムの肩をつかみ、息を切らしながらも遅れをとるまいと必死になっていた。

「スローダウンしてくれ、ジム。戦争が終わる前には間違いなく着けるから」

「戦争はいつ終わるの？　ミスター・マクステッド」

「ジム……本当に戦争は終わりかけているのか？　来年——一九四六年か？　君にはわかっているんだろう？　ベイシーのラジオを聞いているんだから」

「僕はラジオは聞いていない」ジムは正直に言った。ベイシーは極端に慎重で、イギリス人が秘密のリスナーのサークルに入るのを認めていない。「でも、沖縄の日本軍が降伏したのは知ってる。戦争はもうじき終わると思うよ」

「あまり早く終わってもらっても困る、ジム。我々の問題はそこから始まるかもしれないんだから。まだ木村二等兵に英語を教えているのか？」

「彼は英語の勉強に興味がないんだ」これはジムも認めざるをえなかった。「木村二等兵にとっては戦争はもう終わってるんだと思う」

「君にとっては？　ジム、君にとって戦争が本当に終わるのは、お母さんとお父さんに再会する時じゃないのか？」

「そうだね……」両親の話は、たとえマクステッド氏にであっても、したくなかった。二人はもう長い間パートナーを組んできたが、マクステッド氏はほとんど助けにならなかったし、息子のパトリックのことも一緒に上海のクラブやバーに行ったことも口にしなかった。マクステッド氏はもはや折々にプールに落ちるあの粋な人物ではなかった。母さんと父さんも変わってしまっているかもしれない――これがジムを心配させていることだった。龍華《ロンホア》に来てすぐに、両親が蘇州《スージヨウ》近郊のキャンプに抑留されているという話を聞いたが、日本軍はジムの移送を検討することさえ拒否した。

二人は練兵場を横切り、衛兵所の裏にあるキャンプの調理場に近づいていった。二十台あまりのカートと運び手たちが配膳口のまわりに集まり、人力車と車夫の群れのように押し合っていた。ざっと見当をつけたところ、二人は列の真ん中くらいになりそうだった。遅れた運搬チームが、何百人という痩せ衰えた収容者たちの視線を浴びながら、けたたましく簡易舗装の細道をやってくる。先週、食事の配給がなかった日があった。東京を壊滅させたアメリカ軍のB－29スーパーフォートレスの大空襲への報復だった。収容者たちは夕方まで調理場を見つめつづけていた。その時の静寂に、ジムは、アマースト・アベニューの家々の前にいた大勢の乞食たちを思い出して不穏な気分になり、無意識のうちに靴を脱いで病院の墓地の墓石の間に隠していた。

ジムとマクステッド氏は列に並んだ。衛兵所の前でイギリス人とベルギー人のチームがフェンスの強化作業をやっていた。二人の収容者が有刺鉄線のコイルを解き、ほかの者がそれを切断してフェンスの杭に釘で留めつけていく。何人かの日本兵も収容者たちと肩を接して働いていたが、彼らのボロボロの軍服は収容者の色あせたカーキ色の服とほとんど見分けがつかなかった。

フェンス強化の対象は、ゲートの前で野宿している三十人ほどの中国人だった。食いつめた農夫や村人や傀儡軍の脱走兵や捨てられた子供たちが道路に座り込んで、自分たちを侵入させないために強化された有刺鉄線のゲートをじっと見つめていた。こうした困窮した人々が初めて現われたのは三カ月前のことだった。自暴自棄になった何人かが夜中にワイヤを乗り越えてキャンプ内に入り込んだが、収容者たちのパトロール隊に見つかった。衛兵所での暴行を夜明けまで耐えた者たちも、日本兵に川岸に連れていかれ、棍棒で殴り殺された。

配膳口に向けて進んでいく間、ジムはずっとこの中国人の集団を見つめていた。季節はすでに夏になっていたが、農夫たちは刺子《さしこ》の冬服を着ていた。言うまでもなく、彼らが龍華《ロンホア》キャンプに入れてもらえることはない。食べ物を分けてもらえることもない。それでもなお、彼らは荒廃した大地の中のこの場所にやってくる。食べ物がある唯一の場所に引き寄せられてくる。ジムを不安にさせているのは、彼らは死ぬまでそこにいつづけるだろうということだった。マクステッド氏が言ったとおり、戦争の終結によって収容者たちが抱えている問題が終わることはない。本当に困難な事態はそこから始まるのだ。

ジムはランサム医師が心配だった。ヴィンセント夫人が、そのほかの収容者たちが心配だった。面倒を見てくれる日本兵がいなくなったら、みんなどうやって生き延びればいいんだろう？　とりわけ心配なのがマクステッド氏だ。カントリークラブをめぐるマクステッド氏の使い古されたジョークのレパートリーは、現実の世界では何の意味も持たない。それでも、マクステッド氏は少なくとも、キャンプを維持していこうと努力しつづけていた。みなが拠り所にしたのはキャンプの一体性だった。

一九四三年、戦況がまだ日本に有利に動いていた時期に、収容者たちは一体になって活動した。マクステッド氏が委員長を務めていたエンタテインメント委員会が毎夜、レクチャーとコンサートパーティを開いた。それはジムの人生で最も幸せな年だった。狭苦しい居住空間と、ヴィンセント夫人がひとり、爪で壁をたたきつづけるのにうんざりしていたジムは、毎晩レクチャーを聞いて過ごした。演題は果てしない領域に及んでいた。ピラミッドの建設、自動車の世界最速記録の変遷、ウガンダのある地区弁務官の一生（講師はインド陸軍の退役将校で、その弁務官の名にちなんだウェールズと同じくらいの大きさの湖があると語り、ジムを驚嘆させた）、第一次世界大戦時の歩兵の武器、上海路面電車公司の経営、などなど。

ジムは集会ホールの最前列に陣取ってレクチャーに聞き入った。多くのレクチャーに二度三度と参加した。龍華《ロンホア》劇団が『マクベス』と『十二夜』を上演した時には台本の一部を書き写す手伝いをし、『ペンザンスの海賊』と『陪審裁判』では舞台装置の移動を担当した。一九四四年には宣教師たちによるキャンプ学校が開かれ、ほぼ一年にわたって続けられた。こちらは夜のレクチャーに比べればはるかに退屈だったが、それでもジムは、ベイシーとランサム医師の言に従って出席した。ベイシーとランサム医師は、絶対にさぼってはならないという点で一致していたが、これは、とどまるところを知らないジムのエネルギーに、自分たちがひと息つく時間がほしいという面もあったに違いない。

しかし、一九四四年の冬、こうした活動のいっさいが終わりを告げた。アメリカの戦闘機による龍華《ロンホア》飛行場攻撃と上海の造船所群への最初の爆撃が行なわれたあと、日本軍は夜間外出禁止令を敷いた。その時からキャンプへの電力供給は完全にストップし、収容者たちは寝台に引きこもるしかなくなった。すでに不足がちだった配給はさらにカットされ、一日一食となった。アメリカの潜水艦が揚子江の河口を封鎖し、中国全土にいた膨大な陸軍部隊が海岸地域へと撤退しはじめて、日本軍は自分たちへの食糧配給もままならなくなったのだ。

中国での日本の敗北が決定的となり、本土への攻撃が差し迫った状況に、ジムの焦燥はつのっていく一方だった。脚気《かつけ》とマラリアで死んでいく収容者の数が増えていく中で、どんなに少量でも見つけられる限りの食べ物を食べた。マスタングとB－29スーパーフォートレスに敬服しきっていたジムではあったが、折々に、アメリカ軍がハワイに戻って真珠湾の戦艦を増強するだけで満足してくれないものか、そうすれば龍華《ロンホア》キャンプは再び、一九四三年からの二年間、ジムが知っていた、あの幸せな場所になれるのにと思ったりもした。

ジムとマクステッド氏が配給食を運んでG棟に戻ると、収容者たちはそれぞれの皿や飯盒《はんごう》を手に、列を作って静かに待っていた。階段に立った収容者たち――ドアノブのような肩と鳥籠のような胸をあらわにした男たちと色あせたみすぼらしいフロック姿の女たちはみな、これから死体を見せられることになっているかのように、感情をまったく表わさず、二人を見つめた。列の先頭にはピアス夫人と息子が、その後ろには日がな食べ物を探しまわっている宣教師の夫婦たちがいた。

ひき割り小麦とサツマイモを炊いた配給食の金属容器から立ち昇る湯気の中で、無数のハエが停空飛翔していた。ジムが苦しげに体をよじった。カートを力いっぱい引いていたせいではなく、シャツの中にこっそり入れておいたサツマイモの熱さに耐えられなくなったのだ。前かがみになっている限り、誰もシャツの中のイモには気がつかないだろう。顔をゆがめ、うめき声をもらしつつも、ジムは必死でパントマイムを続けた。

「うう、うう……ああ、うう……」

「龍華《ロンホア》劇団の一員になれそうだな、ジム」マクステッド氏が言った。調理場を離れる時にジムが鍋のイモをシャツの中に入れるのを見ていたマクステッド氏だったが、異を唱えることはなかった。ほとんどうずくまるような格好で宣教師たちの前でカートを放棄したジムは階段を駆け上がり、皿を手に立っていたヴィンセント夫妻の横を走り抜けた。ジムの皿も持ってくるべきだという考えが夫妻の頭に浮かんだことは一度もなく、その点ではジムも同じだった。部屋に駆け込み、仕切りのカーテンからダイブすると、湿った藁《わら》が湯気を抑えつけてくれることを願って、熱々のイモをマットの下に突っ込んだ。そして、自分の皿を引っつかみ、列の先頭に戻るべく猛ダッシュした。マクステッド氏はすでにピアス師と夫人の皿に粥をつぎおえていたが、ジムは息子のリチャードを肩で押しのけて、柄杓《ひしゃく》一杯のひき割り小麦と二個目のサツマイモを受け取った。二個目のイモは、調理場を離れてすぐに、マクステッド氏に、僕にはこれをと指定しておいたものだった。

皿を持って再び自分の寝台に戻ると、ジムはようやくリラックスした。カーテンをきっちりと閉じて仰向けになり、陽光の一片のような温かい皿を胸の上に置いた。眠気が襲ってきたが、同時に空腹のあまり目まいがしているのも事実だった。頭をはっきりさせようと、ジムは今日の午後もあるはずのアメリカ軍の空襲のことを考えた。僕はいったいどちらに勝ってほしいと思ってるんだろう？——これは重要な問いだった。

ジムは両手をサツマイモの上にかぶせた。今日は灰色のイモの芯もゆっくり味わっていられないだろうと思えるほどに空腹感がつのっていたが、それでもまだ食べることはせず、バッキンガム宮殿の前にいるカップルの写真を見つめて、母と父も余分のイモを食べていることを願った。

ヴィンセント夫妻が戻ってくると、ジムは上体を起こして、夫妻のイモを確認しようとカーテンを上げた。ジムはヴィンセント夫人が食事をしているところを見るのが好きだった。夫人の様子に目を光らせながら、ジムはひき割り小麦の粥をチェックした。白く膨れ上がった麦粒は、一緒に炊き込まれているコクゾウムシ――倉庫のゴミの中に大量発生している――とほとんど区別ができなかった。最初のうちは、キャンプの全員がコクゾウムシを皿の隅に寄せたり、つまみ出して手近の窓から捨てたりしていたが、ジムは今ではこの虫を大切に扱い、食べる前にまず選り分けて注意深く数えるようになっていた。百匹以上入っていて皿の周りに三列以上並ぶこともしばしばだったが、最近では数が減ってきていた。ランサム医師に「コクゾウムシも食べるように」と言われて、ジムはその言葉に従ったが、ほかの者はみな、いまだに洗い流していた。でも、コクゾウムシにはタンパク質がある。このことを伝えた時、マクステッド氏は、何と憂鬱な事実を知らされたことかという顔をした。

今日入っていたのは八十七匹。虫の数は配給そのものの量に比べて顕著な減少を示してはいない。ジムは八十七匹をひき割り小麦――中国北部で家畜用の飼料として栽培されているもの――の粥に戻してスプーンでかき混ぜ、六すくい分を一気に飲み込んだ。そこでひと息つくと、ヴィンセント夫人がサツマイモを食べはじめるのを待った。

「どうした、ジム?」ヴィンセント氏が言った。ジムよりも背が低い、株式仲買人にして元アマチュアジョッキーは、病気の息子の隣の寝台に座っていた。黒い髪と搾《しぼ》ったレモンのような皺だらけの黄色い顔は、ベイシーを思い起こさせるが、しかし、ベイシーとは違って、ヴィンセント氏はいつまでたっても龍華《ロンホア》と折り合いをつけることができずにいた。「戦争が終わったら、このキャンプが恋しくてたまらなくなるぞ。君がイギリスの学校に慣れることができるなんてとうてい思えないな」

「ちょっと変なのかもしれないね」ジムはそう認め、コクゾウムシを食べ終えた。自分のボロボロの服や、生きつづけるために決然としてやっていることのすべてが急に気になりはじめた。指で皿をきれいに拭うと、ベイシーのお気に入りのフレーズを思い出した。「でも、ミスター・ヴィンセント、最高の教師はやっぱり人生の学校だよ」

ヴィンセント夫人がスプーンをおろした。「ジム、食事を終わらせてもらえない？　人生の学校についての意見はもう何度も聞かせてもらっているわ」

「そうだね。でも、コクゾウムシも食べなくちゃいけないよ、ミセス・ヴィンセント」

「わかってるわ、ジム。ドクター・ランサムがそう言ったのよね」

「僕らにはタンパク質が必要なんだって言ってた」

「ドクターの言うとおりよ。私たち、コクゾウムシを全部食べなくちゃならないわ」

明るい話題にしようとして、ジムは尋ねた。「ミセス・ヴィンセントはビタミンを信じてる？」

夫人は皿を見つめ、本当にどうしようもないという口調で言った。「おかしな子……」

このはねつけもジムには応《こた》えなかった。細くなっていくブロンドの髪の、彼方にいるこの女性のすべてがジムを引きつけていた。ただ、多くの点で、彼女を信頼してはいなかった。六カ月前、ランサム医師はジムが肺炎を起こしていると診断したのだが、その時も、ヴィンセント夫人はいっさい面倒を見ようとはせず、結局、ランサム医師は毎日ジムのもとにやってきて体を拭いてやらなければならなかった。それでも、昨晩、夫人はラテン語の宿題を手伝ってくれ、動詞的中性名詞と動詞的形容詞の違いを事もなげに指摘した。

ジムは夫人がサツマイモを食べはじめるまで待った。この部屋の四個のうち、自分のイモが一番大きいことを確認し、寝台の下にいる亀にはいっさい残してやらないと決めてから、温かい繊維質のイモを皮ごと、あっという間に平らげた。最後のひと口が胃に収まると、仰向けに寝転がり、カーテンをおろした。ひとりきりになって——ヴィンセント夫妻は数十センチしか離れていないところにいるとはいえ、別の惑星にいるも同然だった——、ジムは今日のこれからの行動についてじっくりと考えた。まずは、二個目のサツマイモを二人に気づかれないように部屋から持ち出すこと。ランサム医師から出されたラテン語の宿題をすること。ベイシーと木村二等兵の使い走り。それから、午後の空襲。外出禁止時間までの予定はこれでいっぱいだ。夜にはチェスのセットを持ってG棟の廊下をぶらぶらし、その気のある者を片っ端から相手にすればいい。

ケネディの『ラテン語入門』を手に、ジムはカーテンの外に出た。二個目のイモがズボンのポケットを膨らませていたが、この数カ月間、ヴィンセント夫人の存在のおかげで思いがけず勃起したことが何度かあって、今回も、ジムがそのせいで部屋から逃げ出すのだとヴィンセント氏が勘違いするのを当てにした。

はたして、ヴィンセント氏は口もとにスプーンを持っていきかけた手を止め、このうえない憂慮のまなざしでジムのズボンの膨らみを見つめた。夫人のほうはいつもの冷静な視線をジムに向けただけだった。二人の視線を避けるようにして、ジムは素早く部屋を出た。いつものことながら夫妻から解放されたのは嬉しかった。スキップしながら廊下を進み、非常階段の下に出る裏口のドアを開けると、階段にしゃがみ込んでいた子供たちの頭の上を一気に跳び越えた。あたたかい外気が破れたシャツの切れ端を翻《ひるがえ》す中、ジムは住み慣れた心強いキャンプの世界へと駆け出していった。

23 空襲

病院に向かう途中、ジムはラテン語の宿題をすませるために、廃墟と化した集会ホールに立ち寄った。屋根がなくなった最上階のバルコニーからはキジ罠の様子を見張っていられるだけでなく、龍華《ロンホア》飛行場で進行中の活動の最新状況を逐一確認することができた。バルコニーへの階段は屋根から落下した石材の破片で半ばふさがれていたが、しょっちゅう行き来する子供たちのおかげで瓦礫はすり減っていた。ジムは体を押し込むようにして隙間を通り抜け、階段を登っていって、バルコニーの最前列のセメントの段に腰をおろした。

膝の上に立てた『ラテン語入門』を支えにして、ジムはのんびりと二個目のサツマイモを食べた。バルコニーから見おろせるホールのプロセニアムアーチ（舞台前面を囲む額縁状の枠）は瓦礫とスチールの梁が残るだけとなっているが、四方には映画のスクリーンに投影されたパノラマを思わせる光景が広がっていた。北にはフランス租界のアパルトマン群が連なり、その逆さまの像が水に浸かった田圃に映っている。右手には、打ち捨てられた大地を滔々と流れ、上海の南市《ナンタオ》地区の手前で大きく湾曲している黄浦江の姿があった。

そして、正面には龍華《ロンホア》飛行場が広がっていた。草の平地を斜めに横切り、龍華寺《ロンホアスー》のパゴダまで伸びているコンクリートの滑走路。パゴダの古い石の回廊の何カ所かに高射砲が据えつけられ、天辺の瓦屋根に大型の着陸誘導灯と無線アンテナが設置されているのが見える。パゴダの直下には、それぞれ土嚢《どのう》を積んだ高射砲座を設置してある三つの格納庫と整備工場がある。コンクリートのエプロンに停まっている数機の年代物の偵察機と爆撃機に改造された飛行機――これが、龍華《ロンホア》から次々と飛び立っていったかつての無敵航空団で生き残っているすべてだった。

飛行場の縁《へり》の部分、外周道路で囲まれた深い草の中の至るところに、数えきれないほどの――ジムの目には日本軍の全保有機ではないかと思われるほどの――飛行機の残骸があった。木立の間で錆びついていく、着陸装置がつぶれた飛行機。負傷した乗員ともども、胴体着陸したのちに大きく方向を変えてイラクサの土手に突っ込んだ飛行機。もう何カ月もの間、飛行不能に陥った機が次々と、まるで雲のはるか上でとんでもない規模の空中戦が繰り広げられているとでもいうかのように、天空からこの飛行機の墓地に次々と落下しつづけていた。

打ち捨てられた飛行機の残骸の間では、早くも中国人のスクラップ屋集団が動きはじめていた。倦むことなくひとつの廃物をそっくり別の物に変容させていく能力を持った中国人たちは、翼を覆う金属板をはぎ取り、燃料タンクやタイヤを回収していく。これらの廃品は数日以内に屋根葺き用のパネルや水タンクやゴム底のサンダルになって上海で売りに出される。このスクラップ回収が日本側の許可を受けてなされているものかどうか、ジムには結局、判断がつかなかった。数時間ごとに日本兵の一団がトラックに乗って現われて中国人たちを追いまわし、彼らが飛行場の西の水に浸かった田圃を走って逃げていくと、兵士たちは荷車に積んであったタイヤや金属板をあたり一帯に放り投げる。しかし、中国人たちは必ずまた回収作業に戻ってくる。そして、外周道路ぞいの土嚢を積んだ砲座にいる高射砲の射手たちは、回収屋たちの作業には目をくれようともしないのだ。

ジムは指を吸い、傷だらけの爪のあちこちに残ったサツマイモを最後の最後まで味わった。イモのぬくもりが、いっこうに治まらない歯の痛みをやわらげてくれた。スクラップの回収を続けている中国人たちを眺めながら、ジムは自分もフェンスをすり抜けて作業に加わりたいという気持ちになった。残骸の中には実に多くの新鋭機があった。キジ罠から四百メートルしか離れていないところには疾風《はやて》のつぶれた機体——東京の空襲に飛来するB－29スーパーフォートレスを撃墜するために日本軍が送り出しているパワフルな高々度戦闘機だ。飛行場の南端とキャンプの間、丈高い草が生い茂っている一帯は、日本兵がパトロールしていることはめったになかった。ジムはエキスパートの目で、忘れ去られた水路の経路をたどり、イラクサと野生のサトウキビに覆われた土手の窪みや小渓谷をサーチした。

飛行場の中央部で、別の中国人労務者のチームが滑走路の修復作業に当たっていた。男たちは、爆撃でできたクレーター群の間に停まっているトラックの石を籠に入れて運んでおり、スチームローラーが行ったり来たりしている修復現場には兵士がひとり配置されていた。

ローラーの弁装置が上げるシューッという鋭い音が、ジムをその場に引きとどめた。石を運ぶ労務者たちの姿は、かつて自分も滑走路の建設作業に加わったことを思い起こさせた。これまでの三年間、日本の飛行機が龍華《ロンホア》を飛び立つのを見ている時はいつも、車輪がコンクリートの路面を離れるたびに、どこか心騒がせる誇りを感じた。僕とベイシーとランサム医師は、死ぬまで働かされていたあの中国人の捕虜たちとともに、アメリカ軍との空中戦に向けて零戦《ゼロせん》や疾風《はやて》を送り出す滑走路の建設に加わったのだ。自分が今、ここまで日本空軍に傾倒している、その源が、あの時に思い至った考え——今考えてもぞっとするような認識——に発していることははっきりわかっていた。この滑走路の建設に、僕はもう少しで自分の命を捧げるところだった。中国人の捕虜たちと同じように、今では波打つサトウキビの下でもはやどこだったかもわからない、あの石灰の穴に埋められるところだった。あの時に死んでいたら、僕の骨は、ベイシーとランサム医師の骨と一緒に、この滑走路の一部になって、硫黄島と沖縄の海を包囲するアメリカの哨戒艦にみずからの身を投じる日本のパイロットたちを送り出していたはずなのだ。日本が勝利すれば、滑走路のどこかに永遠にとどまっている僕の心のささやかな一部は慰められ鎮められる。でも、日本が負ければ、僕の恐れていたことのすべてが何の意味もなかったことになってしまう。

あの時、黄昏の中で、作業チームに加わっていてはいけないとジムに言った三人のパイロット。ジムは、飛行機のまわりを動きまわっている日本兵を見るたびに、整備員たちとともに建設中の滑走路の様子を見るために黄昏の薄明かりの中を歩いてきたあの三人の若いパイロットのことを思った。あの時、停まっていた輸送機に近づいてきたイギリス人の少年がいなかったら、彼らは労務者たちの存在に気づきさえしていなかっただろう。

飛行士は、木村二等兵や剣道の武具とは比べものにならないほど強烈にジムの心をとらえていた。毎日、集会ホールのバルコニーに座って、また、病院の野菜畑でランサム医師の手伝いをしながら、ジムは、だぶだぶの飛行服姿のパイロットたちが機体のチェックをしてコクピットに乗り込むのを眺めていた。中でも憧憬の的は神風パイロットだった。先月、龍華《ロンホア》飛行場には十を超える特攻隊がやってきた。龍華《ロンホア》は、東シナ海のアメリカの航空母艦に自爆攻撃をかける特攻隊の基地となっていた。木村二等兵も、そのほかのキャンプの衛兵たちも、特攻隊員にはいっさい注意を向けず、ベイシーをはじめとするE棟のアメリカの船員たちは、彼らのことを〝箸特攻〟とか〝気の触れた連中〟とか呼んでいた。

しかし、ジムは自分を神風パイロットと同一視し、出陣前に滑走路脇で行なわれるわびしい儀式にもいつも感動を覚えずにいられなかった。昨日の朝、野菜畑で作業していた時に、ジムは神風パイロットが飛び立つのを見るために、汚物を入れたバケツをその場に置いて有刺鉄線のフェンスの前に走っていった。白い鉢巻を巻いた三人のパイロットはジムよりほんの少し年長としか思えない歳頃で、子供っぽい顔とやわらかそうな鼻をしていた。暑い陽光のもと、口に群がるハエを神経質に払いながら飛行機の横に立った三人は緊張した面持ちで分隊長の敬礼を受け、ハエの大群に向かってしわがれた声で〝天皇陛下万歳〟と叫んだ。その時でさえ、高射砲の砲手たちは誰も彼らに気づかず、木村二等兵は、ジムがいったい何に注目しているのかと困惑した様子でトマト畑を歩いてくると、フェンスから離れろと怒鳴った。

ジムはラテン語の入門書を開き、ランサム医師から出された宿題に取りかかった。課題は *amo*（愛する）の受動態の全時制の活用形を憶えること。ジムはラテン語が好きだった。ラテン語の厳格な形式性と、名詞と動詞の系統群は、多くの点で、父が得意としていた化学とよく似ていた。日本兵たちは、子供を持つ親たちへの陰険な報復としてキャンプの学校を閉鎖し、結果、親たちは一日じゅう子供を相手にしなければならないという状況に陥《おちい》ったのだが、そんな中でも、ランサム医師はジムに様々な課題を課しつづけた。いくつもの詩を暗記すること、連立方程式を解くこと、科学全般（この分野では、父のおかげで、医師を驚かせることがしょっちゅうだった）、そして大嫌いなフランス語。戦争が終わりかけているという思いで頭の中がいっぱいな時に、これだけの宿題を出すなんてちょっと多すぎるんじゃないだろうか。ジムはそんなふうに思った。でも、これはたぶん、毎日一時間、僕を静かにさせておくためのドクターなりの手段なんだろう。さらに、ある意味で、宿題は、ランサム医師自身にとって、龍華《ロンホア》キャンプでさえ、実際にはとっくに消滅しているイギリスの価値観がまだ生きているという幻想を持ちつづける助けにもなっていた。これは文字どおりの幻想でしかなかったが、それでも、ジムはランサム医師の助けになるのであればと思った。

「*Amatus sum, amatus es, amatus est……*」完了時制の活用を読み上げている時、ジムは、スクラップを回収していた中国人たちが飛行機の残骸のそばからいっせいに駆け出したのに気づいた。石を運んでいた労務者チームはすでに籠を放り出して散り散りになり、スチームローラーから跳び降りた上半身裸の日本兵が高射砲の砲座に向けて一目散に走っていた。複数の高射砲が上空をサーチし、早くも龍華寺《ロンホアスー》のパゴダで祈禱の花火のような機関銃の閃光が閃くのが見えた。飛行場を渡っていく機関銃の発射音はすぐに、空襲を知らせる波打つサイレン音に飲み込まれた。このサイレンに呼応してキャンプの衛兵所の上にある警報機が鳴りはじめ、その刺々しい響きがドリルのようにジムの頭を突き通した。

空襲だ！　ジムは興奮に包まれて、崩落した集会ホールの屋根の上空を見上げた。キャンプのいたるところで、収容者たちが簡易舗装の通路を走っていた。精神病院の入院患者さながらに営舎小屋の階段でうたたねしていた者は先を争ってドアの中に逃げ込み、母親たちが一階の窓から身を乗り出して安全な室内に子供たちを抱え上げた。一分とたたないうちにキャンプは無人となり、ただひとり、ジムだけが空襲のガイドをすべく集会ホールのバルコニーに残された。

だが、注意深く耳をすましていたジムはすぐに誤報だろうと判断した。アメリカ軍が太平洋上と中国本土の基地を前進させていくのに伴って、空襲は日に日に早くなっていた。日本兵は極度にナーバスになり、今や上空の雲のひとつひとつに反応しているに等しい状況なのだ。双発の輸送機が一機、下界のパニックには気づかぬままに水田の上を飛翔していった。

ジムがラテン語の教科書に戻ったその時、巨大な影が集会ホールを横切り、境界フェンスに向けて凄まじい速さで移動していった。竜巻のような轟音が溢れ、そこから、銀色の機体に星と横棒の合衆国空軍の標章をつけた単発の戦闘機が姿を現わした。ジムの頭上わずか十メートルのところに出現したマスタング――その翼は集会ホールよりも長く、機体は錆とオイルで汚れていたが、パワフルなエンジンによる飛行は父のパッカード並みにスムーズだった。飛行場の境界フェンスを越えたマスタングは大人の背丈ほどの超低空飛行でコンクリートの滑走路上を飛翔し、航跡に木の葉と土埃の旋風《つむじかぜ》が湧き上がった。

　飛行場を囲む高射砲の砲口がキャンプのほうに向けられ、パゴダのあちこちの層で砲火が閃いた。まるで、上海の先施公司《シンシアデパート》の入口に飾られたクリスマスツリーのディスプレイのようだった。マスタングは怯《ひる》む様子もなく、対空砲火で彩られたパゴダに向けてまっしぐらに突進していく。その機銃掃射音を飲み込むように、キャンプの西の水田上空から新たなマスタングの轟音が響いてくる。さらにその後ろからもう一機――この三機目は超低空飛行をしていて、気づいてみるとジムはそのコクピットを見おろしていた。パイロットに加えて、エンジンの排気が撒き散らすオイルで黒ずんだ機体の標章までがはっきりと見えた。さらに二機のマスタングがキャンプ上をかすめるように飛翔し、そのエンジンの排気流がG棟の脇の営舎小屋の屋根の波形鉄板をはぎ取っていった。東方一キロ、龍華《ロンホア》キャンプと黄浦江の間に、海上から飛来した第二の戦闘機部隊がいた。無人の水田に映る自身の影に触れんばかりの低空を飛ぶ部隊は列をなす墳墓塚の陰に姿を隠し、上昇しながら飛行場の境界を越えたかと思うと再び急降下して、格納庫の前に停まっていた日本機に銃火を浴びせかけた。

　炸裂しつづける高射砲弾の影が白い地面の上で心臓の鼓動のように脈動した。一発の砲弾が集会ホールの真上で爆発し、あたりを切り裂く閃光とともに大気を激しく揺るがした。屋根からコンクリートの粉塵がなだれ落ち、肩に降りかかってきた。ラテン語の入門書で粉塵を払いながらジムが数えつづけた砲弾の炸裂回数は数十回に及んだ。マスタングのパイロットたちは、このキャンプにアメリカ人の船員たちが抑留されていることを知らないんだろうか？　飛行場を攻撃する時にはいつも、戦闘機はぎりぎりまで三階建ての宿舎棟の陰に隠れている。こうすることで、日本軍の迎撃はおのずとキャンプに向けられることになり、それによって、これまでも収容者にも死者が出ていた。

　だが、ジムはマスタングがこれほど間近で見られたのが嬉しくてならなかった。機体のリベットのひとつひとつ、翼の銃口、巨大な腹面ラジエーター——こうしたすべてがジムの目を楽しませた。ラジエーターが腹面に設置されたのは純粋にスタイル上の理由によるものだとジムは確信した。疾風《はやて》も零戦《ぜろせん》も崇敬してやまない戦闘機だったが、マスタングは空中戦のキャデラックだった。息もつけない状態のジムは、パイロットに叫びかけることこそできなかったものの、高射砲弾の天蓋の下をくぐり抜けて飛び去っていく彼らに向けてラテン語の入門書を打ち振った。

第一波の攻撃機部隊は飛行場をあとにし、フランス租界のアパルトマン群を背にその姿をくっきりと浮き立たせて、造船所地区と南市《ナンタオ》の飛行艇基地を攻撃すべく、上海市街に向かっていった。だが、滑走路を囲む高射砲の砲列はいまだに空に向けて砲弾を発射しつづけていた。綾取りさながらに天空を縫い取る曳光弾の軌跡、次々に重なり合いながら複雑な模様を編んでいく燐《りん》の糸。その真ん中、炎上する格納庫の煙の中に屹立するパゴダ――各層に設置された多数の高射砲が、集中砲火に耐える巨大な天井を作り出していた。

これほど大規模な空襲を見たのは初めてだった。第二波のマスタング攻撃部隊が水田の上空を飛翔してきた。マスタング部隊の後ろには双発の戦闘爆撃機の中隊が続いていた。キャンプの西三百メートルのところで、一機のマスタングががくんと傾いた。コントロールを失って空中を滑っていく機の右翼の先端が、使われていない運河の土手を切り取った。機体は横ざまに回転しながら水田上空でバラバラになって爆発した。燃え上がるガソリンのカーテンを通して、操縦席に固定されたまま炎に包まれるパイロットの姿が見えた。赤々と輝く機体の残骸に乗ったパイロットは、キャンプの境界フェンスの先にある木立を切り裂いて太陽の断片となり、周囲に巨大な光暈《ハロー》が生み出された。その光は周辺の大地一帯を白く照らしつづけた。

被弾した二機目のマスタングが編隊から離脱した。高射砲弾の嵐の中、機はオイルの混じった煙の尾を引きながら空に向けて上昇していった。パイロットは何とか飛行場の敷地外に出ようとしていたが、高度を失いはじめると機体を反転させてコクピットから脱出した。パラシュートが開き、パイロットが地面に向けて落下していく一方で、操縦者を失った機はみずから態勢を立て直し、波打つ黒い煙の大きな弧を描きながら無人の水田の上空を飛翔していったのち、黄浦江に突っ込んだ。

静まり返った空に、パイロットがひとり、パラシュートで吊り下がっていた。僚機の編隊は速度を上げて上海に向かい、太陽をいっぱいに受けたフランス租界のアパルトマン群の窓の連なりの中に銀色の機体を消した。すでに轟《とどろ》き渡るエンジン音は消え、高射砲の砲撃もやんでいた。何本もの運河が走る一画に、もうひとつのパラシュートが降下しつつあった。キャンプの全域を巻き込んでいた木の葉と死んだ虫の旋風《つむじかぜ》がいったん治まったのち、改めて、飛び去ったマスタング部隊の後方流を追いかけるかのようにキャンプ内の通路に沿ってくるくると舞った。

二つのパラシュートは墳墓塚のほうに落ちていった。二人のパイロットを殺すために、日本兵の一分隊を乗せたトラックがすでに、ラジエーターから湯気を上げながら外周道路を突き走っていた。ジムがラテン語入門書の土埃を払って待っていると、ほどなく小銃の発射音が響きわたった。炎上するマスタングから立ち現われた光暈《ハロー》はなおもクリークと田圃を覆っていた。この数分間で太陽は地面により近いところに移動していた——この大地での死をすべて焼きつくしてしまおうというかのように。

ジムは深い悲しみに包まれた。パラシュートの索具にからまったまま、モーゼルを手にした日本軍の伍長と破壊された建物のバルコニーの陰に隠れたひとりのイギリス人少年の目に見えるところで死んでいったアメリカ軍の二人のパイロット。彼らの最期はジムに改めて自分自身の最期を想起させた。龍華《ロンホア》に到着して以来ずっと、ひそかに思いつづけてきた自身の最期。ジムは空襲を歓迎した。キャンプ上空を飛翔していくマスタングの轟音を、オイルと無煙爆薬の臭いを、パイロットたちの死を、さらには自分自身の死の可能性さえをも歓迎した。何がどうあろうと、自分にはまったく価値がないということがわかっていた。ジムはラテン語の入門書をひねり、ひそやかな飢えに――戦争がこのうえない熱を込めて満たそうとしている秘められた飢えに、身を震わせた。

24 病院

「ジム……！　上にいるのか……？　怪我はしていないか……？」

ランサム医師が集会ホールの一階の瓦礫の上からバルコニーに向けて叫んだ。D棟から走ってくるのに力を使いはたし、胸の中で激しく肺を上下させていた。龍華《ロンホア》での歳月に、医師は以前より背が高くなったように見えたものの、太い骨格は今では腱だけでかろうじてつなぎとめられているにすぎなかった。錆色の顎髭の上の問題のないほうの目はじっと、空襲で一気に歳を取ったかのように真っ白になったジムの頭の天辺に向けられていた。

「ジム、病院で手を貸してほしい。永田軍曹が、点呼の間、君にいてもらっていいと言っている」

ジムははっと幻想から覚めた。不気味なことに、炎に包まれたアメリカ人パイロットから投じられた光暈《ハロー》は依然として水田の上に広がっていた。だが、この視覚のイリュージョンのことはランサム医師には言わないことにした。パゴダから警報解除のサイレンが響いてきた。衛兵所の警報機がこの合図を繰り返した。ジムはバルコニーを離れ、体を縮めて狭い階段を降りていった。

「ここだよ、ドクター・ランサム。さっきは死ぬんじゃないかと思った。誰か死んだ人はいる?」

「いないことを願おう」ランサム医師は手すりにもたれ、藁笠《クーリーハット》で顎髭をあおいで粉塵を払った。空襲で落ち着きをなくしてはいたが、医師は忍耐強い疲れたまなざしでジムを見つめた。空襲が終わると日本兵はいつも収容者への嫌がらせを始める。ランサム医師は、その責任がジムにあるとでもいうかのように怒りっぽくなることがしばしばあった。ジムの髪をかきまわしてセメントの粉塵を払い落とすと、出血しているところはないかと頭全体をチェックした。「ジム、空襲の間はバルコニーには上がらないと約束したはずだ。日本兵は敵と戦うので精一杯なんだから——君がアメリカ軍のパイロットに合図しようとしていると思うかもしれない」

「しようとしたんだよ。でも、誰も僕を見もしなかった。マスタングはものすごく速いんだ」ジムはランサム医師が好きだったし、万事問題ないと医師を安心させたかった。「ラテン語の宿題はすませたよ」

驚くべきことに、医師は、ジムが動詞の活用形を暗記したかどうかということには関心を示さず、病院――キャンプの医療資源という現実的な判断のもとに、収容者たちが墓地の横に建てた竹製の掘っ立て小屋の集まり――に向かって歩きはじめた。すでに点呼が始まっていて、敷地内の通路には収容者の姿はなく、衛兵たちが営舎小屋の最後に残った窓ガラスを銃剣で叩き割りながら尊大に歩きまわっているだけだった。キャンプを統括する佐倉所長は、この窓ガラスを割る行為を、収容者たちを砲弾の爆風から守るための予防措置だと主張していたが、実際には空襲に対する報復行為にほかならなかった。黄昏時はハマダラカの食事時間で、収容者たちは、キャンプ周辺の淀んだ池々からいっせいに飛び立つ何千という蚊の群れに襲われることになった。

男性用の宿舎棟のひとつE棟の階段で、永田軍曹が棟のリーダーのラルストン氏の顔面に向けて怒鳴っていた。ラルストン氏は上海のメトロポールシネマのオルガン奏者だった。軍曹の後ろには、銃剣を構えた三人の衛兵が、今にもアメリカ海兵隊の一団が建物から跳び出してくるのではないかという面持ちで立っている。ボロボロの服をまとった何百人もの収容者は辛抱強く待っていた。日本兵は、戦争が終結の時に向けて進んでいくとともにどんどん落ち着きをなくし、凶暴になっていった。

「ドクター・ランサム、アメリカ軍が呉淞《ウーソン》に上陸したら、何が起こるのかな?」

「アメリカ軍はたぶん呉淞《ウーソン》に上陸する、ジム。前々から思っていたんだが、君はマッカーサーの司令部にいるべきだったな」医師は足を止めて息を整え、ジムのゴルフシューズの先革に映った自分の姿を見つめながら、骨張った胸に空気を送り込んだ。「そのことは考えないように——君の頭の中ではほかにももっといろんなことが泳ぎまわっているはずだ。アメリカ軍は呉淞《ウーソン》に上陸しないかもしれない」

「上陸したら、日本軍は戦うよね」

「そうとも、日本軍は戦うとも。君がずっと敬意を込めて主張してきたところでは、日本兵は世界一勇敢な兵士なのだから」

「……」勇敢さに関する話はジムを当惑させた。戦争は勇敢さとは何の関係もない。二年前、もっと若かった頃には、どの国の兵士が最も勇敢かという問いに答えを出すことが重要に思えていたものだが、それは粉々に打ち砕かれた自分の人生の意味を嚙みしめる試みの一部でもあった。日本兵がトップで中国兵が最下位なのは間違いない。イギリス兵は中間あたりをうろうろしている。ジムは天空を疾駆していったアメリカの飛行機のことを思った。日本兵がどれほど勇敢であっても、楽々とあれだけのことをやってのける美しいマシンを止めるためにできることは何もない。

「日本兵は勇敢だよ」ジムはしぶしぶ認めた。「でも、勇敢さなんて今はもう重要じゃない」

「そうかな。私にはそこまではっきり断言はできないが……。君は勇敢か、ジム?」

「ううん……もちろん勇敢じゃない。でも、勇敢になることはできると思う」ジムは力を込めて言った。

「私もそう思う」

躊躇なく発せられた言葉ではあったが、そこにはどこか不快な棘があった。ドクターは明らかに僕に苛立っている。まるで、さっきのマスタングの空襲の責任が僕にあると責めているみたいに。これは、ランサム医師も戦争を楽しむことを知ったからなのだろうか？　これについてあれこれと考えているうちに二人は病院に着いた。すり減った竹の階段の脇の地面に円錐形の不発の高射砲弾がひとつ落ちていた。まだあたたかいかどうかを確かめたくて拾い上げると、ランサム医師がさっと取り上げて有刺鉄線のフェンスの向こうに放り投げた。

ジムは腐りかかった階段を上がっていった。横に渡した竹の桟《さん》の上で靴底がしなった。ランサム医師に砲弾を取り上げられた瞬間、即座に奪い返したいという衝動に駆られた。ジムの背丈は今ではランサム医師とほとんど変わりがなく、多くの点で医師よりも強くなっているのは確かだった。この三年間でジムが成長した一方、ランサム医師の体は縮み、瘦せ衰えていった。今ではほとんど信じられなかったが、記憶にあるランサム医師は日本兵の倍はある逞しい太腿と腕を持ったがっしりした赤毛の男性だった。キャンプでの最初の二年間、ランサム医師は自分の食べ物の相当な量をジムに与えてきたのだった。

二人は病院に入り、ジムは、ボウエン医師——上海総合病院の耳鼻咽喉科の専門医——と看護スタッフである四人の宣教師の未亡人とともに診療室の前の所定の位置についた。永田軍曹が宿舎棟の点呼を進めている間、ジムは近くのいくつかの病室を覗き込んだ。三十人が寝台に横になっていた。空襲のたびにショックや極度の疲労で何人かが死んだ。戦争が終わりかけているということを知らせる空襲が、一部の収容者に死を奨励しているようにも思えた。いずれにせよ、誰かの死は、なお生きつづけることを望む者たちにとって良いニュースであり、ジムにとっては古いベルトやサスペンダーや万年筆を意味していた。一度、奇跡的なことに、腕時計が手に入ったことがあり、ジムは、ほかの物と一緒にベイシーに渡す前に三日間、その腕時計をはめて過ごした。日本軍はすべての腕時計と置き時計を没収していた。ランサム医師の言によれば、軍は、収容者たちが時間の経過を把握せずに過ごすのを望んでいるということだった。腕時計をはめていた三日の間、ジムはあらゆることをするのにかかる時間を測った。

患者の大半はマラリアや赤痢、栄養不良に起因する心臓の感染症にかかっていた。特にジムを落ち着かなくさせるのが脚気の患者だった。膨れ上がった脚、水の溜まった肺。意識も混濁し、みな、自分はイギリスで死にかけていると思い込んでいた。最後の何時間か、彼らは特別待遇を受ける。病院にただひとつある蚊帳《かや》の中に寝かせてもらえるのだ。そして、この仮の安置所でしばし過ごしたのち、野菜畑の隣の墓地に運ばれることになる。

永田軍曹が二人の兵士を従えて病院にやってくるのを横目に見ながら、ジムは男性用の病室を覗いた。この数日間、上海カントリークラブの元事務局長バラクロー氏が臨終の床にあり、ジムはバラクロー氏が金の印鑑指輪をしているのに気づいていた。本物の金じゃないかもしれない――ベイシーに提供するほどのものではないかもしれない。それでも、それなりの値打ちはありそうだ。ジムはそう踏んでいた。死者の所持品を盗むのに良心の呵責はいっさい感じなかった。病院にやってくるほど愚かなのは、営舎小屋や宿舎棟で面倒を見てくれる親族や友人がいない者だけなのだ。薬品がいっさいないことを別にしても――日本軍からあてがわれたわずかな薬品は最初の一年で使いきってしまった――病院に来て治った者はほとんどいなかった。日本兵は当然のように、入院した者は全員まもなく死ぬと見なし、直ちに彼らへの配給食糧を半分にした。それでも――とジムは思った――ランサム医師とボウエン医師は、公式に死を宣告するまで長い時間をかけることができる。ジムには、自分がこれまでに食べてきた大量の余分のサツマイモは死者への配給食糧であることがわかっていた。ランサム医師は入院患者たちのために献身的に働いていたが、このところは希望を失いつつあるようで、ジムにはそれが気の毒でならなかった。

「来たぞ」ランサム医師が大声で言った。「ジム、気をつけの姿勢を取って。今日は永田軍曹と言い争いをしないでくれ。それと、空襲の話はしないように」

ジムの目がバラクロー氏の印鑑指輪に釘づけになっているのを見て取ってから、ランサム医師は、足音高く竹の階段を登ってきた永田軍曹のほうに頭を向けた。医師は、ジムがベルトのバックルやサスペンダーを食糧と交換しているのを知っていたが、死者の所持品を盗むことを良しとしているわけではなかった。だけど――と、ジムは無言で考えた――ドクターだって自分だけの物資の調達源を持っている。収容者の大半は抑留される前に所持品をスーツケースに詰めるのを許されたが、ランサム医師は何も持たず、シャツと半ズボンと革サンダルだけの格好でキャンプにやってきた。それなのに、今、D棟の彼の個人用の空間には驚異的な所持品の数々が保管されている。充分な枚数の着替えの衣類、ポータブルの蓄音機と数枚のレコード、テニスラケット、ラグビーボール、そして、これまでジムに学習用に提供されてきた教科書の並んだ書棚。この年月の間にジムが着つぶしてきた服はすべてランサム医師からもらったものだったし、永田軍曹の目を即座にとらえた堂々たるゴルフシューズもそうだった。これらはみな、毎晩D棟の彼の空間を訪れる患者たちから手に入れたものだった。医師に渡すものを何も持っていない者も多かったが、さほど歳が行っていない女性たちは必ず、ランサム医師が提供する謎のサービスに対してそれなりの返礼品を用意してきた。リチャード・ピアスが、自分の古いシャツの一枚をジムが着ているのに気づいたこともあった。もちろん、その時にはもう手遅れだったった。

永田軍曹が収容者たちの前で足を止めた。今回の空襲の規模に動揺しているのは明らかだった。ぐっと顎を引いた軍曹の唇に唾が何滴か溢れ出し、口のまわりの剛毛が、まもなく落ちる雷の前兆をとらえたミニチュアのアンテナのようにぶるぶると震えた。軍曹は激怒のレベルまで自分を駆り立てる必要があったのだが、そこで、光り輝くジムの靴の先革が目に入った。日本兵全員と同様、軍曹の長靴《ちょうか》もくたびれはてていて、両方の親指が表革の下から巨大な手の親指さながらに突き出しているのがはっきりとわかった。

「坊主……」軍曹はジムの前で立ち止まり、丸めた紙で頭を軽く二、三度、叩いた。白い粉塵が舞った。木村二等兵からの情報で、ジムがキャンプ内で禁じられているありとあらゆる不正な活動に関与しているのは知っていたものの、これまで現場を捕まえることはできずにいた。舞い上がった粉塵を払うと、軍曹は龍華《ロンホア》での歳月の間に学んだ唯一の二語からなる英語を発した。「Difficult boy…（厄介なガキだ……）」

ジムは軍曹の唇に溢れ出た唾に目を奪われながら、彼が言葉を続けるのを待った。僕がさっき間近で目撃した空襲の話をしたら、永田軍曹は喜ぶんじゃないだろうか？

だが、軍曹はつかつかと男性用の病室に入っていき、日本語で二人の医師に怒鳴ると、臨終の床にある患者たちをじっくりと眺めた。これまで軍曹が患者に関心を示したことはいっさいない。ジムの頭に突然、こんな考えが閃いた。ランサム医師が負傷したアメリカ軍のパイロットを匿《かくま》っているんだ！　気分が一気に浮き立った。日本兵に殺される前に、パイロットに触ってみたい。ヘルメットと飛行服に触って、ゴーグルの埃とオイルをなぞってみたい……。

「ジム……！　目を覚まして……！」フィリップス夫人――宣教師の未亡人――が、ぐらりと前のめりに揺らいだジムの体をつかんだ。田圃のただ中に落ちていく大天使のイメージに恍惚となって、ジムは気を失う寸前だった。直立不動の姿勢に戻ったジムは、空腹のあまりふらついたのだというふりをして、診療室の前にいる哨兵の疑わしげな目をごまかそうとし、点呼が終わるのを待ちながら、死んだアメリカ兵から手に入れられる可能性のある戦利品のことを考えた。遠からぬうちにきっと、パイロットのひとりが龍華《ロンホア》キャンプに落ちてくる。

廃墟になった建物のうち、死体を隠すのに一番いいのはどこだろう？　少しずつ丁寧に選び出してベイシーのところに持っていけば、飛行装備の一式で、これから何カ月ももつだけのサツマイモと交換できる。もしかしたら、冬用の暖かいコートまで手に入るかもしれない。サツマイモはランサム医師にもあげよう。ドクターにはずっと生きつづけてもらわなければならない――ジムはそう堅く心に決めていた。

体を前後に揺らしながら、そばの病室で泣いている高齢の女性の声に耳を傾けた。窓ごしに飛行場の端にあるパゴダが見えた。どんな砲火にも耐える塔が、早くもこれまでとは異なった新しい姿を見せているように思えた。

それからさらに一時間、哨兵の見張る中で、ジムは宣教師の未亡人たちと並んで立ちつづけた。ランサム医師とボウエン医師は永田軍曹とともに病院を出て所長室に行ってしまった。たぶん尋問を受けるのだろう。衛兵たちが名簿を手に、静まり返ったキャンプ内を歩きまわって点呼を繰り返している。戦争が終わりに近づいているというのに、日本兵たちは今もなお、収容者の人数を正確に把握するという強迫観念にとらわれているのだ。

気持ちを落ち着かせようと目を閉じたジムに、哨兵が怒声を投げた。ジムが何か個人的なゲーム――永田軍曹が良しとしていない行動――を始めようとしているのではないかと思ったらしい。空襲の記憶を呼び起こして、ジムは再度興奮した。記憶の中で、マスタングの部隊は依然として難攻不落のパゴダを攻撃すべく、キャンプ上を矢のように飛翔していく。ジムは、その一機の操縦桿を握っている自分を想像する。機体が爆発して地面に向けて落下していき、次いで、あの子供っぽい顔の神風パイロットの一員になって上昇し、天皇陛下万歳と叫んで零戦《ゼロせん》もろとも沖縄のアメリカ軍の航空母艦の艦隊に突っ込んでいく。いつの日か、僕は負傷したパイロットになって、墳墓塚と武装したパゴダが無数に建ち並ぶ中に墜落していくのだ。飛行服もパラシュートも、さらには体さえもズタズタになって水田が広がる一帯に飛び散り、ワイヤフェンスの奥にいる収容者たちに、ゲートの前にいる中国人たちに食べ物を与えるのだ……。

「ジム……！」フィリップス夫人が小声でささやく。「ラテン語の暗唱をなさい……」

　苛立つ哨兵を前に、まばたきをするまいと努力しながら、ジムは診療室の窓から陽光に照らされた戸外を見つめた。静まり返った風景が、激しい炎に、アメリカ人パイロットの燃え上がる体から生み出された光暈《ハロー》に、沸き立っているように見えた。光は境界フェンスの錆びついたワイヤと土埃をかぶった野生のサトウキビの葉を撫で、遺棄された飛行機の翼と墳墓塚に埋められた農夫たちの骨を漂白していった。ジムは次の空襲を待ち焦がれた。暴力的な光を夢見ながら、息もつけないほどに強く、あの飢えを――それに気づいてはいても、ランサム医師には決して満たすことのできない飢えを、切望した。

点呼が終わると、ジムは病院の階段でひと息ついた。ランサム医師とボウエン医師は、所長室から戻ってくると直ちに四人の宣教師の未亡人とともに診療室に閉じこもった。ランサム医師は日本兵と同じくらいナーバスになっているように見えた。目の下の古傷から血が流れ出していた。さらなる配給食糧の削減に抗議して、永田軍曹に殴られたのだろうか？

ジムは両手をポケットに突っ込んで病院の裏手の簡易舗装の道をぶらぶらと歩いていき、野菜畑のトマトと豆とメロンの状態をチェックした。ささやかな作物は収容者たちの乏しい食事を補うという意図のもとに栽培されていたのだが、実際には、野菜の大半がE棟のベイシーのもとに行く結果となっていた。野菜の世話をするのは楽しかった。ジムは一本一本を熟知していて、子供たちの誰かがトマトを一個でも盗もうものなら、ひと目でそれと指摘することができた。ただ、ありがたいことに、隣接する墓地に並ぶ墓石の長い列が、子供たちの接近を阻んでくれていた。野菜が栄養状態の改善に寄与してくれることは別にしても、植物学は実に興味深いものだった。ランサム医師は、診療室で細長くスライスした植物の茎と根の薄片を染色し、ボウエン医師の顕微鏡の試料台に載せて、ジムに、何百もの細胞と栄養管をスケッチさせた。植物の分類学はまさに言葉の一大宇宙だった。キャンプに生えているすべての雑草に名前がついている。あらゆるものを名前が取り囲んでいる。生垣のひとつひとつに、水路のひとつひとつに広がっている、目に見えない百科事典。

昨日の午後、トマトを新しく植えつけるために肥料を入れる溝を二つ掘ってあった。畑と墓地の間には、ランサム医師と一緒に地面に埋め込んだ五十ガロンのドラム缶が並び、それぞれにG棟のトイレの浄化槽に収まりきらなくなった糞尿《ふんにょう》がいっぱいに入っていた。以前、G棟の収容者の一グループが、糞尿のほとんどを干上がった池のひとつに捨ててしまったことがあったが、以後、ジムとランサム医師はバケツとロープとカートを使って何度も往復し、二人だけで糞尿を畑に運んだ。ランサム医師が言うように、たとえ数日でも自分たちを生きながらえさせてくれるのに役立つものを無駄にしてはならない。日に日に大きくなっていくトマトと膨らんだメロンが、ランサム医師が正しいことを証明している。

ジムはドラム缶のひとつの木の蓋をずらした。何千匹ものハエが最初の分け前にありつくのを待ってから、先端に木の椀をつけた竹の柄杓《ひしゃく》を使って、浅い溝に糞尿をそそぎ入れはじめた。戦争の前、中国人の農夫たちが農作物に糞尿を撒いているところを見たことがあるジムは、彼らのゆっくりした一定のリズムを思い出しながら作業を進めていった。

一時間後、土をすっかり肥料で覆うと、ジムは隣の墓地の墓のひとつの上で休んだ。病院には、宿舎棟のリーダーや副リーダーたち、E棟のアメリカ人の一団、高齢のオランダ人やベルギー人など、大勢の人たちがやってきていたが、ジムは彼らにニュースをせがむ気にもなれないほど疲れていた。野菜畑の豆やトマトの緑の壁の間にいると平穏な気持ちになれた。永遠に——戦争が終わったあとも——ここにいる自分を思い浮かべることもしばしばだった。

田舎暮らしの夢想を頭の奥に追いやって、ジムは滑走路の端でエンジンをあたためている零戦《ゼロせん》の低い唸りに聞き入った。神風戦闘機が一機、離陸しようとしている。先刻の空襲の報復として日本軍が送り出せるのはこれがすべてだった。ジムとほとんど変わらない歳頃の若いパイロットは特別の肩帯を着けていたものの、儀仗兵として付き添っているのは伍長と一等兵だけだった。二人は、パイロットがコクピットに乗り込む前にその場を離れ、大々的な損傷を受けた格納庫の修理作業に戻っていってしまった。

ジムは零戦《ゼロせん》が大きく揺らいで滑走路を離れるのを見つめた。機は爆弾の重みに苦しそうに上昇し、キャンプの上を越えたところで機体を傾けて川のほうに向きを変えると、東シナ海に向けて進路を取った。ジムは両手を双眼鏡のように目の上に当てて、雲の間に消え去るまで、戦闘機の姿を追った。龍華《ロンホア》飛行場にいる兵士で、一瞬でもこの戦闘機に目を向けた者はひとりもいなかった。パゴダのかたわらの格納庫は依然として激しく燃えており、爆撃を受けた整備工場からは煙がもくもくと立ち昇っていた。しかし、爆撃で新たにできたクレーターはすでに中国人の労務者集団が埋めにかかっていて、スクラップ屋のグループも打ち捨てられた飛行機の残骸のまわりで回収作業を始めていた。

「今も飛行機に関心があるの、ジム?」病院の裏庭からギルモア夫人とともに姿を現わしたフィリップス夫人が尋ねた。「いずれ英国空軍《RAF》に入らなきゃね」

「僕は日本空軍に入るつもりだよ」

「何ですって？　日本の……?」宣教師の未亡人たちは小さく笑ったが、なおもジムのユーモアのセンスを測りかねているようだった。二人は木のカートを押していた。石だらけの轍《わだち》に鉄の車輪がガラガラと音を立て、カートの上に乗せられた、二人がこれから埋葬しようとしている死体が揺れた。

ジムはもぎ取った三個のトマトを拭いた。ビー玉程度の大きさでしかなかったが、ベイシーは喜ぶはずだった。三個のトマトをポケットに滑り込ませると、ジムはフィリップス夫人とギルモア夫人が墓を掘るのを眺めた。二人はすぐに疲れてカートの端に腰をおろし、死体の横で休憩した。

ジムは二人に歩み寄り、フィリップス夫人のやつれた手から鋤《すき》を取った。死体はキャセイホテルの元料理長ラディク氏のものだった。ラディク氏が行なった大西洋航路の定期船ベレンガリア号をめぐる学術的な連続講演を大いに楽しんだジムは、お返しをする機会ができたのを嬉しく思った。彼はやわらかい土を掘った。収容者たちは、まだそれなりの体力を残している時期に、将来を見越した数少ない活動のひとつとして、ある程度掘り下げた狭い墓を作るようになっていたが、湿った土を鋤の深さ分だけ取り除くのも今の宣教師の未亡人たちには手に余る作業だった。死体はまわりに土を盛るだけで地面の上に埋められているも同然で、モンスーン季の豪雨がそうした塚を崩していった結果、今では埋葬されていた死体の外形が見て取れるようになっていた。その様子は、軍用飛行場のかたわらのこの小さな墓地が、今回の戦争で死んだ何百万もの人々のごく一部でも復活させようと全力をつくしているというふうに見えた。あちこちの墓から腕や足が突き出している——茶色の刺子《さしこ》布の下でもがく、安らかに眠ることのできない死者たちの四肢。野ネズミたちが地面の下を掘り返し、フィーク夫人——ベイシーやランサム医師と一緒に龍華《ロンホア》にやってきたオランダ人女性だ——の墓に入り込んでいた。ネズミが縦横に張り巡らせたトンネルは、アマースト・アベニューの家の庭の築山の陰にジムが鉛の兵隊の一連隊のために作ったマジノ線を思い起こさせた。

即座にネズミたちの餌になってしまわないように、ラディク氏はできるだけ深いところに埋めてあげよう。そう決めて、ジムはさらに地面を掘り進めていった。死体の横に座ったギルモア夫人とフィリップス夫人は何も言わずに見つめていた。ジムが手を休めるたびに、二人はそっくりの笑みをジムに送った。血の気のない二人の顔は、あちこちが破れた木綿のワンピースの花模様と同じくらい白かった。

「ジム！　その作業はあとにして、こっちに来てくれ！　君の手が要《い》る！」ランサム医師が診療室の窓から怒鳴った。医師は常々、ジムが墓掘りをするのを嫌っていた。

何百匹ものハエがカートのまわりを飛び交い、ラディク氏の顔に群がった。ベレンガリアのことを思い出しながら、ジムは土を掘る作業を続けた。

「ジム、ドクターが呼んでいるわ……」

「わかってる――さあ、これでいい」

二人はカートからラディク氏を引きずりおろした。これだけで力を使いはたしたように見えたものの、それでも二人はラディク氏が生きていた時と同じ心配りを見せて死体を扱っていた。この二人のクリスチャンの女性にとって、ラディク氏はまだ生きているんだろうか？宗教的な強い信念に対して、ジムはずっと感銘を覚えてきた。母と父は不可知論者で、ジムが敬虔なクリスチャンに敬意を払うのは、グラーフ・ツェッペリン・クラブのメンバーや中国のデパートで買い物をする人たちに敬意を抱いているのと同じ意味で——つまるところ、彼らがエキゾチックな異国の儀礼に精通しているからだった。さらに言えば、フィリップス夫人やギルモア夫人やランサム医師のように、ほかの人たちのためにどんな労苦もいとわない人たちは、自分たちの行動はいずれ正しいことがわかるという信念を持っている場合がしばしばだった。

「ミセス・フィリップス」ラディク氏を墓の中に納めながらジムは尋ねた。「魂はいつ体を離れるの？　埋葬される前？」

「そうよ、ジム」フィリップス夫人は地面に膝をつき、土をすくってラディク氏の顔にかけはじめた。「ラディクさんの魂はもう行ってしまったわ。ドクターがまた呼んでる。ラテン語の宿題が終わっているならいいけど」

「もちろん終わってるよ」病院に向かいながら、ジムはこの問題についてじっくりと考えた。これまでも、魂が体を離れた瞬間の光の閃きを捉えようとして死んだ患者の目を見つめていることがしばしばあった。一度、ランサム医師が赤痢で臨終を迎えた若いベルギー人女性の心臓マッサージをするのを手伝ったことがあった。ボウエン医師が、彼女は死んだと言ったが、ランサム医師は肋骨《ろっこつ》の下の心臓を圧迫しつづけた。すると突然、彼女が目をぐるりと回してジムを見た。最初は魂が戻ってきたのだと思ったジムだったが、彼女は死んだままで、一時間後にフィリップス夫人とギルモア夫人が彼女を墓地に運んでいって埋葬した。ランサム医師は、心臓マッサージで数秒間、脳に血液が流れたのだと説明した。

ジムは診療室に入り、金属のテーブルの前に座ってランサム医師と向き合った。ラディク氏の魂のことを話題にしたかったのだが、医師は、自分では日曜の朝の礼拝に行っているにもかかわらず、ジムを相手に宗教的な話をするのは妙に気が進まないようだった。顔の傷はまだ血で赤く染まっており、しかも、溶かした蠟《ろう》のトレーを前に忙しく手を動かしていた。これはよくない兆候だった。医師は疲れたりジムの相手をするのにうんざりしたりした時はいつも、ロウソクを何本か溶かして、その熱い液体に四角く切った古布を浸し、綱に吊るして冷やすという作業をした。こうして去年から今年にかけての冬には何百枚もの蠟のパネルが作られ、収容者たちはそれを割れたガラスの代わりに窓枠に張った。ランサム医師が長い時間をかけて作成したパネルは、中国北部から襲来する凍りつくような風を防ぐのに大いに役立ったが、そのことで医師に感謝した者はほとんどいなかった。ジムの見るところでは、ランサム医師は謝意などには関心を示さなかった。

ジムは熱い蠟に指をつけてみた。ランサム医師がぞんざいに、やめろという仕草をした。キャンプの所長との話が気にかかっているのは明らかだった。ランサム医師は、今度の冬が来た時も全員がキャンプにとどまっているはずだということを自分に納得させようとして、冬に向けての準備をしているかのようだった。

ジムは靴を脱いで先革を磨きはじめた。誰かが捨てた靴と木のサンダルでこの三年間を過ごしてきたジムは、あらゆる人をこのグローブ飾りの施された高価な革靴で感服させるのが楽しくてならなかった。

「自分をスマートに見せようとするのは結構だが、朝から晩までそいつを磨きつづけるのはやめてくれ」ランサム医師は重々しく吊るした蠟のパネルを見つめた。「その靴のおかげで永田軍曹が苛々しっぱなしだ」

「ピカピカに見えるようにしておきたいんだ」

「今でも充分にピカピカだ。アメリカ軍のパイロットにも見えたに違いない。きっと、ここにはゴルフコースがあると思って、そのうち、その靴の先革に合わせて方位をセットするようになるぞ」

「それって、僕が戦争活動に力を貸してるってこと？」

「ある意味では、そういうことだ……」ジムが靴をはこうとすると、医師が足首をつかんだ。脚にできた傷のほとんどが炎症を起こし、乏しい食べ物のせいもあってなかなか治らずにいたのだが、右足首の上の傷が膿《うみ》で腫れ上がってペニー硬貨ほどの潰瘍《かいよう》になっていた。ランサム医師は溶けた蠟のトレーを動かし、金属の小皿に入れたスプーン一杯の水をキャンドルランプで沸かした。そして、綿棒で潰瘍をつぶし、膿を出してから、湯できれいに洗った。

ジムは抗議することもなく、医師の処置を受け入れた。ジムが龍華《ロンホア》で密接な絆《きずな》を築き上げたのはランサム医師とだけだったが、ただ、医師が多くの点でジムの行動を良しとしていないことはわかっていた。ジムが戦争にかかわる明白な事実を――人間はどこまでも戦争に順応できるという事実を――暴き出したことに、医師は腹を立てていた。折々に、ジムがラテン語を楽しんでいるのには間違った理由があるのではないかという疑いをあらわにすることもあった。イギリスの寄宿学校（ジムはどうやら龍華《ロンホア》と同じくらい抑圧的な寄宿学校のどこかに行くことになっているようだった）の教師を兄に持つランサム医師は、龍華《ロンホア》に来る前は、プロテスタントの宣教師たちとともに内陸部で働いていた。医師というよりも寄宿学校の監督生かラグビーのキャプテンという印象が強かったが、この態度がどこまで計算されたものなのか、ジムには確信が持てなかった。医師は、自分にとってそのほうが都合がいい時には恐ろしくまわりくどい対応をすることに、ジムは気づいていた。

「さて、ジム、宿題はやってあるな……」医師はラテン語の入門書を開いた。営舎小屋と宿舎棟の前に収容者たちが集まっているのが気になっている様子だったが、そちらには顔を向けず、教科書をじっと見据えた。何百人もの男女が大勢の子供たちを連れて練兵場を横切っていった。ランサム医師は質問を開始した。ジムはテーブルの下で靴を磨きつづけた。

「『彼らは愛されていた』……？」

「*Amabantur*」

「『私は愛されるだろう』……？」

「*Amabor*」

「『あなたは愛されているだろう』……？」

「*Amatus eris*」

「よし。次は予習なしの問題を出そう。語彙に関してはヴィンセント夫人が手伝ってくれるはずだ。君があれこれ尋ねても夫人は嫌がらないね？」

「今はね」ジムは感情を交えずに、夫人の気持ちの変化を報告した。ランサム医師が女性特有の問題に関して何か有用な対処法を知っていたのだろうとジムは推察していた。

「結構。みんな、それぞれに得意なことで励ましてあげることが必要なんだ。三角法に関しては夫人はたいして役に立たないだろう」

「うん、ミセス・ヴィンセントに三角法を手伝ってもらう必要はないよ」ジムは三角法が楽しくてならなかった。ラテン語や代数とは違って、幾何学の一分野である三角法は、今のジムの意識にとって一番密接なテーマ、空中戦にダイレクトにかかわっていた。「ドクター・ランサム、マスタング部隊と一緒に飛んでいたアメリカの爆撃機は時速五百キロで移動していた——キャンプに映った影を脈で計ったんだ。あの爆撃機が龍華《ロンホア》飛行場に爆弾を命中させたいのなら、一キロ離れた地点で投下しなきゃならないってことになる」

「ジム、君は戦争の申し子だな。そのことはたぶん、日本の高射砲の砲手たちにもわかっていると思うが」

ジムは椅子に背を預けてじっくりと考えてみた。「わかっていないかもしれない」

「だとしても、我々が日本軍に教えるわけにはいかない——だろう？　それだとアメリカのパイロットたちにアンフェアになる。現実には、日本軍は極めて多数の爆撃機を撃墜している」

「でも、撃墜しているのは飛行場の上でだよ」ジムは解説する。「その時にはもう爆弾は投下されているんだ。滑走路に爆弾が落ちるのを阻止したいのなら、一キロ離れたところにいる爆撃機を撃ち落とさなければいけないんだ」これによって実現するかもしれない状況を考えて、ジムは興奮した。この新しい戦術を太平洋上のすべての日本軍基地に周知徹底させれば、戦況が一変して龍華《ロンホア》キャンプは存続しつづけられるかもしれない。ジムはアマースト・アベニューの無人の家で白いピアノを弾いてみた時のように、十本の指でテーブルを叩いた。

「そうだな……」ランサム医師は腕を伸ばしてジムの手をそっとテーブルに押しつけ、興奮を鎮めようとした。そして、新たな綿の布を一枚、蠟のトレーに浸した。「三角法はやめて、しばらく代数に集中することにしよう。我々は戦争が終わってほしいと思っている」

「もちろんだよ、ドクター・ランサム」

「ジム、君は戦争が終わってほしいと思っているのか?」この点について医師が疑っているように思えることがしばしばあった。「ここにいる大勢の人たちはもうそんなに長くはもたない。君はお母さんとお父さんに会いたいんだろう?」

「うん。毎日、二人のことを考えている」

「よし。両親がどんな顔だったか憶えているか?」

「憶えてるに決まってる……」ランサム医師に嘘をつくのは嫌だったが、実際に頭の中に浮かんでいたのは、居住スペースの壁に留めつけた知らない男女の写真だった。この男女が代用の両親だということを、ランサム医師に明かしたことはなかった。未来への信頼を維持していくには、母と父の記憶を保ちつづけるのが重要なのはわかっていたが、しかし、両親の顔はすでにぼんやりとした靄《もや》になってしまっていた。こんな形で自分をだましていることをランサム医師は良しとしないだろう。

「顔を憶えていると聞いて嬉しいよ、ジム。でも、二人とも変わってしまっているかもしれない」

「わかってる——二人ともおなかをすかせてるだろうね」

「空腹だけじゃない。戦争が終わった時から、何もかもが信じられないほど不確かになっていく」

「だからこそ、僕らはキャンプにとどまっているべきじゃないの?」ジムはこのフレーズの響きが気に入った。大多数の収容者は、その後、自分たちの身に何が起こるか、現実的な考えはいっさい持たないままに、キャンプを離れることについて話し合っている。「龍華《ロンホア》にいる限り、日本軍が面倒を見てくれるんだから」

「その点については確信は持てない。我々はすでに厄介者になっている。彼らはもう我々を養っているわけにはいかないんだ、ジム……」

そうだったんだ——ジムは思った。ランサム医師がこれまでやってきたのは、この事態を見越してのことだったんだ。静かな徒労感が全身を包んでいった。これまで長い時間、糞尿の入ったバケツを運び、病院の野菜畑に苗を植え、水をやり、マクステッド氏と一緒に配食のカートを引いてきたのは、キャンプを継続させつづけるためのジムなりの努力の一端だった。しかし、ジム自身にもずっとわかっていたことなのだが、食糧の供給は日本軍の気分ひとつにかかっている。ジム自身の感情や生き延びるという決意など最終的には何の意味もない。実際の活動も、死から蘇ったように見えたあのベルギー人女性の目の動きと何ら変わりはないのだ。

「これからも食糧は来る?」

「ある程度は来ることを願おう。だが、日本軍はもう自分たちの食糧を確保することもできない。アメリカの潜水艦が……」

ジムはピカピカに磨き上げたゴルフシューズの先革をじっと見つめた。母と父が生きている間に、この靴を見せたかった。気力を奮い立たせ、何としてでも生き延びるのだという以前の強い意思を呼び覚まそうとした。そして、病院の墓地の死体の群れが与えてくれる、あの不思議な快感を――自分は間違いなく生きているという、罪の意識を伴った興奮のことを、意識的に思考の表層に浮かび上がらせた。ジムが墓掘りをするのをランサム医師がなぜ快く思っていないのか、その理由がわかったような気がした。

ランサム医師は代数の教科書のいくつかの練習問題にチェックマークを入れ、連立方程式を書いた二枚の紙絆創膏をジムに渡した。そして、立ち上がると、ジムのポケットから三個のトマトを取り出してテーブルの蠟のトレーの横に置いた。

「病院の畑から取ってきたんだな?」

「うん」ジムは率直なまなざしを医師に向けた。最近、ジムは、大人の目でランサム医師を見るようになりはじめていた。長い抑留生活と、日本兵との絶え間のない衝突が、まだ若い医師に中年の風貌を与えるに至っていた。このところ、ランサム医師はよく、ジムの窃盗行為はもとより、自分自身にも確信が持てなくなるようだった。

「ベイシーに会う時には必ず何か持っていかなくちゃならないんだ」

「知っている。ベイシーと友達なのはいいことだ。彼はどんなことがあっても生き延びるサバイバーだが、サバイバーは時として危険な存在になる。戦争はベイシーのような人間のためにあるんだ」医師はジムの手にトマトを載せた。「これは君が食べてほしい、ジム。ベイシーには何か別のものをあげよう」

「ドクター……」ジムは何かランサム医師を安心させられる方法はないかと頭の中を探った。

「永田軍曹に射程距離一キロのことを教えてあげれば……日本軍はこれ以上、飛行機を撃ち落とせなくなるだろうけど、僕らに少しは食べ物をくれるんじゃないかな……？」

これを聞いて、ランサム医師は初めてにっこりと笑った。薬品保管棚の鍵を開けてスチールの金庫からコンドームを二個取り出した。「ジム、君はプラグマティストだな。これをベイシーにあげれば、何かをくれるだろう。さあ、トマトを食べて、行きたまえ」

26 龍華《ロンホア》高校二年生

「私たち、龍華《ロンホア》高校二年生
男の子たちはみな虜《とりこ》

ＣＡＣ（民間人収容センター）なんてどうでもいい
火曜の夜は大パーティ……」

練兵場を横切ってＥ棟に向かう途中、ジムは足を止めて、６号営舎小屋の階段で今度のコンサートパーティの稽古をしている龍華《ロンホア》劇団の様子を眺めた。劇団のリーダーはキャセイ銀行の元主事のウェントワース氏で、ウェントワース氏の芝居がかったオーバーな所作はいつもジムの目を引きつけた。参加した誰もが注目の的になれるアマチュア演劇がジムは大好きだった。以前、『ヘンリー五世』の小姓《こしょう》をやった時にはこの役を満喫し、ウェントワース夫人が急いで縫ってくれた紫のビロードの衣装は、ジムがこの三年間に身につけてきたものの中で唯一まっとうな服と言えるものだった。ジムは、その次の公演の『真面目が肝心』でもこの衣装を着て出たいと申し出たのだが、ウェントワース氏はこの申し出を丁重に断り、ジムには役を与えてくれなかった。

「……討論会に講演会
そして楽しいコンサート」

稽古は順調とは言えなかった。ピエロのコスチュームを着たコーラスガール役の四人の女性は、荷造り用の箱で作った間に合わせのステージ上で歌詞を思い出そうとしていた。空襲に動揺しきった四人はウェントワース氏を無視し、今も上空に耳をすましていて、暑い夏の陽が降りそそいでいるというのに腕をさすってあたためていた。

　見物人たちがうんざりした面持ちでステージの前を離れていき、ジムも、あとは役者たちの好きなようにさせておくことにした。龍華《ロンホア》劇団のメンバーは自惚《うぬぼ》れ度が最強のイギリス人家族の中から選ばれていて、彼女たちの気取った甲高い声には滑稽ささえ伴っていた。それは前の冬にランサム医師が企画したラグビーマッチ――およそ常識を欠いたありえない企画――も同じで、試合に登場した餓死寸前の男たち（龍華高校二年生の夫たち）は練兵場でよろよろとグロテスクなラグビーのパロディを繰り広げ、すぐにボールもまわせないほどに疲れきって、仲間の収容者たち――ラグビーのルールを知らないという理由で試合に出してもらえなかった観衆――から強烈な野次を浴びせられた。

　ジムは衛兵所の前を通り過ぎ、キャンプ内の状況をざっとチェックしてまわった。ゲート脇には、上海から日々の食糧を運んでくる軍用トラックの到着を待つ一団の収容者の姿があった。配給量がカットされるという公式の発表はなかったものの、そのニュースはすでにキャンプじゅうに広まっていた。

　注目すべきは、ゲートの前にいる中国人の数が減っていることだった。道端の草の中に死んだ農婦がひとり横たわっていたが、解体された傀儡軍の脱走兵と仕事のない人力車夫たちの姿は消えて、うずくまった何人かの老人と青白い顔の子供が二、三人、輪になって残っているだけだった。

ジムは男性専用のE棟に入り、階段を登って三階に行った。E棟にいるイギリス人は、天気にかかわりなく、ほとんどの時間をそれぞれの寝台で過ごしていた。マラリアで動くこともできず、汗と尿でぐっしょり濡れた藁《わら》のマットに横たわったままの者も何人かいるが、それなりに歩ける体力を残している者も、何時間も自分の手を調べたり壁を見つめたりして無為に過ごしているばかりだった。

これだけ大勢の大人がキャンプの現実に向き合おうとしないのをまのあたりにするたびにジムは憂鬱になったが、それでも、アメリカ人の居住区画に着いた途端、気分は回復した。ジムはアメリカ人が好きだった。アメリカ人の言動のすべてに満足していた。皮肉とユーモアでいっぱいのこの区画に入るといつも気分が昂揚した。

アメリカの船乗りたちは、かつての二つの教室を占領し、仕切り壁を取り払った天井の高い部屋で六十人ほどが暮らしていた。ジムは、個人用のスペースが連なる迷路を見わたした。E棟のイギリス人は寝台が並んだ大部屋でそのまま暮らしているが、アメリカ人は、すり切れたシーツや木の板や藁のマットや竹の簾《すだれ》など、手に入る物を手当たりしだいに使って、それぞれに小さな居住空間を作っていた。時々外に出ていってのんびりとソフトボールをやったりするグループもいたが、普段はそれぞれのスペースで寝台に寝そべり、着実なペースでやってくるティーンエイジャーの女の子や独身のイギリス人女性を――時には夫がいる者も――もてなして過ごしていた。彼女たちがアメリカ人に引き寄せられる理由はジムの場合とたいして変わりはなかった。

ジムを魅了してやまない品々の際限ない供給を生み出しているのは――そのメカニズムはさっぱりわからなかったが――どうやらこの性活動らしかった。アメリカの船乗りたちがキャンプに持ち込んだ宝の山は今では第二の通貨として流通していた。コミックブック、ライフ、リーダーズダイジェスト、サタデイ・イブニング・ポスト、新案のペン、リップスティック、パウダーコンパクト、派手なネクタイピン、カウボーイバックル――ジムの目にはマスタング戦闘機のスタイルと魔力を兼ね備えているとしか思えない、安ピカ物の一大コレクション。

「おや、上海ジムじゃないか……」

「坊や、ベイシーがカンカンだぜ……」

「チェスを一丁やるか？」

「ジム、お湯で髭を剃ってほしいんだけどな」

「ジム、左利き用のドライバーを持ってきてくれ。それと元気をバケツに一杯……」

「なんでベイシーがジムにカンカンなんだ？」

ジムはアメリカ人たちと次々に挨拶を交わした。ソフトボールの魔法使いにしてチェスフリークのコーエン、優しい大男の機関員でコミックブックの王者ティプトリー、いまひとりの客室係・哲学者のヒントン、電気技師で龍華《ロンホア》随一の精力を誇るデインティ――ジムのためになることをいろいろとしてくれて、ひっきりなしにジムをからかう、気のいい男たち。彼らのほとんどがジムを好いていて、ジムの姿を見ると次々と声をかけてくる。ジムはお返しに、そしてアメリカを尊敬するがゆえに、彼らのために際限のない走り使いをする。個人用のスペースのいくつかは閉ざされていたが——訪問者たちをもてなしている最中だ——、それ以外は、居住者が寝台に横になったまま周囲の状況を観察できるようにカーテンが上げられている。マラリアで苦しんでいる年配の船乗りが二人いたが、具合が悪いからといってくよくよするようなことはほとんどない。総体的に見てアメリカ人は最高の仲間だ——ジムはそう感じていた。日本人みたいに不可思議で挑戦的なところもないし、むっつりしていてややこしいイギリス人よりははるかに上だ。

ベイシーはなんで僕に怒っているんだろう？　ジムは吊り下げられたシーツの間の狭い通路を進んでいった。何人かの訪問者の声が聞き取れた。夫への不満を述べ立てている5号営舎小屋のイギリス人女性の声、寡夫の父親と一緒にG棟で暮らしている二人のベルギー人の若い娘が何かを見せられてくすくすと笑う声。

ベイシーの個人用スペースは北西の角にあって、二つの窓からキャンプの全容を見わたすことができた。ベイシーはいつものように寝台に座り、衛兵所の前の日本兵の様子をうかがいながら、隣のスペースの居住者で彼の筆頭の子分であるデマレストから最新の報告を受けていた。長袖の綿のシャツは、色あせてはいるものの、きっちりと折り目がついている。ジムが洗濯をして干したあと、ベイシーはいつもシャツを複雑な折紙のようにたたみ、マットの下に滑り込ませるので、改めて出してくる時にはデパートで買ったばかりのようなシャープな折り目がついているのだ。寝台の付近からめったに移動することがないベイシーは、ジムの目には、キャンプ所長の佐倉氏よりも冷静で動作もきびきびしているように見えた。実際、龍華《ロンホア》での歳月がもたらしたストレスはあらゆる面で佐倉氏よりもベイシーのほうがずっと少なかった。ベイシーの手と頬は、不健康な女性のように青白かったが、今もやわらかくなめらかだった。蒸気船オーロラ号の食器室にいるかのように自分の空間内を動きまわるベイシーは、龍華《ロンホア》キャンプを、それ以前にずっと眺めてきた外の世界とまったく同じように見なしていた。彼にとってのキャンプは、言ってみれば、次々とやってくる不用意な乗客のために抜かりなく準備を整えておくべきひと続きの船室のようなものだった。

「入れよ、坊主。そんなにハアハアするのはやめてくれ。ベイシーがカッカするぞ」デマレスト——元バーテンダー——は口を動かさずにしゃべった。ジムが考えているように、以前は腹話術師だったのか、あるいはマクステッド氏が主張するように、長期間刑務所で過ごしてきたのか。

「この子ならいいんだ……」ベイシーがジムに座るようにと差し招き、デマレストは自分のスペースに戻った。「この坊やには龍華《ロンホア》じゅうの空気でも足らないんだ。そうだろう、ジム？」

ジムは息切れを鎮めようとした。ランサム医師によれば、赤血球の数が充分ではないということだったが、ランサム医師とベイシーは言い方が違うだけで同じことを言っている場合が多かった。

「うん、ベイシーの言うとおりだよ。マスタングがキャンプの空気を全部持っていっちゃったんだ。空襲は見た？」

「聞こえた……」ベイシーは暗いまなざしをジムに投げた。空襲の凄まじい轟音の責任がジムにあるとでもいうかのようだった。「あのフィリピン人のパイロットどもときたら、遊園《コニーアイ》地《ランド》の飛行学校に行ったに違いない」

「フィリピン人？」ようやく肺が落ち着いた。「あのパイロットたち、本当にフィリピン人だったの？」

「何人かはな。マッカーサーのチームが動かしている航空団は二つ。あとは重慶《チョンチン》をベースにしている老いぼれ戦闘機部隊のフライング・タイガースだ」ベイシーは物知り顔でうなずき、俺は何でも知っているんだ、わかったか？——というふうにジムを見つめた。

「重慶《チョンチン》……」ジムはわくわくした。これはジムの心を大いに沸き立たせる類の情報だった。ただ、ジムは、ベイシーがいつも情報を自分に都合のいいようにいろいろと脚色していることを知っていた。キャンプのどこかに秘密のラジオがあって、これまで発見されるには至っていないのだが、それは隠し方が優れているからではなく、熱心に密告を繰り返す収容者たちの誤った情報に日本兵が完全に混乱させられているからだった。ジムもあらゆる努力をしてラジオの在りかを突き止めようとはしたものの、いまだ果たせずにいる。このラジオは長期にわたって機能しないことがある。その後、ベイシーが自分の言葉で作り上げた〝もうひとつの戦争〟のニュース速報をジムに提供する。実のところ、ジムには噂とあからさまなフィクションがほとんど区別できなかったが、それでもいつも感銘を受けたふりをした。それはベイシーとの親密な関係を維持していく重要な手段だった。

もうひとつ、ジムの語彙が増えていくのにベイシーが関心を持ちつづけているということがあった。

「今日の勉強は終わったのか、ジム？　新しい言葉をたくさん憶えたか？」

「うん、今日はラテン語がいっぱい」ベイシーは、ジムのラテン語の上達ぶりには注目したが、すぐに飽きてしまい、ジムも *amo* の受動態を全部暗唱するのはやめにした。「英語の新しい言葉もいくつかあるよ。たとえば〝プラグマティスト〟」これに対してベイシーが憂鬱げな態度で応《こた》えたので、ジムはこう続けた。「それと〝サバイバー〟」

「サバイバー？」今度はベイシーは楽しげに笑った。「それは役に立つ言葉だ。お前はサバイバーか、ジム？」

「うーん……」ランサム医師はサバイバーを褒め言葉として使いはしなかった。ほかに何かベイシーの興味を引きそうな言葉はなかっただろうか……。ベイシーが実際にこうした言葉を使うことはなかった。頭の中に蓄えて、しかるべき時が来たら使うために取っておいているように——複雑に入り組んだフォーマルな世界での人生に向けて自分を準備しているかのように——思えた。

「ほかにニュースはないの、ベイシー？　アメリカ軍が呉淞《ウーソン》に上陸するのはいつ？」

だが、ベイシーはもうほかのことに気を取られていた。頭を枕に置き、山をなす所有物の重みに悩んでいるとでもいうように、自分のスペースにある様々な物を見つめていた。一見、古い敷物と籐の籠だけでいっぱいとしか見えない空間だが、実際に詰め込まれている品々はまさに究極の万屋《よろずや》だった。アルミの鍋にフライパン、各種の女性用のスラックスとブラウスの取り合わせ、麻雀のセット、テニスのラケットが数本、左右の揃っていない靴が六つ、そして膨大な量の古いリーダーズダイジェストとポピュラーメカニックス。どれも物々交換で手に入れたものだが、いったいベイシーの側が何を提供したのか、ジムには見当もつかなかった。ランサム医師と同様、ベイシーがキャンプに来た時には何も持っていなかったのだ。

一方で、ジムはある時、このすべてが役に立たない物ばかりだということに思い至った。キャンプの収容者でテニスができるだけの体力がある者はひとりもいない。靴はどれも穴だらけで、フライパンで調理するものもいっさいありはしない。元客室係は、狡猾さにおいては抜きん出ているとはいえ、ジムが最初に南市《ナンタオ》の造船所で出会った時の明白な限界のある人物からまったく変わっていなかった。世界をクリアに見通してはいるが、その世界は小さく、結局のところ、自分のまわりでケチな窃盗を働くといった、ごくごくささやかな可能性を満たすだけのものでしかなかった。戦争が終わったらいったいベイシーはどうなるんだろう？

――ジムにはそれが心配だった。

「仕事だ、ジム」ベイシーが告げた。「罠は仕かけてあるな？　どこまで行った？　クリークは越えたか？」

「クリークを越えたすぐ先。古い体育館があるところまで」

「よし……」

「キジは一羽も見かけなかった、ベイシー。キジなんていないんじゃないかな。飛行場に近すぎるし」

「キジはいる、ジム。だが、罠は上海に行く道路に移動させる必要がある」ベイシーは鋭いまなざしを向けた。「それと、デコイ——囮《おとり》用の模型を置かなくてはならん」

「デコイを置ければいいね」デコイならもういるじゃないかとジムは思った。僕自身だ。罠を設置するというこの企てはキジを捕まえることとはいっさい関係がない。アメリカ人の誰かが上海に行こうと計画していて、僕は脱出ルートのテストに使われているんだ。でなければ、退屈した船乗りたちがゲームをやっていて、監視塔の日本兵に撃たれるまでに僕がどれくらい遠くまで罠を持っていけるか、みんなで賭けをしているのかもしれない。僕のことを好いていても、彼らにとっては、僕の命で賭けをするくらい何でもない。それが、ほかの者にはないアメリカ人だけの特別なユーモア感覚なのだ。

疲労に体が揺らぎ、寝台の足もとで横になりたいと思った。ベイシーは何かを期待するようにジムを見ていた。ここの窓から病院の畑で働いている僕を見ていたのなら、僕が豆かトマトを差し出すのを待っているんだろう。ベイシーは常にこうした物珍しい食べ物を要求したが、その一方で、彼なりの気前の良さも持ち合わせていた。ジムがまだ子供だった頃には、何時間もかけて銅線と木綿の糸でいろんな玩具《おもちゃ》を作ってくれたし、精巧な疑似餌をいくつも縫い上げて、二人して、あちこちに漂っているブイに吊り下げたりもした。ジムの誕生日にプレゼントをくれたのはベイシーだけだった。

「ベイシーに持ってきたものがある……」ジムはポケットから二個のコンドームを取り出した。ベイシーが寝台の下から錆びたビスケットの缶を引っ張り出した。蓋が開けられると、何百個ものコンドーム――アメリカ人の言うところでは〝避妊用具〟――がぎっしり詰まっているのが見えた。キャンプの最初の通貨は煙草だったが、そのストックが吸いつくされた結果、今ではこの薄汚れたゴム製品が通貨としてトップの地位を占めるに至っていた。ただ、流通しているコンドームの数はこの三年間でほとんど減っていない。それは、龍華《ロンホア》での性行為が少ないからではなく、交換の基本単位としての避妊具の価値が極めて高いために、くだらない目的のために使ってしまうわけにはいかなかったからだ。アメリカ人の船乗りたちはコンドームをポーカーのチップに使っていた。収容者の全員がインポテンツか生殖能力がないという状況でコンドームの価値が上昇しつづけているのは二重に皮肉なことだ――以前、ランサム医師がそんなふうに言うのを聞いたことがあった。

　ベイシーはジムが渡したコンドームをチェックした。きれいなままなのが解せない様子だった。

「どこで手に入れた、ジム？」

「いい品だよ、ベイシー。一番いいタイプなんだ」

「そうなのか？」ベイシーは、思いもかけない領域で発揮されるジムの専門的な知識をそのまま受け入れることが多かった。「ドクターの薬品棚を覗いたんだな」

「トマトはなかったんだよ、ベイシー。空襲でだめになって」

「あのフィリピン人のパイロットども……いや、そんなことはどうでもいい。薬品棚のことを聞かせてくれ。薬がいろいろ置いてあるんだろう？」

「たくさんあった。ヨード、マーキュロ……」実のところ、病院の薬品棚は空《から》っぽだった。ジムは家のバスルームにあった父の薬品棚を思い出そうとした。そこには、大人の体をめぐる謎めいた世界を要約する不思議な名前が並んでいた。「ペッサリー（避妊具の一種）、リンクタス（咳止めシロップ）、サポジトリー（薬座）……」

「サポジトリー？　横になれ、ジム。疲れがひどくなっているようだ」ベイシーはジムの肩に腕をまわした。二人は窓ごしに、到着が遅れている上海からの食糧運搬トラックを待つ大勢の収容者を見つめた。「心配するな、ジム、すぐにたっぷりと届く。ジャップどもが配給を止めるとかいう話は忘れろ」

「止めるかもしれないよ、ベイシー。僕らは日本軍にとって厄介者なんだから」

「厄介者？　ドクター・ランサムはそんな言葉ばっかりでお前を心配させているってわけか。いいか、ジム、ジャップたちには、俺たち以上に厄介なことがどんどん降りかかっているんだ」ベイシーは枕の下に手を伸ばし、小さなサツマイモを取り出した。「俺が今日の仕事を確認する間に食べておけ。仕事が終わったら、リーダーズダイジェストを一冊やるから、G棟に持って帰っていい」

「わあ、ありがとう、ベイシー！」ジムはサツマイモにかぶりついた。彼はベイシーのこの空間が好きだった。役に立たない物ばかりであっても、物がいっぱいあるのは安心感を与えてくれた。ランサム医師のところと同じように——ランサム医師のまわりには言葉が溢れている。ラテン語の単語や代数の用語も役には立たないけれど、ひとつの世界を作り上げるのを助けてくれる。未来に対するベイシーの確信に満ちた言葉はジムを元気づけてくれた。

はたして——皮は夜のために取っておいて、指についたサツマイモの最後のかけらを舐め取った時、収容者たちの食糧を積んだ上海からの軍用トラックが到着した。

27 処刑

銃剣を手に、食糧運搬トラックの運転席の後ろに立っている二人の兵士の脚は太腿までサツマイモとひき割り小麦の袋に埋もれていた。だが、ベイシーの部屋の窓から身を乗り出したジムには、配給が半分になっていることがわかった。いくばくかでも食べ物が届いたのは嬉しかったが、それでもやはり落胆を抑えることはできなかった。数百人の収容者が、ポケットに手を突っ込み、木のサンダルをカタカタいわせながらトラックのあとをぞろぞろと調理場のほうに歩いていった。もしトラックが空《から》だったら、この人たちはいったいどんな行動を見せていただろう? 戦争の最終ステージに対しては、収容者の誰ひとりとして——ランサム医師でさえ——気力を奮い立たせることはできないように思えた。ジムはほとんど飢えを歓迎する気分になりかけていた。空腹がつのれば、マスタングがもたらしたあの不思議な光がまた見えるかもしれない……。

アメリカ人たちが続々とそれぞれのスペースから出てきて窓に張りついた。デマレストが上海北部の造船所エリアから立ち昇る何本もの煙の柱を指差した。造船所エリアは二十キロ近く離れているにもかかわらず、打ち捨てられた水田の広がりの彼方から猛烈な轟音が聞こえてきた。爆弾が炸裂してから時間をかけて大地を渡ってくる雷の轟《とどろ》き——その音が窓という窓をドラムのように叩いた。これが龍華《ロンホア》の無気力な収容者たちに向けられた最後通告なのかどうかは判然としなかった。

ジムはアメリカの飛行機の姿が見えないかと煙の奥に目を凝らした。龍華《ロンホア》飛行場の飛行可能な零戦《ゼロせん》は十機あまりあったが、迎撃に向かったものはなかった。

「B－29？」

「そのとおり、ジム。スーパーフォートレス爆撃機だ。我々は半球防衛兵器と呼んでいる。グアムから飛んできたんだ」

「グアムから……」ジムは感銘を受けた。これら四発エンジンの爆撃機は太平洋を越えて、ジムがかつてかくれんぼをして何時間も楽しい時を過ごした上海の造船所エリアを攻撃しにはるばるやってきたのだ。B－29はジムを畏怖させた。巨大な流線形の爆撃機はアメリカのパワーと優美さのすべてを結集したものだった。通常、B－29は日本の高射砲が届かない高度を飛行するが、二日前にジムは、水田地帯の地上わずか三十メートルの超低空をキャンプの西に向けて飛んでいく一機のスーパーフォートレスを見た。四発エンジンのうち二発が炎上していたが、流麗なカーブを描く突き立った垂直尾翼の巨大爆撃機の姿に、ジムは日本が戦争に負けたことを確信した。その後、捕らえられた乗員の姿も見た。彼らは数時間、龍華《ロンホア》の衛兵所に留め置かれていた。何よりもジムを驚嘆させたのは、この複雑きわまりないマシンを飛ばせているのが、コーエンやティプトリーやデインティのような男たちだということだった。これがアメリカなのだ。

ジムは一心にB－29のことを考えた。あの銀色の機体を抱きしめたい。エンジン収納筒に手を走らせてみたい。マスタングは美しい飛行機だけど、スーパーフォートレスは別次元の美の領域にある……。

「落ち着け、坊や」ぶるぶると震えるジムの胸にベイシーが腕をまわした。「龍華《ロンホア》からはずっと離れている。お前、自分から突っ込んでいきそうな勢いだぜ」

「大丈夫だよ。戦争はもう終わりかけているんだね?」

「そうとも。お前にとっては、そんなにすぐじゃないかもしれんが。なあ、上海で〝ヘル・ドライバーズ〟のショー（一九三〇年代に始まったスタントドライバーたちによるカーアトラクション）を見たことはあるか?」

「うん、見た、ベイシー！　燃えてる壁にものすごいスピードで突っ込んでクラッシュした！」

「ならいい。落ち着いたところで仕事にかかれ」

それからの一時間、ジムはベイシーに与えられた仕事を忙しくこなしていった。まず、衛兵所の裏手にある池に水を汲みにいく。バケツを持ってE棟に戻ってきたところで、火を起こす燃料を探しにかかる。ベイシーは今も飲料用には沸かした水でないとだめだと言っているが、燃料になるものは乏しく、この作業はなかなかたいへんだった。何本かの小枝と藁《わら》のマットの切れ端をかき集め、それから、E棟周辺の簡易舗装路をサーチして、埋め込まれているコークスの破片をほじくり出す。舗装に使われている石炭殻でも驚くほどの熱を発した。

コンロに火がつくと、なかなか燃え上がらない炎に息を吹き込み、粘土製のコンロの焚き口の細くなった部分にコークスのかけらを置く。ランサム医師が教えてくれたところでは、この細くなった部分は空気の流れが一番速くなるのだ。湯が沸いたら、その濁った水の上澄みを飯盒《はんごう》に注ぎ、三階に持っていって、ベイシーの寝台脇の窓棚に置いて冷ましておく。それから、ベイシーの汚れたシャツや衣類をかき集め、残った湯で洗う。洗い物はしばらく置いておいていいので、その間《かん》に、ベイシーの配給食をもらうために調理場に向かう。E棟の収容者への配給は毎日一番あとということになっていて、調理場の前には男だけの長い列ができていた。ベイシーのひき割り小麦とサツマイモをもらうために待つ長い時間を、ジムはいつも大いに楽しんだ。男たちの間で、自分も大人になりつつあるのだと感じることができた。潰瘍《かいよう》と蚊の刺し跡でいっぱいの汗だくの男たちの列からは攻撃的な臭いが発散されていて、衛兵たちが彼らを警戒していることがジムにも理解できた。大量の汚い言葉が頭上を飛び交った。女性の体や秘部をめぐっての動物じみた生々しい話の数々――それは、もはや自分には実行できないことを事細かにしゃべることによって、この痩せ衰えた男たちがみずからを奮い立たせようとしているかのようにも思われた。ただ、そこには常に、カタログに載せて保存しておくべきフレーズがあり、ジムはそれらを、自分のスペースで寝台に横になってからじっくりと味わった。

ベイシーのシャツと配給食を持ってE棟に戻る頃には、ジムは、自分にはもうその権利があるのだという感覚になっていて、デマレストを押しのけてベイシーのスペースに入ると、寝台の足もとに座ってベイシーがひき割り小麦の粥を食べるのを眺めた。ベイシーは算盤《そろばん》を弾《はじ》く中国人の商店主のようにコクゾウムシを弾き飛ばしながら粥を食べた。

「今日はみんなよく働いたな、ジム。お前の父さんも我々のことを誇らしく思うぞ。父さんはどこのキャンプにいると言っていた?」

「蘇州《スージョウ》中央キャンプ。母さんもいる。ベイシーにもうすぐ会ってもらえる」両親に再会する時にはベイシーに立ち会ってほしいと思っていた。そうすれば、母さんと父さんが僕を見分けられなくても、ベイシーが保証してくれる。

「俺もお前の両親に会いたいよ。内陸のキャンプに移っていなければだが……」

ジムはベイシーの声の微妙な変化に気づいた。「内陸?」

「ああ、その可能性がある。ジャップたちは収容者を上海近郊のキャンプから移動させようとしているらしい」

「そうすれば、僕たち、戦争から離れられる?」

「そう、戦争から離れられる……」ベイシーはサツマイモを寝台の下のフライパンの間に隠した。それから靴とテニスラケットの間をかきまわし、リーダーズダイジェストを一冊引っ張り出して、汚れたページをパラパラとめくった。これまでE棟の居住者全員に十回以上読まれた雑誌には乾いた血と膿《うみ》がこびりついた脂じみたテープが何重にも貼られ、表紙とすり切れた背をかろうじてつなぎ止めていた。

「ジム、今でもダイジェストを読むか？　こいつは四一年の八月号だが、なかなかいい記事がいくつか載っている……」

ベイシーはジムが示す興奮のひとつひとつをじっくりと楽しんだ。手の込んだじらしは儀式の一部だった。ジムは辛抱強く待った。ベイシーが自分を利用していること、古い雑誌と引き換えに日々不当な労働を押しつけていることは充分にわかっていた。ジムがアメリカに取り憑かれていること――アメリカの物なら何でも渇望の的であること――は、ここにいる退屈した船乗りたちにとっては一目瞭然で、彼らは彼らなりに楽しみながらジムをやきもきさせ、ジムが余分のサツマイモと同じくらい必要としている古いライフやコリアーズを配給してくれた。雑誌は絶望的な想像力の飢えを満たしてくれるものだった。

この対等ならざる交換――雑誌と引き換えに様々な仕事をすること――はまた、キャンプを存続させていくためのジムの意識的な試みの一環でもあった。コストがどれほどかかってもかまわなかった。この活動は、ジムがずっと抑えつけようとしてきた不安をシャットアウトしてくれた。龍華《ロンホア》での日々が終わってしまうのではないかという不安、気がついたら自分は再び滑走路の建設をやっているのではないかという不安。燃え上がるマスタングのパイロットから発せられたあの光は、ジムにとってひとつの警告となっていた。ベイシーやデマレストやコーエンのために走り使いをしている限り、調理場との間を行き来し、水を運び、チェスをしている限り、ジムは、戦争が永遠に続くという幻想を保っていることができた。

リーダーズダイジェストを手にE棟を出たジムは、入口の階段に腰をおろした。まぶしい陽光に目を細めて、まだ雑誌を開いてはならないと自分に言い聞かせた。食事を終えた男たちは何人かずつグループになってバルコニーをぶらぶらしている。入口の柱の間の日陰は体調の悪い者たち優先の場所になっていて、かたまってうずくまっている男たちは、バンドの裏手に建ち並ぶオフィスビルのエントランスの乞食の群れを思わせた。

ジムの隣には先施公司《シンシアデパート》のフロアマネジャーだった若い男がいた。マラリアの最終段階にあって、半裸でセメントの階段に座り、熱で体をガタガタ震わせながら、コンサートパーティの稽古をしている龍華《ロンホア》劇団を見つめていた。鉄分がすべて抜けて真っ白になった唇が音のないフレーズを繰り返していた。

この骸骨同然の人を何とか元気づけてあげることはできないものか。そう思ったジムはリーダーズダイジェストを差し出したが、即座に後悔させられることになった。男は両手で雑誌をぎゅっと握りしめ、ぐしゃぐしゃにねじってしまった。印刷された文字が様々な記憶に火をつけたかのようだった。彼はかろうじて聞き取れるかすれた声で歌いはじめた。

「……男の子たちはみな虜《とりこ》

「CACなんてどうでもいい……」
脚の間から無色の尿が溢れ出し、階段を伝いはじめた。手から雑誌が落ちた。ジムは雑誌が尿で濡れる寸前に急いで拾い上げた。上体を起こした時、衛兵所で空襲を知らせるサイレンが響いた。が、数秒後、収容者たちが建物の中に走り込むより早く、サイレンは唐突にやんだ。全員が何もない空を見上げ、田圃の上空にマスタング部隊が轟音を響かせて現われるのを待ち受けた。

だが、サイレンはまったく別のことを知らせるものだった。衛兵所から四人の兵士が現われた。木村二等兵もいた。四人は人力車を引いた車夫を取り囲んでいた。車夫は、将校をひとり上海から運んできたところで、長い道のりに疲労困憊《こんぱい》し、練兵場のむき出しの土の上を草履《ぞうり》ばきでよろめきながら歩いていった。頭を下げて梶棒を引いていた車夫が小さく笑った。怯えた中国人が見せる引きつった笑いだった。

両側をきびきびと歩いていく兵士は銃こそ持っていないが、木の梶棒を握っていた。彼らは人力車の車輪と車夫の肩に殴りかかった。木村二等兵が人力車の後ろにまわり、木の座席を蹴りつけると、車夫の脚めがけて車全体を突き飛ばした。練兵場の中央まで来ると四人がかりで車をつかみ、思いきり前方に押しやった。車夫は地面に叩きつけられた。

兵士たちは引っくり返った人力車のまわりをゆったりと歩きはじめた。木村二等兵が車輪を蹴り、スポークを打ち砕く。ほかの三人が引手を踏みつけ、梶棒をバリバリと折る。次いで、四人がかりで人力車を裏返しにすると、座布団があたりに飛び散った。

車夫は地面に膝をつき、笑い声を上げた。静寂の中で、ジムの耳は抑揚のない不思議な声をとらえた。自分が殺されるのがわかった時、中国人が上げる歌声だ。練兵場のまわりでは何百人もの収容者が身じろぎひとつせず、この光景を見つめている。営舎小屋の前の間に合わせのデッキチェアに座った者、宿舎棟の階段に立っている者、稽古をやめた龍華《ロンホア》劇団のメンバー。誰ひとり言葉を発しない中、四人の兵士は大股で人力車のまわりを歩きながら繰り返し座席と骨組みを蹴りつづけ、車を木っ端の山に変えていった。座席の下の物入れからいろいろな物が転がり出た。ボロ服の束、金盥《かなだらい》、米の詰まった木綿の袋、そして、中国語の新聞——文字の読めない車夫がこの世で所有している物のすべて。散乱した米粒のただ中に跪《ひざまず》いたまま、車夫は空に顔を向け、声を高めて歌いはじめた。

ジムはリーダーズダイジェストのページを丁寧に伸ばしながら、ウィンストン・チャーチルの記事を読もうかどうしようかと迷っていた。この場を離れたいと思っていたが、周囲にはびっしりと、練兵場を見つめている不動の収容者たちがいた。兵士らの目が車夫に向けられた。四人は棍棒を振り上げ、それぞれが車夫の頭を強打したのち、何か考え込むような様子で一歩退いた。息もつけない状態でなおも歌いつづける車夫の後頭部から血が溢れ出し、膝のまわりに血だまりを作っていった。

日本兵たちが車夫を殺すには十分もあれば充分だ。このところずっと、爆撃と、戦争の終わりが間近いという見通しに混乱をつのらせていた日本兵だったが、今の彼らは冷静に行動していた。銃を持っていないことからも、これが一から十までイギリス人たちへの侮蔑を示すための行為であることに疑いの余地はなかった。イギリス人への侮蔑——ひとつには彼らが収容者であるがゆえに、もうひとつは誰ひとりとしてこの中国人の車夫を助けようと踏み出す者がいないがゆえに。

そのとおりだとジムは思った。たとえ、中国のすべてのクーリーが目の前でめった打ちにされ、死んでいくとしても、イギリス人の収容者は指一本上げようとはしないだろう。ジムは、はてしない棍棒の殴打と血で喉を詰まらせた車夫が上げるくぐもった悲鳴をじっと聞いていた。ランサム医師がこの場にいたら、きっと兵士たちを止めようとしたはずだ。だが、医師は注意深く、練兵場には決して近づかないようにしていた。

ジムは代数の宿題のことを考えた。一部はもう頭の中で終えていた。十分後、兵士たちが衛兵所に戻ると、数百人の収容者たちは練兵場から離れていき、龍華《ロンホア》劇団は稽古を再開した。ジムはリーダーズダイジェストをシャツの中に滑り込ませ、別の経路を通ってG棟に戻った。

その夜遅く、ベイシーにもらったイモの皮を食べ終え、寝台に寝そべってから、ジムはようやくリーダーズダイジェストを開いた。残念なことにリーダーズダイジェストには広告はいっさい載っていなかった。個人スペースの壁にピン留めしてある心安らぐパッカード・リムジンの写真を眺めながら、ジムはヴィンセント夫妻の低い話し声と咳き込む息子のかすかな喘鳴《ぜんめい》に耳をすませた。ジムがE棟から戻ってきた時、息子は床の上で亀を相手に遊んでいた。亀を寝台の下の木箱に戻そうとしたジムと、それを止めようとしたヴィンセント氏の間で、つかの間、激しい言い争いになった。ジムは一歩も引かなかった。ヴィンセント氏が取っ組み合いに応じるなど絶対にないことを確信していた。ヴィンセント夫人が無表情に見つめる中、ヴィンセント氏は自分の寝台に腰をおろし、ジムの振り上げた拳を、どうしようもないというふうに眺めた。

28　逃亡

「また戦争が終わったのかな、ミスター・マクステッド？」

調理場の扉の前で待っていたジムとマクステッド氏のまわりで、収容者たちがカートを脇に押しやり、ゲートを指差して叫びはじめた。警報解除のサイレンが、アメリカの爆撃から身を隠そうとする翼の折れた鳥の鳴き声さながらにキャンプじゅうに響きわたった。収容者たちは肩を組んで、日本兵たちが衛兵所をあとにするのを見つめた。三十人の兵士はみな、銃剣つきの小銃を持ち、それぞれの所持品を入れたキャンバス地の背嚢《はいのう》を背負っていた。藁《わら》マットや剣道の装具の間に、野球のバットが二本と紐で吊り下げたスニーカーとポータブルの蓄音機が見えた。どれも、煙草や別のキャンプにいる親族のニュースと引き換えに収容者たちから手に入れたものだった。

「君のわずかな友人たちが行ってしまうみたいだぞ、ジム」マクステッド氏は肋骨《ろっこつ》の間に汚れた指を走らせて、はがれかけた皮膚はないかと探った。八月の陽光に目を細めて兵士たちを見るマクステッド氏は、まるで、自分自身の断片をキャンプのあちこちに置き忘れてきたのを心配しているかのように見えた。「木村二等兵にお別れを言いたいなら、私が場所を取っておくよ」

「彼は僕の住所を知ってるからいい、ミスター・マクステッド。さよならを言うのは好きじゃないんだ。それに、どこにも行くところがないのがわかったら、今日の午後にも戻ってくるかもしれないし」

マクステッド氏と二人で夜明け時から守っている列の先頭の位置を失う危険を冒したくはなかった。ジムはカートの上に乗った。すぐ前にいる収容者たちの頭ごしに、列を作ってゲートを出ていく兵士たちの姿が見えた。道路脇に整列した兵士たちの背後、百メートル離れた田圃に、焼けただれた日本の双発機が転がっていた。二日前、龍華《ロンホア》飛行場を飛び立った直後に、無人の田園地帯から警告もなく現われた高速戦闘機ライトニングの一隊の機銃掃射を浴び、ズタズタに引き裂かれて墜落した機だった。

金属のカートの上でバランスを取っていると、木村二等兵が不安げに東の地平線に目をやったのが見えた。太陽の欠片《かけら》が集まったような威嚇的なアメリカ軍の飛行隊が姿を現わした。あたたかい八月の陽光に照らされていながら、木村二等兵の顔は冷えきった蠟のように白かった。彼は指を舐め、唾で頬を拭った。安全な龍華《ロンホア》キャンプから離れるのが不安でたまらない様子だった。その前の道端の草の上には中国人の農夫の一団が座り、じっとゲートを見つめていた。これまで何カ月もの間、自分たちを受け入れるのを拒んできたゲートが今、開け放たれている。ジムは確信した――この餓死寸前の中国人たちは、みずからの死の宇宙に閉じ込められていて、開いたゲートが何を意味しているか把握できないのだ。

ジムは、ゲートの両側の柱の間に開いた空間を――警備する者のいない空間を凝視した。自分もまた、まもなくこの自由へのゲートを通って出ていけるという事実を受け入れるのが難しいことに気づいた。監視塔から、軽機関銃を軍服の肩紐にクリップ留めした兵士が梯子《はしご》伝いに衛兵所の屋上に降りてきた。永田軍曹が衛兵所から出てきて、ゲート前に整列している部下たちに合流した。先週の混乱の最中に所長の佐倉氏がいなくなり、以降、キャンプでは永田軍曹が一番上の階級になっていた。

「ミスター・マクステッド、永田軍曹も出ていく――戦争は本当に終わったんだ！」

「また終わったのかね、ジム？　いいかげんにしてもらいたいものだ……」

先週一週間、戦争終結の噂が一時間ごとにキャンプじゅうを駆け巡り、その都度、どんどん興奮をつのらせていくジムに、マクステッド氏はうんざりするようになっていた。使い走りのために細道を駆けていきながら、ジムは通り過ぎる人々に片っ端から叫びかけ、営舎小屋の前で休んでいる収容者に手を打ち振り、アメリカ軍の飛行機が頭上を飛翔していくたびに病院の墓地の墓の間を跳ねまわった。これらはすべて、キャンプの向こうからやってくる不確実な世界への不安を覆い隠すための意図的な試みの一環だったのだが、ランサム医師は二度、ジムを引っぱたいた。

しかし、本当に戦争が終わった今、ジムは自分が驚くほど落ち着いているのを感じていた。もうすぐ母さんと父さんに会える。アマースト・アベニューの家に——とうに忘れてしまった召使とパッカードとピカピカの寄木細工の世界に戻れる。そして同時に、こうも思った。みんな大喜びすべきだ。木のサンダルを空に放り投げ、空襲警報装置のもとに駆けつけて、続々とやってくるアメリカ軍の飛行機に歓迎のサイレンを送るべきだ。しかし、収容者の大半が、マクステッド氏と同じように無言で日本兵たちを見つめているばかりだった。みな、憂鬱そうに、警戒しているように見えた。ボロボロの半ズボンをはいただけの半裸の男たち、色あせた夏のワンピースとツギだらけの木綿のフロック姿の女たち——マラリアにかかった彼らの目は、まばゆい自由の輝きを直視できずにいた。開いたゲートから一気に押し寄せてきたかに思える陽光にさらされて、体はいっそう暗く、いっそうやつれて見え、そして今初めて、彼らの顔には有罪判決を受けたかのような表情が浮かんでいた。

噂と混乱に龍華《ロンホア》の収容者全員が困憊《こんぱい》しきっていた。七月いっぱい、アメリカ軍の空襲はほぼ絶えることがなかった。マスタングとライトニングの波が沖縄の航空基地から次々に襲来して上海周辺の飛行場を掃射してまわり、黄浦江の河口に集結した日本軍を攻撃しつづけた。瓦礫の山と化している集会ホールのバルコニーから、ジムは、日本の軍事車両が次々と破壊されていくのを眺めた。まるで、国泰大戯院《キャセイシアター》の桟敷席から桁はずれの戦争映画を見ているようだった。フランス租界のアパルトマン群は炎上するトラックと弾薬搬送車から上がる無数の煙の柱に覆いつくされた。日本の物資輸送隊はマスタングの攻撃を恐れて、陽が落ちて以降の時間帯だけに移動するようになり、そのエンジン音に誰もが眠れない夜を過ごした。輸送隊を護衛する憲兵隊に撃たれる恐怖から、永田軍曹と衛兵たちはキャンプ周辺のパトロールを完全に放棄してしまった。

七月の終わりには、アメリカ軍の爆撃機に対する日本軍の抵抗はほぼすべてやむに至った。龍華寺《ロンホアスー》のパゴダの上層階に据えられた一門の高射砲だけが飛来する飛行隊に向けて攻撃を続けていたが、滑走路周辺に配備されていた砲兵中隊はすべて飛行場を離れ、上海の造船所エリアの防衛に向かってしまった。こうした戦争終結までの最後の日々、ジムは集会ホールで長い時間を過ごし、空高く飛ぶB－29スーパーフォートレスの到来を待った。これまでジムが想像力の大半を投じてきた銀色の翼と機体――マスタングやライトニングとは異なって、B－29は田圃すれすれをレーシングカーのようにかすめ飛び、空腹の極にあるジムの脳が呼び出したかのように何の予告もなく頭上に出現した。南市《ナンタオ》の造船所地区から雷鳴さながらの轟音が大地を渡ってきた。造船所の前の泥干潟《ひがた》に寄りかかるように停泊していた一隻の日本の輸送船に繰り返し繰り返し爆弾が浴びせられ、やがて、船の上部構造を通して陽の光が見えるまでになった。

これほどまでの大規模攻撃が続いていたにもかかわらず、龍華《ロンホア》飛行場のコンクリートの滑走路は無傷の状態を保っていた。本土から救出機の大部隊がやってくると思っているかのように、工兵たちの英雄的な努力によって空襲のたびに爆弾孔を補修する作業が営々と続けられていたからだった。滑走路の白さはジムを興奮させた。太陽にさらされた滑走路の路面には死んだ中国人たちの骨が混ざっている。さらに言うなら、あの時にジムが死んでいたなら、彼自身の骨も混ざっていたかもしれない。ジムは辛抱強く、日本軍が土壇場で踏みとどまり、最後の決戦に打って出るのを待ちつづけた。

この忠誠心の混乱――日本が敗北したら自分たちの身にいったい何が起こるのかという不安は、キャンプじゅうに広がっていた。被弾したB－29が編隊から離脱すると、営舎小屋の前にうずくまっている軽はずみな収容者たちから喝采が上がることもしばしばだった。龍華《ロンホア》への食糧供給がまもなく終わるだろうというランサム医師の見通しは間違いなさそうで、今では一週間に一度、腐りかけたサツマイモと、倉庫の隅からかき集めてきたとおぼしいコクゾウムシとネズミの糞《ふん》でいっぱいの家畜用の飼料の袋をいくつか載せたトラックが一台、上海からやってくるだけになっていた。このわずかな食糧を手に入れようとする収容者たちの間で何度も喧嘩が起こった。一日じゅう調理場のドアの前で待っているジムを見て苛立ったE棟のイギリス人グループがジムを押しのけて鉄のカートを引っくり返したことがあった。この時から、ジムは改めてマクステッド氏の助けを求めることにし、元建築家が寝台から這い出すまでしつこく声をかけつづけるようになった。

七月の最後の週、二人は食糧運搬トラックが低空飛行するマスタングに攻撃されていないことを願いながら、上海からの道路を見つめて過ごした。この究極の窮乏の日々に、ジムは、G棟のほとんどの収容者がひそかにサツマイモの一部を蓄えていたこと、そして、自発的に配給食を受け取りに行っていた二人は、先のことを想定していないわずかな居住者の一員であったことを知った。

からっぽの皿を手に寝台に座ったジムは、ヴィンセント夫妻が腐りかけた臭いのする一個のイモを分けるのを見つめていた。夫妻は黄ばんだ歯でイモをちびちびとかじっていたが、じっと見つめつづけるジムに、ついに夫人が皮をひと切れくれた。そうでもしないと、ジムがヴィンセント氏に襲いかかると思ったのかもしれない。ただ、ジムは幸いなことに、ランサム医師が死にかけている患者たちの分を蓄えておいた中からささやかな量を分けてもらっていた。

だが、まもなく、この乏しい供給さえもが完全に終了したことが明らかになった。ジムとマクステッド氏はカートを引きながら、米かひき割り小麦の袋が給水塔の下か墓の間からひょっこり出てくるのではないかと期待しているかのように、キャンプをさまよい歩いた。マクステッド氏は墓場で、ジムが、墓から突き出していたフーク夫人の手首の骨をじっと見つめているのに気づいた。その骨は龍華《ロンホア》飛行場の滑走路のように白かった。

キャンプは奇妙な真空に包まれていた。龍華《ロンホア》では時間が止まり、多くの収容者が、戦争はすでに終わったと確信していた。八月二日、ソ連が対日戦争に参戦したという噂が広がったあと、永田軍曹と部下たちは衛兵所に引きこもり、フェンスのパトロールに出るのをやめた。収容者を見張る者がいなくなり、イギリス人のグループが何組かワイヤフェンスから外に出て近くの田圃を歩きまわった。子供を連れて墳墓塚に登った親たちが、初めてキャンプを見たとでもいうかのように監視塔と宿舎棟を指差した。タロック氏——上海のパッカード代理店の主任整備士――に率いられた男たちの一グループが、市街まで歩いていこうと田圃を進みはじめた。ほかの者たちは衛兵所のまわりに集まり、窓から覗き見る日本兵たちに嘲りの声を投げた。

その日一日、ジムはキャンプ内のこの明らかな秩序の崩壊に困惑していた。戦争が終わったとは思いたくなかった。フェンスをくぐり抜け、二、三分、キジ罠の横にいたのち、すぐにキャンプ内に戻って、ひとり、集会ホールのバルコニーに座って過ごした。長い時間がたってようやく気力を奮い立たせると、ベイシーを探しに出かけた。だが、アメリカの船乗りたちはもう女性の訪問者たちを受け入れてはおらず、E棟の前にはバリケードが築かれていた。三階の窓からベイシーが呼びかけてきて、キャンプから出るなと警告した。

案の定、この戦争の終結は、ほんの一時《いっとき》のものでしかなかった。夕暮れ時、杭州《ハンジョウ》に向かう日本軍の大部隊の車列がキャンプの前に差しかかった。憲兵隊が、上海に歩いていこうとした六人のイギリス人を連行していた。六人は衛兵所に連れて行かれ、激しい打擲《ちょうちゃく》を受けて、それから三時間、気絶したまま入口の階段に転がされていた。永田軍曹の許可が出て、宿舎棟に運ぶと、六人は大混乱に陥っている上海の西部と南部一帯の話をして聞かせた。自暴自棄になった何千もの農夫たちがなだれを打って上海に向かい、撤退する日本軍も盗賊集団も傀儡軍の飢えた兵士らも、誰も彼もが自力でどうにかしなければならない事態になっているということだった。

この恐ろしく危険な状況にもかかわらず、その翌日、ベイシーとコーエンとデマレストが龍華《ロンホア》から逃亡した。

収容者たちが簡易舗装の通路に木のサンダルの音を響かせながら、無人になった衛兵所に押し寄せていった。半裸の男たちにもみくちゃにされながらも、ジムはカートの木の把手をしっかりと握っていた。ほかの者はみなカートを放り出していたが、ジムは、食糧運搬トラックが到着した場合に困らないようにということだけを考えていた。昨日の午後から何も食べていなかった。収容者たちは衛兵所を占拠しようとしていたが、ジムには食べ物のこと以外、何も考えられなかった。

ゲートの脇に立ったイギリスとベルギーの女性たちがワイヤごしに、道路に並んだ日本兵たちに向かって叫んでいた。八月の陽光の中、小銃と丸めた毛布の重みに背をたわめた兵士らは苛立ち、木村二等兵は安全なキャンプの世界に戻りたいと思っているかのように、荒れ果てた田圃に力ないまなざしを向けていた。

彼らのくたびれた長靴《ちょうか》の周囲の地面に点々と唾が光っていた。女性たちは、これまで自分たちを守ってくれていた衛兵に向かって、長年の怒りを一気に吐き出し、ワイヤごしに唾を吐き、怒鳴り、嘲っていたのだ。ひとりのベルギー人女性が日本語でわめき出し、色あせた木綿のワンピースの袖を引きちぎって、兵士たちの足もとに投げつけた。

突然、把手がガクンと揺れて、ジムはカートにしがみついた。マクステッド氏が疲れた様子で木のシャフトに腰をおろそうとしていた。ジムは、唾を吐く女性たちからも興奮したその夫たちからも完全に切り離されているように感じた。ベイシーは今どこにいるんだろう？　どうして逃げてしまったんだろう？　戦争が終わったという噂があったとしても、ベイシーが龍華《ロンホア》を離れて田園地帯のあらゆる危険に身をさらすのを選んだのは、ジムにはただただ驚きでしかなかった。ベイシーは過剰なまでに用心深く、何であれ新しいことにトライしたり、まずまずの安全を一か八かで投げ出したりするなど絶対にしない人間だった。きっと秘密のラジオで警告のメッセージを聞いたんだ——ジムはそう思った。ベイシーはこの年月の間にせっせと貯めた宝物でいっぱいの居住空間をそのままにして出ていった。靴もテニスラケットも何百個ものコンドームもそっくり残っていた。

ジムは、上海近郊のキャンプの収容者たちが内陸に移送されることになっているとベイシーが言っていたのを思い出した。もしかしたら、あれは今のうちに——日本兵が凶暴化して、一九三七年に南京《ナンキン》でやったようなことを始めないうちに——キャンプを逃げ出したほうがいいという警告だったのだろうか。確かに、日本軍はいつも最後の決戦に打って出る前に捕虜を殺す。でも、ベイシーは判断を誤った。盗賊集団に殺されて、今頃はどこかの用水路に転がっているに違いない。

上海からの道路にヘッドライトの列が閃いた。女性たちが顎を拭いながらフェンスから後ずさった。胸もとに唾のネックレスが光っていた。日本軍の幕僚車が近づいてきた。そのあとに、武装した兵士を詰め込んだ軍用トラックの一大隊列が続いている。すでに停車していた一台のトラックから一小隊の兵士が跳び降りて、キャンプの西の境界脇の干上がった田圃を走り、銃剣を構えてワイヤフェンスに向き合う位置を取った。

すでに静かになった何百人もの収容者がいっせいに振り返り、彼らを見つめた。続いて、憲兵隊の二番手の小隊が龍華《ロンホア》飛行場とキャンプを隔てる運河を渡ってきた。東には黄浦江の長い湾曲部が控え、無数のクリークと用水路の迷路が形作る巨大な輪は完全に閉ざされている。

トラックの隊列がキャンプに到着し、ヘッドライトの光が地面に散った唾に反射した。武装兵士が銃剣を手にトラックから次々と跳び降りた。その真新しい軍服と装備から、ジムには、この治安部隊が憲兵隊の特別野戦部隊だとわかった。彼らは素早くゲートを走り抜け、衛兵所の前の所定の位置についた。

収容者たちが羊の群れのようにぶつかり合いながら、どっと引き下がった。この波に飲まれたジムは、押し寄せる体の群れにカートから叩き落された。小柄ながらがっしりとした体軀の伍長が腰のモーゼルのホルスターを棍棒のように揺らしながら近づいてくると、カートの把手をつかんでゲートのほうに押しやった。カートを奪い返そうと駆け出しかけたジムの腕をマクステッド氏がぎゅっとつかんだ。

「ジム、頼むから……ほうっておけ！」

「でも、あれはＧ棟のカートだよ！　この兵隊たち、僕らを殺すつもりなの、ミスター・マクステッド？」

「ジム……ランサム医師を探そう」

「食糧トラックは来る？」ジムはマクステッド氏を押しやった。マラリアで痩せ衰えたこの人物をサポートしなければならないことに、ジムはもううんざりしていた。

「あとで来る、ジム。もう少ししたらきっと来る」

「僕は食糧トラックは来ないと思う」日本兵が列を作って、収容者たちを練兵場へと移動させていく間《かん》、ジムはワイヤフェンスぞいにパトロールする衛兵たちをじっと見つめた。再び日本兵の姿をまのあたりにしたことで自信が戻ってきていた。自分たちが殺されるかもしれないという可能性に気持ちが高ぶった。何もかもが不確実な一週間を過ごした今では、どんな終わりでも喜んで受け入れるつもりだった。死ぬ前の最後の数分間、自分に向けて歌っていたあの人力車夫のように、みんな、自分自身の心のありように十全に気づくことになるだろう。でも、何が起ころうと僕は生き延びる。ジムはフィリップス夫人とギルモア夫人のことを考え、死んでいく肉体から魂が去っていく正確な瞬間について二人と交わした会話のことを考えた。僕の魂はすでに体を離れてしまっている。こんな細い骨や、我慢するだけのための開いた傷口なんかもう必要としていない。僕は死んでいる。マクステッド氏やランサム医師も死んでいる。龍華《ロンホア》キャンプにいる全員がもう死んでいる。みんな、これがわかっていないというのは、あまりに馬鹿げている。

収容者の大集団は練兵場いっぱいに並び、日本兵たちはその後ろの草の縁《へり》に立った。ジムはくすくすと笑い出した。戦争の本当の意味がわかったことで、気持ちが一気に楽になった。

「日本兵は僕たちを殺す必要なんてない、ミスター・マクステッド……」

「もちろんそうだとも、ジム」

「ミスター・マクステッド、僕らを殺す必要はないんだよ、なぜって……」

「ジム！」マクステッド氏はジムを引っぱたき、それから痩せ衰えた胸にぎゅっと少年の頭を押しつけた。「忘れるな、自分はイギリス人だってことを」

ジムは気づかれないように顔の笑みを消した。高ぶった気持ちを鎮め、肩をもぞもぞ動かしてマクステッド氏の抱擁から離れた。楽しい気分はもう失せていたが、自分たちの真の状況がわかったこと、そして、自分が自分から分離してしまっているという感覚は依然として残っていた。むき出しの足もとの地面にねっとりした痰《たん》を垂らしているマクステッド氏が心配になり、骨の突き出た腰に腕をまわした。スチュードベイカーで上海のナイトクラブツアーをしたことを思い出して、この元建築家がかわいそうでならなくなった。ここまで士気が落ちてしまっていること――ジムを安心させるためにできることが、イギリス人であることを思い出させるしかないというのが悲しかった。


憲兵隊の指揮官が全権を掌握した衛兵所の前で、各宿舎棟のリーダーが軍曹と話し合っていた。青白い顔のランサム医師は藁　笠《クーリーハット》を手に、背中を丸めて横に立っていた。ピアス夫人が髪と頰を撫でつけ、早口の日本語で早くも兵士のひとりにあれこれと指示しながら衛兵所に入っていった。

群衆の一番前にいた収容者たちがくるりと向きを変え、残りの者たちに向けて大声で叫びながら練兵場を走っていった。

「スーツケース一個だ！　全員、一時間後にここに集合！」

「南市《ナンタオ》に行く！」

「みんな外に出ろ！　ゲート脇に整列！」

「南市《ナンタオ》には食糧が保管されている！」

「スーツケース一個だ！」

G棟の階段にはすでに宣教師の夫婦がひと組、この成り行きを察知していたかのように鞄を手にして立っていた。二人を見ながら、ジムは、キャンプは移動するだけであって閉鎖されるわけではないと自分に言い聞かせた。

「ミスター・マクステッド――僕たち、上海に戻るんだよ！」

ジムは衰弱したマクステッド氏が倒れないよう支えながら、いっせいに走っていく大勢の収容者たちの間をゆっくりと歩いていった。部屋に着くと、ヴィンセント夫人はすでに荷造りを終え、寝台で寝ている息子をよそに窓辺に立って、ヴィンセント氏が練兵場から戻ってくるのを待っていた。夫人が早くもキャンプでのすべての記憶を振り捨てはじめているのがわかった。

「僕たち、ここを出るんだよ、ミセス・ヴィンセント。南市《ナンタオ》に行くんだ」

「それなら、あなたも急いで荷造りをしなきゃ」夫人はジムが部屋を出ていくのを待っていた。ジムが出ていけば、最後の何分間か、この部屋でひとりでいることができる。

「うん。僕、南市《ナンタオ》には行ったことがある」

「私もよ。日本人はどうして私たちを移動させたがっているのかしらね」

「僕らの食糧が南市《ナンタオ》の倉庫にあるんだ」ジムはヴィンセント夫人のスーツケースを運ぼうかどうしようかと考えはじめていた。新しい同盟関係を作る必要があった。ほっそりとはしているが強靭な腰を備えたヴィンセント夫人は間違いなくマクステッド氏よりもスタミナがある。ドクター・ランサムは患者たちの面倒を見るので手いっぱいになる——患者たちの大半はすぐに死にはじめるだろうから。

「もうすぐ母さんと父さんに会える」

「私も嬉しいわ」夫人はごくごく軽い皮肉の色を込めて言った。「ご両親は私にお礼をくれるかしら？」

ジムはきまりが悪くなって下を向いた。具合が悪かった時に、お礼の約束をしてヴィンセント夫人の歓心を買おうとしたことがあったのだ。夫人はジムの面倒を見る気などいっさいないとにべもなく拒絶したが、その拒絶を夫人がユーモアと見なしていたことに、ジムは印象づけられた。ジムは部屋を出ていくのをためらった。三年近くヴィンセント夫人とともに過ごしてきて、今も夫人に好意を抱いている自分に気づいた。夫人は、ユーモアを何よりも高く評価している、龍華《ロンホア》では数少ない人間のひとりだった。

ジムは対等に渡り合おうとして、こう言った。「お礼？　ミセス・ヴィンセント、忘れちゃだめだよ、自分がイギリス人だってこと」

29　南市《ナンタオ》への行進

二時間後、みすぼらしい田舎のカーニバルの移動さながらに龍華《ロンホア》キャンプから南市《ナンタオ》の造船所地区に向かう行進が始まった。長く待たされたジムは出発する前からくたびれていた。待機している間、ジムは列の先頭の位置から、収容者たちが集まるのを眺めていた。憲兵隊の退屈したまなざしのもとで、収容者たちはおずおずとゲートから歩み出てきた。スーツケースと丸めた寝具を抱えた男たち、麦藁《わら》を編んだ背負い袋にボロ服の束を詰め込んだ女たち。病気の幼児を背負った父親に、幼い子供の手を引いた母親。行進を先導することになる幕僚車のすぐ後ろに立っていたジムは、収容者たちがこれほど多くの所持品を持っていることに驚いていた。龍華《ロンホア》での長い歳月の間《かん》、これらの品々はずっと寝台の下にしまい込まれていたのだ。

抑留される前に荷造りをした際に、優先リストの上位にレクリエーションがあったのは間違いない。極東の地での平和な日々をテニスコートやクリケット場で過ごしてきた彼らは、戦争の間も同じように過ごせるものと信じて疑わなかったのだ。スーツケースの把手から下がっている何十本ものラケット。クリケットのバットに釣り竿。ウェントワース夫妻が抱えているピエロのコスチュームの束にはゴルフクラブのセットまでがくくりつけられていた。

栄養不良もあらわなボロ服姿の収容者たちは木のサンダルを引きずりながら道に並び、行進の隊列を作っていった。その長さは三百メートルに及んだ。荷物を運ぶ重労働が早くも応《こた》えはじめていて、ゲートの前にいたひとりの中国人農婦の手にすでに白いテニスラケットが一本握られていた。

　憲兵隊の兵士や下士官たちはそれぞれの車のまわりをぶらぶらと歩きながら、何も言わずにこの様子を眺めていた。栄養状態は申し分なく、装備も万全なこの治安部隊は中国人たちにこのうえなく恐れられており、戦争中にジムが見た中で最強の部隊だった。それでも、この移動に関しては、彼らは不思議なほどにのんびりしていた。暑い陽射しのもとで煙草をふかしながら、アメリカ軍の数機の偵察機を眺め、収容者たちに罵声を浴びせることも出立を急がせることもなかった。三台のトラックがゲート内に入っていってキャンプを一巡し、病院の患者たちと、動くこともできないほどに弱っている宿舎棟の居住者を収容してまわった。

　ジムは所持品を入れた木箱に座り、キャンプの外に広がる遮るもののない世界の景観に目と頭を慣れさせようとした。兵士に誰何《すいか》されることなくゲートを歩いて出るというのは異様きわまりない体験で、いったん外に出たのちに、あえて靴紐を結び直すという口実を作ってキャンプ内に戻ったほど心落ち着かない気分にさせられていた。心配しなくていいんだと自分に言い聞かせながら、ジムは木箱を軽く叩いた。中に入っているのは、ラテン語の入門書と学校のブレザー、パッカードの広告、新聞から切り抜いた小さな写真。まもなく本物の母と父に会えることが確実になって、このバッキンガム宮殿の前にいる見知らぬ男女——長い間、ジムの代用両親だったカップル——の写真は破いてしまおうと思ったのだが、最後の瞬間に思い直し、万一のためにと木箱に滑り込ませたのだった。

ジムは疲れきった子供たちの泣き声に耳をすました。収容者たちは早くも道に座り込み、押し寄せるハエの群れから顔を守ろうとしていた。ハエの群れもまたキャンプを引き払い、フェンスの外にいる人々の汗だくの体に向けて移動を開始していた。ジムは改めて龍華《ロンホア》キャンプを振り返った。キャンプを取り巻く田圃と運河で構成された一帯も、上海に戻る道も、フェンスの内側から見ていた時はこのうえなくリアルだったのに、今は過剰な光を浴びた毒毒しい幻覚の光景の一部としか見えなかった。

ジムはズキズキとうずく歯を食いしばり、キャンプのことは忘れるよう自分に言い聞かせた。そして南市《ナンタオ》の倉庫にある食糧のことを考えた。ずっと行進の列の先頭にいることが肝心だ。できれば、幕僚車のそばにいる二人の兵士に気に入られるようにすること——これについてあれこれと考えていると、ボロボロの半ズボンをはいただけの半裸の人物が木のサンダルを引きずりながら近づいてきた。

「ジム……ここにいると思っていたよ」マクステッド氏は黄ばんだ顔を太陽のほうに向けた。マラリア特有の薄い汗が頬と額を覆っていた。マクステッド氏は肋骨《あばらぼね》の間にこびりついた土を丹念にこすり落としていった。治療効果のある陽光に青白い肌を直接さらそうとしているかのようだった。「さあて、これが我々の待っていた事態だということだ……」

「荷物を持ってこなかったんだね、ミスター・マクステッド」

「ああ。私には荷物は必要ないと思ってね。ジム、キャンプの外に出て不思議な気分だろう？」

「もう何ともないよ」ジムは広大な大地を注意深く見つめた。どこまでも続く平坦な広がりに変化を与えているのは墳墓塚と隠れた運河だけだ。その光景はあたかも、この退屈した日本兵たちが時計を止めてしまったとでもいうかのようだった。「ミスター・マクステッド、上海は変わってしまっていると思う？」

幸せだった日々の記憶にかすかな笑みが浮かび、つかの間、マクステッド氏の表情がやわらいだ。「ジム、上海は永遠に変わらない。心配しなくてもいい、お母さんとお父さんのことはきっと思い出せる」

「僕もそのことを考えていたんだ」ジムは素直に認めた。もうひとつ考えていたのがマクステッド氏のことだった。ジムが隊列の先頭に来たのは、南市《ナンタオ》に着いた時に最初に食糧をもらえるというのに加えて、先頭にいればこれまでキャンプで負わされてきたいっさいの義務から解放されるという思いがあったからだった。家族がいないというだけで、ジムはこれまであまりにも多くの仕事を引き受けさせられてきた。これに対してお返しを受けたことはほとんどない。だが、マクステッド氏は今、明らかに助けを必要としている。ジムに頼ることができればと思っている。

あえて協力を申し出ることはせず、じっと木箱に座ったまま、ジムは横でふらついているマクステッド氏のことを考えた。食糧カートを何カ月も引きつづけてきたおかげで完全にすり減ってしまったといっていい手が、両脇に白い旗のようにだらりと下がっている。全身の骨は、遠い昔のバーとプールの記憶によってかろうじてつなぎとめられているにすぎない。この隊列に加わっている多くの男女と同様、マクステッド氏も飢餓状態にある。そんなマクステッド氏は、あの野外映画館の勾留所で壁にもたれたまま死んでいったイギリス兵を思い起こさせた。

草に覆われた道端の横の溝の中にマスタングの外付け燃料タンクの灰色のシリンダーが落ちていた。マクステッド氏から離れる算段はないかと考えながら、ジムは道を横切ろうとした。その時、爆音が上がって幕僚車の排気管から熱い煙が噴き出した。後部席にいた軍曹が立ち上がり、部下たちに手を振って合図した。列の両側に並んでいた武装兵士たちが、収容者たちに怒鳴りながら道路を進みはじめた。

サンダルの音がいっせいに響きわたった。木でできた何百枚ものカードがシャッフルされ配られているようだった。ジムが最初にスタートを切った。木箱を手に、熱い陽光にゴルフシューズを輝かせて、ジムは軍曹に手を振り、決然たる足取りで土の道を歩きはじめた。その目は、運河と田圃の中から蜃気楼のように浮かび上がるフランス租界のアパルトマン群の黄色いファサードに据えられていた。

頭上に踊りまわるハエの大群に導かれながら、収容者たちは南市《ナンタオ》目指して田舎道を進んでいった。墳墓塚とかつての塹壕《ざんごう》の連なりの向こうから、上海北部の造船所と操車場を次々と爆撃するアメリカ軍の飛行機の轟音が聞こえてきた。その音が、水浸しになった田圃の表面を激しく打った。バンドぞいに並ぶオフィスビルの窓を背に高射砲の砲火が閃き、死んだネオンサインの列を赤々と照らし出した。シェル、カルテックス、ソコニー・バキューム、フィルコ――戦時中眠りつづけていた巨大国際企業の亡霊たちが目覚めつつあった。一キロ西の幹線道路は今も上海市街に向かう日本のトラックと野戦砲の隊列が連なり、その苦しげなエンジン音が超然たる大地を貫く疼痛のように届いてきた。

ジムは列の先頭を歩きながら、背後に続く収容者たちの声に耳をすました。聞こえてくるのは苦しそうな息遣いだけだった。自由の身になったという事実に誰もが言葉を失っているようだった。自分自身の激しい息遣いには気づかないふりをした。龍華《ロンホア》で休みなく働きつづけてきたにもかかわらず、木箱を抱えてのこの行進ほど苦しいものは経験したことがなかったが、最初の一時間はマクステッド氏の体調が心配でならず、自分の疲れにまで気をまわす余裕がなかった。上海と杭州《ハンジョウ》を結ぶ鉄道の線路に来たところで、マクステッド氏は足を止めざるをえなくなった。線路までのゆるい斜面が登れなくなったのだ。

「この登りは……上海ヒルズみたいだ」

「進みつづけなきゃ、ミスター・マクステッド」

「ああ。ジム……君はお父さんみたいだな」

ジムはマクステッド氏のもとにとどまった。苛立ちながらも、引っ張り上げることもできなかった。マクステッド氏は鉢のように突き出した骨盤に両手を置いて道の真ん中に立ちつくし、脇を通り越していく人たちに向けて頷いた。ほどなくマクステッド氏はジムの肩を軽く叩いて先に行くよう促した。

「行きたまえ、ジム。先頭に行ってくれ」

「マクステッドさんの場所も取っておくよ」

その時にはもう数百人に追い越されていて、先頭に戻るまでに三十分もかかってしまった。だが、ようやく先頭に戻ったと思う間もなく、わずか数分で再び遅れはじめた。必死に吸い込む空気はじっとりと湿っていて肺が激しく痛んだ。マクステッド氏に再合流しなくてすんだのは、隊列が運河の検問所で停止させられたおかげだった。

それは、黄浦江から西方の蘇州《スージョウ》に向けて流れる工場用の運河だった。戦争から取り残された二人の若い兵士が木橋のかたわらの土嚢《どのう》で固められた一画を守っていた。二人の顔は、木のサンダルを引きずりながら傷だらけの橋を渡っていく収容者と同じくらい痩せ細っていた。

その後、トラックの隊列が朽ちかけた木橋をじりじりと進んでいく間、千八百人の収容者は草が生い茂る運河の土手を五百メートルにわたって占拠し、休憩を取ることになった。収容者たちはそれぞれの荷物やスーツケース、テニスラケットとクリケットのバットをかたわらに置き、漕艇レースを眠そうに眺める観客のように、藻で覆われた運河の水面を見つめた。対岸に、引き上げられた装甲ジャンクの残骸があり、その横を水がゆるやかに流れていた。

横になれたのが嬉しかった。熱が出ている時のように眠たく、熱い陽光と黄色い草の照り返しに頭がズキズキした。三台の病人用トラックの最後の一台の荷台にランサム医師が立っているのが見えた。担架に乗せられた患者たちの間で体が不安定に揺れていた。ジムはラテン語の宿題のことを考えた。一週間遅れているけれど、ドクターは百メートル離れている。

　土手上の道路にいる兵士たちが監視する中で、大勢の男たちが水際に降りていった。浅い部分で飯盒《はんごう》に水を汲むと、立ったまま飲みはじめた。ジムは南市《ナンタオ》の黒いクリークと、これまでベイシーのために沸かした何千ガロンもの水を思い出して警戒心を抱いた。あの装甲ジャンクには乗員の死体があるんじゃないだろうか？　運河の緑色の水に洗われているあの鉄の砲塔の中にはきっと、傀儡政権の海軍の持ち物であるこの船の船長が転がっている。ジムには、死体の血が運河に流れ出ているのが見えるような気がした。イギリス人たちの渇きを癒やし、次の世代の中国の裏切り者たちを育てる米の根に養分を与えるために運河を流れていく血……。

　ジムは木箱を開けて飯盒を取り出した。休んでいる女性たちと疲れきった子供たちの間を抜けて土手を降りていくと、水際の狭い砂地にしゃがみ込んで、表面の水を注意深くすくい取った。藻がわずかでも体力の維持に役に立ってくれるかもしれないと思いながら、生ぬるい水を飲み、細かい砂地についたゴルフシューズの跡が消えていくのを見つめた。

　飯盒に水を満たし、土手を登って木箱のところに戻った。右側に、D棟で暮らしていたシエルのエンジニアの妻がいた。丈高く伸びた草の中にぐったりと横たわる彼女の木綿のワンピースのほころびから、早くも草の葉が突き出していた。かたわらに座っていた夫が飯盒の水に指を浸し、妻の虫歯だらけの大きな口を緑色の水で湿した。

　左側に横たわっていたのはフィリップス夫人だった。僕が水を飲んでいるところを土手の上から見て横で休むことにしたんだ。そう思うと苛立ちを覚えずにはいられなかった。何か用事を頼もうと考えているのは間違いない。ラテン語の宿題のこともきっと注意するに違いない。もう龍華《ロンホア》にはいないというのに、ジムはいまだにキャンプに閉じ込められている感覚に襲われた。これまでいろいろ手伝ってあげてきた人がみんな、今も僕にしがみついている。今にも装甲ジャンクの砲塔からベイシーが姿を現わして、こう呼びかけてくるような気がする。「仕事だ、ジム……」

しかし、フィリップス夫人がジムに何かを言いつけようとする気配はなかった。龍華《ロンホア》からここまでの行程で夫人は力を使いはたしてしまっていた。まぶしい草の中に横たわる夫人の手は籐のスーツケースをしっかりと握りしめていた。これまで何十年もの間、中国の奥地で夫人とともに過ごしてきた最後の生き残り。夫人の顔は真珠母のように――川で溺れてこの静かな土手に引き上げられたとでもいうかのように――真っ白で、その目はじっと天のはるかな一点に向けられていた。もしかしたら死んでるんじゃないだろうか。そう思ったジムは夫人の頬に触れた。

「ミセス・フィリップス――水を少し持ってきたよ」

夫人は笑みを向け、ジムが差し出した飯盒から水をすすった。小さな両の拳がハツカネズミのようにスーツケースの把手を握っていた。「ありがとう、ジム。あなた、とってもおなかがすいてるでしょう?」

「朝はそうだったけどね」ジムはフィリップス夫人を元気づけるようなジョークを考え出そ

うとした。「これまでずっと歩いてきて、今、僕に足らないのは空気なんだ、食べ物じゃなくて」

「そう、ジム……」フィリップス夫人はスーツケースを開き、中を探って小さなサツマイモを取り出した。「はいどうぞ。私たちみんなのためにお祈りをするのを忘れないでね」

「もちろんお祈りするよ！」ジムは夫人が気を変えないうちにとイモにかぶりついた。「南《ナン》市《タオ》に着いたらお返しをするね」南市《ナンタオ》には僕ら全員の食糧があるから」

「お返しはもうもらっているわ、ジム。業に戻った。「そのおイモ、食べられた？」

「本当においしかった」イモを食べ終えたジムは、老女の目が細かく動いているのに気づいた。「ミセス・フィリップス、神様を探しているの？」

「そうよ、ジム……」

「……」ジムは感銘を受けた。夫人の親切にお返しをしたくてならなかったジムは、ささやかな神学の話くらいしかできないけどと思いつつ、老女の視線の先を追いながらこう言った。

「神様は僕らの真上にいるってこと？」

「もちろんよ、ジム」

「北緯三十一度の上空に？　ミセス・フィリップス、神様は磁極の上にいるんじゃないの？だとしたら、地面を見なくちゃいけないよ。上海の地下を……」発酵しかけたサツマイモに陶然となったジムは、〝上海の地下にある地球の腸に閉じ込められた神〟という考えに笑い出した。きっと先施公司《シンシアデパート》の地下室だ。

　フィリップス夫人は片手を伸ばしてジムをなだめようとした。なおも天を見つめたまま、意を決したかのように言った。「南市《ナンタオ》に行って――それから内陸に連れていかれるのよ……」

「違うよ……僕らの食糧が……」ジムは兵士たちのほうに目を向けた。三台のトラックは橋を渡り終えていて、ランサム医師が幼い子供を腕に抱いて患者たちの間を動きまわっているのが見えた。その子の泣き声がギラギラと輝く陽光をついて響いてきた。中国のスペクタクル映画のけばけばしい宣伝看板に描かれた群衆のように、熱気でいっぱいの光の中に座っている何百人もの収容者たち。日本兵たちがトラックの脇に腰をおろし、背嚢《はいのう》から取り出した握り飯を食べはじめた。誰も橋を守っている若い二人の兵士に食べ物を分けてやる素振りは見せなかった。

　内陸……？　南市《ナンタオ》には船着き場がたくさんある。でも、日本兵はどうして僕らを上海から移動させたいと思っているんだろう？　ジムは五十メートル離れた川縁《べり》で水をかいているヴィンセント夫人を見つめた。ようやく満足できる水を見つけたらしい夫人は夫と息子のために飯盒に水を汲んだ。ランサム医師がトラックの近くに座っている男たちを募ってバケツリレーの態勢を整えさせた。男たちは病人たちのための水を入れたバケツを次々と手渡していった。

　ここに来てなぜこれほどまで努力するんだろう。ジムは困惑して頭を振った。僕たちが内陸に連れていかれるのははっきりしている。内陸に行けば、日本兵たちはアメリカ軍の飛行機のパイロットに見られることなく僕らを殺すことができる。ジムは、黄色い草の中で泣いているシェル社員の妻の声に耳をすませた。陽光が運河上の大気に熱を送り込んでいく。目を刺す飢えの強烈なオーラ。その光は、炸裂するマスタングが生み出したあの光暈《ハロー》を思い起こさせた。燃え上がるパイロットの死体は死の大地を蘇らせた。僕ら全員が死ねば、それが結局は一番いい結果を生む。出雲がペトレルを撃沈した時から、シンガポールのイギリス人たちが戦うことなく降伏した時から、僕たちの命が終わることは暗黙のうちに決まっていたんだ。

もしかしたら、僕たちはもう死んでしまっているんじゃないだろうか？　ジムは仰向けになって、光の中に浮遊する埃の細片を数えようとした。すべての中国人が生まれながらに知っている、このシンプルな真実――これを受け入れたなら、イギリス人の収容者たちももう殺戮の地に向かう旅を恐れることはなくなる……。

「ミセス・フィリップス……戦争のことを考えていたんだけど」草の中でジムはフィリップス夫人に半身を向けて、夫人はもう死んでいるのだということを説明しようとした。だが、高齢の宣教師の未亡人は眠っていた。ジムは瞼《まぶた》を持ち上げて夫人の真っ白な目を調べた。開いた口の奥に壊れた入れ歯が覗いていた。「ミセス・フィリップス、僕たち、もう心配しなくていいんだよ……」

土埃の奥にヘッドライトが閃き、幕僚車が道路にやってきた。兵士たちが土手を降りてきて、小銃を振りながら、収容者たちに立つように促した。隊列の後尾のトラックもすでにエンジンをかけている。収容者たちは子供の手とスーツケースを引っ張って土手を登りはじめたが、この静かな川縁を離れたくないと、そのまま踏みしだかれた草の中にとどまる者もいた。

ジムは横向きに寝そべったまま腕を枕にした。フィリップス夫人にもらったサツマイモのおかげで眠くなり、爆撃の轟音も女性たちの声も遠くに行ってしまったように思えた。草の葉を見つめて葉が伸びる速度を計算しようとした。毎日八分の一インチ伸びるとすれば、一時間に伸びる速度は、百万分の一マイル……？

やがて、すぐ横の草の上に兵士がひとり立っているのに気づいた。百人ほどを除いた全員がすでに道路に登り、幕僚車の後ろに隊列を作っていて、ジムのまわりには静かに横になっている者が数人残っているだけだった。籐のスーツケースの把手を握りしめたフィリップス夫人。すすり泣いているD棟の女性と、かたわらで妻の肩に手を押し当てている夫。

日本兵の唇のまわりの無精髭に米粒がいくつかついていて、ジムの状態をチェックしている間《かん》にシラミのように動いた。兵士の顔には、以前、上海の勾留所で見たのと同じ表情が浮かんでいたが、ジムはもう気にしなかった。このまま、ゆったりと流れる水のそばにいよう、そしてミセス・フィリップスが神様を探すのを手伝おう。

「どうしたんだ、ジム！　みんな待っているぞ！」

痩せ衰えた人影がよろよろと土手を降りてきた。兵士にお辞儀をし、自分に気づいてくれて嬉しいとでもいうように笑いかけると、マクステッド氏は崩れるように草の中にしゃがみ込み、ジムの肩を引っ張った。

「いい子だ、ジム。我々は南市《ナンタオ》に行くんだ」

「僕たち、内陸に連れていかれるんだよ、ミスター・マクステッド。僕はミセス・フィリップスと一緒にここにいる」

「ミセス・フィリップスは休んでいたいんだろう。南市《ナンタオ》には食糧が保管されている。君に先導してもらわなければ」

マクステッド氏は半ズボンを引っ張り上げ、再度兵士にお辞儀をすると、ジムに手を貸して立ち上がらせた。

一行は幕僚車のあとに続き、足を引きずりながら進んでいった。ジムは土手に残っている百人ほどの収容者たちを振り返った。フィリップス夫人は、舌で口のまわりの米粒を舐め取っている兵士の足もとの黄色い草に横たわったままで、D棟の女性もかたわらに跪《ひざまず》いている夫も動こうとしない。土手にはほかにも何人かの兵士がいて、小銃を肩にかけ、休んでいる収容者たちの様子を見てまわっていた。あの兵士たちがあとで、ミセス・フィリップスやほかの人たちを南市《ナンタオ》に連れていってくれるんだろうか？

そうは思えなかった。ジムはフィリップス夫人のことを頭から閉め出し、木箱を抱えて、目の前をよろよろと歩いていく男性が土に残す足跡をたどっていった。マクステッド氏は早くも遅れていた。土手での短い休憩が一同の疲労をさらにつのらせていた。木橋から一キロほどのところに焼け焦げた弾薬搬送トラックの残骸があり、南市《ナンタオ》に行く道はそこで直角に折れて運河を離れ、二つの田圃の間の畦道に沿って続いていた。隊列が停止した。急がせるふうもない兵士たちに見張られながら、収容者たちは強い陽射しのもとで力なく待機した。しばらくして、木のサンダルを引きずる音とともに隊列は再び前進しはじめた。

弾薬搬送トラックの前に来たところで後ろを振り返ったジムは愕然とした。無人の道路に何百というスーツケースが転がっていた。荷物を運ぶのに疲れはてた人々が次々に無言で置いていったのだ。陽光を浴びた道路に連なるスーツケースや籐のバスケット、テニスラケットやクリケットのバットやピエロのコスチューム――それはまるで大勢の行楽客が荷物を置いたままで空に消えてしまったかのような光景だった。

ジムは木箱をしっかりと抱え、足取りを速めた。自分の所有物と言えるものを何ひとつ持たないままに長い年月を過ごしてきたジムにとって、今さら木箱に入ったわずかな所持品を捨ててしまうなど考えられないことだった。フィリップス夫人のこと、ついさっき夫人と交わした会話のことを改めて考えた。陽光溢れる運河の前の草地は、生と死をめぐる問題についていつも夫人に質問をしていたキャンプの墓地よりもずっと心地のよい場所だった。最後のサツマイモを僕にくれるなんて、ミセス・フィリップスはなんて親切な人だったんだろう。あの時、僕は自分がもう死んでいるなどという夢のようなことを考えていた。でも、僕は死んでいなかった。ゴルフシューズでしっかりと土を踏みしめながら、ジムは自分自身の弱さに驚いていた。死は、その真珠母の肌で、サツマイモで、もう少しでジムをその誘惑の罠の内に誘い込むところだったのだ。

30　オリンピックスタジアム

その日の午後いっぱい、一行は、田圃を区切る水路や運河の迷路を抜けて、黄浦江流域の平原地帯を北東へと進んでいった。龍華《ロンホア》飛行場は背後に去り、八月の夕陽を浴びたフランス租界のアパルトマン群が広告看板のように間近に建ち並んでいた。右手、わずか数百メートルのところに黄浦江の茶色い川面が見えた。あちこちの浅瀬に取り残された何隻もの巡視艇やモータージャンクの残骸が静かな流れを遮っていた。

南市《ナンタオ》地区への入口となるこの一帯は見渡す限りアメリカ軍の爆撃で破壊されつくしていた。田圃は無数の爆弾孔で覆われ、その丸いプールのようなクレーターには水牛の死体が浮いていた。一行は、マスタングとライトニング戦闘機の攻撃を受けた日本軍の車両隊列の残骸が並ぶ一画に差しかかった。樹々の下に列をなして続く軍用トラックと幕僚車の残骸は野外の解体作業場を思わせた。ホイールやドアや車軸が車両の周囲に散乱し、フェンダーとボディパネルはどれも機関砲弾の直撃で引きちぎられていた。

血が飛び散ったフロントガラスからハエの大群がわっと飛び立った。トイレ休憩が与えられて、隊列は足を止めた。ジムの数歩後ろでマクステッド氏が隊列から離れ、弾薬搬送ワゴンのステップに座り込んだ。ジムは木箱を抱えたままマクステッド氏に歩み寄った。

「もうまもなくだよ、ミスター・マクステッド。船着き場の臭いがする」

「心配しなくていい、ジム。みんなから目を離さないでおくから」

「食糧が……」

マクステッド氏が手を伸ばしてジムの手首をつかんだ。マラリアと極度の栄養不良とで骨と皮だけになったマクステッド氏の体は今にも背後の車両に溶け込んでしまいそうだった。三台のトラックが一帯を覆いつくすガラスの破片をバリバリと踏みしだきながらかたわらを通り過ぎていった。病人たちが丸めたカーペットのように折り重なって横たわっている。最後の一台に乗ったランサム医師は運転席に体をあずけ、その足は詰め込まれた病人たちの間に隠れていた。ジムたちの姿を見た医師はトラックのサイドの握り棒をつかんで身を乗り出した。

「マクステッド……！　頑張れ、ジム！　その箱は置いていけ！」

「ドクター・ランサム、戦争は終わったよ！」

ジムは隊列の最後尾についている三十人の兵士を見つめた。小銃を肩にかけ、配慮あるペースで歩いていく彼らは、戦争の前、虹橋《ホンチャオ》で開かれた射撃会から戻ってきた時の父の友人たちを思い起こさせた。トラックの下から巻き上がる白い土煙の雲がランサム医師の姿を覆い隠した。三十人の兵士の先頭がジムの目の前を通り過ぎていった。大柄な男たちの目は地面に据えられたままで、全員が尿の臭いに鼻をひくつかせていた。ゆったりと進んでいく彼らの軍服と装備を土埃の薄幕が包み込んだ。ジムは龍華《ロンホア》飛行場の滑走路を思い出した。

「そうとも、ジム……」マクステッド氏が立ち上がった。半ズボンから便の臭いがするのにジムは気づいた。「君には絶対に南市《ナンタオ》まで行ってもらわなければ……」

マクステッド氏はジムの肩につかまり、割れたガラスにサンダルの音を響かせながら土埃の中をよろよろと歩きはじめた。トラックに追いつくことはできなかったが、ほどなく隊列の最後尾の何人かの落伍者に合流した。すでに大勢の収容者が歩くのを諦め、子供たちとともに、爆撃を受けた幕僚車のステップに座り込んでいた。半ば解体された車の間で新しい生活を始めようとしている流浪の民。だが、ジムはそんな彼らには目を向けず、脚と靴を覆う細かな土埃――死体を埋め替える際に中国の葬儀屋が骨に振りかけるタルクの粉のような土埃――をじっと見つめていた。今は進みつづける時だということがわかっていた。

夕暮れもまもない時間になって、ジムの脚と腕に積もった土埃の層が夕陽に輝きはじめた。西部の丘陵に向けて陽が落ちていき、水に浸かった田圃の広がりが光に彩られた升目の連なる液体のチェスボードに変貌した。この戦争のチェス盤に置かれた駒は墜落した飛行機と打ち捨てられた戦車だった。日没の光に照らされて南市《ナンタオ》の倉庫群へと続く線路の築堤に立った収容者たちは、映画スタジオのスポットライトの下にいるエキストラの一団のように見えた。周囲を囲むクリークと潟湖《せきこ》は強い香りのするサフラン色の水が溢れんばかりになっていた。溺れたラバと水牛の死体でせき止められた香水工場の排水路だった。

トラックは線路の枕木の上をガタガタと前進していった。黄昏の中、ジムは鉄のレールの上でバランスを取りながら、桟橋の横に建ち並ぶ煉瓦造りの倉庫群に目を凝らした。放置された灯台まで伸びているコンクリートの突堤があり、何人かの日本兵が双眼鏡を使って、川の中央部の砂州でもくもくと煙を上げている鋼鉄製の石炭輸送船の残骸を調べた。爆撃で焼け焦げた石炭船は船橋楼もマストも石炭庫も真っ黒になっていた。

そこから一キロ半ほど下ったところに南市《ナンタオ》の飛行艇基地と葬送桟橋――ジムが三年前、ベイシーたちに拾われた場所がある。あの元客室係が以前の隠れ家に戻っている可能性はないだろうかと思いながら、ジムはマクステッド氏がレールの間からはずれないよう誘導し、一方、ほかの収容者たちは線路ぞいに歩いていって、そこから川縁《べり》の土手道に降りた。船着き場の西の浅い潟湖に、焼けただれたB－29の残骸が転がっていた。夕闇の中に突き立った垂直尾翼が、この機の所属する中隊の標章を広告する銀色の看板のように見えた。

黄昏の中、ジムはこの巨大な飛行機を見つめながら、大勢の体がひしめき合う土手にマクステッド氏と並んで腰をおろした。あまりの空腹に感覚が麻痺していた。拳を作って関節の傷を吸うと、膿《うみ》さえもがおいしく思えた。土手に生えている草の茎をちぎって酸っぱい葉を嚙んだ。日本軍の伍長がランサム医師とピアス夫人を伴って造船所のほうに向かった。埠頭も倉庫群も遠目には無事に見えたものの、実際には猛烈な爆撃を受けて瓦礫の山に等しい状態だった。上げ潮が突堤脇に打ち上げられた二隻の魚雷艇の錆びついた船体を揺らし、ジムがうずくまっているところから五十メートル離れた葦の茂みに浮いている日本の水兵たちの死体を小刻みに震わせた。それをものともせず、何人かのイギリス人が土手を降りていって、水際で水を飲んだ。疲れきった女性がひとり、油にまみれた泥干潟《ひがた》で、中国人の母親がよくやるように子供の膝の後ろを抱え込んで用を足させると、そのまま自分もしゃがみ込んで用便を始めた。何人かの女性がそれにならった。ジムが水を飲みに降りていくと、夕暮れの空気には彼女たちの排泄物の臭いがきつく漂っていた。

ジムは川縁に立ち、木箱を足もとに置いた。水位を上げていく水が靴の白い土埃を洗い流した。飯盒に汲んだ水は南市《ナンタオ》の港に沈められたあの貨物船群から漏れ出した油でギラギラと輝いていた。川の生物をすべて窒息させようとしているかのように、何層にも重なったぬるぬるとした膜が黄浦江の川面を覆っていた。

ジムは注意深く水を飲み、それから木箱のまわりに打ち寄せる水を見つめた。龍華《ロンホア》から抱えてきた木箱。龍華《ロンホア》での歳月の間にあれだけの努力をして集めた、わずかな所有物。ジムはずっと、戦争が継続するように、キャンプで知った安全が保たれるように努力しつづけてきた。そろそろ自分を龍華《ロンホア》から切り離し、この現在に——戦争の歳月の間、ジムを支えてきた、ただひとつのルールに——真正面から向き合う時だ。

ジムはそっと油膜に覆われた川面に木箱を押しやった。黄昏の最後の光が消えていく寸前、その玉虫色のバラの輝きに、死んだ水が生気を取り戻した。木箱が中国人の子供の柩《ひつぎ》のようにゆらゆらと漂い去っていくとともに、押し寄せる油の輪が木箱を包み込み、小さく震える光の波を川に送り出していった。

ジムは休んでいる収容者たちの間を抜けて土手を登り、マクステッド氏の隣に腰をおろした。水の入った飯盒をマクステッド氏に渡し、それから靴についた砂を丁寧に払った。

「大丈夫か、ジム？」

「戦争は絶対に終わる、ミスター・マクステッド」

「終わるとも」マクステッド氏はつかの間、生き返ったようだった。「我々は今晩、上海に戻るんだ」

「上海に――？」ジムは心配になった。ミスター・マクステッドは錯乱しはじめているんじゃないだろうか。キャンプの病院で死にかけた病人たちがうわ言でイギリスに戻ると言っていたみたいに、上海に戻る夢を見ているんじゃないだろうか。「僕たち、内陸に連れていかれるんじゃなかったの？」

「今すぐに連れていかれることはない」マクステッド氏は、闇の中、突堤の先で炎上している石炭輸送船を指差した。

　ジムは石炭船の甲板と上部構造のいたるところから立ち昇っている煙を見つめた。ただ、煙突だけからは煙は上がっていなかった。火は機関室を完全に飲み込み、船尾は炉で燃えさかる石炭のように赤々と輝いていた。そうだったんだ。これが僕らを内陸に、蘇州《スージョウ》の彼方の殺戮の地に運ぶはずだった船なんだ。ジムは心から安堵すると同時に落胆も感じていた。

「僕らの食糧はどうなるんだろう？」

「上海で待っているよ。昔の日々が待ってくれているのと同じように」

　ジムはマクステッド氏が再び疲れきった収容者たちの間に沈み込むのを見つめた。マクステッド氏は、万事うまくいくとジムに得心させようと、最後の力を振りしぼって体を起こしていたのだった。幸運と、誰かはわからないアメリカ軍の爆撃手のスキルのおかげで、僕たちはあの石炭船で移送されずにすんだ。幸運はこれからも僕たちを見守っていてくれる。

「マクステッドさんは戦争が終わってほしいと思っている？　戦争は絶対にもうすぐ終わる」

「もうほとんど終わっているよ。お母さんとお父さんのことを考えたまえ、ジム。そう、戦争はもう終わったんだ」

「でも、ミスター・マクステッド、次の戦争はいつ始まるんだろう……？」

兵士たちが線路ぞいに歩きはじめ、ランサム医師とピアス夫人がそのあとに従った。伍長たちが叫び交わす声が線路を伝って大きく響いた。細かい雨が落ちてきて、トラック脇で待機していた衛兵たちが合羽《かっぱ》を着た。あたためられた線路から湯気が立ち昇る中、収容者たちが立ち上がり、幼い子供たちの手をしっかりと握った。闇をついて無数の低い声が起こり、女性たちは夫の手を握った。

「ディグビー……ディグビー……」

「スコッティ……」

「ジェイク……」

「バンティ……」

眠っている子供を肩に乗せた女性がジムの手をつかんだ。ジムは彼女を押しのけて、ふらつくマクステッド氏の体を支えようとした。闇とべとついた川の水のおかげで二人とも目まいがし、いつなんどき線路に倒れ込んでもおかしくない状態だった。三台のトラックに先導されて、収容者たちは線路の築堤を離れ、廃墟と化した倉庫群の脇の桟橋に集まった。百人ほどが土手道にとどまった。極度の疲労にそれ以上進みつづけることができず、日本兵たちが用意している未来に身を任せることを諦めたのだった。雨が滴り落ちる合羽に身を包んだ兵士たちの監視のもと、彼らは線路の築堤の下にじっと座り込んでいた。

改めて隊列が進みはじめると、その日の朝、龍華《ロンホア》を出た収容者の四分の一が脱落していることがわかった。一行が造船所のゲートに着く前にも数人が引き返していった。E棟の高齢のスコットランド人――退職した上海電力公司の元会計士で、ジムのチェス相手だった――は突然隊列を離れ、戦争中この長い年月をどこで過ごしてきたのかすっかり忘れてしまったかのように、ふらふらと石敷の広場を横切ると、雨の中を線路の築堤へと戻っていった。

陽が落ちてから二時間あまり歩きつづけた一行は、西郊の田園地帯にあるサッカースタジアムに到着した。このコンクリートの競技場は、一九四〇年のオリンピック誘致を目して、蔣介石夫人マダム・チャンの命のもとに建設されたものだが、一九三七年の日本の中国侵攻の際に接収され、以降、上海南部の戦闘地域のための軍事司令部となっていた。

収容者の隊列は、静寂に包まれたスタジアムの駐車場を横切っていった。駐車場のタルマック舗装は爆撃でズタズタになっていたが、闇の中には今も白い駐車ラインが伸びていて、損傷を受けた軍用車両――爆弾の破片であちこちがつぶれたトラック、燃料搬送ワゴン、装輪戦車、それぞれが二門の大砲を牽引する半軌道車――がラインの内側にきちんと列を作って並んでいた。ジムは穴だらけのスタジアムの正面を見つめた。上塗りされた白い漆喰《しっくい》が爆弾の破片ではぎ取られ、国民党の力を高らかに伝える当初の漢字のスローガンがいま一度、表に現われていた。闇に浮かぶ威嚇的なスローガンは、戦争前の中国映画専門の映画館に掲げられていた巨大な広告看板を思わせた。

一行はコンクリートのトンネルをくぐって暗い競技場に入った。周囲を取り巻く楕円形のスタンドに、ジムは上海の野外映画館の勾留所を思い起こしたが、その脅迫感は戦争の歳月によって百倍にも増幅されていた。兵士たちが陸上トラックのまわりをぐるりと囲む哨兵線陣形を取った。雨が合羽から滴り落ち、銃剣と銃身を光らせた。隊列の先頭にいた何人かが早くもサッカーグラウンドの濡れた芝の上に座りはじめた。マクステッド氏が枷《かせ》から解放されたかのようにジムの足もとに崩れ落ちた。ジムもマクステッド氏の横にしゃがみ、一行とともにスタジアムに入ってきた蚊の大群を払いのけた。

トンネルから三台のトラックが現われ、アンツーカーのトラック上で停まった。ランサム医師が病人たちの体を乗り越えて後部から降り立った。二台目のトラックからピアス夫人が降りてきたが、ピアス氏と息子は運転手の横に座ったままだった。降りしきる雨をついて、ランサム医師が兵士たちと言い争う声が聞こえてきた。合羽の奥に顔を隠した憲兵隊の上級曹長が無表情にランサム医師を見つめ、煙草に火をつけると、ゆっくりとスタンドに歩いていって、これから真夜中の曲芸を見物することになっているとでもいうかのように、最前列の席に腰をおろした。

ピアス夫人がトラックの運転席に戻ったのを見て、ジムはほっとした。ランサム医師が兵士相手に文句を言う口調は、病院の墓地で妄想にふけっているジムをしょっちゅう注意していた時と同じトーンで、このスタジアムではまったく場違いに聞こえた。到着して数分とたたないうちに、千二百人の収容者は完全に静まり返り、スタンドに並んだ兵士たちが見つめる中で身を縮めるようにして座り込んでいたが、ランサム医師はなおも龍華《ロンホア》でのルーティンを実施しようと、女性や子供たちの間を歩きまわって状態をチェックした。ジムはじっと待っていた。ほどなく闇の中でランサム医師がつまずき、男性たちのグループから険悪な叫びが上がった。

スタジアムじゅうに降りそそぐ雨が仰向けに寝転がったジムの顔を打ち、冷えきった頬をあたためてくれた。この雨にもかかわらず、無数のハエが収容者たちに群がっていた。ジムはマクステッド氏の口もとのハエを追い払い、顔を雨で洗おうとしたが、ハエの群れは饗宴を続行し、マクステッド氏の歯茎をつつきつづけた。

マクステッド氏の口から弱い息が漏れるのを見つめ、何かやってあげられることはないだろうかと思いながら、ジムは木箱を捨ててしまったことを後悔した。木箱を川に流したのは感傷に駆られただけの無意味な行為――ジムの初めての大人の行為だった。あんなことをしなければ、箱に入っていた所持品と引き換えに、マクステッド氏のためにささやかな食べ物を手に入れられたかもしれなかったのに。日本人にもラテン語のミサをするカトリック信者が何人かはいるかもしれない。雨でぐっしょり濡れた合羽を着ている衛兵の中にケネディの

『ラテン語入門』の価値がわかる者がいて、僕がラテン語のレッスンをしてあげることができたかもしれない……。

だが、マクステッド氏は安らかに眠っていた。唇に群がったハエの間から、そして近くにいる収容者たちの口から、白っぽい息が出ていた。一時間後——雨はすでにやんでいた——アメリカ軍の空襲の閃光がスタジアムを明々《あかあか》と照らし出した。モンスーン季の雷のように幕状に広がる光。子供の頃、アマースト・アベニューの家の安全な寝室の中で、天空が突然明るくなってテニスコートの真ん中やプール脇にいるネズミを照らし出す光景を、ジムは何度も見た。神様が上海の邪《よこしま》な人たちの写真を撮っているのよ——とヴェラは言ったものだった。揚子江河口の日本の海軍基地のどこかを攻撃している夜間空襲の無音の光は、ジムの腕と脚を濡れた輝きで覆った。それは、龍華《ロンホア》飛行場の滑走路の建設を手伝った時に初めて見た、あの細かな土埃をいま一度思い起こさせた。自分が目覚めていると同時に眠っているのがわかった。戦争の夢を見ながら、戦争に夢見られている自分……。

ジムはマクステッド氏の胸に頭を乗せた。空爆の矢継ぎ早の閃光がスタジアムに溢れ、眠っている収容者たちに屍衣を着せかけた。もしかしたら、今、僕たちは全員、とんでもなく大きな滑走路の建設に加わっているのかもしれない。ジムの頭の中で、アメリカ軍の飛行機の音が強烈な死の予告となって響きわたった。ラテン語の動詞の活用形——探し当てた中で祈りに最も近いもの——をつぶやきながら、ジムはマクステッド氏の隣で眠りについた。そして、滑走路の夢を見た。

31　太陽の帝国

水分をたっぷりと含んだ朝の陽光がスタジアムに溢れ、陸上トラックのあちこちにできた水たまりと、サッカーグラウンドの北側のゴールポストの後ろに並んだ何台ものアメリカ車のクロムのラジエーターに反射してキラキラと光った。ジムはマクステッド氏の肩に寄りかかって体を起こし、あたたかな芝に横になっている何百人もの男女を見まわした。地面にうずくまっている者も何人かいた。日に焼けていながら青ざめた顔が、染料が滲《し》み出して白くなった革を思わせた。彼らはゴールポストの後ろに並んだ車と輝くラジエーターを疑わしげに眺めていた。その油断のない目は、田植えをしながら父のパッカードを見上げていた虹《ホン》橋《チャオ》の農夫たちのそれと同じだった。

ジムはマクステッド氏の口と目のハエを払った。仰向けに横たわった元建築家はぴくりとも動かず、心臓を取り巻く白い肋骨《ろっこつ》は開く気配も見せなかったが、かすかな息の音が聞き取れた。

「じきに楽になるよ、ミスター・マクステッド……水を持ってくるね」ジムは目を細めて車の列を見た。焦点を合わせようとするだけで疲労感に襲われた。頭がぐらつかないようにと必死になっていると、今度は地面が大きく揺らいだ。自分を含めて何百人もの収容者の全員が今にもスタジアムから投げ出されてしまいそうな気がした。

マクステッド氏が横向きになり、ジムを見た。ジムは車の列を指差した。五十台以上はあるだろう。ビュイック、リンカーン・ゼファー、隣り合わせに並んでいる二台の白いキャデラック――戦争が終わって、イギリス人の所有者たちを迎えにきたのだろうか？　ジムはマクステッド氏の頰をさすり、肋骨の下の窪みに手を伸ばして心臓をマッサージしようとした。スチュードベイカーがマクステッド氏を上海のナイトクラブに連れ戻すためにやってきたこの今、死んでしまうのはあまりにもかわいそうだ。

日本兵たちはエントランスのトンネルのそばのコンクリートのベンチに座って、炭火コンロの前で茶をすすっているだけだった。コンロの煙が病人を載せたトラックの間に漂っていった。二人の若い兵士が疲れきった様子のランサム医師に水の入ったバケツを渡していたが、治安部隊は前日の行進の時と変わらず、サッカーグラウンドを占拠している収容者たちにはまったく関心がないように見えた。

脚を震わせながら立ち上がると、ジムはゴールポストの向こうに並んでいる車列を見まわして父のパッカードを探した。運転手はどこにいるんだろう？　カントリークラブの前でいつもそうしていたみたいに、車の横で待っていなければならないのに。その時、小さな雨雲が太陽を隠し、スタジアムを覆う光がくすんだ茶色に変わった。錆びたクロムが目に入った。ジムははっと気がついた。これらのアメリカ車はもう何年もここに停まったままなのだ。冬の汚れがこびりついたフロントガラス、ぺしゃんこになったタイヤ――これらは日本軍が連合国籍の所有者たちから分捕った戦利品の一部なのだ。

ジムはスタジアムの北と西のスタンドのスロープを見わたした。コンクリートの段の座席シートははぎ取られ、スタンドのあちこちが屋外倉庫として使われていた。屋根裏の家具の保管室のように所狭しと置かれた何十もの黒檀の飾り棚とマホガニーのテーブル――そのつややかな上塗りは今も元のままだ――、何百ものダイニングチェア。空に向けて上昇していくスロープに積み上げられたベッドと衣装ダンス、冷蔵庫とエアコンのユニット。マダム・チャンと中華民国軍の大元帥が世界のアスリートたちの敬礼を受けていたかもしれない巨大な特別席には、ルーレット盤やバーカウンター、頭上にけばけばしいランプを掲げた金メッキのニンフ像などがぎっしりと詰め込まれ、コンクリートの階段に置かれたペルシャ絨毯とトルコ絨毯のロールは、防水シートでくるまれてはいたものの、腐りかけた水道管さながらに水を滴らせていた。

これら上海の邸宅とナイトクラブから奪い取ったみすぼらしい戦利品は、しかし、ジムの目には、ショーウィンドウに並べられた新品の輝きを放っているように見えた。かつて母と一緒に見てまわった先施公司《シンシアデパート》の家具売り場のように……。スタンドを見つめていたジムは、今にもシルクのドレスをまとった母が現われ、手袋をはめた手で段をなす黒い漆《うるし》塗りのキャビネットを撫でていくのではないかという思いに包まれた。

腰をおろして手を上げ、まぶしい陽光を遮った。親指と人差し指でマクステッド氏の頬をマッサージし、唇をつまみ上げて、口の中に閉じ込められていたハエをかき出した。周囲では、濡れた芝の上に横になった収容者たちが、かつての自分たちの所持品の山を見つめていた。強くなっていく八月の陽光の中で鮮明さを増していく幻影。

だが、幻影はすぐに消え去った。ジムはマクステッド氏の半ズボンで手を拭った。日本軍はこのスタジアムを移動の際の野営地としてよく使っていたらしく、すり減った芝生のあちこちに、油じみたボロ布や小さな焚き火の燃えかす、テントのキャンバスや木枠の切れ端が散らばっていた。疑いようもなく人間が残したもの——血の染みや排泄物もあり、それらにはハエがいっぱいにたかっていた。

病人用のトラックの一台がけたたましいエンジン音を響かせはじめた。スタンドから降りてきた兵士たちが行進体形を整えつつあった。木綿のマスクをした二人の衛兵が後部からトラックに登り、ランサム医師が三人のイギリス人収容者の手を借りて、死んだ者と、病状が重くその日の移動には耐えられないと判断された者をトラックからおろしていった。芝生の上に残されたタイヤ跡に横たえられた彼らは、みずからをやわらかな土で包み込もうとしているように見えた。

ジムはマクステッド氏のかたわらにしゃがみ込み、横隔膜をふいごのように押しつづけた。以前、ランサム医師が心臓マッサージで患者を死の淵から蘇生させるのを見たことがあった。マクステッド氏には何としてでも行進に加われるだけの状態になってもらわなければならない。周囲で収容者たちが体を起こし、何人かは体を寄せ合っている妻と子供たちの横に立った。高齢者が数人、夜の間に亡くなり、十メートル離れたところでは色あせた木綿のワンピース姿のウェントワース夫人――『真面目が肝心』でブラックネル夫人を演じた女性――が空を見つめたまま固くなっていた。横になっている者のまわりには、自分たちの体の重みで濡れた芝から押し出されてきた浅い水たまりができていた。

一心に心臓マッサージを続けるうちに腕が痛くなってきた。ジムはランサム医師がトラックから降りてきてマクステッド氏を診《み》てくれるのを期待していたが、三台の病人用トラックはすでにスタジアムの外へ向かいはじめていた。ランサム医師の錆色の頭がひょいと引っ込められ、トラックはトンネルの奥に姿を消した。そのあとを追いたいという誘惑に駆られはしたが、マクステッド氏とともに残ることはすでに決めていた。ここに来るまでの間にジムは学んでいた。面倒を見るべき誰かがいるということは、自分が誰かに面倒を見られることと同じなのだ。

ジムは、スタジアムの外の駐車場を横切っていくトラックの音に耳をすました。ギアボックスを喘がせながら、トラックはスピードを上げていった。ここに至って龍華《ロンホア》キャンプはついに解体されつつあった。トンネルの前に行進の第一陣が形成された。三百人ほどのイギリス人収容者――比較的若い男性と妻と子供たち――が陸上トラックに列を作り、憲兵隊の軍曹のチェックを受けていた。その横のサッカーグラウンドには、立つのはおろか、座っていることもできないほどに困憊《こんぱい》しきった収容者たちが戦場の死者さながらに横たわり、その間を、日本兵たちが、なくなったボールを探しているかのように歩きまわっていた。彼らが、戦争の袋小路に迷い込んだこのイギリス国籍の人々に関心を抱いている様子はまったくなかかった。

最初の隊列は一時間後に出発した。彼らは後ろをちらりと振り返ることもなくトンネルをくぐっていった。そのあとに六人の兵士が続き、残った兵士たちはのんびりと黒檀の飾り棚と冷蔵庫のパトロールを続けた。トンネルの前で待機している上級下士官たちは、頭上を飛んでいくアメリカ軍の偵察機隊を眺めていて、スタジアムの収容者たちを動かそうという気配は見せなかったが、十五分とたたないうちに第二陣が集合しはじめ、軍曹が再び進み出てチェックを開始した。

ジムは濡れた芝で手を拭い、マクステッド氏の口に指を入れた。関節のまわりでマクステッド氏の唇が震えた。八月の太陽が早くも芝生の水分を蒸発させつつあった。ジムはアンツーカーのトラックの水たまりに目を向けた。哨兵が通り過ぎるのを待って、芝生を横切り、水たまりの水をすくって飲んだ。まるで凍った水銀のように喉を走りおりた水の電流のようなショックに心臓が止まりそうになった。兵士にあっちに行けと言われないうちに、素早く両手で水をすくい取ってマクステッド氏のもとに運んだ。

マクステッド氏の口に水をそそぎ入れると、ハエがあわてて歯茎から飛び立った。隣に高齢のグリフィン少佐が横たわっていた。以前、第一次世界大戦時の陸軍の武器についてレクチャーしてくれたインド陸軍の退役将校だ。グリフィン少佐は体を起こすこともできないままに、ジムの手を指し示した。

マクステッド氏の唇を強くつまむと、舌がぴくりと痙攣して突き出された。ほっとしたジムはマクステッド氏を何とか元気づけようとして言った。「ミスター・マクステッド、すぐに食べ物が届くよ、絶対に」

「いい子だ、ジェイミー――頑張ってるな」

グリフィン少佐がジムを差し招く。「ジム……」

「今行くよ、グリフィン少佐……」ジムは再度アンツーカーのトラックに行き、片手に水をすくって戻ってきた。少佐の横にしゃがみ込み、頬を軽く叩いた時、五メートルほど離れた芝生の上にヴィンセント夫人が座っているのに気づいた。サッカーグラウンドの真ん中にいる夫と息子のそばを離れてここまでやってきたものの、それ以上動くことができなくなったようだ。夫人はジムをじっと見つめた。ジムがコクゾウムシを食べるのを見つめていた時と同じ、どうしようもないわねといったまなざしだった。夜の雨が木綿のワンピースから最後の染料を洗い流し、夫人に龍華《ロンホア》飛行場のあの中国人の労務者たちの青白さを与えていた。ミセス・ヴィンセントも自分だけの見知らぬ滑走路を建設することになるんだろう。ジムはそう思った。

「ジェイミー……」

夫人はジムの子供時代の呼び名で呼びかけた。マクステッド氏が無意識のうちに戦争前の記憶から呼び起こした名前。ミセス・ヴィンセントは僕にもう一度子供になってほしいと思っている。龍華《ロンホア》で僕を生かしつづけてきた果てしない走り使いをしてほしいと思っている。

アンツーカートラックの冷たい水をすくいながら、ジムは、具合が悪かった自分の面倒を見るのを夫人がにべもなく拒絶したことを思い出していた。それでも、ジムはいつも夫人が食べ物を食べている姿に引きつけられてきた。自分の手から夫人が水を飲む間、ジムは静かに待っていた。

夫人が水を飲み終えると、立ち上がるのに手を貸した。「ミセス・ヴィンセント、戦争は終わったよ」

夫人は顔をしかめてジムの手を押しやった。だが、ジムはもう気にしなかった。夫人がふらつきながらサッカーグラウンドに座った収容者たちのもとに歩いていくのを見届けてから、再度マクステッド氏の横にしゃがみ、顔のハエを払った。指にヴィンセント夫人の舌の感触がまだ残っていた。

「ジェイミー……」

ほかの誰かが呼んでいる。これじゃまるで、僕がヨーロッパ人の主人の命令で走りまわるクーリーみたいじゃないか。座っているのもつらいほどの目まいに襲われて、ジムはマクステッド氏のかたわらに横になった。アンツーカートラックの水に両手がかじかんでいた。戦争は長く続きすぎた。あの勾留所で、龍華《ロンホア》で、生き延びるためにできる限りのことをやってきたジムだったが、今、彼の一部は死にたいと思っていた。死ぬことは、自分で戦争を終わらせることのできるひとつの方法だった。

ジムは芝の上にいる数百人の収容者を見わたした。全員がここで——腐りかけた絨毯とバーカウンターに囲まれて、死んでほしいと思った。嬉しいことに、すでに多くが彼の願いを受け入れていた。一方で、まだ歩くことができて第二陣の行進隊列を作りつつある収容者たちには怒りを感じた。彼らは死ぬまで田園地帯を歩きつづけることになる。ジムは、彼らに、スタジアムにとどまって白いキャデラックが見えるところで死んでほしかった。

ジムは猛々《たけだけ》しくマクステッド氏の頬のハエを払った。ヴィンセント夫人に向かってゲラゲラと笑い、膝を抱え込んで体を揺らしはじめた。子供の頃にやっていたように、一本調子に地面を叩きながら自分にささやきかけた。「ジェイミー、ジェイミー……」

近くのアンツーカートラックを巡回していた兵士が芝生を横切ってきて、ジムを見おろした。地面を叩く音とささやき声に苛立った兵士は、くたびれた長靴《ちょうか》でジムを蹴とばそうとした。その時――強烈な閃光がスタジアムに溢れ、サッカーグラウンドの南西のコーナーのスタンドをまばゆく照らし出した。まるで、上海の北東でアメリカ軍の巨大な爆弾が炸裂したかのようだった。兵士がためらい、肩ごしに目をやった。光は見る見る強さを増していき、数秒で薄れていった。だが、その青白い輝きは、スタンドの戦利品の家具を、ゴールポストの後ろに並ぶ車を、芝生の上の収容者たちを――スタジアムじゅうのすべてのものを覆いつくしていた。あらゆる物と人が第二の太陽に熱せられた炉床にいた。

ジムは自分の白い手と膝を、兵士の痩せ細った顔をまじまじと見つめた。兵士はこの光にうろたえているように見えた。ジムも兵士も爆弾の閃光に続いて轟音が届くのを待ち受けたが、スタジアムと周辺の大地を包む静寂が破られることはなかった。太陽がまばたきし、数秒間、完全に意気を喪失してしまったかのような、そんな出来事……。ジムは兵士に笑いかけた。今の閃光は僕の死の予告なんだ――そう兵士に言いたかった。僕の小さな魂が、もっと大きな、死んでいく世界全体の魂に加わる光景なんだと伝えたかった。

妄想と幻覚は午後遅くまで続いた。虹口《ホンキュウ》空襲の光が再びスタジアムを照らしはじめた。夢うつつのままに横たわっていたジムは、背中の下の地面が上海カントリークラブの舞踏室の床のように激しく上下するのを感じた。燃え立つ光がスタンドの一画から一画へと走り、家具の群れを、植民地のイギリス人たちの暮らしを飾るスポットライトを浴びた一連の絵画へと変容させた。

夕暮れが迫る頃、最後のグループがトンネル脇に集まった。ジムはマクステッド氏の横に座ったまま、五十人の収容者が列を作るのを見ていた。この人たちはどこに行くんだろう？　男性も女性もほとんどが立っているのがやっとという状態だった。スタジアムの前の駐車場までしか行き着けないんじゃないだろうか――ジムにはそんなふうにしか思えなかった。

龍華《ロンホア》を出て初めて、日本兵が苛立ちを見せはじめていた。まだ歩ける収容者の最後のグループと一刻も早く手を切りたいという様子を前面に出して、兵士たちはサッカーグラウンドを動きまわり、収容者を引っぱたき、肩をつかんで引っ張った。木綿のマスクをした伍長が死んだ者たちの顔を懐中電灯で照らしては仰向けに転がしていった。

兵士たちの背後で、白いシャツを着た欧亜人（ヨーロッパの白人とアジア人の混血）の民間人が忙しく行き来し、旅行会社の有能な添乗員のように、行進への参加を命じられた収容者たちの手助けをしていた。サッカーグラウンドの端では早くも衛兵たちが死者の体から服や靴やベルトをはぎ取っていた。

「ミスター・マクステッド……」頭がまだ働いている最後の瞬間に、ジムは体を起こした。死にかけている元建築家はここに残して、夜の闇の中に出発するグループに加わらなければならない。「僕、行かなくちゃ、ミスター・マクステッド。戦争はもう終わったんだから……」

立ち上がろうとした時、マクステッド氏が手首をつかむのが感じられた。「彼らとは一緒に行くな……ジム……ここにいるんだ」

ジムはマクステッド氏が死ぬのを待った。だが、マクステッド氏はジムの手首を、地面にボルトで留めつけようとしているかのように、芝生に押しつけた。ジムは再度横になって、隊列が足を引きずりながらトンネルに向かうのを見つめた。ひとりの男性が三歩進んだところで歩けなくなり、そのままアンツーカートラックに崩れ落ちた。ジムは近づいてくる日本兵たちの声に耳をすました。どの声もマスクに覆われてくぐもっていた。悪臭の漂う中、軍曹が喉の詰まったような声を上げ、唾を吐くのが聞こえた。

ひとりの兵士がジムのかたわらに膝をついた。マスクの奥から荒々しい息が吐き出された。ジムは身じろぎせずに横たわっていた。胸と腰の上で手が荒々しく動き、ポケットを探った。そしてぞんざいに靴を脱がせると、アンツーカートラックに放り投げた。燃え上がる虹口《ホンキュウ》の燃料庫の炎がスタンドじゅうを踊りまわり、戦利品の冷蔵庫のドアを、白いキャデラックのラジエーターグリルを、大元帥の席に積まれた石膏のニンフ像のランプを、明々《あかあか》と照らし出した。

第三部

32　欧亜人

安らぎに満ちた陽光がスタジアムをあたためはじめた。雲ひとつない空から突然雹《ひょう》が降ってきた。黄浦江の五千メートル上空を飛ぶアメリカ軍の飛行機の翼から吹き飛ばされた凍った水蒸気のスコールだった。太陽に照らされたクリスタルの破片がクリスマスデコレーションのようにサッカーグラウンドを飾った。

ジムは体を起こし、芝生の上に散った白金色の雹に触った。かたわらに横たわるマクステッド氏の体がスペクトルのスーツをまとい、灰色の顔に点々とミニチュアの虹が躍った。だが、数秒とたたないうちに雹は融けて地面に吸い込まれていった。第二陣の雹の滝が降りそそぐのを期待して、ジムは飛行機の音が聞こえないかと耳をすましたが、地平線から地平線まで空はからっぽだった。スタジアムに残っていた収容者のうちの何人かが芝に膝をつき、雹をかじりながら、死んだ仲間たちの体ごしに言葉を交わしていた。

行進チームが出発して数日後、昨日までとどまっていた日本兵の姿が消えていた。憲兵隊の下士官と兵士らは夜の間に装備をまとめて行ってしまっていた。ジムは裸足《はだし》で冷たい芝の上に立ち、外に通じるトンネルを見つめた。打ち捨てられた駐車場から射し込む陽光が浅い角度でトンネルのコンクリートの壁面を照らしていた。早くもひとりのイギリス人がすり減った木のサンダルを引きずりながらトンネルを抜けていこうとしているところだった。ボロボロの服を着たその妻が両手を顔に押し当ててあとに続いた。

ジムは、小銃の一撃が男を妻の足もとに投げ倒すのを待ったが、二人は何事もなく駐車場に歩み出て、爆撃にやられた軍用車の列を見つめた。ジムはマクステッド氏の横を離れて陸上トラックを歩いていった。本当は二人のあとを追うつもりだったのだが、念のためと思い直してスタンドに登ることにした。

コンクリートの階段は空の彼方まで続いているように見えた。ジムは途中で足を止め、戦利品の家具のテラスで休むことにして、ダイニングテーブルの横にあった背の真っ直ぐな椅子に腰をかけ、磨き上げられた黒檀のテーブルから滴る生ぬるい水を飲んだ。眼下のサッカーグラウンドで三十人ほどの収容者が、昼寝から覚めただらしのないピクニックの一行のように起き上がりはじめていた。女性たちが芝の上で体を起こし、以前の友人たちの死体の間で静かに髪を撫でつけた。男たちの何人かがゴールポストの裏に並ぶ車列のところに行き、埃をかぶったウィンドウから車内のインストルメントパネルを覗き込んだ。

百人以上の収容者が死に、夜の間に空から落ちてきたとでもいうようにサッカーグラウンドに転がっていた。ジムは彼らに背を向けて、水たまりが続くスタンドを一番上まで上がっていった。マクステッド氏のそばを離れると、彼が死んだことへの罪の意識が湧き上がってきた。この罪悪感は一面で、靴を失ったこととつながっていた。コンクリートの上の濡れた足跡を見つめながら、自分に向けてつぶやいた——あの靴と引き換えに、兵士から少しの米かサツマイモを分けてもらうべきだった。あの時、死んだふりをしたことで、マクステッド氏も靴も両方とも失ってしまった。

それでも、死んだマクステッド氏は僕を守ってくれた。おかげで僕は行進に加わらずにすんだのだから。闇の中で眠ったり目覚めたりしながら、みんなの死体とともに横たわって過ごしていた間、ジムは生きている者より死者に近い自分を感じていた。マクステッド氏が冷たくなってからも長い間、魂が体を離れたと確信できるまで彼の頰をマッサージし、ハエを追い払いつづけた。死んだ元建築家の体から発する悪臭とハエの群れは凄まじかったが、ジムはそれからの日々もマクステッド氏のそばからできるだけ離れずに過ごした。サッカーグラウンドの中央に座っている者たちはジムが近づくたびに追い払った。スタンドの家具から滴り落ちる水を飲み、ウェントワース氏のズボンのポケットで見つけたサツマイモ一個と、日本兵たちが時おりジムに向けて撒く悪臭のする米とで何日間かを食いつないだ。

ジムはスタンドの最上階の金属の手すりにもたれかかり、スタジアムの前の駐車場を見おろした。スタジアムの外に出たイギリス人夫婦はじっと遺棄された軍用車の列を見つめていた。静まり返った世界にはほかに誰もいない。その姿にジムは笑い出した。激しい咳とともに口から黄色い膿《うみ》の塊が跳び出してきた。二人にこう叫びたかった。世界はなくなってしまったんだ！　みんな自分から墓に跳び込んで、自分で自分の上に土をかぶせてしまったんだ！

いい厄介払いだ……ジムは死にかけた大地を見つめた。田圃に点在する水の溜まった無数の爆弾孔、龍華寺《ロンホアスー》のパゴダの沈黙した高射砲。背後、五キロと離れていないところには沈黙した上海の市街が広がっている。フランス租界のアパルトマン群もバンドのオフィス街も、これまでの長い年月、ジムを支えつづけてきた手の届かない遠い希望を拡大したイメージのようだった。

涼しい風がスタジアムを吹き渡っていった。一瞬、数日前にスタンドを覆うのを見た、あの不思議な北東からの光が戻ってきて太陽を陰らせた。ジムは青白い両手を見つめた。自分が生きていることはわかっていながら、同時に、マクステッド氏と同じくらい死んでいるように思えた。もしかしたら、僕の魂は体から離れる代わりに、頭の中で死んでしまったのかもしれない。

また喉の渇きを覚えて、コンクリートの階段を降り、テーブルとキャビネットに溜まった水をすくった。戦争が終わったのなら、今度こそ母さんと父さんを探しにいく時だ。でも、守ってくれる日本兵がいないのにイギリス人が歩いて上海に向かうのは危険すぎる。

ゴールポストの向こうにいたイギリス人のひとりが白いキャデラックの一台のボンネットを持ち上げていた。仲間に見守られながら、彼はエンジンを覗き込み、シリンダーに触った。はっと立ち上がると、ジムは階段を駆け降りていった。何としてでも道案内をしたかった。上海の大通りも路地もまだ全部憶えている。

陸上トラックを横切っている時、ジムは三人の男がスタジアムに入ってきたのに気づいた。二人は中国人のクーリーで、上半身には何も着ておらず、足首のところを結んだ黒い木綿のズボンと藁《わら》の草履《ぞうり》をはいている。もうひとりは、何日か前に日本の憲兵隊と一緒のところを見た白いシャツ姿の欧亜人だった。三人はトンネルの横で立ち止まり、欧亜人がスタジアムを見わたした。芝の上に座っている収容者たちにちらりと目をやったものの、男の関心は明らかにスタンドに並ぶ接収された家具に向けられていた。

男のズボンのウェストバンドには重そうな自動拳銃《コルト》が差し込まれていた。だが、男は愛想よくジムに笑いかけた。戦争という不運な出来事で別れ別れになっていた旧友だとでもいうかのようだった。

「やあ、坊や……大丈夫か?」男はジムのボロボロのシャツと半ズボンを、半ズボンから突き出した脚と、土と傷だらけの足を、しげしげと見た。「龍華《ロンホア》CAC(民間人収容センター)か? 相当タフだったに違いないな」

ジムは感情を見せずに男を見つめた。笑みを浮かべてはいるものの、男の目には同情の色はいっさいなかった。そのしゃべり方には、最近習得したものらしい強いアメリカ訛りがあった。きっと、捕虜になったアメリカ軍の飛行機の乗員を尋問している時に身に着けたんだろう。腕にはめているクロムの腕時計とウェストバンドのコルトは、龍華《ロンホア》の日本の衛兵が撃墜したB-29スーパーフォートレスのパイロットから奪い取った物によく似ていた。サッカーグラウンドから立ち昇る腐臭に男の幅広い鼻がひくつき、スタンドの品々の精査への集中が途切れた。男がさっとよけた横を、二人のイギリス人がよろよろと通り過ぎ、トンネルに入っていった。

「少しばかり準備が必要だな」男は少し考え込んだ。「お前、ママとパパも一緒なのか？　米が二袋くらいもらえそうだぞ。そこらをひとまわりして、ブレスレットか結婚指輪かネックレスか何でもいいから持っていないか聞いてみろ。それなら一緒に仕事ができる」

「戦争は終わったの？」

男は視線を下げ、つかの間、その顔を影が包んだ。次の瞬間、男は気を取り直し、にっこりとほほえんだ。「間違いない。もういつなんどきアメリカ海軍の全軍がバンドに上陸してもおかしくはない」ジムが納得できない顔をしているのを見て、男はこう付け加えた。「アメリカは原子爆弾を落としたんだ、坊や。アンクル・サムが長崎と広島に太陽のかけらを投下して、百万人の日本人を殺した。とんでもなくでかい閃光が……」

「見た」

「お前……？　あの光は世界じゅうを照らしたのか？——ありうるかもしれんな」その口調は疑わしげだったが、男はスタンドの戦利品の山から目を離し、ジムの検分を始めた。気安い態度にもかかわらず、男は自分に自信を持っていないようで、まもなくやってくるアメリカ海軍が自分の親米行動に納得しないかもしれないと思っているかのようだった。男は用心深いまなざしを空に向けた。「原子爆弾だ……日本人にはひどすぎるなんてものじゃないが、お前にとってはラッキーだった。お前のママとパパにとっても」

ジムがこの言葉の意味をじっくりと考えていると、男はトンネルの脇にあったゴミ箱に歩み寄り、中を漁りはじめた。ジムは言った。「本当に戦争は終わったんだね？」

「ああ、終わった。終結した。俺たちはみんな友達だ。天皇が昨日、降伏を宣言した」

「アメリカ軍はどこ?」

「今やってきているところだ。ここにも原子爆弾を持ってくるに違いない」

「白い光だよね?」

「そのとおり。原子爆弾、アメリカの超兵器だ。たぶん、お前は長崎の原爆を見たんだろう」

「うん、僕は原子爆弾を見たんだ。ドクター・ランサムはどうなった?」男が怪訝な顔をしたので、ジムはこう付け加えた。「それと、ここから出ていった人たちは?」

「ひどいことになった」と言ってから男は首を降った。ついうっかり口にしてしまったのを後悔しているようだった。「アメリカの爆撃もあったし、病気もあったし……たぶん、お前の友達は……」

ジムがその場から離れようとした時、男がゴミ箱から振り向き、片方の手に持っていた木のサンダルを陸上トラックに投げ捨てた。もう一方の手に、靴紐で結んだゴルフシューズがあった。男が待機していた二人のクーリーに話しかけようとした時、ジムは前に踏み出した。

「それは僕のだ——ドクター・ランサムが僕にくれたんだ」きっぱりとそう言うと、男の手から靴を引ったくった。そして、男が拳銃を引き抜くのを、あるいはこいつを殴り倒せとクーリーに命じるのを待った。極度の空腹とスタンドを登っていったことで困憊《こんぱい》しきっていたとはいえ、自分がいま一度、ヨーロッパ人の優位性を誇示していることをはっきりと意識していた。

「わかったよ」男は本気で不安になったようだった。「お前が戻ってくるまで預かっておくつもりだったんだ。ママとパパにもそう言ってくれ」

ジムはクーリーたちの横を抜けて、光の溢れるトンネルに入った。駐車場では、イギリス人の男女のグループが何組か、戦車や焼け焦げたトラックの間をふらふらと歩いていた。どこへ行くという考えもないままに白い駐車ラインをたどっている彼らは、まるで、長い戦争を生き延びたのは単に、このわびしい迷路の中でその生を終えるためだったとでもいうかのようだった。スタジアムの外では、周囲の田圃と運河に広がる完全な静寂が、八月の陽光をいっそう強烈なものにしていた。荒れ果てた大地を覆う白熱した輝き——この大地も、男が言った原子爆弾の閃光で焼きつくされてしまったんだろうか？　ジムは、マスタングのパイロットの燃え上がる体を、そして、数日前、スタジアムに溢れた音のない光、死んだ者も生きている者もともにその屍衣で包み込んだように思えた、あの光を思い出した。

33　神風パイロット

靴をはいたジムは駐車場の軍用車列を守るコンクリートのトーチカの前に立った。スタジアムのエントランスの前から上海市街の南部の郊外地域に向かう道路が伸びている。周辺の田園地帯に動くものの姿はなかったが、三百メートル先の道路脇の対戦車壕に中国の傀儡軍の小隊がいるのが見えた。今も色あせた橙色と緑の軍服を着た兵士らは膝の間に小銃を立て、炭火コンロのまわりにしゃがみ込んでいた。壕《ごう》から下士官がひとり出てきて、腰に両手を当てて待機し、道路に歩み出るジムを見つめた。

この兵士たちに近づいたら、彼らは僕を殺して靴を奪うだろう。今の自分には、遮るもののない道路で出会う様々な危険に対処するのは言うまでもなく、上海市内まで歩く体力もないのはわかっていた。トーチカの陰に隠れるようにして、ジムは反対方向の安全な龍華《ロンホア》飛行場に向けて歩きはじめた。飛行場の西側のフェンスは八百メートルくらいしか離れていない。イラクサと野生のサトウキビが生い茂る飛行場の端のその一帯は燃料のドラム缶と遺棄された飛行機の機体で覆われ、錆ついた尾翼の連なりの向こうにコンクリートの滑走路が見えた。その白い路面は熱気の中に蒸発していっているかのようだった。

オリンピックスタジアムは背後に遠ざかっていった。道路は戦争によって放棄された惑星の空《から》っぽの子午線だった。ジムは道の端をたどり、イギリス人収容者たちがスタジアムに向かっていた最後の何メートルかの間に残していった壊れた木のサンダルやボロボロの服の切れ端の間を歩んでいった。両側は爆撃で吹き飛ばされた塹壕《ざんごう》とトーチカが続く泥の世界だった。水が溜まった対戦車壕が連なるスロープの上、散乱するタイヤと弾薬箱の間に、中国人兵士の死体が転がっていた。膨れ上がった尻と肩の部分で橙色の軍服が裂け、油っぽい光に照らされて、炸裂した塗料入れのようにギラギラと輝いていた。道端に胸の皮がはがれた荷馬が倒れていて、ジムは、その大きな肋骨《あばらぼね》の内側にネズミでも閉じ込められていないかと半ば期待しながら中を覗き込んだ。

道が東向きに——南市《ナンタオ》の造船所地域に向かう方向に——曲がったところで、ジムは水に浸かった田圃に降り、灌漑用水路の土手を進んでいった。黄浦江から西に二キロ近く離れているこの場所でも、本流の座礁した貨物船群から流出した燃料がクリークや運河を漂い、水没した田圃を毒々しい光沢で覆っていた。ジムは、飛行場の外周道路に到達したところでひと休みし、そののちワイヤフェンスを乗り越えて、一番近くにある遺棄された飛行機に近づいていった。飛行場の反対側、龍華寺《ロンホアスー》の巨大なパゴダの下に、爆撃で徹底的に破壊された格納庫と整備工場が見えた。残骸の間を日本人の整備士が何人か歩いていたが、中国人のスクラップ回収屋の姿はなかった。この静寂に包まれた一帯を怖がっているのは明らかだった。金ノコや切断機の音は聞こえないかと耳をすましたが、何の音も聞こえなかった。猛烈なアメリカ軍の爆撃が、来たるべき未来のために、この地域からあらゆる音を追い払ってしまったかのようだった。

ジムは一機の零戦《ゼロせん》の尾翼の下で足を止めた。両翼の間から野生のサトウキビが伸びていた。機関砲の砲火を浴びて胴体部の金属の被覆は焼け落ち、骨組みがあらわになっていたが、錆びついた機体は、ジムが集会ホールのバルコニーから見ていた時の——ジムが建設を手伝った滑走路から飛び立っていった時の——あの魔法の力を今もとどめていた。ジムは、星型エンジンの羽根に触れ、優美なカーブを描くプロペラの側面に手を走らせた。潤滑油冷却器のラジエーターから漏れ出した不凍液が機体をピンクの網目模様で覆っていた。ジムは翼の付け根に乗ってコクピットを覗き込み、指針盤とトリムホイールが並ぶ無傷の操作盤を見つめた。スロットルと降着装置のレバーを、三菱の組立ラインの見も知らぬ日本の女性が金属板に打ち込んだ無数のリベットを、とてつもなく大きな情念が包んでいた。

ジムは傷ついた飛行機の間を当てもなく歩きまわった。すべての飛行機が緑のイラクサの土手の上にふわりと浮き上がり、ジムの頭の中でいま一度、みずからを飛翔させようとしているように思えた。打ち捨てられたそれらの飛行機の美しさに頭がくらくらした。ジムは疾風《はやて》の尾部に腰をおろして休み、上海の上空を見上げて、アメリカ軍が龍華《ロンホア》飛行場に到着するのを待った。二日間、何も食べていなかったが、意識は澄みわたっていた。

「……あああ……あああ……」

人の声が――怒りと諦めの深い溜息が着陸場の端から聞こえてきた。隠れる暇もなく、零《ゼロ》戦《せん》の背後のイラクサの中で激しい音が上がった。わずか六メートルのところに日本人のパイロットが立っていた。両袖に特攻隊の記章が縫い取られただぶだぶの飛行服を着ている。武装はしていなかったが、フェンスから引き抜いた松材の棒を持っていた。その棒であたりのイラクサを激しく打ち払うと、パイロットは錆びついた飛行機の群れを苛立たしげににらみつけ、飛べと叱咤するかのように、吸い込んだ息を大きく吐き出した。

ジムは膝を抱え込み、薄れかかった疾風《はやて》の迷彩色が自分の姿を隠してくれるようにと願った。その時、このパイロットがまだ十代の若者であることに気づいた。成長しきっていない顔、やわらかそうな鼻と顎。青白い皮膚と突き出た手首の関節に、ジムは、この少年兵が自分と同じくらい飢えていることを知った。しわがれた溜息だけが唯一、大人の発するものだった。神風特攻隊の一員となった時に年長のパイロットの喉と肺を支給されたとでもいうように。

「……うぐう……」パイロットが水平尾翼に座っているジムに気づき、イラクサの向こうから数秒間ジムを見つめた。そののち、向きを変え、憤激と絶望がないまぜになった飛行場の外縁パトロールに戻った。

ジムはパイロットがサトウキビを叩きつけるのを見つめながら、ヘリコプターの着陸スペースを作ろうとしているのだろうかと思った。もしかしたら、日本軍は原子爆弾に対抗する秘密兵器を準備していたのかもしれない。たとえば龍華《ロンホア》飛行場よりも長い滑走路を必要とする高性能のロケット戦闘機。ジムは、彼がパゴダの下にいる衛兵たちに合図を送るのを待っていたが、パイロットは遺棄された飛行機群の間のパトロールに集中していて、それ以外の行動を取る様子は見せなかった。彼が足を止めて頭を振った時、ジムは改めてその若さに印象づけられた。この戦争が始まった時、そして、数カ月前まで、彼はまだ学校に通っていて、そこから真っ直ぐに飛行訓練学校に送られたのだ。

ジムは立ち上がり、イラクサの中を突っ切って、黄色い草が茂る飛行場の端に行った。そして、五十メートルの距離を置いて、パイロットのあとについていきはじめた。パイロットが足を止め、損傷した零戦《ゼロせん》の昇降舵をいじりはじめると、ジムも立ち止まって彼が再度歩きはじめるまで待ち、そののち再びあとについていった。隠れることはせず、パイロットの足跡に自分の足を慎重に重ねていった。

それから一時間、若いパイロットは少年を従えて歩きつづけ、飛行場の南端に近づいていった。熱気の中に龍華《ロンホア》キャンプの営舎小屋と宿舎棟が浮かび上がってきた。はるか遠く、飛行場の北の端の焼け落ちた格納庫の脇では地上要員たちがのんびりと陽を浴びている。パイロットはジムがついてくるのに気づいていたが、仲間を呼ぼうとはいっさいしなかった。射撃壕を警備している二人の兵士の目が届くところに来てパイロットは足を止め、ジムを差し招いた。

二人はスクラップ回収屋に翼の金属板をはぎ取られた飛行機の横に並んで立った。パイロットは、崇敬のまなざしを送る下級生の存在を認めざるをえなくなった上級生のように、ジムの忍耐強い凝視に落ち着かなくなった様子で、深く息を吸った。その若さにもかかわらず、彼はみずから進んで大人の絶望の縁《ふち》に自身を押しやろうとしているように思えた。サトウキビの茂みに散らばった燃料タンクとエンジン部品の間に転がっていた中国人クーリーの腐敗が進んだ死体から、ハエの大群が舞い上がった。ハエの群れはパイロットの口のまわりに群がり、料理が運ばれるのが待ちきれない晩餐会の客たちのように唇をつつきまわった。ジムはマクステッド氏の顔をびっしりと覆っていたハエの群れを思い起こした。ハエたちには、この十代のパイロットが本当は沖縄でアメリカの航空母艦に体当たりして死ぬはずだったということがわかっているのだろうか？

なぜかパイロットはハエを払おうとする素振りを見せなかった。自分の命がすでに終わっていること、まもなく上海を再占領する国民党軍が全力を挙げて日本兵の処理に乗り出すことがわかっているのは明らかだった。

パイロットは棒を振り上げ、夢から覚めたようにイラクサの茂みを激しく叩きつけた。ジムが思わず身を引くと、パイロットは飛行服の腰ポケットに手を突っ込んで小さなマンゴーを取り出した。

パイロットの胼胝《たこ》だらけの手から、ジムは黄色い果物を受け取った。マンゴーにはまだパイロットの体のぬくもりが残っていた。パイロットと同じ自己規律を見せようと、ジムは今マンゴーにかぶりついてはいけないと自分に言い聞かせ、彼がコンクリートの滑走路を見つめている間、じっと待っていた。

最後の猛々《たけだけ》しい怒りの叫びとともにパイロットはぐいと進み出て、ジムの頭に平手打ちをくらわせ、境界フェンスのほうに向けて手を振った。汚染された地から出ていけと警告しているかのようだった。

34　天空の冷蔵庫

甘いマンゴーが口のまわりでつるつると滑った。ジムの手から水を飲んだヴィンセント夫人の舌に似た感触だった。境界フェンスから三メートルの田圃脇の草の中に落ちていたマスタングの外付け燃料タンクに座ったジムは、やわらかい果肉をすっかり飲み込むと、種を噛み、残った繊維もすべてこそげ落としてしゃぶりつくした。ジムは早くも次のマンゴーのことを考えはじめた。あの若い日本人パイロットのそばにくっついて、走り使いをして、役に立つところを見せられれば、これからももっとマンゴーがもらえるかもしれない。そうすれば、数日で上海まで歩いていけるだけの体力がつく。その頃にはアメリカ軍も到着しているはずだし、あの神風パイロットを友達だと言って紹介することもできる。アメリカ人は根は寛大な人たちだから、沖縄の空母への体当たり攻撃もささいなこととして見過ごしてくれるんじゃないだろうか。平和な時が来たら、彼に飛行を教えてもらえるかもしれない……。

マンゴーのねっとりした果汁に酔っ払ったも同然の状態になっていたジムは、地面に滑り降りて燃料タンクに腰を押し当て、水に浸かった田圃の平らな水面をじっと見据えて、自分に真剣に向き合おうとした。まず、戦争が終わったというのは本当に間違いないのか？　オリンピックスタジアムで出会った白いシャツの欧亜人は即座に――それ自体、疑いを抱いてしまうほどに――戦争は終わったと断言したが、彼に関心があるのはスタジアムに保管されている家具や車を盗むことだけだ。飛行に関して言えば、体当たり攻撃をするだけの神風パイロットは理想的な教師とは言えないかもしれない……。

八月の空に聞き慣れた唸りが起こった。脅迫的なエンジン音。はっと立ち上がったジムは、もう少しでマンゴーの種を喉に詰まらせるところだった。真正面、無人の田圃の上空二百五十メートルのところに一機の爆撃機の姿があった。四発のB‐29スーパーフォートレス――

それは、ジムが戦争が始まった時から今日までの間に見たどのアメリカ機よりもゆっくりと飛んでいた。龍華《ロンホア》飛行場に着陸しようとしているんだろうか？　ガラスの風防に覆われたコクピットのパイロットに向けてジムは手を振りはじめた。スーパーフォートレスが頭上に差しかかると、そのエンジン音に地面が揺れ、飛行場の端の打ち捨てられた飛行機群がいっせいに震え出した。

B－29の爆弾倉の扉が開き、ラックから投下される準備の整った銀色のシリンダーが姿を現わした。右エンジンのひとつのピッチが高まり、鋭く大気を切り裂いたかと思うと、スーパーフォートレスは轟音とともに頭上を通過していった。動く力もないままに、ジムは周囲で爆弾が炸裂するのを待った。だが、爆弾は落ちてこず、代わりに空にいくつものカラフルなパラシュートが花開いた。八月の陽光を満喫しているかのように楽しげに空中を漂っていく何十もの傘体《キャノピー》。その鮮やかな色彩のパラソルの群れに、ジムは、アマースト・アベニューの家の庭で開かれた子供たちのパーティのクライマックスで中国人の奇術師たちが空に送り出した熱気球を思い出した。B－29のパイロットたちは僕を楽しませようとしているのだろうか？　まもなく着陸できるようになるから、それまで頑張れと励ましつづけるために。

パラシュートの群れは風に乗って龍華《ロンホア》キャンプのほうに落ちていった。ふらつく体を抑えながら、ジムは色鮮やかなキャノピーに焦点を合わせようとした。二つのパラシュートがぶつかってキャノピーが絡まり合った。一方に吊り下げられた銀色の容器がしぼんだキャノピーを引きずって地面に急降下していき、二百メートル離れた運河の土手に激突した。

完全に動けなくなって遺棄された飛行機の間に横たわるしかなくなる前にと、ジムは最後の力を振りしぼってサトウキビの茂みを抜け、水に浸かった田圃に踏み込んだ。そして、浅い水の中を渡って田圃の真ん中の爆弾孔のところまで行き、そこからクレーターの縁《ふち》に沿って運河に向かった。

運河の土手を登っていく頃には、最後のいくつかのパラシュートもすでにキャンプの西の田圃に落ちてしまい、B－29のエンジンのつぶやきは黄浦江の彼方に消えていった。ジムは土手に転がっている真紅のキャノピーに近づいていった。一軒の家をまるごと包み込めそうなほどに大きなキャノピー。光沢のあるその布は、これまでに見たどんなものよりも豪華に見えた。ジムは染みひとつない整然たる縫い目を、長い尾を引いて運河脇の排水渠に垂れ落ちている何本もの白い吊り紐を見つめた。

シリンダー状の容器は地面にぶつかった衝撃で破損していた。陽光に焼かれたスロープをそろそろと降りていったジムは、口を開いた容器の脇にしゃがみ込んだ。周囲に、そして排水渠に散った信じがたい品々——缶詰食品に煙草。本来、爆弾が入っているはずの容器には段ボールの箱が詰め込まれていて、そのひとつが破損した尖った先端部から跳び出し、中身があたりに散らばっていた。ジムは缶詰の間を這いまわり、目をこすりながらラベルをひとつひとつ確認していった。スパムと粉ミルクのクリムとネスレの缶、チョコレートバー、セロハンで包装されたラッキーストライクとチェスターフィールドのカートン、そして、丸めて束ねられたリーダーズダイジェストとライフとタイムとサタデイ・イブニング・ポスト。

これほど大量の食べ物をまのあたりにしてジムは当惑した。何年もの間忘れていた〝選択〟という行為を迫られたのだった。缶詰と煙草は凍っていた。まるで、アメリカの冷蔵庫から取り出されたばかりだというかのようだった。ジムは壊れた段ボール箱に品物を詰めはじめた。ランチョンミートの缶詰、粉ミルク、チョコレートバー、リーダーズダイジェストの束。そこで、この数日間で初めて先行きのことを考えて、チェスターフィールドのカートンを加えた。

排水渠の脇から土手に戻った時、パラシュートの真紅のキャノピーが風にやさしく揺すられ、運河に沿って移動しはじめた。凍った宝物を抱きかかえてジムは土手をあとにし、田圃にたまった水の中を歩いていった。爆弾孔の縁をたどって飛行場の境界フェンスに向かいはじめたところで再び、B－29のゆったりとしたエンジン音が聞こえた。ジムは足を止めて飛行機の姿を探した。早くも、天空から落ちてくるこれだけの宝物にいったいどうすれば対処できるのかと考えはじめていた

突然、小銃の発射音が鳴り響いた。百メートル離れた田圃の向こうの運河の土手をひとりの日本兵が走っていた。ボロボロの軍服を着た裸足《はだし》の日本兵はパラシュートのキャノピーの横を走り抜け、雑草に覆われたスロープを一気に跳び降りると、全速力で田圃を駆けていき、その狂乱した踵が蹴り上げる水飛沫《しぶき》に隠されながら、連なる墳墓塚とサトウキビの茂みの奥に消えていった。

ジムは爆弾孔の端にうずくまり、まばらな野生の米の葉の陰に身をひそめた。二人目の日

本兵が現われた。武器は持っていなかったが、銃の吊り紐と弾薬袋は着けていた。猛烈な勢いで運河の土手を走ってきた兵士は真紅のキャノピーの横で足を止めて息を整えた。肩ごしに振り返った兵士の丸い肺病やみの顔に、それが木村二等兵であることがわかった。

ヨーロッパ人の男たちが何人か木村二等兵を追ってきた。手に手に先端に錘を入れた竹の棍棒を握り、ひとりは小銃を携えている。だが、木村二等兵は彼らには目もくれず、ボロボロの軍服の装備の位置を直すと、腐りかけた長靴《ちょうか》の片方を水中に蹴り込み、スロープをくだって水に浸かった田圃に踏み込んだ。十歩行ったところで二発目の銃声が響いた。

木村二等兵は浅い水の中に顔から倒れ込んだ。ジムが野生の米の間でじっとしている中、四人のヨーロッパ人がキャノピーに近づいていった。彼らがナーバスに言い争う声にジムは耳をすました。全員、イギリス人の元捕虜らしく、裸足でボロボロの半ズボン姿だったが、龍華《ロンホア》キャンプの収容者はひとりもいなかった。リーダーは小銃を持った若いイギリス人で、ひどく興奮しており、その両手には汚れた包帯がぐるぐる巻きにされていた。きっと地下の独房に何年も閉じ込められていたんだとジムは思った。男の真っ白な皮膚は、殻からつつき出されたカタツムリのように陽光にさらされてたじろいでいるように見えた。男は両手を上げて包帯を打ち振った。その血まみれのペナントで自分自身に向けて何か特別な怒りの信号を送っているかのようだった。

四人はキャノピーを丸めはじめた。みな、これまで何カ月もの間、飢餓状態にあったはずなのに、動きは敏捷で、あっという間に排水渠から金属容器を引っ張り上げていた。彼らはあたりに散らばった中身を詰め直し、先端部をはめると、重いシリンダー容器を引きずって土手を戻っていった。

彼らが墳墓塚の間を龍華《ロンホア》キャンプのほうに向かうのを見つめながら、ジムはあとを追って一行に加わりたいという衝動に駆られたが、これまでの歳月に学んだ警戒心が、そのまま姿を見せずに隠れていたほうがいいと告げていた。五メートル離れた田圃に転がった木村二等兵の背中から、赤い雲が水中に沈んだキャノピーのように広がっていた。

十五分後、近くの田圃から見ている者がいないことを確認したジムは、野生の米の茂みから立ち上がり、遺棄された飛行機の間の自分の隠れ場所に戻った。


水に浸かった田圃で手を洗う暇も惜しんで、ジムはスパム缶の底の鍵をはぎ取り、本体の金属の爪に差し込んでくるくると巻いていった。陽光のもとに傷口が裂けるようにぱっくりと現われたピンク色のランチョンミートの塊から刺激的な匂いが湧き上がった。指を押し込んでミートをひとすくいし、唇の間に入れた。不思議な、だが濃厚な味が口の中いっぱいに広がった。動物の脂の味。何年もの間、煮た米とサツマイモだけで過ごしてきた口がエキゾチックなスパイスの海になった。ランサム医師に教えられたとおり、ジムはゆっくりと咀嚼《そしやく》し、ひと口ごとに栄養素のすべてを引き出しながらスパムを食べ終えた。

ランチョンミートの塩気に喉が渇き、クリムの缶を開けたが、中には白い粉が入っているだけだった。脂っぽい粉を口に詰め込むと、草の間を抜けて田圃の縁に行き、片手でぬるい水をすくって口に入れた。濃厚なねっとりした泡が口いっぱいに溢れた。喉が詰まりそうになって、あわててどろりとした白いものを田圃に吐き出したジムは、どんどん膨らんでいく雪のような泡の塊を驚愕とともにまじまじと見つめた。食べ方を忘れてしまったおかげで餓え死にするなんてことがあるだろうか？　そう思いながら改めて作り方を丁寧に読み、今吐き出したのが六百cc分のミルクを作る分量であることを知った。その脂分は実に濃厚で、周辺のクリークと運河を覆う油の被膜と同じように陽光を浴びて輝きながら田圃の上に広がっていった。

ひと缶のスパムに頭がくらくらするのを感じながら、ジムは熱い草の上に寝転がり、堅くて甘いチョコレートバーを心ゆくまで舐めた。これまでの生涯で最高に満ち足りた食事だった。肋骨《ろっこつ》の下で胃がラグビーボールのように膨らんでいた。かたわらの田圃に吐いた白いミルクの泡に大量のハエが押し寄せ、大宴会を開いていた。ジムは二個目のスパム缶の泥を拭い、神風パイロットがもう一度現われるのを待った。彼が来れば、マンゴーのお返しができる。

五キロほど離れた虹橋《ホンチャオ》キャンプと徐家匯《シュージアフイ》キャンプの近くに、八月の空を巡航するB－29が何十もの色鮮やかなパラシュートを投下していた。あたりがこの溢れんばかりのアメリカの豊かさに包まれているのを見て、ジムは心からハッピーになり、ひとり、声を上げて笑った。そして第二の——最初の食事よりも重要だとさえ言っていい——飢えを満たすのに取りかかった。六冊のリーダーズダイジェスト。パリパリとした白いページをジムは夢中で繰っていった。龍華《ロンホア》で死ぬほど読んだ手垢でべとべとになった代物とは似ても似つかない真新しい雑誌には、ジムがこれまで知ることのなかった世界の見出しとキャッチフレーズが、さらには何のことか想像もつかない様々な言葉がぎっしりと詰まっていた。パットン、アイゼンハワー、ヒムラー、ベルゼン、ジープ、GI、AWOL、ユタ・ビーチ、フォン・ルントシュテット、バルジの戦い、そして、ヨーロッパ戦線をめぐる何千もの詳細な記述。これらが一体となって描き出しているのは別の惑星でのヒロイックな冒険物語だった。雑誌のページは最初から最後まで、自己犠牲とストイシズム、数えきれない勇敢な行為のシーンで埋めつくされていた。ジムがこれまで見聞きしてきた揚子江河口での戦争とはかけ離れた、遠い宇宙の物語。あのとてつもなく巨大な揚子江も、せいぜい中国のすべての死者をその河口に引き寄せる程度の大きさでしかないのだ。六冊の雑誌に堪能したジムは、吐いたミルクとハエの大群の間でうとうとした。リーダーズダイジェストに負けまいと、長崎の原子爆弾の白い閃光を脳裏に思い浮かべた。東シナ海を越えて届いた、この目で見た閃光。あの白い光暈《ハロー》は今も沈黙した大地を覆っているが、それでもDデイとバストーニュの戦いにどうにか匹敵する程度でしかないように思えた。中国での戦争とは異なり、ヨーロッパでは誰もが、自分がどちらの側《がわ》に立っているのかを明確に認識していた。だが、自分がどちらの側に立っているのかは、ジムにとってはいまだに決して答えを出すことのできない問題だった。ジムは思った。リーダーズダイジェストは、ヨーロッパでの戦争が生み出した新しい名前を山のように教えてくれたけれども、戦争は今、この東アジアの大河のそばのこの地で新たにみずからに活力を吹き込もうとしているのではないだろうか？　ジムがようやく学びはじめた果てしなく曖昧模糊とした言葉の中で、永遠に戦いつづけられることになるのではないだろうか？

35　プライス中尉

午後になるまでジムはぐっすりと眠り、戦争が永遠に続くのではないかという問いを頭から追い払った。そして二度目の食事をとった。高々度を飛ぶB－29の爆弾倉にあった時とは異なって、スパムはもう凍ってはおらず、指の間からつるりと滑って埃っぽい地面に落ちた。ゼリーに包まれたランチョンミートの塊を拾い上げ、ハエと土をこそげ落として、最後の粉ミルクできれいに洗った。

チョコレートバーをかじり、アルデンヌ攻撃のことを考えながら、ジムは、南西三キロの広々とした田園地方の上空を飛んでいくB－29を見つめた。爆撃機に随行する戦闘機マスタングは、救援物資を投下する機の護衛などというつまらない仕事はうんざりだとでもいうように、スーパーフォートレスの百メートル上空を大きく旋回していた。いくつものパラシュートが地面に向けて落下していった。きっと、オリンピックスタジアムから歩いていく途中で日本兵に置き去りにされて疲れきった龍華《ロンホア》キャンプの収容者たちのグループに向けて投下されたんだ――ジムはそう思った。

ジムは上海のスカイラインに目を向けた。西の郊外地域までの危険な数キロを歩けるだけの力はついただろうか？　母さんと父さんはもうアマースト・アベニューの家に戻っているんじゃないだろうか？　戻っているとしたら、蘇州《スージョウ》キャンプからの行程でおなかをすかせているだろうし、最後のスパム缶とチェスターフィールドのカートンに大喜びするに違いない。ひとりほほえみながら、ジムは母のことを考えた。母さんの顔はもう憶えていないけれど、スパムを見てどう反応するかは簡単に想像できる。しかも、その上に、読むものまで山のようにあげられる……。

ジムはすっくと立ち上がった。一刻も早く上海に向けて歩き出したくてならなかった。膨れ上がった腹を叩いて、食べすぎのせいで起こる新しいアメリカの病気はないだろうかと考えた。その時、木立の枝を通していっせいにジムのほうに顔を向けた者たちがいるのに気づいた。六人の兵士が飛行場の外周道路をやってきて、遺棄された飛行機の横に差しかかったところだった。背が高く、がっしりした骨格の北部中国の男たちで、完全装備をし、青い刺子《さしこ》の軍服を着ている。やわらかな帽子には五角形の赤い星のマークがあり、リーダーは空冷式の銃身とドラム弾倉を備えた外国製の機関銃を携えていた。眼鏡をかけ、部下たちよりも若く、ほっそりしたリーダーの揺るぎないまなざしは会計士か学生を思わせた。

すでにたいへんな距離を走破してきたかに見える着実なペースで六人は飛行機群の間に踏み入り、ジムの横わずか六メートルのところを通り過ぎていった。ジムはスパム缶とチェスターフィールドのカートンを後ろに隠した。共産党軍の兵士たちだとジムは思った。これまでに聞いた話では、共産党軍はアメリカ人を憎んでいる。この煙草を見たら即座に撃ち殺されてしまうかもしれない。僕も以前、本気で共産主義者になろうと思っていたという説明をする暇もないうちに。

だが、兵士らは無関心な一瞥を向けただけだった。その顔には、通常、中国人がヨーロッパ人やアメリカ人に対した時に必ず見せる、服従と侮蔑がないまぜになったあの不穏な表情はいっさい見られなかった。一行はあっという間に歩み去り、木立の間に消えた。ジムは境界フェンスを踏み越えて飛行場の内側に戻り、日本人パイロットを探した。共産党軍の兵士たちのことを警告したかった。共産党軍は日本人を見た途端に殺すに決まっている。

ジムはすでに、ひとりで上海に歩いていくのはやめることにしていた。龍華《ロンホア》から市街に至る一帯は武装した男たちがうようよしている。

とりあえずキャンプに戻って、木村二等兵を撃ち殺したイギリス人たちに合流しよう。彼らも体力が戻ればすぐに上海のバーやナイトクラブに出かけたいと思うはずだ。僕にはマクステッド氏のスチュードベイカーであちこちをまわった経験と知識があるから、彼らのガイドになれる。

飛行場の南端から龍華《ロンホア》キャンプのゲートまで直線距離では一キロ半もなかったが、ジムは二時間かけて無人の田園地域を歩いていった。水に浸かった田圃を——木村二等兵の死体はよけて——渡り、運河の土手をたどって上海の市街とを結ぶ道路に出た。空爆にやられた残骸の数々が道路の両側に散乱していた。水路のそここに突っ込んだ焼け焦げたトラックと物資搬送ワゴンのまわりには、傀儡軍の兵士たちの死体と、馬と水牛の死骸が転がっていた。使いつくされた無数の薬莢《やっきょう》に反射する金色の光の輝きは、さながら、死んだ兵士たちが死の瞬間まで宝物《ほうもつ》を漁っていたとでもいうかのようだった。

静まり返った道路を歩きながら、ジムは西から巡航してくる一機のアメリカの戦闘機を見つめた。風防を開いたコクピットに座ったパイロットがジムの頭上で機を旋回させた。エンジンの出力が落ち、銀色のマシンの音が大気中でささやき声となった。次いで、機銃の撃鉄が起こされ、発射ポートが開いた。パイロットが面白がって僕を撃ち殺そうとしているのかもしれない――そんな思いが浮かんだジムは、チェスターフィールドのカートンとリーダーズダイジェストを掲げて二重のパスポートのようにパイロットに示してみせた。パイロットはジムに向かって手を振り、大きく方向を変えると、上海市街に向かうコースを取った。

アメリカ人パイロットの姿に元気づいたジムは、自信に満ちた足取りでキャンプまでの最後の百メートルを進んでいった。見慣れた建物群と監視塔と有刺鉄線のフェンスが見えてくると、ぬくもりと安堵感に包まれた。僕は今、本当の家に戻ろうとしているんだ。上海が危険すぎるのなら、母さんと父さんもアマースト・アベニューの家を出て龍華《ロンホア》で一緒に暮らせばいい。実際的な意味では、僕たちを守ってくれる日本軍がいないのが残念だと言うしかないけれど……。

キャンプに着いてジムは驚いた。中国人の農夫と傀儡軍の脱走兵たちがゲートの脇の以前の場所に戻っていたのだ。ごつごつした腰に拳銃の入ったホルスターをくくりつけ、陽射しの中にうずくまった彼らは、フェンスの内側に立つ上半身裸のイギリス人に忍耐強いまなざしを向けていた。ジムは、フェンスの中の男がタロック氏だと気づいた。タロック氏は上海のパッカードの代理店で主任整備士を務めていた人物で、戦争の間じゅう、D棟でずっとカードをやって過ごしていた。カードの手を止めたのは一度だけ——糞尿《ふんにょう》処理の手伝いをするのを言下に断ってランサム医師と激しく言い争った時だけだった。彼は戦争が終わる少し前に何人かの収容者とともに上海まで歩いていこうとして失敗し、キャンプに連れ戻されて日本兵の激烈な暴行を受けた。あの時、衛兵所の前に転がされていたのが、ジムが見たタロック氏の最後の姿だった。

ゲートを背にしたタロックは、化膿した唇の傷をつつきながらのんびりと練兵場での動きを眺めていた。二人のイギリス人がパラシュートのキャノピーと金属容器を引きずって衛兵所のドアの中に運び込んでいくところだった。三人目が屋上に立ち、日本軍の双眼鏡で一帯の田圃をチェックしていた。

「ミスター・タロック……」ジムは重い南京錠とチェーンをガタガタいわせながらゲートを引っ張った。「ロックされてる」

タロックは不快そうにジムを見た。明らかに、ボロボロの服を着たこの十四歳の少年が誰なのかわかっていなかった。彼はジムが持っている煙草のカートンに疑わしげな視線を向けた。

「いったいぜんたいどこから来た？　イギリス人か？」

「ミスター・タロック、僕、龍華《ロンホア》にいたんだ。ここで三年暮らした」タロックがそのまま離れていこうとしたので、ジムは叫んだ。「病院でドクター・ランサムと一緒に働いてた！」

「ドクター・ランサム？」タロックはゲートに戻ってきて、疑念もあらわにジムを見据えた。

「ドクター・クソったれかきまわし野郎か？」

「そうだよ。僕もドクター・ランサムのためにクソをかきまわしてたんだよ。僕、上海に行って母さんと父さんを見つけなくちゃならないんだ。うちにはパッカードがあった、ミスター・タロック」

「あいつは最後までクソったれ野郎だったぜ……」タロックはホルスターの弾薬袋から永田軍曹が持っていた鍵束を取り出したが、ジムをキャンプに入れていいものか、まだ迷っているようだった。「パッカードを持ってたって？　あれはいい車だ……」

タロックは錠を外し、中に入るよう頷いた。ゲートがガタガタ鳴るのを聞きつけて、両手を包帯でぐるぐる巻きにしたイギリス人――木村二等兵を撃ち殺した男――が大股に衛兵所から出てきた。極度に痩せてはいるが、頑健そうな体格で、体じゅうから苛立ちを発散している。血まみれの手の関節が全身の青白さをいっそう際立たせていた。以前、ブリッジハウスホテルの憲兵隊本部の地下の独房に何カ月も監禁されたのちに釈放された捕虜たちの中に、これと同じ真っ白な皮膚と錯乱した目を見たことがあった。男の胸と肩には煙草を押しつけた跡が無数にあった。彼の体に火をつけてやろうと焼けた火かき棒で穴だらけにしたとっていいような無残な姿だった。

「ゲートをロックしろ！」男はジムに血まみれの手を突き出した。「このガキを放り出せ！」

「プライス、俺、この子を知ってるんだ。親がパッカードを買ってくれて……」

「追い出せと言ってるだろう！　そんなことをしてたら、ここはパッカード持ちだらけになってしまうだろうが！」

「確かに、中尉。坊や、出ていきな。急いで」

ジムはゴルフシューズの一方を突っ込んでゲートを開いたままにしておこうとした。プライス中尉の包帯を巻いた拳がジムの胸に強烈な一撃をくらわせた。息が詰まったジムはそのまま地面に叩きつけられ、成り行きを見つめている中国人たちの横に尻もちをついた。スパムとチェスターフィールドのカートンは握りしめていたが、シャツの中の六冊のリーダーズダイジェストがこぼれ出て草の上に落ちた。即座に農婦たちがつかみ取った。周囲に座る黒いズボン姿の小さな飢えた女たちのそれぞれが雑誌を手にした様は、まるでこれからヨーロッパの戦争について議論を始めるグループの一員になろうとしているかのようだった。

女たちの面前で、プライス中尉が叩きつけるようにゲートを閉じた。周囲のあらゆるもの——キャンプも、無人の田圃も、太陽さえもが、プライス中尉を怒らせているように見えた。中尉はジムに向けて首を激しく横に振った。その時、ジムの手にあるスパムが目に入った。

「どこから持ってきた？　龍華《ロンホア》への救援物資は全部我々のものだ！」中尉は農婦たちに中国語で怒鳴った。女たちもこの窃盗行為に加担していると疑っていた。「タロック……！　こいつらが我々のスパムを盗んでいる！」

タロックが再度ゲートのロックを外し、ジムから缶をもぎ取ろうとした時、監視塔から怒鳴り声が上がった。双眼鏡を手にした男が、上海への道路の先の田圃を指差しながら梯子《はしご》を降りてきた。

西から二機のB－29が打ち捨てられた大地にエンジン音を響かせながら現われた。キャンプを確認すると二機はそれぞれに方向を変えた。龍華《ロンホア》の方向に向かってきた一機の爆弾投下扉が開き、物資を入れた金属容器の姿が現われた。もう一機は上海東部、浦東《プードン》のほうに向かった。

スーパーフォートレスが轟音を立てて頭上を過ぎていき、ジムは中国人の農婦たちの横に縮こまった。小銃と竹の棍棒で武装したプライスと三人の男がゲートから走り出し、近くの田圃へと向かった。空にはすでに多数のパラシュートが花開き、青と真紅の傘体《キャノピー》が風に乗ってキャンプから一キロほど離れた田圃に向けて落下しつつあった。

B－29のエンジン音はくぐもったつぶやきになっていた。ジムはプライスと男たちのあとを追って回収の手伝いを申し出たいという気になった。パラシュート群は昔の塹壕《ざんごう》の向こう側に着地していたが、方角がわからなくなった男たちは四方八方に走っていた。プライスが土の砦の胸壁に登り、怒り狂って小銃を振りまわした。男たちのひとりが足を滑らせて浅い運河に落ち、水草をかき分けながら同じところを何度もぐるぐると回る一方で、ほかの者たちは田圃の間の泥の壁に沿って闇雲に突っ走っていった。

そんな男たちの様子を、タロックがどうしようもないという面持ちで眺めている間《かん》に、ジムは立ち上がり、タロックの脇をすり抜けてゲートの中に入った。天空からパラシュートが落ちてくる光景にタロックは興奮し、腕と肩の紐のような筋肉が綾取りのように浮き出してぶるぶると震えていた。

「ミスター・タロック、戦争は終わったの？」ジムは尋ねた。「本当に終わったの？」

「戦争……？」タロックはこれまで戦争が続いていたことなどすっかり忘れてしまっているようだった。「終わっていればいいんだがな、坊や――またいつなんどき次の戦争が始まってもおかしくはない」

「共産党の兵士を何人か見たよ、ミスター・タロック」

「あいつらはそこらじゅうにいる。プライス中尉がそのうち、あいつらをどうにかするから、それまで待っているんだな。お前は衛兵所に置いてやる。中尉には近づかないようにしろ……」

ジムはタロックのあとについて練兵場を横切り、衛兵所に入った。以前は、中国人の捕虜たちが打擲の合間に磨いていたおかげで染みひとつなかった中隊事務室の床は土とゴミの山で覆われ、からのラッキーストライクのカートンや使用ずみの挿弾子やボロボロになった古い陸軍用長靴《ちょうか》の間に日本のカレンダーと書類が散らばっていた。所長室の奥の壁際には何十個もの食糧箱が積み上げられていて、上半身裸の五十代後半のイギリス人――以前の上海カントリークラブのバーテンダー――が竹のスツールに座り、コーヒーや煙草やランチョンミートの缶を選り分けていた。チョコレートバーはひとまとめに所長のデスクに置き、リーダーズダイジェストやサタデイ・イブニング・ポストの束は無雑作に脇に放り出していく。部屋の床全体が捨てられた雑誌で覆いつくされていた。

バーテンダーの横で、ボロボロのシーフォース・ハイランダー（スコットランドの連隊のひとつ）の制服を着た若いイギリス人兵士がパラシュートのナイロン紐をせっせと切り離し、切り終えたところで全部をつないでロープにすると、きれいに巻いてコイルにした。次いで、慣れた手つきで青と真紅のキャノピーをたたんでいった。

タロックはこの宝物庫をじっと見つめた。仲間たちと一緒に集めた財宝の山に畏敬の念を抱いているのは明らかだった。ジムをドアから押し込んだタロックは、これほどたくさんのチョコレートバーを見て少年が狂乱するのではないかと心配しているようだった。

「チョコレートのことは考えるなよ、坊主。あっちで自分のスパムを食べろ」

だが、ジムは足もとの床に積み上がった雑誌から目を離せなかった。きちんと揃えて次の戦争のために大事にしまっておきたかった。「ミスター・タロック、僕、すぐに上海に戻る必要があるんだ」

「上海？　あそこには六百万の飢えたクーリーしかいない。バブリング・ウェル・ロードに入った途端、口を開くより前に、あそこの皮をちょん切られてしまうぞ」

「ミスター・タロック、母さんと父さんが――」

「坊主！　誰の母親も父親も上海になんか行きはしない。米ドルをありったけかき集めて、米袋を百個、必死で探しまわるってのか？　ここにいれば食べ物は天から降ってくる」

小銃の発射音が田圃一帯に響きわたった。間を置かず、さらに連続して二発。宝物保管庫の守りは裸のバーテンダーに任せ、タロックとシーフォース・ハイランダーの若者は衛兵所から駆け出して監視塔の梯子を登っていった。

ジムは床の雑誌を揃えはじめたが、バーテンダーが怒鳴り、あっちに行けというふうに手を振った。ジムはひとり、中隊事務室の奥の収監エリアに足を踏み入れ、あたたかくなったスパム缶を握りしめて空《から》っぽの監房を覗き込んでいった。コンクリートの壁はどこも黒ずんだ血と乾いた排泄物で汚れきっていた。

一番奥の独房の中、鉄格子に吊り下げられた藁《わら》のマットの陰に日本兵の死体があった。死体は独房の唯一の設備であるセメントのベンチに横たわっていて、両肩が木の椅子の残骸の上に乗っていた。棍棒でめった打ちにされた頭はぐしゃぐしゃになったスイカさながらで、そこに何百匹というハエが黒い種のように群がっていた。

ジムは鉄格子ごしに死んだ兵士を見つめた。これまでの長い年月、自分を守ってくれていた日本兵のひとりが収監される側となり、はては、自分たちが管理していた監房で殴り殺されてしまったということにショックを受けていた。木村二等兵の死は水に浸かった田圃で無名のままに死んだ者の死として受け入れていたが、キャンプでの生活を統括していたルールが完全に逆転したこの事態をまのあたりにして、ジムはついに、戦争は本当に終わったのかもしれないという確信に近い感覚を覚えた。

ジムは収監エリアを離れて所長室に戻り、佐倉氏のデスクの前に座って――これまで一度として許されることのなかった贅沢だ――捨てられていたライフとサタデイ・イブニング・ポストを読みはじめた。だが、今はもう、豪華な広告も見出しやキャッチも――「もっといい車ができる時、それを作るのはビュイック！」――ジムの心には響かなかった。あれだけたくさんの食べ物を食べたというのに、感覚が麻痺していた。上海に行く方法を見つけるというタスクの重み、そして、安定と安全をもたらしていた戦争の風景に突如、一方的に押しつけられた平和が生み出している、この混乱のすべて……。平和はやってきたが、完全に現状に適合しそこなっていた。

割れた窓から、ジムは、B－29が三キロ東の黄浦江を越えて、連合国側の捕虜グループがいないかと浦東《プードン》の倉庫街をサーチしているのを見つめた。キャンプのゲート前にいる農婦たちは爆撃機には目も向けなかった。ジムは中国人たちが決して飛行機を見上げることがないのに気づいていた。対日戦争においては中国人も連合国側の一員の国の者であるはずなのに、彼らが救援物資を分けてもらえることはないのだ。

田圃一帯の救援物資の回収から戻ってきた男たちの怒った話し声に、ジムは耳をすました。あれだけ奮闘していたというのに、彼らが持ち帰った容器は二個だけだった。プライス中尉が両手に持った小銃をぶるぶると震わせながらゲート脇に立っている間《かん》に、ほかの者がシリンダー容器をキャンプに引きずり込んだ。真紅の絹の布に汗が滴り落ちていた。残りのパラシュートはみな、田園地帯のどこかに消えてしまった。プライスの鼻先で、墳墓塚のひそやかな住人たちにかすめ取られてしまったのだ。

　爆弾と同じ大きさの二個の金属容器が部屋の床に置かれた。バーテンダーが一個にまたがり、裸の背中から滴り落ちる汗が銀色の輝きを曇らせる中、シーフォース・ハイランダーの若者が小銃の銃身で円錐形の先端部を叩き割った。男たちが内側の段ボール箱を破り、骨と皮の腕にスパム缶とコーヒーとチョコレートと煙草を抱え込む。その間を、プライス中尉が肩甲骨をカスタネットのように揺らしながら歩きまわる。興奮し、同時に困憊《こんぱい》しきっている中尉は、その苛立ちを再び増大させていって持てる限りの暴力を――日本兵を殴り殺した際にみずからの内に見出した暴虐性のすべてを、思う存分発揮させたくてたまらないように見えた。

　中尉は所長のデスクで静かに雑誌を読んでいるジムに気づいた。「タロック！　こいつがまたここにいる！　パッカードを持ってる坊主が……」

「この子はこのキャンプにいたんだ、中尉。ドクターのひとりの手伝いをしていた」

「ほっといたらそこらじゅうをうろつきまわる！　独房のどれかに閉じ込めておけ！」

「この子はおしゃべりなタイプじゃないんだよ、中尉」タロックはジムの腕をつかみ、気乗りのしない様子で収監エリアのほうに引っ張っていこうとした。「オリンピックスタジアムからずっと歩いてきたんだ」

「オリンピック……？　あのどでかいスタジアムか？」プライスは興味をそそられたというふうにジムに向き直り、ファナティックな者が時に見せる率直なまなざしを向けた。「あそこにどのくらいいた?」

「三日」ジムは答えた。「えーと、六日だったかもしれない。戦争が終わるまでいた」

「こいつ、日にちも数えられないときてる」

「スタジアムをじっくり見たに違いない、中尉」

「そうとも、絶対にじっくり見たはずだ。一日じゅううろつきまわってな。お前、スタジアムで何を見た?」中尉はどこかふざけているようなしかめ面を見せた。「小銃か? 備蓄品か?」

「車がほとんどだった。ビュイックが五台以上。キャデラックが二台。リンカーン・ゼファーが一台」

「車はどうでもいい! お前、整備工場で生まれたのか? ほかに何を見た?」

「たくさんのカーペットと家具」

「毛皮のコートは?」タロックが口をはさんだ。「あそこには軍需品はなかった、中尉。坊主、スコッチウィスキーはどうだ?」

　プライスはジムの手からライフをもぎ取った。「まったく、目がだめになってしまうぞ。ミスター・タロックの話を聞け。スコッチウィスキーは見たか?」

　ジムは後ずさって、この情緒不安定な男と自分の間に二個の銀色の容器をはさむようにした。オリンピックスタジアムの戦利品の山に興奮したためか、中尉の両手から包帯を通して血が流れ出しはじめていた。中尉がジムをひとりにして、そのあとで殴り殺したがっているのがわかった。残虐さゆえにではなく、彼自身がずっと耐えてきた苦悶のいっさいを消し去るには、苦痛に苛《さいな》まれるジムの姿を見るしかないという理由で。

「スコッチウィスキーもあるんじゃないかな」機転をきかせて、ジムは言った。「バーがいっぱいあったから」

「バーだと……?」プライスはチェスターフィールドのカートンをまたぎ越し、ジムを引っぱたこうとした。「お前にも鉄格子《バー》をやるとしようか……」

「バーのカクテルキャビネットだよ――二十以上あった。あの中にスコッチウィスキーもあるかもしれない」

「ホテルみたいに聞こえるな。タロック、お前たち、いったいここでどんな戦争を体験してきたんだ? よし、坊主、ほかに何を見た?」

「長崎に落ちた原爆を見た」ジムは言った。その声はくっきりとしていた。「白い光を見た! 戦争はもう終わったの?」

汗だくの男たちが缶とカートンを置いた。プライス中尉がまじまじとジムを見た。ジムの言葉に驚いてはいたが、信じる気になったようだった。彼は煙草に火をつけた。アメリカの飛行機が一機、キャンプの上空を飛んでいった。沖縄の基地に戻るマスタングだった。

その轟音の轟《とどろ》く中でジムは叫んだ。「僕は原子爆弾を見たんだ……!」

「ああ……見たに違いない」中尉は血を流している拳の包帯をきつく結び直し、猛々《たけだけ》しく煙草を吸った。飢えにぎらついたまなざしでジムをにらみつけ、ライフを取り上げて所長室を出ていった。マスタングのエンジン音が田圃の彼方に消えていくと、プライスが猛烈な勢いで収監エリアを行きつ戻りつし、独房の扉を丸めた雑誌で叩きつけているのが聞こえてきた。

36　ハエ

プライス中尉は自分も原爆で汚染されたと思ったんだろうか？　ジムは練兵場を横切りながら、無人の営舎小屋と宿舎棟を見上げた。陽光を浴びた窓のいくつかが外れて垂れ下がっていた。ジムが近づいていくのに気づいた居住者があわてて逃げ出したとでもいうようだった。ジムが長崎の原爆投下とごちゃまぜに口にしたオリンピックスタジアムで待ち受けている戦利品の話が、どうやらプライス中尉——南京警察の元警察官——の気分を落ち着かせたようだった。ジムが一時間、パラシュートの容器から救援物資を取り出す手伝いをしたあとで、タロックがこの若い新米雑用係にチョコレートバーを一本与えた時も、プライスは異議を唱えなかった。プライスの頭の中に煮えたぎっている飢餓と暴力の無数のイメージは、憲兵隊の捕虜として過ごした歳月の間に積み上げられていったものだった。

スパム缶と丸めたライフの束を持ってD棟の階段を登り、ロビーに入ったジムは、薄れかけたキャンプ公報と所長の指示文書を貼った掲示板の前で足を止めたのち、居住区画に入り、ずらりと並ぶ寝台の間をゆっくりと歩いていった。手製のロッカーは、収容者たちがキャンプを出ていったあとに日本兵に荒らしつくされていた。ただのゴミの山としか思えない尿の染みついたマットと段ボールの家具の間にもまだ何か値打ちのあるものが残っていたようだった。

何もないキャンプではあったが、それでもそこは即座に入居する用意が整っているように思えた。続いてG棟の前に行くと、ジムは、焼けついた地面の上に何年もかけて刻まれた配給食の運搬カートの跡――キャンプの調理場への経路を示す、すり減った鉄の車輪の轍《わだち》――を眺めた。部屋の入口に立った時、寝台の上の壁に留めつけた色あせた雑誌の切り抜きが目に入った。驚きはほとんど感じなかった。行進に出発する前の最後の何分間かに、ヴィンセント夫人がジムの個人スペースのカーテンをはぎ取って、自分たちだけで部屋を専有するという長い間の欲望を満足させたのだ。カーテンはきちんとたたまれて寝台の下に置かれていた。ジムはもう一度カーテンをかけたいという気持ちになった。

部屋には、ある特別な匂いが漂っていた。戦争が続いていた間、ここで過ごしていた間にはまったく気がつかなかった、何とも言えない魅惑的な匂い。それがヴィンセント夫人の体の匂いであることに気づいたジムは、一瞬、夫人がキャンプに戻ってきたのだと思った。ヴィンセント夫人の寝台に寝そべり、額の上にスパム缶を載せてバランスを取りながら、この見慣れぬ角度から部屋全体を眺めてみた。それは戦争中は決して許されることのなかった特権ともいうべき行為だった。ドアの後ろに押し込まれたジムのスペースは、ヴィンセント夫人の目には、上海の乞食たちが新聞紙と藁《わら》のマットで囲っただけの今にも倒れそうなオンボロ小屋としか見えなかったに違いない。ジムが犬小屋にいる獣のように思えたこともしょっちゅうだっただろう。ライフの一冊をじっくりと読みながら、ジムはつくづくと思った。夫人がジムに極度に苛立って、どこかに行ってしまえばいい、死んでしまえばいいとさえ思ったことは不思議でも何でもない。

ヴィンセント夫人のマットに横たわったジムは夫人の匂いを味わいながら、夫人の体が残した浅い窪みに自分の腰と肩を置いた。ヴィンセント夫人のこの優位な位置から眺めると、過去の三年間が微妙に異なって見えた。狭い部屋をほんの数歩移動するだけで別の戦争が生み出される。疲れきった夫と病気の息子を抱えたこの女性は自分だけの試練の時を過ごしていたのだ。

あたたかい思いに包まれてヴィンセント夫人のことを考えながら、ジムは今も夫人と一緒にいられたらと思った。ランサム医師とピアス夫人がいないのが寂しかった。ロビーの前の階段に一日じゅう座っていただけの男たちのグループがいないのも寂しかった。もしかしたら、彼らのほうも龍華《ロンホア》を離れて寂しく思っているかもしれない。もしかしたら、いつか全員がキャンプに戻ってくるかもしれない……。

部屋を出て廊下から裏口のドアに行った。裏口の前は子供たちの遊び場だった。石蹴り、ビー玉、喧嘩独楽《ごま》——子供たちがやっていた遊びの跡が今も地面のあちこちに残っていた。ジムは石蹴りの枠に小さな石を一個蹴り込み、四角い仕切りの中を次々と巧みに移動させていったのち、打ち捨てられたキャンプの巡回に向かった。龍華《ロンホア》が再び周囲に集まってきているのが感じられた。

病院に近づくとともに、ランサム医師がいてくれたらという思いがつのってきた。6号営舎小屋の入口の脇のぬかるんだ水たまりに、雨に濡れた〝龍華《ロンホア》高校二年生〟のピエロの衣装が落ちていた。ジムは、衛生に関するランサム医師のレクチャーを思い出して、水たまりでスパム缶を洗い、ピエロの衣装の襞襟《ひだえり》で拭いた。

病院の窓には竹の簾《すだれ》がおろされていた。ランサム医師が、午後の間、患者たちに眠っていてほしいと思っているかのようだった。階段を登ると、病院の中でかすかなつぶやきのような音がするのに気づいた。ドアを押し開いた瞬間、ハエの大群がジムを包み込んだ。外光に狂乱したハエの群れがエントランスを埋めつくし、羽根に付着した腐臭を振り払おうとしているかのように踊りまわっていた。

口に襲いかかるハエを払いながら、ジムは男性用の病室に入った。腐敗した空気がベニヤ板の壁を流れ落ち、寝台に横たわったいくつもの死体に群がるハエの大群の上に降りそそいでいた。ボロボロの半ズボンや花柄のワンピースから、膨れ上がった足に食い込んだ木のサンダルから、それと識別できる死体の群れ——使用禁止になった家畜処理場の肉の塊のように寝台に転がった何十もの収容者の死体。背中や肩は粘液でぬめぬめと光り、膨れ上がった頰の内側で異様に広がった口が今なお何かにかぶりつこうとしているようにぽっかりと開けられている。貪欲な飢えに捕らえられ、宴会の席から引きずってこられた肥大化した男と女たち。

ジムはスパム缶を胸もとにしっかりと抱え、口を覆った丸めた雑誌の隙間から呼吸しながら、暗い病室を一巡した。カリカチュアとしか見えない顔にもかかわらず、何人かは誰であるかがわかった。ランサム医師とヴィンセント夫人はいないかと確認していきながら、これらの死体はスタジアムを出て行進していく間に落伍した龍華《ロンホア》の収容者たちなのだろうと思った。死体の上で饗宴を繰り広げているハエの大群――ハエたちは、どのようにしてか、戦争が終わったことを知り、来たるべき平和という飢饉《ききん》の時に備えて死肉を余すことなく蓄えておくことにしたのだ。

ジムは病院の階段に立ち、打ち捨てられたキャンプと境界フェンスの先に広がる静まり返った田圃を見わたした。まとわりついていたハエの群れはすぐにジムのもとを離れて病室に戻っていった。野菜畑に向かったジムは、水をやったものかどうかと考えながら萎《しお》れた野菜の間を歩き、残っていた最後の二個のトマトをもいだ。口もとに持っていったところで手が止まった。オリンピックスタジアムで感じた恐れを思い出したのだった。体が生きながらえているとしても、魂はもう死んでしまっているのではないだろうか。魂が離脱することができず、体の中にとどまったままで死んでしまったとすれば、体に食べ物を与えても、結局は、体に魂をむさぼり食わせることにしかならないのではないだろうか。病院の死体のように。

スタジアムで過ごした日々のことを考えながら、ジムは集会ホールのバルコニーに座った。夕方が近づいた頃、三人のクーリーを従えた中国人の商人がキャンプのゲート前に現われた。クーリーたちは背中に渡した竹の天秤棒に吊るした米の酒の壺を運んでいた。ジムが眺めていると、衛兵所の前で物々交換が始まった。プライス中尉は賢明なことに、宝物庫である所長室の扉は閉めていた。ラッキーストライクのカートンがいくつかとパラシュートの傘体《キャノピー》がひとつ、酒壺と交換された。真紅の絹の梱《こり》を持ったクーリーたちとともに商人が立ち去ると、イギリス人たちは早速、酒盛りを始めた。ジムは、夜は衛兵所に戻らないことにした。夕闇の中に中尉の白い体が揺らぎ、酒で紅潮した胸もとで煙草の火が赤く輝いた。

ジムはバルコニーから龍華《ロンホア》飛行場を見わたした。そして、注意深くスパムの缶を開けた。ランサム医師がこれを一緒に食べられないのが残念だった。生ぬるいランチョンミートを口もとに持っていったジムは、病院の死体のことを考えた。死んだ収容者たちを見たこと自体はショックではなかった。龍華《ロンホア》からの行程で取り残された者たちがそのまま死んでしまうか、でなければ休んだ場所で殺されてしまうだろうということは最初からわかっていた。それでもなお、スパムの肉に、あの膨れ上がった死体の群れを連想せずにはいられなかった。死体のひとつひとつが、これと同じゼリーのような粘液にくるまれていた。タロックやプライス中尉のように、食べたり飲んだりするのが速すぎる者はすぐに、食べすぎた死者の仲間入りをする。食べ物は死の餌になる。食べ物は熱烈にみずからの体の死を待ち受けているのだ。

ジムは衛兵所から聞こえてくる酔っ払った怒鳴り声に耳をすませた。続いて、プライスがゲート前の中国人たちの頭上に小銃を撃ちまくる音が聞こえてきた。地下牢の白さと包帯でぐるぐる巻きにした手を持つ蒼白のこの人物を、ジムは恐れていた。中尉は新たな世界大戦を始めたくて墓から蘇った最初の死者だった。

ジムは飛行場の滑走路の心安らぐ幾何学模様に顔を向けて目を休めた。四百メートル向こうで、あの若い日本人パイロットが遺棄された飛行機の間を歩きまわり、手にした竹の棒でイラクサの茂みの中を探っていた。夕暮れの光に照らされただぶだぶの飛行服に、ジムはいまひとりのパイロットを――三年前、夕闇の中でジムを救い、龍華《ロンホア》への扉を開いてくれた、あのパイロットを思い出した。

37 部屋の確保

夜が明けてまもなく、ジムはその日最初のアメリカの戦闘機の偵察飛行で目を覚ました。ヴィンセント夫人の寝台で眠っていたジムは、G棟の窓から二機のマスタングが龍華《ロンホア》飛行場の北の端のパゴダの上空を旋回するのを見つめた。一時間後、上海周辺の戦争捕虜キャンプへの物資投下が始まった。黄浦江上空のかすんだ光の中からB－29の飛行中隊が現われ、爆弾倉の扉を開いて、無人の水田地帯の上空を巡航していった。出撃予定のない機を借り出したリムジンの飛行部隊だった。

戦争が終わった今、爆撃手たちは、気乗りがしないか、この任務にうんざりしているのか、投下地点を見定めるのに集中しているようには見えなかった。タロックとプライス中尉を大いに苛立たせたことに、彼らはキャンプ周辺の広大な一帯に物資をばら撒くと、そのまま翼を旋回させてのんびりと家路をたどりはじめた。今日の任務は終わったのだ。

アメリカ陸軍と海軍はいつ上海にやってくるんだろう？　ジムはG棟の屋上から、五キロ北の黄浦江の静かな川面を入念にチェックした。アメリカ軍が警戒して船で川を遡《さかのぼ》るのを先延ばしにしているのは疑う余地がない。降伏しないと決めた日本の潜水艦の艦長がいる可能性もあるからだ。だが、アメリカ軍がやってくるまでは、母と父を探しに出かけるのはあまりに危険だった。上海市街の全域と周辺の郊外地域は今、戦争と平和のどちらも存在しない閉ざされたゾーンになっていた。この真空地帯はすぐに、中国じゅうの無数の軍閥のリーダーと不満を抱いている国民党軍の将軍たちとで埋めつくされるはずだった。

プライスと部下たちがパラシュートの投下物資を探しにキャンプを出ていくのを待って、ジムは衛兵所に向かった。スーパーフォートレス救援機のエンジンが巻き起こす気流のおかげで、それまで何時間も棺桶を覆う布さながらにキャンプを包んでいた病院からの臭い――腐っていく肉の悪臭は吹き飛ばされていた。だが、タロックは死臭のことは口にしないと決めているようだった。プライスが目の前から姿を消して墳墓塚の間で亡霊たちを狩り立てているいまひとりの亡霊になると、タロックはようやくジムを所長室に入れた。ジムは壁際に積んだ缶詰を勝手に取って、スパムと粉ミルクで手早く朝食をすませると、所長のデスクの前に座って、チョコレートバーをかじりながらアメリカの雑誌を整理した。

その後、タロックが、増えていく一方のゲート前の飢えた中国人たちを怒鳴りつけに出ていくと、ジムは梯子《はしご》を登って監視塔に上がった。監視塔からは、キャンプの西の運河周辺を探すプライスと部下の物資回収部隊の姿がよく見えた。今日は虹橋《ホンチャオ》キャンプの連合国の収容者たちと合流していて、武装した男たちが対戦車壕の土手を走りながら水に浸かった田圃一帯に銃を撃ちまくっていた。

救援物資を狙ってこの田園地帯をうろついているのがイギリス人の元捕虜たちだけでないことは明らかだった。中国人の農夫たちが戦争終結の日の何週間も前に放棄した村に戻りはじめていた。一帯を行き来し、焼け焦げた日本軍の車両からタイヤやボディパネルをはぎ取っているクーリー集団が何組もいた。さらには、あちこちの道路をさまよっている、国民党軍から脱走して傀儡軍のもとに走った分隊——彼らもかつてのナショナリストの同志の手に落ちた場合にどんな運命が待ち受けているかは重々承知していながら、アメリカ軍の投下物資のせいで上海に引き寄せられていた。ジムが監視塔に立っている間にも、そんな士気を失った兵士たちの部隊がだらだらと連なって龍華《ロンホア》キャンプのゲート前を行軍していった。今も完全武装してはいるが、ボロボロの軍服から記章類はすべてはぎ取られていた。彼らは、チヨコレートバーとサタデイ・イブニング・ポストの財宝をひとりきりで守っている元パッカードの整備士から二メートルと離れていないところを通り過ぎていった。

昼になって、救援物資の容器を引きずる部下たちの横に、真紅のキャノピーをまとった死体のようなプライス中尉が現われると、ジムは雑誌の束をまとめてG棟に戻った。一時間かけて発行日順に正しく並べ、それからキャンプの巡回に出た。病院には近寄らないようにしてワイヤフェンスを乗り越え、キャンプと飛行場の間の雑草の生い茂った一画を探索した。

戦争終結の何週間か前に放してやった亀が見つからないかと期待していた。

だが、フェンス脇の運河には日本人の飛行士の死体がひとつ転がっていただけだった。龍《ロン》華《ホア》飛行場の各セクション——寺のパゴダ、兵舎、管制塔——は、今では国民党軍の先遣部隊が占拠していた。日本の飛行士と地上要員は、彼らなりの理由があるのだろうが、逃げようとする気配も見せずに焼け落ちた格納庫と整備工場で暮らしつづけており、国民党軍は毎日、何人かの日本兵を捕まえては飛行場の南と西の荒れ地で殺していた。

マスタングの外付け燃料タンクが散らばる中で、顔を下にして運河に浮いている飛行士の死体は、キャンプの病院の死体の群れと同じくらいジムを不穏な気持ちにさせた。これからは安全なキャンプにとどまっていることにしよう。そう決意したジムは、夜はヴィンセント夫人の寝台で眠り、昼間は、アメリカの缶詰とチョコレートバーを選り分ける作業の手伝いと雑誌の整理をして過ごすことにした。すぐに蔵書数はかなりのものになった。ジムはそれらを部屋の残りの寝台の下にきちんとまとめてしまい込んだ。タイムとライフとリーダーズダイジェストは、戦争の考えられる限りの側面をすべてカバーしていた。突然身近なものになった、しかし、上海と龍華《ロンホア》でのジム自身の体験からは遠くかけ離れた世界。数々の戦車戦と上陸拠点をめぐるドラマチックな記事を読み進めていく間、ジムは何度となく自分は本当に戦争の中にいたのだろうかと思わずにはいられなかった。

それでも、ジムは所長室の床に散らばった雑誌を集め、支給された分以外のスパム缶と粉ミルクを雑誌の間に隠して持ち出した。ここでの暮らしが長期にわたることを見越して、ジムは賢明にも備蓄を始めていた。アメリカ軍の物資投下の回数が少なくなっていくこと、遅かれ早かれストップしてしまうことははっきりしていた。早くも体力が戻ってきて、キャンプじゅうを動きまわり、いろいろなものを回収してくることができるようになっていた。D棟のひとつの寝台の下に一本のテニスラケットとボールが入った缶を見つけた時ほど嬉しかったことはなかった。

三日目の朝、プライスと部下たちが双眼鏡を手に、衛兵所の屋上に立ち、アメリカの救援機の到着を苛々と待っている時に、古ぼけたオペルのトラックが一台、キャンプのゲート前にやってきた。龍華《ロンホア》の収容者だった上半身裸の二人の男が運転席に座り、中国人の妻と子供たちが所持品とともに荷台に座っていた。ジムが、二人——モラー・ライン造船所の元現場監督——を最後に見たのは、彼らがオリンピックスタジアムで、戦争が終わった日に白いキャデラックのボンネットを上げていた時だった。二人は何とかして上海にたどりつき、日本軍に捕まらなかった家族と再会したが、危険きわまりない現状の街なかでは食糧も手に入らないことがわかって龍華《ロンホア》に戻ってくることにしたのだった。

彼らは早くも最初の戦利品を手にしていた。トラックの荷台に銀色の物資容器があり、その大きさに、中国服を着た黒い目の子供たちが小さく見えた。E棟のベイシーのいたコーナーの窓から様子を見ていたジムは、タロックとプライス中尉が衛兵所の屋上から降りていくのを見て満足の笑みを浮かべた。タロックと中尉はつかつかとゲートに歩み寄っていったが、錠を外そうとはしなかった。プライスと元収容者の間で激しい口論が起こった。男たちは怒り心頭の様子でE棟を指差した。E棟には今、最上階の窓辺でゲラゲラと笑っている十四歳の少年を除いて誰もいない。

ジムはおかしくてたまらないというふうに両の拳でコンクリートの窓棚を叩き、二人の男と苦虫を噛みつぶしたような顔でにらみつけている中国人の妻たちに手を振った。三年間、キャンプから出ようとしつづけていた彼らが今、第三次世界大戦に備えての根拠地とするという決意を固めて、このゲートの前に戻ってきたのだ。これだけ長い時間がたってようやく彼らも、ジムにはずっと前からわかっていたシンプルな真実を――〝キャンプの内側では自由でいられる〟という真実を理解しはじめるに至ったというわけだった。

ゲートが開きはじめた。プライス中尉がオペルを気に入って取引が成立したようだった。一分とたたぬうちに二人のイギリス人とその家族は急いで練兵場を横切り、D棟に向かっていた。続いて、今日最初のマスタング隊がやってきた。キャンプ上空を飛翔する戦闘機のエンジンが巻き起こす気流が、無人の建物の建ち並ぶキャンプに強烈な悪臭を放つ風を――異常発生した何万匹ものハエが運ぶ腐肉の臭いを送り込んできた。

ゲート脇に座っていた中国人たちがいっせいに顔を覆った。だが、ジムは頭をぐらぐらさせるこの悪臭を深々と吸い込み、病院の死体とフェンスの向こうの運河に転がっていた死んだ飛行士のことを意識から閉め出した。死者のことはもう忘れる時だ。キャンプはそれ自身のあり方で蘇りはじめている。粉ミルクとチョコレートバーの毎日は体力を向上させてくれてはいるものの、上海まで長い道のりを歩いて戻るにはまだ充分ではない。これからほかの人たちもキャンプに戻ってくるだろうし、母さんと父さんともここで一緒に暮らせるかもしれない。物資投下の回数が減ったとしても、一定の食糧の供給はあるだろう。ジムは衛兵所の裏の静まり返った調理場と錆びついたカートの列を見おろし、早くもサツマイモのことを考えはじめていた……。

ジムは靴音を響かせて無人の廊下を歩き、石の階段を降りていった。そしてE棟のロビーから駆け出した時、オペルのエンジンが震える音が聞こえた。タロックとシーフォース・ハイランダーの若者がオペルの後部からパラシュートのキャノピーと缶詰の箱を荷台に積み込んでいた。

「ジム！　待て！」タロックが差し招いた。「お前、自分がこれからどこに行くと思う？」

「G棟だよ、ミスター・タロック……」ジムは息を切らして、ぶるぶると震えるオペルのフェンダーにもたれかかった。衛兵所の入口でプライス中尉が小銃の挿弾子にカートリッジを送り込んでいた。秘密の黄金を数える男の儀式だった。「僕、母さんと父さんのために部屋を取っておきたいんだ――二人とも龍華《ロンホア》に来るかもしれないから。ミスター・タロックの部屋も取っておくよ」

「ジム……ジム……」タロックは興奮しきっている少年を落ち着かせようと、頭に手を置いた。「今こそ父さんを見つけにいく時だ。戦争は終わったんだ、ジム」

「でも、次の戦争がある。次の戦争がすぐに始まるって言ったのはミスター・タロックだよ」

パッカードの元整備士はジムに手を貸してトラックの荷台に上がらせた。「ジム、次の戦争を始める前に前の戦争を終わらせる必要がある。俺たちが連れていってやる——お前は上海に戻るんだよ！」

38　上海への道

トラックが猛烈な勢いで道の片側に突っ込み、次いで反対側へと突進した。ジムは激しく上下するキャノピーの梱《こり》の上に放り出された。周囲に積み上げられたKレーション（携帯用非常食糧）のカートンにしがみつき、ジムは、タロックとプライス中尉がふいごさながらのエンジン音にかき消されないよう怒鳴り交わす話し声に耳を傾けた。

運転席の後部ウィンドウの薄れかけた迷彩模様の間に、元警察官の包帯を巻いた両手が見えた。彼はわざとハンドルから手を離してスピードを上げ、道の真ん中でトラックをぐらつかせたりドリフトさせたりした。タイヤが路端に達し、土と木の葉を嵐のように巻き上げた。タロックは米の酒の壺をかたわらに、開いたウィンドウから小銃を突き出して、へこんだボディをぽんぽんと叩いている。そうこうするうちに、爆弾で引き裂かれた木立の合間にフランス租界のアパルトマン群が見えてきた。

プライス中尉の運転は危険きわまりなかったが、それでもジムは二人の男がこれだけ昂揚しているのが嬉しかった。最初の二キロを走行する間《かん》、中尉はセカンドギアを見つけることができず、トラックは冷却水を沸騰させかねないのろのろとした速度でけたたましく喘ぎながら上海への道を進んでいったのだが、虹橋《ホンチャオ》キャンプに救援物資が投下されるのを見て一気にプライスの運転技術が戻ってきた。トラックは、パラシュートの着地点を目指して農道と運河の土手を突き走った。上海の闇市でさらに多くのアメリカ製品が売れるという見通しに、タロックと中尉は浮き立った。

だが、宝物のもとには、ほかの者が先着してしまっていた。オペルは三十分、打ち捨てられた田圃のまわりを走りまわったが、たったひとつの物資容器も見つけることができなかった。プライスは小銃を振りまわして、静まり返った運河が形作る全世界を威嚇した。

幸いなことに、ほどなく中尉の怒りは治まった。上海への道に戻ると、中尉は、転倒したオートバイのかたわらに転がった日本兵の死体を見つけ、そちらにハンドルを切った。死んだ男の頭が炸裂し、血まみれの蛆《うじ》と脳漿が飛び散って路端の木立に降りそそいだ。みずからの見事なステアリングにプライスは上々のムードになった。この気分ができるだけ続いてほしいとジムは思った。何とか上海までたどりついて、行き交う車のライトが目に入った最初の瞬間にトラックから跳び降りられる時点まで。

ジムは振り返って、遠くなったキャンプの建物群の屋上を見やった。いま一度龍華《ロンホア》を離れつつあるのは不思議な気分だったが、改めて、自分が、戦争の間じゅうずっとそうであったように、キャンプに捕らえられていたことがわかった。タロックが発したたったひとつの言葉に、ジムはひとりで、一見安全に思われる世界を、小さな部屋のひとつと数個のスパム缶で再構築しはじめていた。それはあっさりと足もとに崩れ落ちてしまった。

トラックは飛行場の北の端の龍華寺《ロンホアスー》のパゴダの横を通り過ぎた。パゴダに据えられた高射砲は今も空に向けられていた。ジムは、あの若い神風パイロットの姿がちらりとでも見えないものかと、廃墟同然の格納庫に目を凝らした。マンゴーのお礼ができなかったのが残念だった。オリンピックスタジアムはもうまもなくだった。駐車場を見おろす爆弾の穴だらけのファサードの漢字が――蒋介石大元帥の寛容さを称える文字列が、あたかも中国の封建制の過去が戻ってきた今こそ我らの時代だと高らかに主張しているかのように、以前にも増して鮮烈に迫ってきた。

トラックが急に向きを変え、激しく横滑りした。プライス中尉が気まぐれに、スタジアムに向けて走る泥の轍《わだち》の中にトラックを乗り入れさせたのだ。タロックが抗議するのが聞こえたが、ハンドルの向こうから酒の壺が渡された。トラックは、かつての日本軍司令部を守る最外縁の掩蔽壕《えんぺいごう》と射撃壕の間を走っていった。崩れかけた対戦車壕が列をなして連なり、そのスロープには装備類と弾薬箱が散乱していた。

ジムはパラシュートの絹の傘体《キャノピー》の梱に寝そべった。スタジアムを見ればすぐに、彼らを引き寄せた戦利品の誘惑が大きすぎたということがはっきりしてしまう。そのことはジムには最初からわかっていた。イギリス人たちは、ジムが龍華《ロンホア》に着いた時から、スタンドに積まれた戦利品の家具について問いただすのをやめず、ジムとしては、缶詰と雑誌を確保するために記憶を飾り立てざるをえなかった。だが、この見せかけの説明がプライスの想像力をがっちりと捕らえてしまった今となっては、もう引き返すには遅すぎた。

スタジアムの駐車場から百メートルのところでプライスは道路を離れ、二つの対戦車壕の土手にはさまれた排水渠に入り込んでトラックを停めた。運転席から降りたプライスとタロックはすっかり酔っ払っていた。二人は煙草に火をつけ、狡猾なまなざしでスタジアムを見つめた。

プライスは小銃でトラックのボディを叩き、芝居がかった声でジムを呼んだ。「上海ジム……」

「ちょっと寄り道だ、ジム」タロックがもつれた舌で言った。「スコッチをひとケースいただいていく。あと、ナンキン・ロードの女の子たちのために毛皮のコートを二、三枚」

「僕、毛皮のコートは全然見ていない、ミスター・タロック。スコッチも。椅子とダイニングテーブルはいっぱいあったけど」

プライス中尉がタロックを押しのけた。「ダイニングテーブルだと？　ランチをとるためにここに寄ったとでも思っているのか？」中尉は、スタジアムのみすぼらしい漆喰《しっくい》の壁が自分の白い肌に挑戦しているとでもいうかのように、ファサードを見つめた。

ジムは頭に向けられている小銃をよけて言った。「食器棚と衣装ダンスもいっぱいあった」

「衣装ダンス？」二人の間でタロックの体が揺れた。「……そういうことなのか」

「よし……」プライスは自分を落ち着かせると、胸の煙草の跡に触り、その苦痛と記憶を引き出す暗証を打ち込むかのようにリズミカルに叩いた。「このガキは油断ならないと言っておいただろう」

二人は道路を渡って駐車場に入った。プライスは装輪戦車に覆いかぶさるようにして、肺に溜まった牢獄の痰《たん》を開いたハッチの中に吐いた。ジムは、軍用トラックの列の後ろにとどまったまま、マクステッド氏のことを考えた。ミスター・マクステッドは今も血で汚れた草の上に横たわっているんだろうか。この数日、たっぷりの食事をとってきたジムは罪悪感を覚え、いま一度、靴を売っていればよかったのにという思いに包まれた。実際にはカクテルバーが並んでいるというのに、スタジアムは陰鬱で威嚇的に――不吉な兆《きざ》しが詰まった場所に見えた。ここで、長崎の原爆の閃光の残光を見たのだ。あの白い光は今も、龍華《ロンホア》からの死の行進が行なわれた道路を覆っている。スタジアムの白いファサードにも、中尉の石灰の穴のような肌にも、同じ白い光が見える。

ライフでハエを追い払いながら、ジムは一台のトラックのステップに座り、硫黄島での戦闘ののちに摺鉢山《すりばちやま》の頂上に旗を掲げる海兵隊員たちの写真をじっくりと眺めた。雑誌に載っているアメリカ人たちが戦った英雄的な戦争は、ジムが子供の頃に読んだコミックブックのほうに近かった。死者さえもが美化される。それは、生きている者が考える死者の姿でしかない……。

二機のマスタングが頭上を飛んでいった。これに先導されて、西からB‐29スーパーフォートレスが重々しく現われた。爆弾倉の扉が開いていて、スパムとリーダーズダイジェストを無人の農地にばら撒こうとしている。エンジン音が足もとの地面を叩き、並んだ軍用車両の列を震わせた。

雑誌をおろした時、スタジアムの入口のトンネルから武装した男たちが駆け出してきたのが見えた。その叫び声が飛行機の轟音に飲み込まれた。スーパーフォートレスはゆったりと天空を進んでいたが、トンネルから跳び出してきた男たちは、まるでスタジアムが爆撃されると思っているかのように、パニック状態で四方八方に走っていた。アメリカの飛行士の革ジャケットを来た髭面のヨーロッパ人が駐車場を駆け抜けていく。続いて散弾銃を持った男が二人。さらに、黒いズボンに拳銃ベルトを巻いた上半身裸の中国人が身を低くして走っていく。その後ろに続く竹の棍棒を持ったクーリーの一団。

強い陽光のもと、男たちを追って、小銃を掲げた国民党軍の小隊がトンネルから現われた。兵士らは足を止めて、逃げまどう男たちめがけて銃撃を始めた。耳に突き刺さる銃撃音が飛び交う中、ジムはトラックのドアを開けて運転席にもぐり込んだ。トンネルから十五メートルのところに、スタジアムのファサードから落ちてきた白い粉塵にまみれたタロックが転がっていた。その横を駆け抜けたプライス中尉が、足もとの地面をランタンのようにスキャンしながら猛烈な勢いでトラックの車列に向かってくると、両手の包帯を振り払い、駐車場の境界壁を跳び越えて、道路の向こう側の水に浸かった田圃にジャンプした。

飛沫《しぶき》を上げて走っていくプライスに向けて、国民党軍の将校が拳銃の最後の一撃を放ち、エントランスの中で膝をついた。部下の兵士らが小銃を掲げて、駐車場の錆びついた車列に近づいてきた。彼らは、負傷した窃盗団のメンバーがいれば追い立てるべく、形ばかりの示威行動を取ったのちに、さっさと向きを変えて安全なスタジアムの中に引っ込んでいった。タロックは死んで陽光の中に転がっていた。血が白い土に染み込んでいった。

青と真紅のパラシュートが虹橋《ホンチャオ》一帯に落下していく。ジムは運転席のシートの上を移動して反対側のドアを開け、地面に滑り降りると、弾薬搬送ワゴンと野戦砲の陰に隠れるようにして駐車場の境界壁に向けて走った。

プライス中尉はオペルも絹布とKレーションの積荷も捨てて逃げてしまっていた。排水渠に戻ってみると、トラックは対戦車壕の土手の間にひっそりと停まったままだった。助手席の横の地面では、タロックが最後に吸っていたラッキーストライクの吸いさしからまだかすかに煙が上がっていた。

ジムはウィンドウごしにインストルメントパネルを見つめた。このトラックを上海まで運転していけるだろうか？　スタジアムの国民党軍に投降するのは危険すぎる。僕が窃盗団の一員なのは当然だと思って、姿を見せた途端に撃ってくるに決まっている。

スタジアムの白いキャデラックを見る前に死んでしまったタロックのことを考えながら、ジムは上海まで歩いていくことにした。缶詰をいくつかとリーダーズダイジェストを何冊か持っていこうと、オペルの後尾板から荷台に登ろうとした時、かたわらに足音がした。振り返るより早く、何者かの手が肩をがっちりとつかんだ。強烈な拳の一撃が後頭部に炸裂して、ジムは荷台に叩きつけられた。

煙草のカートンの間で体を起こすと、鼻と口から血が流れ出していた。血は両手の間からキャノピーの梱に滴り落ちていった。目を上げると、先刻スタジアムから走り出てきた拳銃ベルトを巻いた上半身裸の中国人の顔があった。男は表情のない目でジムを見つめた。アマースト・アベニューの家で何度も見たことのある、鶏を殺す前の料理人と同じ目だった。男の後ろには、トラックの積荷に手をかけたくてうずうずしている竹の棍棒を持ったクーリーがいた。

排水渠の両側から、革ジャケットを着た髭面のヨーロッパ人に先導された武装した男たちが降りてきた。半数は中国人で、一部は竹の棍棒を手にしたクーリー、一部は国民党軍と傀儡軍の軍服を着て今も小銃と装備を装着している男たちだった。そのほかはヨーロッパ人とアメリカ人だったが、服装も弾薬ベルトやホルスターもいろいろで、中国の短上衣の制服に上海警察の弾薬袋をぶら下げている者までいた。彼らの痩せ細った体から、ジムは大半が元捕虜なのだろうと思った。

クーリーが棍棒を振り上げた。ジムは血を吸い込み、熱い痰をごくりと飲み込んだ。「僕、龍華《ロンホア》キャンプに行くところなんだ……イギリス人の捕虜なんだ」そう言って南西の方角を指差した。腫れ上がった鼻から出てきた声は妙に低く太かった。残されたわずかな時間の間に体が一気に成長しようとしているとでもいうようだった。「龍華《ロンホア》キャンプに……」

武装した男たちはジムには目もくれず、土手に座って煙草を吸いはじめた。革ジャケットのヨーロッパ人がトラックのまわりを歩きまわり、クーリーのひとりがタロックの残した吸いさしをつまみ上げて深々と吸い込んだ。全員が、空と、スタジアムの先に続く無人の道路を眺めていた。彼らには捕虜キャンプののろのろとした空無な時間がまとわりついていた。引きつった血の気のない顔はどれも地下深くの隠れ家から出てきたばかりのようだった。

「龍華《ロンホア》……」ジムは繰り返した。竹の棍棒を持ったクーリーはまだジムから目を離そうとしない。指一本の合図があれば即座に進み出て頭蓋骨を叩きつぶすだろう。ジムを殴った上半身裸の中国人はトラックを調べ、後輪をじっくりと眺めていた。何とかしてヨーロッパ人の注意をひこうと、ジムはスタジアムを指差した。「リンカーン・ゼファーが――スタジアムにある。ビュイックと白いキャデラックも……」

「キャデラックがどうしたって?」どこかなよなよとしたアメリカ人の声がして、小銃を肩にかけた銀白色の髪の小柄な男がトラックのほうに歩いてきた。問いかけに答える者はなく、男は反応のなさをつくろうように煙草に火をつけた。パウダーをはたいた顔にマッチの火が揺らめき、よく知っている用心深い目がシャープながらも控えめなフォーカスを見せて、くっきりと浮かび上がった。

「ベイシー!」ジムは鼻から流れる血を拭った。「僕だよ、ベイシー――ジムだよ! 上海ジムだよ!」

元客室係がジムを見つめた。瞬時考え込んだのち、ほとんど形式的に――この十四歳の少年が誰かはわかったが、もう関心はないとでもいうかのように――首を振って、Kレーションのカートンをざっと眺め、パラシュートの絹布に指を走らせた。そして、クーリーに棍棒を振りおろすスペースを与えるべく、脇によけた。

「ベイシー！」ジムは散らばった雑誌をかき集め、表紙についた血を指で拭くと、拳銃を持った上半身裸の中国人の怒りの目が向けられるより早く、雑誌を高々と掲げて言った。「ライフだよ、ベイシー、リーダーズダイジェストだよ！　ベイシーのために最新号を取っておいたんだ……新しい言葉もいっぱい憶えた――ベルゼン、フォン・ルントシュテット、ＧＩジョー……」

39　盗賊団

車は、油がいっぱいに浮いた潟湖《せきこ》の岸辺を突き走り、水際に打ち上げられた錆びついた魚雷艇の横を通り過ぎた。ジムは、後部座席のベイシーと髭面のフランス人の間で身動きもならないままに、ビュイックのタイヤが跳ね上げる水飛沫《しぶき》を見つめていた。潟湖にはギラギラと燃え立つ虹がいくつも孔雀の尾羽根のように花開き、彼方の上海のオフィス街を塔が連なる絵の具箱の街に変容させていった。同じ毒々しい光が魚雷艇を覆い、浅瀬に転がっている無数の日本兵の死体を包んでいた。

ジムは背後に遠ざかっていく上海のスカイラインを肩ごしに振り返ってみようとしたが、強打された首のおかげで頭を回すことができなかった。

「おい、坊主……」フランス人が膝にはさんでいるカービン銃でジムの腕を叩いた。「静かにしていろ。もっと鼻血を出したいのか……？」

「ジム、ここにはレスリングをするスペースはない。静かに座って言葉の勉強をしよう」ベイシーは片腕をジムの体にまわした。「ダイジェストを見ていろ。そうすれば、目を覚ましていられる」

「うん、ベイシー。目を覚ましておく」

目を覚ましておくのが何よりも重要なのはわかっていた。床の弾薬箱に押しつけた足を突っ張り、目の前がチカチカするまで唇をつねった。フランス人の隣には竹の棍棒を持ったクーリーが右側のドアに体を押しつけるようにして座っている。ベイシーが声をかける前に危うくジムを殺しかけたクーリーだ。前部座席の中国人のドライバーの横には、徐家匯《シユージアフイ》キャンプにいたという二人のオーストラリア人が座っていた。

七人がぎゅう詰めになった泥だらけのビュイックのウィンドウは今も傀儡軍の将軍の記章と薄葉紙《うすようし》のステッカーで麗々しく飾り立てられている。戦争の間じゅう、この車は傀儡軍の幕僚車として使われていたのだった。シートのあちこちが、ジムの鼻と負傷した男たちの傷から流れ落ちる血と乾いた嘔吐物で汚れていた。車には、棍棒とそれぞれの銃のほかにも、弾薬箱とアメリカ煙草のカートンと陶器の酒壺がいっぱいに詰め込まれていた。さらに、何本ものビールの空き瓶――ひっきりなしにビール瓶に小便をする男たちを乗せて、車は上海の南西部に向かって田舎道を疾走していった。

車が停まり、油が浮いた潟湖の水がビュイックのタイヤを洗った。前方に、この盗賊団の十人あまりのメンバーを運ぶ日本のトラックの姿があった。前部が重く不安定なトラックは大きく揺らぎながら、潟湖の水際から土手道に上がる狭い灰色の煉瓦の傾斜路を登っていった。荷台には様々な物が積まれていた。投下された救援物資の容器、その日の朝、南市《ナンタオ》の軍用倉庫から奪ってきた日本軍の備蓄物資、さらには龍華《ロンホア》の南に広がる農業地帯の村々から略奪した丸めた寝具に自転車にミシン。

ビュイックも崩れかけた煉瓦の傾斜路を登り、タイヤまわりに渦巻く土埃をついて前のトラックを追った。潟湖から内陸部に向かう道路はすぐに田圃と運河が形作る迷路の中に消えていった。この盗賊グループは自分たちがどこに向かっているのかわかっているんだろうか——ジムは思った。刺子《さしこ》のように区切られた大地をあちらへ、またこちらへと行ったり来たりしているとしか思えない異様な走行だった。だが、やがて、八百メートルほど離れた打ち捨てられた田圃の中をこちらと並行して走っている道に、もう一台のトラックが現われた。オリンピックスタジアムで奪ったあの年代物のオペルで、こちらには残る五人のメンバーが乗っていた。一行は全員、夜明け直後に南市《ナンタオ》の飛行艇基地を出発し、次の目的地まであと数分というところで再び集合したのだった。

両方の道路が合流した時、オペルの荷台に黒いズボンと拳銃ベルトを巻いた上半身裸の中国人の姿が見えた。運転席のすぐ後ろに立って、ハンドルを握るクーリーに大声で次々と指示を出しているこのかつての傀儡軍将校を、ジムは恐れていた。首の後ろの骨にはまだ男の鉄拳の感覚が残っている。あの時、殺されずにすんだのは単にベイシーがいたからにすぎず、この執行猶予期間もそう長くは続かないかもしれない。宋《ソン》大尉と呼ばれるこの中国人将校は、ベイシーにも、ほかのヨーロッパ人のメンバーにもほとんど関心を向けず、ジムのことは、必要とあれば死ぬまで働かせていっこうにかまわない犬くらいにしか思っていなかった。オリンピックスタジアムでこの一団に捕まって一時間とたたないうちに、ジムは虹橋《ホンチャオ》近くの村を見晴らす墳墓塚の間を匍匐《ほふく》前進していた。奇襲攻撃があれば、それを引きつけるために、一行に先んじて送り出されたのだった。ビーグル犬のように地べたに鼻をつけながら進んでいったジムは、一行が村を襲っている間、半ば茫然としたまま、手にしたリーダーズダイジエストに鼻血を滴らせながら、墳墓塚の朽ちかけた柩《ひつぎ》の間でじっと待っていた。やがて銃撃音がやみ、一行は略奪した自転車と丸めた寝具と米袋を抱えて村から引き上げてきた。宋《ソン》大尉がこの盗賊団の真のリーダーであることに気づいたジムは、自分が役に立つところを大尉に示そうとしたが、彼はジムに自分の走り使いをしてほしいなどとはいっさい思っていなかった。戦争が中国人を変えてしまっていた。村人も放浪するクーリーも傀儡軍の脱走兵も、戦争の前には一度も見たことのないような形でヨーロッパ人に対するようになっていた。ヨーロッパ人はもはや存在しない、たとえイギリスがアメリカを助けて日本軍を打ち負かしたのだとしても――そんなふうに思っているかのようだった。

二台のトラックとビュイックは交差路に来たところで停車した。宋《ソン》大尉がオペルの荷台から跳び降りて、つかつかとビュイックに歩み寄ってきた。ベイシーが無意識にジムの腕をつかんだ。ベイシーはいつでもジムが死ぬところを見る用意ができていた。ジムに対するベイシーの関心が消えていないのは、オリンピックスタジアムで自分たちを待っているという絢爛たる戦利品のことをジムが話しつづけていたからでしかなかった。

車のまわりに湧き上がった土埃の旋風が治まると三台はバックした。そして、使われていない運河ぞいを走り、五百メートルほど先の見捨てられた村の上手《かみて》の石橋の横で再び停車した。宋《ソン》大尉と二人の男がオペルから降り、ビュイックからはフランス人と棍棒を持ったクーリーが降り立った。前部座席のオーストラリア人たちは壺の酒をがぶ飲みしていて、みすぼらしい家々には見向きもしない。いつもなら、宋《ソン》大尉はジムを呼んで家の間を偵察させるのだが、この村は明らかに無人で、一帯の盗賊集団が何度となく略奪を繰り返してきたようだった。

「上海に戻るの、ベイシー？」

「すぐにな、ジム。その前に、ある特別な装置を取ってこなくちゃならない」

「この村にその装置を置いてあるの？　戦争活動のための装置？」

「そのとおり。戦略諜報局《OSS》の装置で、俺が国民党相手に秘密活動をしていた間にここに残しておいたんだ。そんな装置を共産主義者どもに奪われたくはない。お前もそう思うだろう、ジム？」

二人はこの見せかけ話に基づいて会話を進めていった。ジムは静まり返った村を見つめた。村のたった一本の泥の道は汚水の流れで分断されていた。「ここには共産主義者がいっぱいいるに違いないね。ベイシー、戦争は終わったのかな？」

「終わったとも、ジム。そう、事実上終わったと言っていい」

「ベイシー……」すでに近しいものとなった考えが浮かんだ。「次の戦争は〝事実上〟始まっている？」

「それもひとつの言い方だ、ジム。お前が新しい言葉を憶える手伝いができて嬉しいよ」

「まだ知らない言葉が山のようにある、ベイシー。僕、上海に戻りたいんだ。運がよければ、今日にも母さんと父さんに会えるかもしれない」

「上海？　あそこは危険な街だ。上海では運以上のものが必要になる。俺たちは合衆国海軍がバンドに係留するのを見届けるまで待つつもりだ」

「アンクル・サムはもうすぐ来るの？　ゴブ（水兵）もGIジョーもみんな一緒に？」

「まもなく来る。太平洋エリアにいるGIジョーが全員揃ってやってくる……」その口調は、同胞たちと再連帯できるという見通しに熱狂しているというふうには聞こえなかった。ジムは龍華《ロンホア》から逃亡した時のことについて尋ねてみたが、ベイシーはうまくはぐらかした。逃亡後に何が起こったにせよ、いつもどおり、そんなことにはとっくに興味を失っていた。ベイシーは以前と同じ、手のことばかり気にしている細心な男で、目の前にある利益以外にはいっさい関心を向けなかった。彼のひとつの強みは、決して自分に夢を見させないということだった。というのも、彼は何ひとつとして〝当然のこと〟だと考えることができなかったからで、これに対して、ランサム医師はあらゆることを当然のことだととらえていた。でも、ドクターはたぶん死の行進で死んでしまっただろうし、一方、ベイシーは今も生き延びている。とはいえ、ここに来て初めて、オリンピックスタジアムの宝物への期待がベイシーの警戒心の安全装置を外し、元客室係の頭には山のような財宝を手にして合衆国に戻るという夢想が生まれていた。ジムはその夢想にせっせと働きかけた。ベイシーは、例の秘密のラジオで殺戮の地に向かう行進が差し迫っていることを聞きつけてキャンプを脱出し、南市《ナンタオ》の倉庫のどれかの夜間警備員に賄賂を渡して匿《かくま》ってもらったんだろう――ジムはそんなふうに考えた。

横で爪を磨いているベイシーを見ながら、ジムは、このアメリカ人の心には今回の戦争での体験がほとんど届いていないことをはっきりと見て取った。ベイシーにとっては、すべての死も飢えもビュイックのウィンドウごしに眺める路端での混乱したドラマの一部でしかない。休暇中のイギリスとアメリカの水兵たちが見物していた上海での公開処刑と同じように、残酷な見世物の一部でしかないのだ。ベイシーが戦争から何も学んでいないのは、今、みずからが略奪し撃ち殺している中国の農民たちと同様、何も期待していないからだ。ランサム医師が言っていたように、何も期待していない人々ほど危険なものはない。五億の中国の人たちに、どうにかして、あらゆることを期待するよう教えてあげなければならない。

ジムが出血している鼻をさすっている間、武装した男たちは酒の壺を手に橋の上にしゃがみ込んでいた。栄養状態の悪いキャンプ生活を何年も続けてきたにもかかわらず、元捕虜たちのうちでトラックの荷台に積み上げられた缶詰を食べようとする者はほとんどいなかった。

熱い陽射しのもとでひたすら酒を飲むだけで、言葉を交わすこともめったになかった。彼らの大半は名前も知らなかった。夕暮れ時になって、その日の戦利品を手に南市《ナンタオ》の飛行艇基地に戻ってくると、彼らは分け前を持って県城《オールドシティ》のそれぞれの隠れ家に散り、翌朝、工場労働者のように再び基地に集まってくる。ジムは、焼け落ちた飛行艇の残骸の間のコンクリートの船台に停めたビュイックで眠り、ベイシーと髭面のフランス人は飛行艇のパイロット用の食堂で夜通し飲みつづけた。

　フランス人が村からぶらぶらと戻ってきて、ベイシーの側のウィンドウにもたれかかった。

「何もない——クソひとつ」

「クソくらい残しといてくれたっていいだろうに」ベイシーは不快そうに言った。「中国人どもはどうして自分たちの村に戻ってこないんだ？」

「戦争が終わったことを知らないんじゃないかな」ジムは言った。「みんなに教えてあげなくちゃ、ベイシー」

「そうだな……俺たちは永遠に待っているわけにはいかないんだ、ジム。今、大部隊が続々と上海に向かっている。国民党の別々の部隊が六つくらい」

「装置を回収するのが難しくなるかもしれないってこと？」

「そのとおり。だから、今のうちに共産主義者どもの村に行く。それから、お前を父さんのところに連れていってやる。俺がどれだけお前の面倒を見てやったか、新しい言葉をどれだけ教えてやったか、父さんに話してあげればいい」

「ベイシーは僕の面倒を見てくれた」

「よし……」ベイシーは考え深げにジムを見つめた。「それまでは俺たちと一緒にいろ。自分から人さらいの手に跳び込んでいくような真似をするのは最悪だ」

「ここには人さらいがいっぱいいるの、ベイシー？」

「人さらいと共産主義者だ。やつらは戦争が終わったことを知りたがっていない。このことを忘れるな、ジム」

「わかった……」元客室係の意識をもっと元気づけるような話題のほうに持っていこうとして、ジムは言った。「原爆が落ちたのを見た？　僕、オリンピックスタジアムで長崎の原爆の光を見たんだ」

「何だって……」ベイシーはまじまじとジムを見つめた。鼻血を流している少年の落ち着いた声に当惑していた。リアウィンドウの窓枠から銃の掃除用のボロ布を取ってジムの鼻を拭いた。「原爆を見た……？」

「一分くらいだった、ベイシー。白い光が上海じゅうに広がった。太陽よりも強い光だった。きっと神様があらゆるものを見たかったんだと思う」

「たぶんそうなんだろう。あの白い光……ジム、もしかしたら、お前の写真をライフに載せてやれるかもしれんぞ」

「本当に？」

自分の写真がライフに載るかもしれないという思いにジムは舞い上がった。鼻と口の血を拭い、この場に突然カメラマンが現われた場合に備えて、ボロボロの服を引っ張って整えた。宋《ソン》大尉が合図を出し、男たちはそれぞれの車に戻った。村をあとにして川のほうに向かいはじめたビュイックの中で、ジムは、重戦車タイガーとアメリカの海兵隊員たちの間に立っている自分の姿を想像した。ベイシーのこの盗賊団と過ごしはじめてすでに四日がたっていた。不意にこんな思いが浮かんだ。母さんと父さんは、僕が龍華《ロンホア》からの死の行進で死んでしまったと思っているかもしれない。二人がアマースト・アベニューの家のプールの脇に座ってライフの最新号をめくっている時に、海軍と陸軍の大将たちの間に息子の顔を見つけたなら……。

一行は龍華《ロンホア》飛行場の境界に差しかかった。ジムはベイシーの体にのしかかるようにしてウィンドウから身を乗り出し、日本の飛行士の死体はないかと目を凝らした。飛行場の一部を制圧した国民党軍の部隊は今も何人かずつまとめて日本兵を殺しつづけていた。

「ジム、お前、あの飛行機が好きなんだな?」

「僕、パイロットになるんだ、ベイシー、いつかね。そうして、母さんと父さんをジャワに連れていく。そうするって、ずっと考えてきた」

「いい夢だ……」ベイシーはジムを脇に押しやり、木立の間に打ち捨てられた何機もの軍用機を指差した。「あそこに日本人のパイロットがいる——まだ捕まっていないようだ」

ベイシーは小銃の撃鉄を起こした。ジムはウィンドウから首を突き出して樹が立ち並ぶあたりをサーチした。一機の零戦《ゼロせん》の尾翼の横に、一瞬、あの若いパイロットの青白い顔が見え、すぐに一帯に散らばった機体と翼の間に消えた。

「〝箸特攻〟だよ」ジムは急いで言った。「〝気が触れたやつ〟。ベイシー、スタジアムの話を聞きたくない？　毛皮のコートもあるかもしれないんだ。撃たれる前にミスター・タロックが見たと思うんだけど。それとスコッチウィスキーの入った木箱が何百も……」

ありがたいことに、ベイシーはウィンドウを巻き上げはじめた。チカチカする砂がビュイックいっぱいに入り込んでいた。白い路面から巻き上がる砂が、漂白された大地と対戦車壕と墳墓塚から立ち昇る土埃の靄《もや》と混ざり合った。そして、ジムがオリンピックスタジアムで見たのと同じ白い光……その光はひとつの戦争の終わりと新たな戦争の始まりを告げていた。

夕闇がおりる少し前に、一行は龍華《ロンホア》の南三キロの黄浦江の川縁《べり》にある共産主義者たちが制圧した町に着いた。陶器工場を取り囲んでみすぼらしい平屋の家々がひしめき合うその光景は、幼い頃に子供向けの百科事典で見た、ゴシックの聖堂のまわりに並ぶ中世の町並みを思わせた。ドームを戴いたいくつもの焼成炉と煉瓦の煙突が、その日最後の陽光を引き寄せていた。それはまるで共産主義の規律が掘っ立て小屋のかたまりにもたらした恩恵とぬくもりを高らかに宣伝しているかのようだった。

「よし、ジム、言葉の力のことは忘れろ。先兵だ」

ジムがウィンドウの棚にリーダーズダイジェストを置くより早く、宋《ソン》大尉が勢いよくドアを開き、ジムを車から追い出した。上半身裸の将校はトリュフ豚を追い立てる家畜商のように、鼻血を流している少年を自動拳銃で小突きながら、かけ声とうなり声で道路の反対側に追いやっていった。二台のトラックとビュイックは上海と杭州《ハンジョウ》を結ぶ鉄道の引き込み線が走る築堤の脇に停まっており、三百メートル前方で大きな弧を描いて陶器工場に向かっている線路が車を町から隠していた。武装した男たちは築堤に続く干上がった田圃に降り立った。何人かが弾薬袋を開け、小銃の銃身を拭きはじめた。あとの者は煙草を吸い、ビュイックのボンネットに置かれた陶器の壺の酒を飲んだ。男たちはそれぞれに、薄れゆく陽光のもとに無言で立っていた。

宋《ソン》大尉のかけ声と口笛が背後に遠くなっていくのを聞きながら、ジムは田圃の硬い地面をとぼとぼと歩いていった。鼻血が止まらないものかと鼻をつまんでみたが、すぐに手を離して、風の中で血が頬を伝っていくに任せた。運がよければ、線路の築堤に配備されている共産党軍の哨兵がいたとしても、ジムがすでに負傷していると思って銃火を背後の男たちに向けてくれるだろう。

築堤の下に着くと、野生の米の茂みにうずくまり、米の茎に着いた血を拭いて指を舐めた。すでに先兵の任務は終えていた。宋《ソン》大尉は田圃を渡り終え、五十メートル離れた地点の築堤のやわらかい土の上を素早く登っているところだった。そのあとに続いて竹の棍棒を携えたクーリーたち、そして、ベイシーとフランス人。ほかの者は二つのグループに分かれて隣の田圃を移動しており、二人のオーストラリア人と国民党軍の脱走兵はビュイックのステップに腰を降ろして酒を飲んでいた。

ジムは滑石《タルク》のようにつるつる滑るスロープを登っていった。雨が築堤のあちこちの土砂を流してしまっていた。ジムは錆びついた線路と腐った枕木の下部を這い進んでいった。線路の何カ所かは最近取り替えられた形跡があった。この町を基地にした共産党軍がやったものだろう。陶器工場の運河の桟橋と鉄道線路、古い焼成炉と煙突の煉瓦の備蓄があるのに加えて、龍華《ロンホア》飛行場が近いことが、このさして大きくもない町に共産党軍の駐屯部隊を引き寄せたものと思われた。ただ、ベイシーによれば、共産党軍は二日前にこの町を出て上海に向かっており、町の数百人の住人は無防備状態にあるという。そんな住人たちの所持品は別にしても、町には共産党軍の武器庫がある可能性もある。共産党軍の情報と引き換えに、上海に接近しつつある国民党軍の将軍たちの善意にすがろうとする内通者もいるかもしれない。

ジムは枕木の陰に隠れる格好で築堤の端にうずくまった。すぐ下には耕作されていない田圃が広がり、工場用の運河に隔てられた先にパッチワークのように点在する野菜畑が町をぐるりと取り囲んでいた。町の狭い街路には人影はなかったが、いくつかの煙突から細い煙が立ち昇っていた。

背後の黄浦江から艦砲が一発発射され、重い轟《とどろ》きが響いた。川の中央付近に国民党軍の砲艦が二隻投錨していた。艦砲の砲弾は陶器工場の倉庫近くに着弾し、赤土の煙が勢いよく噴き上がった。川岸から南に向けて小火器の銃撃音が届き、木造の艀《はしけ》から国民党軍の兵士の一団が続々と岸に上がってきた。

大型の装甲ジャンクが一艇、けたたましいディーゼルエンジンの音とともに築堤の下の運河をのぼってきた。アメリカ製のスマートな軍服とスチールのヘルメットを着けた中国人の将校たちがブリッジに立ち、双眼鏡で町と周囲の野菜畑を精査していた。川の二隻の砲艦のうち、町に近い位置の一隻から二発目の砲弾が発射され、灰色の瓦屋根の間で炸裂して破片のシャワーが降りそそいだ。直後、あわただしい動きが起こった。壊れた植木鉢から逃げ出すアリの群れさながらに、何百人もの住人が狭い路地のいたるところから周囲の野菜畑へと走り出てきたのだ。みな、頭の上に丸めた寝具と衣類の束を抱えて畑の間の細道を駆け降りてくる。黒いズボンと上着姿の老婆がひとり、腰までの深さがある道端の用水路の水の中をバシャバシャと歩きながら、土手を這い降りてくる家族に向かって叫び声を上げた。

木の船体を拳のように叩くモータージャンクのエンジン音。上級将校たちの真新しい軍服の襞とエレガントなアメリカ製の戦闘用長靴《ちょうか》がはっきりと見える。ブリッジの下の甲板にいる兵卒たちまでもがそれぞれ立派な武器と無線機を携帯し、艇の中央部をまたぐように鎮座する黒いクライスラーのリンカーンのクロムのポールに国民党軍の将軍のひとりのペナントが翻《ひるがえ》っている。

ジャンクの舳先《へさき》には機関砲が備わっていた。砲手らが何の警告もなく町に向けて射撃を開始した。逃げまどう住人たちの頭上を曳光弾が飛んでいき、家々の屋根に着弾して炸裂した。ブリッジからの指令に、砲手らが砲身を旋回させ、町の西数百メートルのところの小さな集落に照準を合わせた。川の砲艦からの一斉砲撃が早くも平屋の掘っ立て小屋のかたまりの脇の土の道に次々と到達し、木製の艀から降り立った国民党軍の兵士らの一団が田圃を走って、逃げまどう町の住民たちを狩り立てていた。

続いて、第二波の一斉砲撃の第一弾がとてつもない爆発を引き起こした。何軒もの土の家が跡形もなく吹き飛ばされ、沸き立つみずからの瓦礫の雲によって空中に吸い上げられた。爆発物の貯蔵庫が立て続けに爆発し、煙の塔が次々と空に噴き上がった。集落に通じる路上に何十人もの住人が丸めた寝具と衣類の束の間に転がっていた。まるで、この町の住人たちが今夜は外で寝ることにしたとでもいうかのようだった。

鼻と口に手を当て、叫び出すのを何とか押しとどめようとしながら、ジムは眼下に広がる炎の海を見つめた。艦砲の閃光と陶器工場のかたわらで燃えさかる家々が煙に包まれた大地を照らし出している。日没の光を受けて赤々と輝く焼成炉と煙突の群れ——野菜畑に転がる住民たちの死体を燃料に、使われなくなって久しい炉に再び火が入れられたかのような光景。ジムは、運河を進んでいくモータージャンクのエンジン音に聞き入った。醜悪な心臓がその死の拍動音を中国全土に伝えていく中、染みひとつない軍服に身を包んだ将軍たちは双眼鏡の奥にその目を隠し、天空に描く自分たちだけの砲火の天文図の位置計算をしている……。

「ベイシー……」盗賊団は線路から撤退しはじめていた。宋《ソン》大尉とクーリーたちが築堤を降りてトラックに戻っていった。「ベイシー、龍華《ロンホア》に戻るわけにはいかない?」

「キャンプに戻る?」元客室係は降りそそぐ土くれの中で目を細めた。爆発物保管庫の爆発の衝撃波に茫然としていた彼は、夢から覚めた面持ちで築堤の下に広がる田圃を見つめた。

「キャンプに戻りたいのか、ジム?」

「ベイシー、僕たち、準備をするべきだよ。アメリカ軍はいつ来るの？」

ベイシーは初めて答えを見失ったように見えた。だが、枕木の間に仰向けになったベイシーは、次の瞬間、北の方角を指差して勝利の口笛を吹いた。黒ずんだ黄浦江の十五キロ下流、上海のバンドのオフィス街とホテル群の前の所定の位置に、アメリカの巡洋艦のマストと上部構造が遅い午後の陽光を浴びて浮かび上がっていた。

40　落ちてきた飛行士たち

川を隔てた対岸の浦東《プードン》から響いてくる砲火の音は午前中いっぱい続いた。倉庫群から上がる煙の柱は実際に燃えている地域よりも広がり、川面に覆いかぶさって、南市《ナンタオ》側の岸を暗い影で包んだ。泥干潟《ひがた》に停められたビュイックの前部座席に座ったジムは、埃まみれのフロントガラスの奥から、ひっきりなしに閃く砲火を見つめていた。国民党軍が持ち込んだアメリカ製の武器は、砲身に水が詰まっているかのような湿った耳障りな音を立て、太陽が遮られた陰鬱な大気が、岸辺をゆったりと洗う上げ潮の上に広がっていった。浦東《プードン》の突堤の向こう側に据えられた国民党軍の榴弾砲の砲身の輝きがビュイックのハンドルを握るジムの手の関節に反射し、百メートル離れた岸に打ち上げられている潜水艦の司令塔を照らし出した。

ジムは、煙の柱の中から偵察機が一機、翼に沿って流れる黒い煙霧の筋を振り払いながら現われたのに気づいた。南西から二機のB－29が接近してくると、砲撃音がやみ、土嚢《どのう》で防御を固めた魚雷艇が、川に落ちるパラシュートがあればすべて回収しようと川面に滑り出した。B－29から十あまりのパラシュートが投下され、地面めがけて勢いよく落下していった。これらの物資容器に入っているのはスパムやクリムやリーダーズダイジェストではなく、国民党軍のための弾薬と爆発物だった。現在、砲兵隊の援護を受けた大隊が、浦東《プードン》の倉庫の廃墟の間でいまだ抵抗を続けている共産党軍の最後の部隊の殲滅《せんめつ》にかかっているところだった。突堤の上には共産党軍の兵士の死体が薪《まき》のように積み上げられていた。

爆撃機が飛び去ったあとの静寂の中で、虹橋《ホンチャオ》と上海西部の農業地帯から耳を抉《えぐ》るような集中砲火の音が聞こえてきた。少なくとも三つの国民党軍の部隊が市街の周辺に集結し、飛行場と造船所と鉄道を制圧せんものと――とりわけ日本軍が残した武器と弾薬のストックを奪取せんものと、熾烈な競争を繰り広げていた。国民党軍と共闘しているのは――そして時に敵対しているのは――傀儡軍の残党、海岸地域に追い詰められた元国民党軍の脱走兵グループ、上海に舞い戻ってきた地元の軍閥のメンバーをかき集めて組織された種々様々の民兵軍部隊。

これらライバル同士の軍隊の前に、激しくぶつかり合う何本もの箒《ほうき》で掃き出されてきたゴミのように右往左往しているのが、何万もの中国の農民たちだった。無数の難民の隊列が農業地域や略奪された村々に避難しようと田園地帯をさまよった挙句、上海に入るゲートの目前で国民党軍の先遣部隊に阻止されて引き返さざるをえなくなっていた。

ジムが一番恐れていたのが、この難民たち——ナイフと鍬《くわ》で武装した飢えたクーリーたちの集団だった。彼らだけは何としてでも避けなければならなかった。ベイシーと盗賊団が、目の前で戦闘が繰り広げられているこの場所にとどまっていたのはそのためだった。南市《ナンタオ》の東の端、造船所と飛行艇基地にはさまれたこの一画は、埠頭と倉庫と打ち捨てられた掘っ立て小屋が連なるだけの無人地帯で、川向こうの浦東《プードン》での戦闘にあまりに近すぎるために国民党の民兵部隊も農夫の難民たちも近づこうとしなかった。ベイシーと盗賊団の残った六人のメンバーは、一画にある掩蔽壕《えんぺいごう》とコンクリートの小要塞でキャンプをして過ごした。彼らにはもはや、戦前のビュイックが一台と、ナショナリストの将軍の誰かに自分たちを売り込むという漠然とした希望のほかには、ほとんど何も残されていなかった。

そして、ビュイックもまた国民党軍の砲手たちのターゲットになろうとしていることが火を見るよりも明らかになった。

「お前はそのままハンドルの前に座っていろ」ビュイックを泥干潟に残して立ち去ろうという時になって、ベイシーは言った。「この立派な車を運転しているふりをしろ」

「でも、僕に運転できるかな……?」ジムがハンドルを握っている横で、黒い干潟に立った男たちは武器の準備を始めた。川向こうから爆発音が届くたびに彼らの顔が引きつった。

「スタジアムに行くの、ベイシー?」

「そうだ、ジム。龍華《ロンホア》での歳月を思い出せ——我々には守らなければならない投下資本がある。国粋主義者どもは上海をそっくり引き継いで外国のビジネス関連業者を全部閉め出したがっている」

「それって、僕たちのこと？」

「そうとも、ジム。お前も外国のビジネスコミュニティの一部だってことだ。俺たちが戻ってきたら、お前にも毛皮のコートと父さんにあげるスコッチウィスキーをひとケースやろう」

ベイシーは瓦礫の山と化した倉庫群と突堤に積み上げられた死体の山を見つめた。この死体たちがサンフランシスコに運んでいく東洋の財宝のすべてを担《かつ》ぐことになると見なしているかのようだった。ジムはベイシーが気の毒になって、スタジアムはたぶんからっぽだと警告したくなった。陽光と風雨を生き延びたわずかな値打ち品も国民党部隊が全部奪い去っているだろう。だが、すでにジムの釣り針にかかっているベイシーは、今や一目散に船上で待ち構えている銛《もり》に向かって突っ込んでいこうとしていた。運よくスタジアムでの攻撃を生き延びることができたなら、小銃を捨てて上海に歩いて戻ってくるかもしれない。そして、数日以内にキャセイホテルのウェイターになって、バンドに係留されている巡洋艦から上陸したアメリカの将校全員のグラスに仰々しくワインをついでまわっているかもしれない……。

ベイシーと男たちが出発し、埠頭の前に並ぶ廃墟の倉庫の間に姿を消してしまうと、ジムは横のシートに置いてある数冊の雑誌をじっくりと読んだ。第二次世界大戦が終わったのはもはや間違いなかった。でも、第三次世界大戦はどうなんだろう？　もう始まっているんだろうか？　Dデイのノルマンディ上陸やライン川渡河やベルリン占領の写真を見ながら、ジムは、これらは小さな戦争のほんの一部だと――長崎と広島への原爆投下によってここ極東の地で始まった真の衝突のリハーサルなのだというふうに感じた。大地を覆いつくしたあの白い光、もうひとつの太陽の影が、脳裏から消えることはなかった。ここ、アジアの大河が海にそそぐ河口の地で、この惑星の運命を決定する最後の戦争が戦われるのだ。

ハンドルに滴り落ちた鼻血を拭いていると、再び浦東《プードン》の河岸からの砲撃が始まった。鼻血は止まったりまた流れ出したりを繰り返しながら、もう四日間続いていた。ジムは血を飲み込み、埠頭から彼方のスタジアムに向けて伸びている道を見つめた。ふと気づくと、ビュイックから百メートル向こうの岸に打ち上げられた潜水艦の舳先に二人の中国人の民兵の姿があった。小銃を肩にかけた二人は川での戦いには目もくれず、潜水艦の司令塔に向かってデッキを歩いていった。

ジムは運転席のドアラッチをはずした。そろそろここを離れたほうがいい。あの民兵たちがビュイックに気づく前に。車の床に散乱した缶詰や煙草のカートンや挿弾クリップの山から、チョコレートバー一本とスパムひと缶とライフを一冊選び出し、二人の中国人民兵が司令塔の向こう側にまわったのを見計らって泥干潟に降り立った。護岸の壁の下に身をかがめ、それから上海河川警察の桟橋の石の斜路に向かって一目散に走った。北に三キロも行けば小さな家々と倉庫が建ち並ぶ県城《オールドシティ》があり、その先は上海のオフィス街とダウンタウンだった。だが、護岸の道に上がったジムは、そちらに向かうことはせず、いま一度、龍華《ロンホア》飛行場に向けて歩きはじめた。

オリンピックスタジアムから煙が立ち昇った。ひとつの炎から上がる白く細い煙。ベイシーと仲間の男たちがスタンドの家具で焚き火をするために火をつけたとでもいうかのようだ。浦東《プードン》と虹橋《ホンチャオ》の集中射撃の音はすでにやんでいた。スタジアムから小銃の短い発射音が立て続けに聞こえてきた。

ジムはシェルターを探して、遮るもののない田舎道を離れ、龍華《ロンホア》飛行場の北の境界近くの荒れ地を覆う野生のサトウキビの茂みに踏み込んだ。木立の衝立《ついたて》と錆びついた燃料タンクが、着陸場と焼け落ちた格納庫と龍華寺《ロンホアスー》のパゴダが並ぶ見通しのいい空間からジムを隠してくれた。茂みには細い道が続いていた。道にはたくさんの薬莢《やっきょう》が散らばり、真鍮を敷き詰めた小道になっていた。イラクサの生い茂る両側の土手に点々と連なる小さな盛り上がりにはどこも大量のハエが群がっていて、ジムはそれを避けるように、だらだらと続くワイヤフェンスぞいの道を歩いていった。

細道の両側に打ち捨てられているのは、銃か銃剣で殺された日本兵のいくつもの死体だった。ジムは浅い用水路のかたわらで足を止めた。そこには、両手を後ろで縛られた兵卒が横たわり、何百匹ものハエが騒々しいマスクとなって顔を覆っていた。ジムはチョコレートバーの包装紙をはがしてかじり、顔にたかってくるハエを雑誌で払いながら、さらにサトウキビの間を進んでいった。イラクサの中に転がる何十体もの日本兵の死体は、まるで空から落ちてきたかのように——自分たちが所属する日本の飛行場に飛んでいこうとして撃ち落とされた若き青年飛行隊の隊員のように——思えた。

ジムはフェンスがつぶれた個所を踏み越えて飛行場に入り、木立に遺棄された飛行機の間を抜けていった。夏の雨に打たれた機体からは錆の細い筋が何本も垂れ落ちていた。昼の陽光に向けてハエたちが怒りをぶつけていた。何の意味もない茫漠たる怒り。そんなハエたちをあとに、ジムは飛行場の草の中を横切っていった。焼け落ちた格納庫のひとつの内側の陽の当たらない影の中で日本兵の一グループが待機し、スタジアムから聞こえてくる小銃の音に耳をすましていたが、飛行場を歩いていくジムには誰も目を向けなかった。

ジムは足もとに伸びるコンクリートの滑走路を見つめた。驚いたことに、滑走路の路面はひどく割れていて、そこここに油が染みつき、タイヤと車輪の支柱の跡が無数に残されていた。でも、第三次世界大戦が始まったからには、もうまもなく新しい滑走路が建設されるはずだ。コンクリートのストリップの端まで行くと、ジムは雑草を踏み分けて飛行場の南端へと向かった。地面が上り勾配となり、一番最初の土木工事の際にそのままに残された草ぼうぼうの小さな丘の上に達したところで、今度はゆるい下りが始まっていた。その先にあるのは、かつて日本のトラックが滑走路の建設用の瓦礫と屋根瓦の破片を運び込んでいた、あの狭い谷だった。

深いイラクサの茂みと熱い九月の陽光にもかかわらず、谷には以前と同じ灰のような土埃が充満しているように思えた。水路の両側の土手は死者たちを洗う死体置き場の排水溝のように白かった。浅い水の中に外殻が割れた不発弾が転がっていた。泥の中に頭を埋めようとしてそのまま眠ってしまった大きな亀のようだった。

低空飛行するマスタングの振動が不発弾の雷管を起動させるかもしれない。そう思ったジムは足を速め、雑誌でイラクサをかき分けながら谷に降りていった。スパム缶を空中に投げ上げ、落ちてきた缶を片手でキャッチした。だが、二回目に投げ上げた時に、缶は葦の茂みに落ちて見えなくなってしまった。びっしりと茂った葦の間を探しまわり、ようやく水際に転がっていた缶を見つけると、永久になくなってしまわないうちに食べてしまうことにした。

水路の土手に座り、蓋の泥を洗い落とした。鼻血が一滴、水に落ちた。即座にマッチ棒の頭ほどもない小さな魚の群れが殺到してきた。二滴目が水面を打つと、この小魚たちの世界を構成しているすべての国を巻き込んでいるかに思える壮絶な戦いが始まった。魚たちは陽に照らされた水面には気づいてさえいないかのように水中で急な方向転換を繰り返し、互いを獰猛に攻撃しつづけた。ジムは舌で口の中をひとかきし、水の上に体を乗り出して、化膿した歯茎の膿《うみ》を吐き出した。それが爆雷に感じられたのか、魚たちはパニックに陥り、一瞬のうちに水中には広がっていく膿だけを残して何もいなくなってしまった。

魚への興味も失せ、葦の間に体を伸ばして寝そべったジムは、雑誌の広告を眺めながら、次第に重さを増していく砲撃の音に耳をすました。徐家匯《シュージアフィ》と虹橋《ホンチャオ》の銃火の音が大きくなっていった。国民党軍の複数のライバル部隊が上海を制圧し、自分たちの支配下に置くのも遠くなさそうだった。ジムは考えた――スパムを食べたら、最後の力を振りしぼって上海に戻ろう。ベイシーと盗賊団の男たちがビュイックに戻ってくるつもりがないことははっきりしている。彼らは、川まで追ってくる中国兵がいる場合の囮《おとり》として、ジムを泥干潟に置き去りにしたのだ。

近くの草の中で誰かの頭が二度頷き、上海に戻るというジムの方針に賛同の意を示した。こんな親しげな仕草を見せる頭の唐突な出現にびっくりして体が固まり、チョコレートの最後のかけらが喉に詰まった。すぐ横、ほんの一メートルほどの葦の中に、両膝が水にほとんど触れそうな格好で、誰かが寝そべっている。その頭が、ジムを安心させるかのようにいま一度頷いた。ジムは片手を伸ばして葦をかき分け、用心深くその顔を眺めた。丸い頬とやわらかそうな鼻、戦争の窮乏の中で幼児期を過ごしてきてやつれ果てた顔——それは十代のアジア人の少年だった。ここに釣りに来た近くの村の少年だろうか。生い茂る雑草と葦の壁に囲まれて仰向けになった少年の姿は、四本柱の広い寝台にジムと並んで寝ていて、静かにジムの考えに耳をすましていたとでもいうかのようだった。

ジムは体を起こして丸めた雑誌を頭上に掲げた。飛び交うハエの雲を間にして、丈高い草の中に足音が起こるのを待った。だが、谷は静まり返ったままで、ギラギラと輝く空気をハエがむさぼっているばかりだった。少年の体がほんの少し動いて、草を押しつぶした。そんな動きも止められないほどに大儀なのか、少年のだらりとした体が水面に向けて土手をずり落ちた。

長い戦争の年月の間に学んだすべての警戒心を発揮して、ジムはまず膝立ちになり、それからゆっくりと立ち上がって、葦の間に踏み入った。そして、気持ちを落ち着かせて、まどろんでいる少年を見おろした。

目の前に横たわっていたのは、特攻隊の記章のついた血まみれの飛行服姿の、あの若い日本人パイロットの死体だった。

41　救済のミッション

絶望がジムを包んだ。パイロットのかたわらの草を両手で平らにし、自分のための小さなスペースを作った。飛行服姿で横たわるパイロット。片腕は腰の下に、斜面に投げ出された際に折れ曲がった両脚も体の下にある。右の膝が水路に浸かり、飛行服に滲《し》みはじめた水が早くも腿のあたりにまで達していた。頭の上、斜面をずり落ちた際に頭が押し倒した草が陽光の中で元に戻りはじめている。

ジムはパイロットを見つめた。今回に限っては、自分と死体の間にハエの一団がいるのが嬉しかった。パイロットの顔はジムが憶えている以上に子供っぽく見えた。死の中で本当の年齢に——日本の田舎の村で暮らしていた思春期初めの歳に戻ったかのようだった。不揃いな歯のまわりに半ば開かれた唇——母親が箸で魚をひと口入れてくれるのを待っているかのような、その口。

死んだパイロットの姿に感覚が麻痺してしまったジムは、若者の両膝が少しずつ水中に滑り込んでいくのをただ見つめていた。斜面の土の上にしゃがみ、ライフのページをめくってチャーチルとアイゼンハワーの写真に意識を集中しようとした。今日この時まで、ジムはこの若いパイロットに——一緒に空に飛び立ち、龍華《ロンホア》と上海と戦争を永遠にあとにするという虚しい夢に——希望のすべてを託してきた。この戦争を生き延びるのに、どうしてもこのパイロットの助けが必要だった。自分が作り出した想像上の双子、有刺鉄線を通して見つめてきた自分自身のレプリカ。この日本人が死んだのなら、僕の一部も死んでしまったのだ。何百万もの中国人が生まれながらに知っている真実——自分たちはどのみち死んでいるのも同じだということ、それ以外のことを信じるのは自分をだましているのだということ——をつかみそこなってしまったのだ。

ジムは、虹橋《ホンチャオ》と徐家匯《シュージアフィ》に響く銃撃音に、旋回する国民党軍の弾着観測機の単調な音に耳をすました。小火器の発射音が飛行場を渡っていった。ベイシーと盗賊団がスタジアムに突入しようとしている。死者たちが危険なゲームを続けている。

死者たちのことは無視して、ジムは雑誌を読みつづけた。だが、水路ぞいに散らばったほかの死体にはすでに大量のハエが群がっていて、まもなくこの若いパイロットの死体にも大挙して襲いかかってくるはずだった。ジムは立ち上がり、パイロットの肩をつかんだ。腋《わき》の下に手を入れて脚を水から引き上げ、そのまま、地面が平らになっている一画まで引きずり上げた。

顔はぽっちゃりしているのに、パイロットの体重はなきに等しかった。ずっと飢餓状態にあったその体は、ジムが年少だった頃に取っ組み合った龍華《ロンホア》の子供たちと同じくらい軽かった。飛行服の腰の部分とズボンには血がべっとりとついていた。腰の窪みを何度も銃剣で刺され、さらに尻から太腿まで銃剣を突き通されたのちに、ほかの飛行士たちと同じように土手から投げ落とされたのだ。

ジムは死体のかたわらにしゃがんで、スパム缶の底のキーをはぎ取り、缶を開けはじめた。中身を食べ終えたら缶で墓を掘ろう。パイロットを埋め終えたら、上海まで歩いていこう。死者たちがゲームを続けていてもかまわない。母さんと父さんに会えたなら、第三次世界大戦が始まっていることを知らせて、もう一度蘇州《スージョウ》キャンプに戻らなければと教えてあげよう。

やわらかくなったランチョンミートが、ねっとりと溶けた脂の内側で膨らんだ。水路で手を洗い、缶の蓋を使って適当な厚さにスライスした。だが、口に入れた途端、ジムは水中に吐き出してしまった。脂でべとつくその肉は生きていた。呼吸している生き物の体から切り取られたばかりのように。缶の中では、肺と肝臓が今も心臓から血液を送り込まれて震えている。二枚目をスライスして唇の上に置いてみた。その脈動が、そして殺される寸前のその生き物の恐怖が伝わってきた。

ジムはスライスを口からつまみ出し、べとついた肉片をじっと見つめた。生きている肉は死者に食べさせるためのものではない。この肉は、それを食べようとする者を逆にむさぼり食らう食べ物なのだ。ジムは口に残っていた切れ端をパイロットのかたわらの草の上に吐き出した。それをパイロットの口に滑り込ませてみようと、死体に覆いかぶさるようにして白い唇を人差し指で軽く叩いた。

パイロットの欠けた歯がカチッと噛み合わされ、ジムの人差し指の表皮を切った。手から缶が落ち、草の中を転がっていって水路に落ちた。指をもぎ離したジムは、この日本兵の死体がジムを食いつくしてやろうと体を起こしかけているのに気づいた。ジムは無意識のうちにパイロットの顔を殴りつけ、体を引いて立ち上がると、ハエの群れを通してパイロットに向けて叫んだ。

パイロットの口が開き、無音のしかめ面を作った。焦点の合わない目はじっと熱い九月の空に向けられていたが、一匹のハエが眼球を吸いはじめると瞼《まぶた》がピクピクと動いた。下腹部を貫通して前面まで達していた銃剣の創傷のひとつから鮮血が流れ出し、飛行服の股の部分が真っ赤になった。つぶれた草に押しつけられたパイロットの狭い肩が、役に立たない腕を動かそうとしているかのように小刻みに震えた。

ジムは若いパイロットを見据え、たった今目の前で起こったこの奇跡の意味を何とか理解しようとした。僕が触ったことが、このパイロットを生き返らせたのだ。歯をこじ開けたことで、僕は彼の死に小さな隙間を開け、魂が戻ってこられるようにしたのだ。

ジムは両足を開いて湿った斜面を踏みしめ、ボロボロのズボンで両手を拭いた。周囲に群がるハエが唇をつつくのも気にしなかった。フィリップス夫人とギルモア夫人にラザロの蘇りについて尋ねた時のことを思い出した。二人は、あれは不思議なことでも何でもなくて、ごく当たり前に起こる出来事なのよと断言していた。ドクター・ランサムは毎日、死んだ人たちを心臓マッサージで生き返らせていた。

ジムは両手を眺め、その力に威圧されまいとした。手のひらを太陽に向けて陽光に皮膚をあたためさせた。戦争が始まって以来、初めて希望の波が溢れ出てくるのを感じた。この死んだパイロットを蘇らせることができるのなら、僕自身も蘇らせることができる。この戦争中に死んだ何百万の中国の人たちも、上海を支配するために、オリンピックスタジアムの財宝のような幻の戦利品を手に入れるために、今も戦いながら死んでいっている人たちもみんな蘇らせることができる。ベイシーがスタジアムを守っている国民党軍に殺されていたなら、僕が蘇らせてあげる。でも、盗賊団のほかのメンバーは蘇らせてやらない。プライス中尉と宋《ソン》大尉は絶対に蘇らせてやらない。母さんと父さん、ドクター・ランサムとミセス・ヴィンセント、龍華《ロンホア》の病院にいたイギリス人の収容者たちは蘇らせる。飛行場の用水路のあちこちで死んでいる日本の飛行士たちも、そして、飛行隊を再建するのに必要な地上要員も蘇らせる。

日本人パイロットが小さく喘いだ。眼球が傾いた。ランサム医師が蘇生させた患者たちと同じように目を回転させようとしているかのようだった。パイロットはかろうじて生にしがみついているという状態だった。でも、彼はこのままここに残していかなくてはならない。全身を貫いた電流によって——太陽を輝かせているのと同じエネルギー、炸裂の瞬間を目撃した長崎の原爆と同じエネルギーによって、手と肩がぶるぶると震えていた。早くも、フィリップス夫人とギルモア夫人がいつもの礼儀正しい物腰で死者たちの間から立ち上がり、ジムがどうやって二人を死から救い出したのかと説明する言葉に、興味深げに、でもちんぷんかんぷんだという顔で聞き入っている様子が浮かんできた。ランサム医師が肩から土を払い落としているところも、ヴィンセント夫人が同意できないという顔で墓を振り返っているところも思い浮かべることができた……。

ジムは鼻血と歯茎の膿《うみ》を吸い、素早く飲み込んだ。湿った草の斜面で足が滑り、そのまま水路の浅い水の中に滑り落ちた。気持ちを鎮めながら顔を洗った。ヴィンセント夫人が目を開いて再びジムを見る時には、一番いい姿を見せたかった。ジムは濡れた手を若いパイロットの頬で拭いた。もう行かなくては——ドクター・ランサムと同様、待ちきれなくてうずうずしている死者たちのひとりひとりに割《さ》ける時間はほんの数秒ずつしかない。

キャンプに向けて谷を駆け抜けていったジムは、浦東《プードン》と虹橋《ホンチャオ》での銃火がやんでしまっていることに気づいた。飛行場の反対側の格納庫の横にトラックの隊列が停まっていて、アメリカ軍のヘルメットをかぶった男たちが管制塔の階段を登っていた。龍華《ロンホア》の上空を旋回し、消耗しきった草地に強烈なエンジン音を叩きつけている近接編隊を組んだマスタング隊。ジムは飛行隊に手を振り、キャンプの境界フェンスに向けて一目散に走っていった。このアメリカ軍の飛行隊はまもなく着陸して、僕が蘇らせた人たちを運んでいくんだ。キャンプの西の墳墓塚のそばに、鍬《くわ》を手にした中国人が三人、朽ちかけたいくつもの柩《ひつぎ》の間に立っていた。戦争に苦しめられた人たちの最初のひとりが、まもなく僕に挨拶しにやってくる。キャンプの雑役をしている二人のヨーロッパ人が手製の魚網を手に、増水したクリークから上がってきた。ジムが大声で呼びかけると、二人はまじまじとジムを見つめ、叫び返してきた。二人とも自分たちが今再び生きていて、ささやかな道具を手にしていることにびっくりしているみたいだ。

　ジムはフェンスを乗り越え、簡易舗装の道をキャンプの病院に向かって走った。墓地には、鋤《すき》を手に、見慣れぬ強烈な陽光に目を覆っている男たちがいた。この人たちは、自分で自分の墓を掘り返して起き上がってきたんだろうか？　病院の階段に近づいていく間《かん》に、ジムは激しく震える体を何とかコントロールしようとした。竹製のドアが開き、ハエの大群がどっと逃げ出してきた。ハエたちの饗宴の時が終わったのだ。ドアの奥に、顔からハエを払っている、緑色の手術用マスクを着けた赤毛の男がいた。真新しいアメリカ軍の軍服を着たその男の手には殺虫剤のボンベが握られていた。

「ドクター・ランサム……！」ジムは口の中にたまった血を吐き出し、腐りかけた階段を駆け上がった。「戻ってきたんだね、ドクター・ランサム！　もう大丈夫だ、みんな戻ってくる！　ミセス・ヴィンセントのところに行かなくちゃ……！」

　ジムはランサム医師の横を通り過ぎて、暗い病室に踏み込もうとした。その肩を医師の両手がつかんだ。

「待て、ジム……ここにいるかもしれないと思っていた」ランサム医師はマスクを外すと、アメリカ陸軍のパリッとした軍服が血で汚れるのも構わずジムの頭を自分の胸に押しつけ、歯茎の状態をチェックした。「ご両親が待っている、ジム。かわいそうに——戦争が終わったなんて、君は絶対に信じないだろうな」

第四部

42　このおぞましき都市

二カ月後、イギリスに向けて出立する前の晩、ジムはランサム医師の言葉を思い出しながら、蒸気船アラワ号のタラップの前に立った。中国の地を踏むのはこれが最後になるはずだった。先施公司《シンシアデパート》で買ったシルクのシャツとネクタイとグレーのフランネルのスーツに身を包んだジムは礼儀正しく、年配のイギリス人夫婦が木のタラップを降りはじめるのを待った。眼下に広がるバンドとそのけばけばしい夜の喧騒――広い通りには路面電車とリムジン、アメリカ軍のジープと軍用トラック、人力車と輪タクの群れが溢れ、その間を埋めつくすように何千人という中国人が行き交っていた。イギリス人夫婦とジムは、バンドぞいに建ち並ぶホテルからアメリカとイギリスの軍人が出たり入ったりするのを眺めながら、タラップを降りていった。アラワ号の船首と船尾に隠された桟橋に、川の中央に停泊するアメリカの巡洋艦の水兵たちを乗せた上陸艇が続々とやってくる。水兵たちが桟橋に降り立つと、中国人がいっせいに押し寄せる。スリの集団に輪タクの運転手、売春婦にポン引き、自家製のジョニーウォーカーのボトルを売り歩く商人、金のディーラーに阿片の売人、黒いシルクと狐の毛皮とピカピカ光る派手な衣装で飾り立てた上海の夜の市民たち。

若いアメリカの水兵たちはサンパンの男たちと怒鳴り声を上げる憲兵隊を押しのけ、一団となって、中国にやってきた一行を熱烈歓迎すべく殺到する群衆を喧嘩腰で払いのけていくが、バンドの中央を走る路面電車の一番端の軌道に達しないうちに、売春婦の腰に腕をまわし、一大隊列をなす輪タクに次々と運び去られていく。売春婦たちは南京路《ナンキン・ロード》の裏通りの車庫が並ぶいかがわしい一画から戦前のパッカードに乗って現われる、つやつやした顔の中国人のポン引きたちに猥褻な言葉を投げかける。

この上海の夜のパノラマを、バンドぞいの足場上に設置された三つの映画スクリーンが睥睨《へいげい》していた。現在のこの街の軍事統括者である国民党軍の将軍が合衆国海軍と共同で、つい最近終結した世界大戦の一端を上海の住民に見せるために、ヨーロッパと太平洋の戦場のニュース映画を連続上映することにしたのだった。

揺れるタラップの最後の段を踏み越えて埠頭に降り立ったジムは、スクリーン上で震える映像を見上げた。ホテルとナイトクラブのファサードに輝くおびただしいネオンサインと蛍光照明を背にしていても、スクリーンの映像は独自の存在感を保持できるだけの光度を備えていた。増幅されたサウンドトラックの断片が、行き交う車の騒音を圧して砲撃のように轟《とどろ》いた。上海大聖堂の集会室でニュース映画を見ているところからこの戦争を始めたジムは今、同じように繰り返し流される映像のもとで戦争を終えようとしていた。スターリングラードの廃墟の中を突き進んでいくロシアの機関銃兵部隊、太平洋の島で防衛一途の日本兵たちに火炎放射器の炎を浴びせる合衆国の海兵隊、ドイツの車両基地の弾薬搬送車を機銃掃射する英国空軍《RAF》の戦闘機部隊。十分ごとに漢字の文字列がスクリーンを埋め、膨大な数の国民党軍の兵士が南京の祝賀式典の演台に立った勝ち誇る蔣大元帥に敬礼を送るシーンが映し出された。その祝賀の席に列していないのは唯一、中国共産党軍だけで、彼らはすでに上海と海岸地域の都市から一掃されていた。共産党軍が連合国の勝利に貢献した事実はとうの昔に考慮の外に追いやられ、国民党軍が一方的にこの戦争に押しつけた自分たちだけの真実を伝える数限りないニュース映画の層の下に埋葬されてしまっていた。

アマースト・アベニューの家に戻って二カ月の間、ジムは再開された上海の映画館に足しげく通った。母と父が蘇州《スージョウ》キャンプで過ごした日々から回復する歩みは遅く、ジムには上海を巡る時間がたっぷりあった。フランス租界の白系ロシア人の歯科医のもとに行ったあと、ジムは楊《ヤン》にリンカーン・ゼファーで大光明大戯院《グランドシアター》か国泰大戯院《キャセイシアター》に連れていくように命じ、広広とした涼しい宮殿さながらの大劇場のバルコニー席の最前列に座って『バターン特命隊』と『ファイティング・レディ』を繰り返し見た、

楊《ヤン》が、ジムがどうしてこれらの映画を何度も見たがるのかと当惑している一方で、ジムは、楊《ヤン》がこの戦争の歳月の間、どのように過ごしていたのかと考えていた。中国の傀儡軍の将軍の誰かの従者をやっていたのか、日本軍で通訳をやっていたのか、それとも、国民党の諜報員として共産党軍のもとで働いていたのか。楊《ヤン》は両親がキャンプから戻ってきたその日にリンカーン・ゼファーとともに現われ、その場で父にリムジンを売って、再度お抱え運転手として雇われた。さらには、早くも、活動を再開した上海の映画スタジオで製作された二本の作品にささやかな脇役として出演していた。もしかしたら、僕がキャセイシアターで長編の

二本立てを見ている間、映画の小道具としてリンカーンを貸し出しているのかもしれない――ジムはそんな疑念も抱いていた。

劇場公開されたこれらのハリウッド映画は、バンドの群衆の頭上に映写されるニュース映画と同様、ジムを果てしなく魅了した。顎の歯科治療がすみ、口蓋の傷が治ると、ジムはすぐに体重を取り戻しはじめた、日中は、ひとり、ダイニングテーブルに座って大量の料理を食べ、夜にはアマースト・アベニューの家の最上階で安らかに眠った。かつての〝ホーム〟だった家は、今では何から何まで、上海の映画スタジオのセットと同じようなイリュージョンだとしか思えなかった。

アマースト・アベニューで過ごしている間、ジムはしばしばキャンプのヴィンセント一家の部屋の自分の個人用スペースのことを思った。十月の終わりになって、気乗りのしない様子の楊《ヤン》に龍華《ロンホア》に連れていくようにと命じた。アマースト・アベニューを出発し、上海西部の郊外地域を抜けていくとすぐに、市内への入口を守っている強化された検問所に着いた。アメリカ軍の戦車に乗った国民党軍の兵士たちが、何百人もの農民たち――米も作物を育てる農地もなく、上海に避難所を求めてやってきた困窮した人々――を次々に追い返していた。焼け落ちたオリンピックスタジアムの周辺の農地には、泥の家々と、トラックのタイヤと軽油のドラム缶で補強した壁が連なるみすぼらしい町がいくつもできていた。オリンピックスタジアムのスタンドからは今も煙が立ち昇り、日本と沖縄の基地から東シナ海を越えて飛んでくるアメリカ軍のパイロットたちの目印として使われていた。

外周道路を進んでいく間、ジムはずっと龍華《ロンホア》飛行場を見つめていた。今は飛行の夢となったその場所には、何十機もの合衆国海軍と空軍の飛行機が駐機していた。工場から出荷されたばかりの戦闘機とクロムで覆われた輸送機は、南京路《ナンキン・ロード》のショールームのウィンドウに運ばれていくのを待っているように見えた。

荒廃した龍華《ロンホア》キャンプをまのあたりにすると思っていたジムだったが、かつての収容所は遺棄されるどころか、再び活気溢れる場所となっていて、フェンスには真新しい有刺鉄線が張り巡らされていた。戦争が終わってもう三カ月近くになるというのに、厳重にガードされた敷地内には今も百人以上のイギリス国籍の人たちが暮らし、E棟の宿舎フロアは家族連れが引き継いで、大部屋をアメリカの食糧カートンと救援物資の容器と未読のリーダーズダイジェストを積み上げた壁で仕切った中に、複数の部屋がある居住空間が作られていた。ベイシーの個人スペースを探しながら、この間に合わせの壁から雑誌を一冊引き抜こうとすると、ぶっきらぼうな警告の声が上がって追い払われてしまった。

居住者をそれぞれの財宝のもとに残してE棟を出ると、ジムは楊《ヤン》にG棟に行くよう指示した。ヴィンセント一家がいた部屋は、廊下をはさんだ向かいの部屋のイギリス人夫婦のもとで働いている中国人の使用人《アマ》の部屋になっていた。彼女はジムを中に入れるのはおろか、中が見えるまでドアを開けることも拒否した。ジムはしかたなくリンカーンに戻り、キャンプ内をもう一度だけまわるよう指示した。

病院と墓地は消え失せ、ところどころに焼け焦げた根太《ねだ》が残る灰と燃え殻の空き地となっていた。墓があった場所は入念に均《なら》され、まるでこれからテニスコートが何面も作られるとでもいうかのようだった。ジムは、病院を焼くのに使われたおびただしい軽油の空き缶の間を歩きながら、境界フェンスのワイヤごしに、飛行場を、龍華寺《ロンホアスー》のパゴダに向けて真っ直ぐに伸びる滑走路を見つめた。点在する日本軍の飛行機の残骸は深い雑草の茂みに覆われていた。フェンスの前に立っていると、狭い谷を流れる水路の経路をトレースするように一機のアメリカ軍の爆撃機がキャンプの上を飛んでいき、その銀色の翼の下面に反射した青白い光が一瞬、イラクサの茂みと発育不全の柳の樹々の間を亡霊のように駆け抜けていった。

龍華《ロンホア》訪問の何かが神経に障ったらしく、アマースト・アベニューに戻る途上、楊《ヤン》はずっと不機嫌で口を開かなかった。この間《かん》、ジムは戦争が終わるまでの日々のことを考えつづけた。終結の時に至る最後の何日間は何もかもが少し混乱していて、正確には思い出せなかった。あの時はほとんど何も食べていなかったし、頭もちょっとおかしくなっていたんだろう。それでも、長崎の原爆の閃光を見たことは——たとえ東シナ海の八百キロ彼方の出来事であったにせよ——間違いない。そして、それ以上に重要なのが、第三次世界大戦が始まったのを知ったこと、それが自分のまわりで起こっているのに気づいたことだ。今、バンドでスクリーンを見ている人たちは、これらのニュース映画がすでに始まっている戦争の予告編であることに気づいていない。いつか、ニュース映画はもはやいっさい存在しなくなる。

母とともにアラワ号でイギリスに出立する前の数週間は、しばしば、死から蘇ったように思えたあの若い日本人パイロットのことを考えた。今ではもう、彼がマンゴーをくれたのと同じ人物だったのかどうか確信が持てなかった。あの時、彼は死にかけていて、僕が草の中で動いたことで一瞬意識が戻っただけだったのかもしれない。そうだとしても、いくつかの出来事は確かに起こったし、もう少し時間があれば、きっとほかの人たちも生き返っていただろう。ヴィンセント夫妻は、スタジアムからの行進の途中、上海から遠く離れた南西の小さな村で死んだということだった。でも、キャンプの病院にいた収容者たちなら助けることができたかもしれない。ベイシーはどうなったんだろう？　スタジアムを襲撃した時に、スタンドの特別席の金メッキのニンフ像が見つめる中で死んだんだろうか？　それとも、ベイシーとプライス中尉は今も、あの傀儡軍の将軍のビュイックで黄浦江流域の一帯をうろつきまわっていて、第三次世界大戦が自分たちの本領を発揮する機会をもたらしてくれるのを待っているんだろうか？

こうしたことを、両親にはいっさい話さなかった。ランサム医師に打ち明けることもなかった。ランサム医師は明らかに、ジムが停戦ののちも龍華《ロンホア》にとどまりつづけるのを選び、自分だけの戦争と死のゲームを続けていたのだと思っていた。ジムはアマースト・アベニューの家に戻った時のことを思い出した。庭のデッキチェアから弱々しくほほえみかけた母と父。干上がったプールの脇で、手入れがなされないままに伸び放題に伸びた芝は、二人の肩のあたりまで達していた。それは、死んだ日本の飛行士たちが転がっていたイラクサの茂みを思い起こさせた。アメリカ軍の軍服を着たランサム医師が威儀を正してテラスに立っていた。ジムは母と父に、自分がランサム医師と一緒にキャンプでやってきたすべてを話したいと思った。しかし、母と父もそれぞれの戦争の中で過ごしてきていた。ジムへの愛情は変わらないとしても、二人は年老い、はるか遠くに行ってしまったように思えた。

アラワ号から降り立ったジムは埠頭を歩きながら、夜の群衆の頭上に投影されているニュース映画を見上げた。パレスホテルの正面にある二つ目のスクリーンには今、何も映っておらず、戦車戦と敬礼する兵士たちの映像は銀色の光の矩形に置き換えられていた。夜の空に吊り下げられたその矩形は、別の宇宙への窓のようだった。

足場の塔の上にいる軍の技術者たちが映写機を修理している間に、ジムは路面電車の軌道を渡ってスクリーンに近づいていった。映像が消えているのに気づいた中国人たちが足を止めて白い矩形を見上げた。人力車の車夫が間違えてジムの上着の袖を引いた。ジムはその手を払いのけた。人力車には毛皮のコートを着た売春婦が二人乗っていて、白粉《おしろい》をたっぷりはたいた二人の白い顔が不気味なスクリーンの微光に照らされて仮面のように浮かび上がった。

だが、中国人たちの頭はすでに別の見世物のほうに向けられつつあった。上海クラブの階段の下に一団の人々が集まっていた。階段の一番上に、クラブの回転ドアから出てきたアメリカとイギリスの水兵たちが立ち、酔っ払った様子で何事か大声でしゃべり合いながら、バンドに係留された巡洋艦に向けて手を振った。中国人たちが見つめる中、水兵たちは横一列に並んでコーラスラインを形成した。興味津々ながらも無言の観衆に苛立った水兵たちははやし立てるような声を投げた。そして、年長の水兵の合図のもと、いっせいにベルボトムのズボンの前を開けて階段に放尿しはじめた。

中国人たちは何も言わずに見つめつづけた。弧を描く尿が泡立つ流れとなって十五メートル下の道路に流れ落ちていく。その流れが歩道に達すると、中国人たちは後ずさったが、その顔には何の表情も現われていなかった。ジムは周囲の人々に目をやった。店員、クーリー、農婦――みんなが何を考えているかがわかった。彼ら自身、それをはっきりと意識していた。いつの日か、中国は世界を罰するだろう。恐るべき復讐を果たすことになるだろう。

軍の技術者たちがフィルムを巻き戻し、群衆の頭上で再び空中戦のシーンが始まった。水兵たちが隊列をなす人力車に運び去られていくと、ジムはアラワ号に戻っていった。両親が上部甲板の乗客用サロンで休んでいる。母とともにイギリスに立つ前の夜を、ジムは父と一緒に過ごしたいと思っていた。

タラップに足をかけたジムは思った。上海にはもう二度と戻ってこないだろう。僕はこれから、地球の反対側にある小さな見知らぬ国――一度も行ったことのない、だが、自分の〝ホーム〟だということになっている国に向けて出立するのだ。それでも、上海《ナンタオ》を離れるのは僕の心のほんの一部でしかない。残りは永遠にここにとどまりつづける。南市の葬送桟橋から送り出される柩《ひつぎ》のように、上げ潮に乗って戻ってくる。

アラワ号の舳先の下に、子供の柩がひとつ、夜の流れの中に浮かんでいた。アメリカの巡洋艦から水兵たちを運んでくる上陸艇の波に、柩を飾る紙の花がこぼれ出してゆらゆらと揺れる花輪となった。この花輪に囲まれて、柩は黄浦江から揚子江の河口に向けて長い旅を始めるが、結局は上げ潮に捕らえられ、桟橋と泥干潟《ひがた》の間に戻ってくる。逆らいようもなく、いま一度、追い戻されてくる。このおぞましい都市の岸辺へと。

訳注

P34 **上海の警察組織**：当時、上海の租界では英米仏日中の共同保安体制が敷かれており、警察は各国の混成組織だった。警察組織の階級は、厳密には軍とは違うが、正確な訳語が不明なのと、日本での警察組織の階級名にするとかえってわかりにくくなると思われたので、基本的に原文どおりの軍の階級名とした。

P38 **南市《ナンタオ》**：英文はNantaoで、普通に考えると漢字表記は「南島」となるが、南島という地区名は上海にはない（厳密に言うと、ごく狭い区域の名としてはあるようだが、ここでは該当しない）。一九四〇年代の地図で「南市」という漢字と「Nantao」という英文が併記されているものを複数、また、当時の同地区の港湾の様子を伝える英文記事で「Nantao」と記されているものを複数確認したので、Nantao ＝南市とするのが妥当であると考え、「南市《ナンタオ》」とした。

P38 **愛多亜路空爆**：一九三七年の第二次上海事変の際に「たった一発の爆弾が千人もの住人を殺戮した」空爆は、実際は日本軍によるものではなく、上海の日本軍を攻撃する中華民国軍爆撃機による誤爆だった。ただ、当初は日本軍によるものと考えられており、そうした報道もなされていたことから、ジム少年はそう受け取っていたと考え、原文どおりとした。

P53　**国泰大戯院**《キャセイシアター》：キャセイシアターは、南京路《ナンキン・ロード》とはまったく別の場所、フランス租界の霞飛路《アベニュー・ジョッフル》ぞいにある。ジム少年／バラードがキャセイシアターの場所を間違えるわけはないと思うのだが、バラードにとっては特別の思い入れがあり、あえて名前を出したかったのでは——と勝手に考えて、原文のままで残した。二〇〇三年にリニューアルされ、昔の趣をそのままに残しつつ最新の設備を備えた映画館として、現在も大勢の観客・観光客を集めている。現・国泰電影院。

P56　**巡洋艦出雲**：「日露戦争のさなかの一九〇五年に日本軍に売却される前は英国海軍に所属していた」とあるが、実際には、日本が最初からイギリスに発注し、一九〇〇年、竣工して三カ月後に横須賀に到着している。

P80　**南京大戯院**《ナンキンシアター》：ナンキンシアターは当時有数の豪華映画館のひとつだが、場所は霞飛路《アベニュー・ジョッフル》から大通りにしてひと筋北の愛多亜路《アベニュー・エドワード七世》ぞいで、フランス租界の西端からも遠く離れている。キャセイシアターと同様、ジム少年はここにもよく行っていたのだろうと思い、原文のままで残した。現在は、当時から七十メートルほど離れた位置に移動し、上海のクラシック音楽の殿堂・上海音楽庁となっている。

P105 **『チャムズ年鑑』**：冒険読み物や戦記物や種々様々なトピックを掲載した少年向け週刊新聞『チャムズ』を一年分ずつまとめたもの。少年たちに絶大な人気を博し、多大な影響を与えた。定期刊行物としては、一八九二～一九三二年＝週刊、一九三二～三四年＝月刊、三四年九月から年刊となり、一九四一年九月、紙不足により終刊。

P187 **日本（の）空軍**：第二次世界大戦時の大日本帝国軍は陸軍と海軍で構成されており、陸海軍のそれぞれに航空隊があって、独立した空軍は存在しなかった。ただ、ジム少年にとっては、日本の軍用機はすべて空軍に帰属しているものだったに違いなく、ジムの認識として叙述されている部分では、あえて「日本（の）空軍」の言葉を使用した。

P216 **龍華《ロンホア》キャンプの場所**：現在の上海中学のキャンパス。上海中学は、中学という名ではあるが、中国で「高級中学」と呼ばれる後期中等教育機関で、日本の高校に相当する。一八六五年の前身校創立から、一九二七年に江蘇省立上海中学、一九五〇年に上海市上海中学と改称。上海市の教育委員会に直属する大型の寄宿制の学校で、江南地区トップクラスの進学校である。一九九三年には国際部も発足した。

龍華《ロンホア》キャンプは、一九三七年に大々的なダメージを受けて閉鎖されていたこの学校の敷地に設置され（実際にキャンプとなったのは一九四二年）、現在のキャンパス全体のレイアウトも当時の姿をとどめているように思われる。なお、原著では〝a teacher training college〟となっており、バラード自身もインタビューなどでその旨の発言をしているので「師範学校」としたが、一九四

○年代当時の上海中学が師範学校だったかどうかについては確認できていない。

キャンプ内の建物の位置など：当時の収容者によって描かれたと思われるスケッチを参照すると、本書で描写されているキャンプ内の建物の配置は実際とは少し異なっている（たとえば、集会ホールは敷地の中心部にあり、大きな損傷は受けていなかったようだ）が、基本、原文どおりに訳出した。ただし、作品内の集会ホールがあるとされている場所は“the north-west perimeter of Lunghua Camp”となっているのだが、すぐあとの“The damaged buildings nearest to the airfield”と矛盾するので、「キャンプの北東部」に修正。キャンプそのものが龍華《ロンホア》飛行場の南西に位置している（マップを参照）。

P342 **オリンピックスタジアムの場所**：原著では“An hour after nightfall they reached a football stadium on the western outskirts of Nantao.”となっている。しかし、33章では「（スタジアムから）龍華《ロンホア》飛行場の西側のフェンスは八百メートルくらいしか離れていない」という記述があり、以降は、その距離感覚のもとで話が進んでいる。一行が到着した南市《ナンタオ》・黄浦江ぞいの倉庫地区から龍華《ロンホア》飛行場の「東・北端」までで も、ざっと見て七キロくらいはあり、一行が「一時間」で到着するのはどう考えても不可能である。時間的には原著ではややぼかされているものの、「一時間」とすると、読者には「黄浦江からそれほど離れてはいない」というイメージを与えることになると考え、「陽が落ちてから二時間あまり」に修正。そのほか、第三部の様々な記述から考えて、訳者としては、オリンピックスタジアムの場所は現在の上海体育場（上海スタジアム）あたりと見なすのが妥当だろうと判断した（マップを参照）。
また、当時の南市《ナンタオ》地区がどのあたりまでだったのかがわからず、単純に「南市＝租界外の中国政府の統治地区」だとすると、ここを「南市《ナンタオ》の西の端」と言って間違いではないのかもしれないが、本作では「南市《ナンタオ》＝黄浦江のそばの港湾地域」と限定しておいたほうがイメージが明確になると考え、この部分はカット。以降も原著で「南市《ナンタオ》スタジアム」とされているところはすべて「オリンピックスタジアム」ないし「スタジアム」とした。

オリンピックスタジアムは実在したのか：訳文「このコンクリートの競技場は、一九四〇年のオリンピック誘致を目して、蔣介石夫人マダム・チャンの命のもとに建設されたものだが、一九三七年の日本の中国侵攻の際に接収され、以降、上海南部の戦闘地域のための軍事司令部となっていた。」
一九四〇年のオリンピックと言えば、日本で開催される予定だった、いわゆる〝幻のオリンピック〟である。一九四〇年の開催国として、中国（中華民国）は立候補していない。これは時局的・状況的に見て納得できるとしても、実際に誘致を目指していたのかどうか、さらにはスタジアムが実際に建設されたのかどうか——この点に関してはかなりサーチしたものの、今のところ、裏づけとなる資料・情報を発見できていない。今後、改めて余裕がある時にリ・サーチするつもりではいるが、現時点では、スタジアムの存在そのものも含めて、バラードの創作ではないかという考えに傾いている。

訳者あとがき

本書は、第二次世界大戦（太平洋戦争）時、一九四一～四五年の上海での出来事を、ひとりの少年の目を通して描いた長編である。原著が発表されたのは今から三十五年前の一九八四年――作品のセッティングである第二次大戦期からはすでに八十年近くの時間が経過している。それが今、改めて新訳という形で刊行されるのはなぜか。バラードにはあまり馴染みがないという読者、特に本書で初めてバラードに触れるというような方は、いささか不思議に思われるかもしれない。ただ、これに対する答えは簡明で、ごくごく端折って言うと、本書が描いているのが、まさに〝この今〟だからにほかならないということになる。本書の言葉を借りれば、私たちは今、第三次世界大戦の真っただ中にいるのだ。

バラードは常に、現代社会と、そこに生きる人々の深層意識＝精神病理を描いてきた。作品世界が未来に設定されていようが、どことも知れぬ場所であろうが、それは変わらない。バラードの作品がしばしば〝予言的〟と形容されるのは、単に、バラードが描いた世界が、その後、現実になったというようなストレートな話ではなく、提示された当初は現実の表層下に隠されていて、しかとは見えなかったものが、時間の進展とともにおのずと溢れ広がっていって、ふと気づいた時には誰の目にも明らかになっている――そのような形で受け止めるのが妥当ではないかと思う。そして、そうした観念や精神病理の実態が明らかではなかった時点でも、その作品に、そのような感触を得て――「これが、今の本当の姿なのだ」というふうに感じて、バラードの作品に引きつけられてきた読者も少なからずいた（絶対値としては少数だったとしても、いつの時代にもバラードは一定の読者を集めてきたし、本の世界に限らず、音楽やアートの世界にも広く影響を与えてきた）。

バラードが作家となって以来、発表してきた数々の長編も短編集もずっと読み継がれてきたわけだが、ことに近年になって、わが国では東京創元社から『ハイ・ライズ』、『ハロー・アメリカ』、『ミレニアム・ピープル』の文庫新版が相次いで刊行され、さらに二〇一六～一七年には初訳作品も数多く収録されている『J・G・バラード短編全集』全五巻が刊行されるに至った。本国イギリスでも、新たなペーパーバック版（本文はほとんどリプリントながら、書き下ろしの序文や作品をめぐる論評・インタビューなどが付されたもの）が続々と出版されている。こうした状況から見ても、西暦ADにおける第三千年紀《ミレニアム》（表面的には二十一世紀のことだが、バラードはある時期から、この〝ミレニアム〟の観点を作品・評論で前面に打ち出すようになった）が進展しつつある今、バラードの作品世界が新たな世代の読者の関心を引きつつあるのは間違いないと言っていいように思う。

『太陽の帝国』はずっと私の中で重要な位置を占めてきた。最初に原著を読んだ時、何よりも大きかったのは、それまで感じてきたこと――バラードの作品世界のリアリティの根底にあるのは、上海時代の体験に違いないという思い――を、これ以上はないほどに明確に得心させてくれたことだ。そして、以後の長編では、『太陽の帝国』から派生してきたとも言えるサブジェクトが、世界の現状に、より即したセッティングのもとに展開されている――少なくとも私の目には、そう映っている。これまた大幅に端折って言えば、私にとって、『太陽の帝国』はバラードの全作品をひっくるめた、そのフォーカスに位置すると言って過言ではない作品である。

そんな作品を翻訳する機会をいただいたのは、個人的にはとても嬉しいことだった。翻訳とは言い換えれば〝徹底的に読む〟作業であり、実際、翻訳を進めながら、様々なことを再確認し、また今まで気づいていなかったことをいろいろと発見したりもした。さらには、バラード個人がどういう思いで書いているのかというのを感じさせられるシーンやフレーズも多々あった。ただ、そうしたことはまたどこかで述べる機会もあるだろうし、何よりも、読者の方々には（特に小説に対しては）できるだけまっさらな形で読んでもらいたいという気持ちが大きい。当たり前のことながら、作品そのものをどうとらえるかは完全に、読者ひとりひとりに委ねられている。

以下、翻訳に関してのみ、訳者として伝えておいたほうがいいと思われることを少しだけ記しておく。

【上海の道路・エリア名などに関して】

当時の上海の租界（共同租界とフランス租界）では、道路は英語／フランス語名と中国語名が共存していた。ジム少年が眺めていた〝風景〟も当然、両方で構成されていたはずで、そうしたイメージを伝えられればというところから、静安寺路《バブリング・ウエル・ロード》、福熙路《アベニュー・フォシュ》など、漢字表記に英語ないしフランス語のカタカナルビをつけるという形を取った。龍華《ロンホア》、虹橋《ホンチャオ》などのエリア名もこれに準ずる。ただし、アマースト・アベニューは「自分の家」として言及されていることが多く、また外灘《バンド》は「バンド」の呼称があまりに有名なので、最初だけルビつきとし、あとはカタカナ表記で通した。

現在の上海の道路名の多くは、当時とは異なっている（実際には、租界時代の名、日本の傀儡政権による名、蒋介石政権による名、一九四九年の解放後の人民政権による名と、四通りの変遷を経ている）。当時の漢字表記を確認するには、全面的に『上海 歴史ガイドマップ』増補改訂版（木之内誠・編著／大修館書店）のお世話になった。記して謝辞を述べておきたい。

この『上海 歴史ガイドマップ』は、道路にとどまらず、ホテルや映画館やデパートや公共建築物なども当時の名前と現在名を併記し、それらを立体地図で表わしているという（ほかにも実に多彩な情報が記載されている）とてつもない労作である。アマースト・アベニューのバラード邸も歴史的建造物として掲載されていた（レストランなどとして使われてきたバラード邸だが、残念なことに、二〇一〇年に解体され、消滅した）。今回はもっぱら本作に関係する部分を参照させていただいたが、いつか、全体をじっくり眺めて、当時の上海市街の全域を逍遥してみたいと思っている。

【原著の疑問個所について】

原著には、単なる作者の思い違いと思われるものから、史実との齟齬《そご》、セッティング上の矛盾など、いくつかの疑問点があった（念のために言っておけば、これは、バラードに限らず、多かれ少なかれどんな本にも見られるものである）。本作はそもそもフィクションであり、事実と違うことが書かれていること自体はまったくかまわないのだが、ひとつの作品としてとらえた場合に問題が生じると思われる部分は、翻訳者としてはやはりそのままにしておくことはできなかった。本来なら著者に問い合わせて解決すべきところだが、バラードはすでに死去していて、それはかなわず、結果、訳者の判断で一部修正したことをお断りしておく。

（以前、『コカイン・ナイト』を訳した際に、解釈上の疑問点を含めて、大量の質問をバラードに送ったことがある。この時は、「思い違いでは？」の指摘に関してはすべて「yes＝指摘どおり」の回答で、最後には「丁寧に見てくれてありがとう」のひとことが添えられていた）

訳者として一番悩んだのは、バラード自身が「（初期作品で）意図的に間違いを残しておいた」という旨の発言をしていることから、「ひょっとして、これは〝意図的な間違い〟なのか、そうでないのか」という点だった。結果的に、矛盾がある場合も修正をせず、原著のままに残している部分も多い。そのあたりも含め、一部を訳注に記しておいたので、関心のある方は参照していただきたい。

【訳注について】

前記の疑問個所とともに、読者にとって興味があるのではないかと思われる点についていくつか、訳者のサーチ結果を記しておいた。

ただ、こうした〝知識〟は、本作を読んでいただく分には不要で、いわゆる「訳注」としていちいち参照していただく必要はまったくない。途中で注を参照するのは小説を読む際にはむしろ邪魔になる——というのが訳者の基本的な考えであり、読んでいる際に知っておいてもらったほうがベターかと思ったものに関してのみ、最低限の割注を入れておいた。

いずれにせよ、訳者としては、訳注などは気にせず、何よりもまず「作品」を読んでいただけることを願っている。

上海の記憶

柳下毅一郎

作家J・G・バラードは生涯にいくたびも思いがけぬ変身を遂げ、読者を驚かせてきた。そもそもデビューしてしばらくのあいだ、バラードはシュルレアリスム的想像力によって高く評価され、『沈んだ世界』『結晶世界』などでさまざまなかたちで世界を破滅させてきた破滅SF小説の書き手であった。破滅の中で、なぜか主人公は心の平安を得るのである。やがてバラードは実験的な散文詩作家へと華麗な転身を遂げる。英国SF界全体をゆるがした革命の中で、SFのニューウェーヴを主導する存在となったバラードは、線的な叙述形式を捨てて、非線形の断片的な叙述を採用する。『残虐行為展覧会』と名づけられた小説群は、六〇年代の時代の中でSFを現代化し、ポップ・アートのひとつにまで変容させようと試みるものだった。それまでのSF小説を愛していた読者に対しては大いなる裏切りとも言え、バラードは賞賛と同じくらいSFの破壊者として悪罵《あくば》を集めることになった。

だが、ほどなくバラードはまたしても伝統的な叙述に帰還する。今回、バラードは自動車、高速道路、高層ビルといった都市風景に注目し、それを〈テクノロジカル・ランドスケープ〉

と名づけた。SFの使命はその中で生きる人間の生のありかたを描くことだと喝破《かっぱ》したバラードは「世界最初のテクノロジーに基づくポルノグラフィー」を書き、またしてもセンセーションを巻き起こす。そして、その大爆発が巻き上げた砂埃がようやくおさまったころ、バラードは本書『太陽の帝国』を発表した。それは非SFの普通小説であり、しかも歴史小説だった。ブッカー賞候補とまでなった小説はベストセラーとなり、異端のSF作家だったバラードは戦後英国を代表する作家と目《もく》されるまでになった。バラードはまたしても驚くべき変身を遂げてみせたのだ。それも、自伝的小説によって。

一九四一年、少年ジムは上海の共同租界で暮らす英国人一家の一人息子だった。彼は少年特有の無邪気さで、死体と物乞いにあふれる世界最大の都市上海を驚異の目で見つめている。日本軍の脅威は迫っているが、彼が興味をもっているのは飛行場に遺棄された日本軍の戦闘機の残骸だけである。だが、十二月八日、ジムの世界は一変する。日本は英米をはじめとする連合国に宣戦布告し、太平洋戦争がはじまった。上海の租界はたちまち日本軍に占領され、英国人たちは日本軍の手で収容所に送られる。混乱の中で両親とはぐれてしまったジムは、一人龍華《ロンホア》キャンプに収容される。そのまま一九四五年の日本敗戦までの時間を、ジムは収容所で過ごすことになる。

バラードが自身の戦争体験を詳しく語るのははじめてのことだった。そして、イデオロギーに染まっていない目で語られる戦争は、大いに新鮮なものでもあった（ともかくジム少年は日本軍が好き、戦闘機が好きで大人たちを困惑させるのである）。だが、長年の読者を驚かせたのはそのことではなかった。『太陽の帝国』の最大の驚きは、それがあまりにもバラード的だったこと、そのものである。

J・G・バラードはつねに妄執の作家だった。彼の作品には頻出するモチーフがあり、その詩的イメージこそが彼を優れたシュルレアリスム作家にした。作風が変わってもくりかえし登場するそうしたモチーフは、読者にとっては限りない喜びだった。水のないプールや突然あらわれる滅びたような無人の街、朽ちかけた飛行機と飛翔の魅惑――だがそのすべてはここに存在した。一九四一年の上海に、後の作家バラードを作りあげるものはすべて存在したのだ。

たとえば第七章は「干上がったプール」と題され、誰もいなくなった屋敷で過ごす間に、すっかり水が抜けてしまったプールのことが語られる。干上がったプールを、はじめて見る神秘の世界のように、ジムは探検する。「水のなくなったプールにはどこか不吉なものがあった」。第三章は「遺棄された飛行場」として、遊び場所だった父の知人の家の近くにあった飛行場のことが綴《つづ》られる。かつての軍用飛行場だった虹橋《ホンチャオ》飛行場には今では日本の単発戦闘機の残骸が眠っているだけだ。コックピットに乗りこんだジムは想像の中で飛行機を舞いあがらせ、かつてその飛行機に乗っていた日本人パイロットを蘇らせるのである。

それは「時の声」で、あるいは「ウェーク島へ飛ぶわが夢」でバラードが描いてみせたヴィジョンであった。そのすべてのルーツは戦前の上海にあったのだ。もちろん、バラードは作家であり、作家は過去を捏造《ねつぞう》するものである。バラードは自分の過去をシュルレアリスム的幻想に合わせて修正したのかもしれない。だが、そうではないことは（のちに発表された）自伝

『人生の奇跡』を読んでもあきらかだ。そこでは『太陽の帝国』以上にはっきりと、上海こそが彼のルーツなのだと語っている。

もちろん、すべてが事実通りだったわけではない。『太陽の帝国』に描かれているのはバラードの精神的な事実であり、伝記的な現実ではないからだ。終盤、ジム少年はオリンピックスタジアムから長崎に落ちた原爆の光を目撃するが、いかに原爆だろうともそれが見えたはずはない。それは完全にジムの内宇宙に差し込む光なのである。

地理関係など、バラードの記憶に合わせて自在に書き換えられている部分は数多い。だがもっとも大きな事実からの変更は、両親とはぐれたジムが龍華キャンプに収容されるところである。実際には少年バラードは両親とともに収容されている。ヴィンセント夫妻との生活の描写には、両親の記憶が相当反映しているのだろう。バラードは以下のように語っている。

「「ジム」を戦争孤児とする方が出来事の心理学的・感情的真実にははるかに近いと思われたのだ。まちがいなく、両親の死にいたるまで徐々に広がっていった離間のはじまりがここ龍華収容所だった。摩擦や敵意があったわけではないし、両親はわたしと妹の世話に力を尽くしてくれた。最後の年の深刻な食糧不足、厳冬（我々が暮らしていたのは暖房のないコンクリートの建物だった）、不確かな未来にもかかわらず、わたしは結婚して子供を持つまで、収容所時代よりも幸せだったことはなかった。

だがそれと同時に、戦争が終わるころには、両親とのあいだの距離を感じはじめていた

（……）それでもやはりわたしは両親とのあいだに溝ができてしまったことを悔いており、今ではそのせいで自分がどれだけ多くのものを失ったかもわかっている」

少年ジムはいかにも楽しそうにキャンプ生活を切り抜けるが、そこには大きな犠牲もともなっているのだ。


ベストセラーになった『太陽の帝国』にはほどなく映画化の話が持ち上がった。当初はデヴィッド・リーンが監督に擬されていたが、最終的には製作として手助けするはずだったスティーヴン・スピルバーグに監督をゆずった。スピルバーグ自身、バラードの原作を読んだときからひそかに監督したいと願っていた、という。戦争に夢中になる孤独な少年ジムにかつての自分の姿を見たのかもしれない。脚本はトム・ストッパードが書き、子役時代のクリスチャン・ベールが少年ジムを演じてのちの名優の片鱗《へんりん》を見せつけた。

バラード自身はロンドン近郊のサニングデールでおこなわれたロケ撮影に招かれ、映画冒頭の仮装舞踏会のシーンに登場している。かつて上海にあったのとそっくりの屋敷に戻るのは奇妙な体験だった、とバラードは言う。撮影中、バラードはたびたび上海に連れ戻される経験をして、あるいはこのために自分は上海を舞台にした小説を書いたのだろうか、と自問する。

「ドアを開けると玄関の外には三〇年代のパッカードとビュイックの列があり、その隣に中国人の運転手が立っていた。その光景はあまりにも子供時代の本物の上海そっくりで、一瞬わたしは自分がどこにいるのかわからず、固まってしまった」

一九九一年、『太陽の帝国』の続編となる『女たちのやさしさ』を発表したバラードは、BBCのドキュメンタリー番組のために四十五年ぶりに上海に帰った。アマースト・アヴェニューの旧バラード邸も、龍華キャンプ跡地も、ちゃんと記憶のままにそこにあった。キャンプの敷地には現在上海高等学校の校舎が建っていた。バラードは、いやジム少年は一時間もそこをうろつきまわった。バラード一家の居室は不用品置き場となって、まだそこにあった。

「龍華収容所はそこだったが、そこにはなかった」

＊引用はすべてJ・G・バラード『人生の奇跡』（東京創元社　柳下毅一郎訳）より

訳者紹介　1951年福岡県生まれ。慶應義塾大学中退。主な訳書にディック『時は乱れて』『シミュラクラ』、カヴァン『氷』『アサイラム・ピース』、バラード『コカイン・ナイト』、共訳書に『J・G・バラード短編全集』『危険なヴィジョン』などがある。

検印
廃止

太陽の帝国

2019年7月31日　初版

著者　J・G・バラード

訳者　山《やま》田《だ》和《かず》子《こ》

発行所　(株)東京創元社
代表者　長谷川晋一

162-0814/東京都新宿区新小川町1-5
電話　03・3268・8231-営業部
03・3268・8204-編集部
URL　http://www.tsogen.co.jp
DTP　キャップス
萩原印刷・本間製本

乱丁・落丁本は、ご面倒ですが小社までご送付ください。送料小社負担にてお取替えいたします。

ISBN978-4-488-62918-2　C0197

全世界が美しい結晶と化す

THE CRYSTAL WORLD◆J. G. Ballard

結晶世界

J・G・バラード
中村保男 訳
創元SF文庫

◆

病院の副院長をつとめる医師サンダースは、
一人の人妻を追ってマタール港に着いた。
だが、そこから先、彼女のいる土地への道は、
なぜか閉鎖されていた。
翌日、港に奇妙な水死体があがる。
４日も水につかっていたのに死亡したのは数時間前らしく、
まだぬくもりが残っていた。
しかしそれよりも驚くべきことに、
死体の片腕は水晶のように結晶化していたのだ。
それは全世界が美しい結晶と化そうとする前兆だった。
鬼才を代表するオールタイム・ベスト作品。星雲賞受賞作。